반갑다, 지리산 무지개여!

반갑다, 지리산 무지개여!

격동기를 살아낸
한민족의 이야기

정일남 지음

추천사

이 소설은 전북 남원의 평범한 농부 정태수와 그 가족의 3대에 걸친 파란만장한 삶을 통해 격동의 한국 근현대사를 조명한다. 일제강점기 강제노역과 위안부 문제, 한국전쟁과 해방기 이념 대립, 제주 4.3사건, 베트남 전쟁 파병, 파독 광부·간호사 이야기까지 우리 역사의 질곡을 담고 있다.

소집영장도 없이 강제로 일본 조세이 탄광에 끌려간 정태수, 오사카대학 유학 중 아버지를 찾아 나섰다가 불손 분자로 몰려 사할린 탄광으로 징용된 정순호와 결혼으로 위안부 징용의 위기를 모면하지만, 이념 대립 때문에 남편을 잃은 정순애, 파독 간호사로 낯선 이국땅에서 희망을 품었던 강숙희까지 3대에 걸친 인물들은 시대의 파란을 온몸으로 견뎌낸 당대 백성들을 대변한다. 소설은 이들의 삶을 단지 한 집안의 이야기로 국한하지 않고, 간도와 연해주, 사할린, 서독, 아프리카에 이르기까지 장소를 넓혀가며 역사의 격랑에 밀려 낯선 이국땅에서 '조선인', '한국인'으로 살아낸 이들의 삶과 고통, 그리고 희망을 그려낸다. 특히 강숙희와 이진호의 서사는 개인의 성장을 넘어 진정한 의미의 '국가와 나'의 관계를 숙고하게 한다. 나아가 독일 간호사로 자립하여 독재 정권하의 조국 귀환을 거절하고 국경없는의사회 활동을 이어간 숙희의 선택은 타자와 어울려 살아가는 글로벌 시민의 전형을 보여준다.

『반갑다, 지리산 무지개여!』는 공적인 역사에서 배제된 인물들의 삶을 견인하여 한국 현대사의 굴곡을 마주하게 한다. 살아남기 위해 분투하고, 가족을 위해 헌신하며, 결국 새로운 세계를 향해 나아간 사람들. 그들의 이야기는 우리가 오늘을 어떻게 살아가야 하는지를 묻는 치열한 삶과 희망을 품은 인생 서사이기도 하다.

손혜숙 | 한남대 교수, 문학평론가

우리 현대사의 아픔을 몸소 겪으며 팔십 평생을 살아온 정일남 작가는 자신의 체험을 이 소설 속에서 가감 없이 서술하였다.

이 작품은 지리산 자락, 한 시골 마을의 정태수 부부와 그들의 3대에 이르는 자손과 이웃들이 구한말로부터 일제강점기, 독립운동, 해방, 분단과 6.25 전쟁, 5.16 군사쿠데타, 유신 그리고 산업화에 이르기까지 험난한 세월을 어떻게 살아왔고 극복했는가에 대한 이야기이다. 독자들은 슬프지만 감내해야만 했던 한민족의 역사를 만나게 된다. 위대한 인물들이 아닌 내 가족과 친지들처럼 평범한 사람들의 이야기가 작가의 눈에 투영되어 우리 모두의 이야기임을 알려준다. 이를 통해 잊히고 퇴색되어 가는 지난 이야기를 현실로 되살려 널리 알리고자 하는 작가의 의도를 엿볼 수 있다.

자연에 대한 과학적 통찰과 치밀한 묘사는 이 소설의 또 다른 미덕이며, 작가가 과학자임을 알 수 있는 부분이다. 작가의 눈에 비쳤던 구한말과 일제강점기 그리고 한국 현대사를 함께 따라가다 보면 그의 역사에 대한 평가에 수긍하게 된다. 내 어린 시절에 가슴 속에 쌓였던 짙은 감성이 깨어나 그의 이야기와 맞울림을 느낄 수 있어서 좋았다.

지난 세월의 빚을 지고 살아가는 우리 모두에게 정독할 만한 가치가 있는 소설이라고 생각한다.

정영근 | 서울대학교 명예교수

이 소설은 지리산 자락의 한 가족과 그 이웃 모두가 주인공이라는 점이 특이하다. 시간이 흐르며 인물들이 역사의 뒤안길로 사라지는 것처럼, 대부분의 결말을 독자의 상상에 맡긴다.

일제강점기에서 시작하여 산업화 초기, 서독에 파견된 간호사와 광부에 이르기까지 60여 년에 걸친 한민족의 고난을 담담하게 그리고 있다. 여러 빛깔이 어우러져 찬란한 무지개를 만들듯, 역사의 소용돌이 속에서 우리 민족이 겪은 애환과 꿈, 그리고 끈기를 그대로 서술하여 무지개처럼 빛나게 한다. 저자 개인의 경험을 바탕으로 한 소설로 보여, 우리 부모님과 조부모님의 애잔한 이야기 같아 읽는 내내 가슴이 먹먹해진다.

정규현 | 인하대 명예교수

『반갑다, 지리산 무지개여!』는 과학자가 쓴 역사 소설이다. 객관적 사실을 간단하고 정확하게 표현하는 과학자가 썼기에 재미있지 않을까 염려했지만, 여느 소설 못지않게 감동적이었다.

일제강점기부터 경제개발 초기까지 우리 근대사를 박진감 있게 그렸다. 일제의 억압과 수탈 속에서 배고픔과 병마에 시달리면서도 절망하지 않고 살아남은 우리 민족의 끈질긴 역사. 해방과 6.25 전쟁의 혼란 속, 이념의 대립으로 서로 미워하고 죽이며 삶은 피폐해지고 국토는 황폐해졌다. 그 폐허를 딛고 잘살아보겠다며 베트남과 서독으로 떠나 발버둥 치는 모습이 눈앞에 선하게 보이는 것처럼 그려졌다. 이것이 바로 저자가 그리고자 한 무지개가 아닌가 싶었다. 주인공들이 전주와 남원 출신이라는 점 또한 흥미로웠다. 일독을 추천하고 싶다.

박성광 | 전북대 명예 교수

이 책은 우리 민족의 근현대사를 관통하는 4대(代)의 역사를 담은 장편 소설이다. 출판 직전의 원고를 먼저 읽는 큰 행운을 얻어, 인물들의 계보를 그려가며 끝까지 몰입해서 읽었다.

지리산 자락의 민초들이 나라 잃은 설움과 압박을 견디며 소소한 일상을 엮어가는 모습, 그들의 가족 사랑과 애국심이 가슴에 깊은 울림을 준다. 일제강점기의 고난과 해방, 6.25 전후의 혼란을 딛고 해외로 나가 돈을 벌겠다며 몸부림치는 젊은이들의 처절한 장면도 생생하게 묘사한다.

역사적 사실을 기반으로 한 실감 나는 묘사는 소설과 현실의 경계를 넘나드는 긴박감으로 독자를 사로잡는다. 이는 상당 부분 작가의 직접 경험이기에 가능했을 것이다. 화자들이 구사하는 구수한 전라도 사투리는 소설에 맛깔스러운 양념을 더하며, 보존되어야 할 지역 유산의 가치를 일깨워준다. 나아가 작가는 이 소설을 통해 일본을 대하는 우리의 자세와 세계를 위해 우리가 해야 할 일이 무엇인지 제시한다.

화학 분야에 큰 공헌을 한 비범한 과학자가 80세가 넘어 쓴 생애 첫 소설이라니, 다음 작품을 기대하게 만든다. 깊은 감명을 주는 이 작품이 영문으로도 번역되어, 해외의 우리 민족, 특히 한인 2세와 후손들에게 우리 역사를 알리는 데 큰 역할을 하기를 바란다.

박행순 | 전남대 명예교수

에디터 추천사

한 인간의 삶을 따라가는 동안 독자는 우리 민족의 상처와 회복을 함께 경험한다. 이 책은 일제강점기부터 독립운동, 전쟁과 분단, 해외 이주와 산업화까지 한국 현대사의 질곡을 정면으로 마주한다. 이 소설의 특별한 점은 역사의 거대한 물줄기를 위대한 인물의 서사로 그리지 않고, 지리산 자락에서 소작농으로 살아가는 평범한 민초들의 시선으로 풀어낸다는 것이다. 이름 없는 사람들의 소소한 일상과 고통, 꺾이지 않는 생의 의지가 담긴 이 묵직하면서도 따뜻한 서사는 쉽게 잊히지 않는다. 한 문장, 한 장면마다 쌓인 시간의 밀도가 독자를 긴 호흡으로 끌어당기며, 독자는 결국 그 삶을 응시하고 그 곁에 서게 된다.

에디터 채린

이 소설은 단순한 시대극이 아니다. 지리산 자락의 삶, 그 속에서 움트는 저항과 연대, 그리고 가족과 공동체의 이야기는 시대를 넘어 지금의 독자에게도 깊은 울림을 준다. 등장인물들의 관계에서 묻어나는 따뜻한 인간미는 한민족의 저력과 회복력을 증명한다. 더불어 철저한 역사 고증과 민중의 언어를 담아낸 사실적인 묘사는 이 소설을 '읽는 역사서'로 만든다. 특히 산과 들, 강과 바람, 징과 꽹과리 같은 자연과 민속 요소들이 서사의 정서적 토대를 이루는 점은 이 책의 가장 빛나는 미덕 중 하나다. 지리산이 단지 배경이 아니라 이야기의 품이자 정신이라는 점에서, 이 소설은 시대와 인간, 자연을 함께 품은 살아있는 기록이다.

에디터 하윤

역사를 기록하는 방식은 여러 가지가 있지만, 정일남 작가는 생생한 삶을 녹여내어 마음으로 기억하게 한다. 이 책은 시대의 거대한 고통을 거창한 언어가 아닌, 작고 사소한 풍경과 감정으로 차곡차곡 쌓아간다. 농민이 꿈꾸던 자투리 밭, 수박 한 조각의 달콤함, 아이들의 웃음과 원두막의 별빛은 단순한 추억이 아니라, 시대를 견딘 민초들의 정신사적 풍경이다. 작가는 민족의 자각이나 독립운동, 식민지 시기의 수탈과 모멸을 과도한 분노나 영웅주의 없이 그려낸다. 대신 역사 속 개인이 어떤 마음으로 살았고, 무엇을 위해 견디며 어떤 희망을 품었는지를 묻는다. 이 소설은 한국 현대사의 뿌리와 얼굴을 다시 보게 하는 귀중한 문학적 증언이자, 한 세대의 삶을 진심으로 존중하는 작가의 응답이다.

에디터 은지

목 차

제1부 일본 식민지로 전락   12

1 조선, 일본의 식민지가 되다   15

2 민족의 자각   36

3 일본으로 끌려가다   48

4 아버지를 찾아 일본으로   71

5 내 고향, 제주도   86

6 방랑   106

7 중앙아시아로 강제이주   128

8 광복과 혼란   149

9 남쪽 지방에서의 진통   171

제2부 나가자, 우물 밖 세상으로!   190

10 예수병원이여 안녕   193
11 베트남 파병   205
12 서독 가는 간호사   227
13 전쟁포로 김요한   239
14 간호사의 서독 출국   251
15 대학졸업자 광부   271
16 루르광산에서의 다짐   282
17 재회   294
18 대학원 진학   298
19 갈림길에서   315

감사의 글   326
작가 인터뷰   328

제1부

일본 식민지로 전락

1
조선, 일본의 식민지가 되다

    1910년 8월 29일, 500년 역사의 조선왕조는 한순간에 일본의 식민지로 전락했다. 하지만 일본과의 전쟁에서 패한 결과는 아니었다. 조선 제27대 왕인 순종은 한일병합조약에 국새를 찍고, 통치권을 넘겨주었기 때문이었다. 국새의 인주 자국에 넘어간 것은 조선 통치권만이 아니었다. 500년의 역사도, 2,000만 백성의 목숨도, 조선반도 국토도 함께 넘어갔다. 그가 고종으로부터 왕위를 물려받은 지 불과 3년 만이었다. 청일전쟁(1894~1895년)과 러일전쟁(1904~1905년)에서 모두 승리한 일본과 을사늑약을 체결하여 외교권을 빼앗긴 지 5년 후였다. 그렇게 한반도에서 반만년을 이어 온 한민족의 자취는 허공 속으로 날아가 버렸다.

    조선 군대는 3년 전에 이미 해산되었지만, 조정 대신들은 아직 남아 있는데 순종은 일본과 싸울 의지가 없었다. 무책임하게 나라를 넘기고 말았다. 많은 인명만 살상할 전쟁보다는 오히려 나라를 양도하는 것이 낫다고 판단했을지도 모른다. 하지만 '싸우다 패한 자는 다시 일어날 수 있지만, 항복한 자는 다시 일어나지 못한다'라는 말을 알았을까? 왕은 역사적 전환기에 나라와 백성을 과연 얼마나 사랑했을까. 그의 결정이 백성을 위한 것인지, 아니면 자신의 안위를 위한 것인지는 그 자신만이 알 것이다. 이렇게 2,000만 백성은 자신들의 의지와는 상관없이 일본의 식민지인이 되어야 했다. 반만년 역사에서 수많은 외세 침략을 물리쳤지만, 처음으로 다른 나라의 식민지가 된 치욕이었다.

한민족의 역사는 기억한다. 1592년, 임진왜란 당시 신무기 조총으로 무장하고 쳐들어온 일본의 20만 대군을 무찔렀다. 그러나 이번에는 싸워 보지도 못했다. 불과 12척의 거북선으로 330척의 일본해군을 막아 싸워 매번 승리한 이순신 장군이 없어서였을까? 일본군이 가는 곳마다 들불처럼 일어나 게릴라 작전으로 그들을 괴롭히던 의병들이 없어서였을까? 이처럼 한민족의 저력은 싸울 의지가 있을 때 비로소 빛났다.

순종은 며칠 전까지 경복궁의 근정전에서 근무했다. 그는 가끔 경복궁의 정문인 광화문 3개 문의 중앙에 있는 큰 대문 앞으로 나와 백성들을 바라보는 걸 좋아했다. 광화문은 '빛이 사방을 덮고, 감화가 사방에 미친다'라는 뜻으로 높이 23미터, 넓이 19미터인 2층 누각으로 된 웅장한 정문이었다. 왕은 정문 앞 월대에서 백성들을 만났다. 그날은 무덥고 습한 여름날 낮은 구름이 잔뜩 드리워 있었다. 삼지창을 든 호위병들은 사람들에게 큰소리로 외쳤다.

"물렀거라!"

왕의 위세는 아무도 범접할 수 없을 만큼 당당했다. 일상생활에 바쁘던 백성은 일손을 멈추고 땅바닥에 얼굴을 대고 넙죽 엎드렸다. 동시에 왕의 건강과 장수를 큰 소리로 기원했다.

"전하, 만수무강하옵소서."

왕은 백성들의 생명과 재산을 지키는 통치자이다. 왕위는 나라 보존을 위해 목숨도 걸어야 하는 중차대한 자리이다. 그가 임명한 관리들은 행정권과 조세권은 물론 사법권까지 행사했다. 그 세도가는 백성들의 삶에 큰 영향을 미쳤다. 순종은 수많은 백성이 발아래 엎드린 모습을 보며 자신의 존엄을 확인하고 의기양양했을지 모른다. 그러나 그들 중 상당수는 아침을 굶고 일터에 나왔다는 사실을 알았을까? 배가 고프면 일할 힘은 없어도 짜증이 나고 옆 사람과 쌈박질이라도 하고 싶어진다는 것을 그가 알 턱이 없었다. 그는 매끼마다 진수성찬으로 밥상을 받아도 입맛이 없으니까. 이제는 이런 부질없는 행차도 끝장나버렸다. 순종과 백성을 잇는 줄도 끊겼다. 그가 정말 백성을 끔찍이 사랑했던 제4대 세종대왕의 후손이 맞을까?

세종의 한글 창제

1446년 9월, 세종은 한글을 창제하여 반포했다. 우리말을 중국의 한자로 기록해야 했던 백성의 고충을 덜어주기 위해서였다. 한자는 주로 '뜻'을 나타내는 표의문자(表意文字)로, 글자 수가 많아 배우는 데 시간이 오래 걸리는 편이다. 반면에 한글은 28개의 모음과 자음으로 이루어진 표음문자(表音文字)다. 11개의 모음과 17개의 자음으로 되었고 이들을 서로 조합해 복모음과 복자음을 만들어 소리의 폭을 넓힌다. 그만큼 표현할 수 있는 소리의 숫자가 많다. 모음은 하늘(·)과 땅(ㅡ)과 인간(ㅣ)을 본떠 만들었고, 자음은 발음 기관의 모양에서 따왔다. 자음과 모음의 조합은 규칙적이고 논리적이어서 단순하다. 익히기 쉽고 외우기도 쉽다. 한글은 전 세계에서 유례를 찾을 수 없는 독창적인 글자이다. 누구나 쉽게 배우고 쓸 수 있다. 언제, 누가, 어떤 목적으로 만들었는지 분명한 글자를 사용하는 민족은 한국민족이 유일하다. 한글은 한국민족의 자부심을 높여준 창작물이다. 세종대왕은 백성이 글자를 깨우쳐서 자기 의사를 자유롭게 표현하고 기록할 수 있게 만들었다고 밝혔다.

**우리말이 중국과 달라, 한자로 서로 통하지 않아
제 뜻을 능히 펴지 못하는 백성이 많으니**

> 내가 새로 28자를 만드니 누구나 쉬이 익혀
> 날마다 쓰기에 편안하게 하고자 함이다.

　백성을 사랑하고 백성과 소통하기를 원하는 세종대왕의 마음이 드러나 있다. 그는 백성의 문맹률을 낮추고 지식수준을 높여 국력을 급속히 키우고 싶었다. 중국의 문화적 종속에서 벗어나 자주독립 국가를 건설하려는 혁명적인 발상이었다. 세종은 우리 민족 자신의 언어를 사용함으로써 고유한 문화를 창조하고 싶었다. 백성들의 소통을 촉진하면 왕권은 약화할 위험이 있었지만, 그는 상관하지 않았다.
　조선에는 이미 한글을 보급하는 데 필요한 목판 인쇄술이 있었다. 고려 때부터 합천 해인사에 보관되어 온 팔만대장경이 그 예이다. 목재는 습기에 약하고 마모가 잘 되어 오래 사용할 수 없었다. 1377년 청주 흥덕사에는 금속 활자를 사용한 인쇄기술도 있었다. 하지만 백성의 9할이 농민인데 한글을 배우는 게 그들에게 얼마나 도움이 되었을까? 백성이 지식을 쌓고 자연의 이치를 깨닫는다면 무엇이 달라지리라고 기대했을까? 세종대왕은 장영실을 발탁하여 우주항공국이라고 할 수 있는 기구를 설치하고 책임을 맡겼다. 그는 혼천의(渾天儀)를 만들어 천체의 위치를 측정하고 연구했다. 세종대왕이 발전을 꿈꾸었던 분야는 농사에 그치지 않았다.
　하지만 세종대왕의 혁신은 지배계급인 양반의 반대에 부딪혔다. 집현전의 수장인 최만리와 그의 동료들이 조직적으로 한글 반대 상소를 올렸다.
　"전하, 한글은 신기하고 기묘하며 지혜로운 글자이지만, 한자를 버리면 중국의 선진문화를 받아들이지 못하고 축적된 문화유산이 쓸모가 없어지며, 누가 어려운 유교 경전을 공부하려고 하겠습니까? 통촉하여 주옵소서!"
　그들의 반대는 일면 설득력이 있었으나 사대사상에 젖은 나약한 주장이었다. 쉬운 한글의 보급으로 한자에 익숙한 양반의 평민에 대한 비교우위가 없어질 터였다. 그들의 기득권이 약화할까 두려운 것이었다. 지배계급의 협조를 얻지 못한 세종의 창의적인 개혁정책은 지지부진했다. 천체를 연구하고 해시계나 측우기의 보급은 늦어졌고 기술발전의 동력을 잃었다. 결국, 그들은 국가발전과 국민의 복지증진을 가로막은 것이었다. 만약 세종대왕의 의지대로 한글 보급이 원활하게 이루어졌다면 조선에서 문화혁명이 일어나고 산업혁명이 태동했을지도 모른다. 그렇게 세종대왕이 꿈꾸던 전 백성의 지적 혁신도, 나라의 부강도 늦어지고 말았다.

세습제 왕조에서 매번 유능한 왕이 태어난다는 보장은 없다. 때로는 어린 세자가 왕위를 계승하며, 섭정이나 외척이 왕권을 대신 행사하기도 한다. 무능한 왕의 주변에는 나라를 발전시키는 정치보다 권력을 탐하는 정치 패거리가 득실거린다. 세종의 아들 문종은 건강이 약해 즉위한 지 2년 만에 세상을 떠났고, 어린 단종이 왕위를 이어받았다. 그러나 삼촌인 세조는 왕을 강원도 영월로 내쫓았다가 결국 사약을 내렸다. 그의 나이 17세였다. 이런 왕권 다툼의 비극 속에서 세종의 애민과 혁신 정책은 뒷전에 밀렸다. 한글은 수백 년 동안 여성과 하층민들의 소통 수단으로서 치부되고 말았다. 세종대왕의 꿈은 빛을 발하지 못하고 겨우 독자문화의 초석이 되는 데 만족해야 했다.

조선왕조 500여 년은 다른 나라 왕조의 300여 년에 비하면 꽤 길었다. 그 오랜 기간 안정을 누렸었으나, 수많은 대외적인 변화에 적응하지 못했다. 조선 후기에는 쇄국정책으로 외부와의 교류를 차단하여 내부의 허약함을 감추었다. 프랑스, 미국, 일본의 배들이 들어와 통상하기를 원했으나 단호히 거부했다. 고종 때, 정권을 잡은 대원군은 외국과 화친하는 것은 곧 매국이라는 내용을 담은 척화비를 전국 여러 곳에 세웠다. 그 시절 국민의 대다수가 농민인데 잘못된 농업정책으로 과중한 세금과 지주들의 수탈로 백성은 굶주렸다. 국가재정은 빈약해서 강력한 군대를 유지할 수도 없었다. 약점을 감추고 숨는다고 국제 경쟁에서 살아남을 수는 없었다.

1894년 3월(고종 31년), 관료들의 폭정에 반항하여 전라북도 고부군의 농민들이 혁명을 일으켰다. 바로 동학혁명이었다. 정부군은 이를 막지 못할 수준이었다. 고종은 청나라에 파병을 요청하여 가까스로 반란을 진압했다. 자기 백성을 죽여 달라고 청국 군대를 초청한 셈이었다. 민심은 흉흉하고 국토는 황폐해졌다. 청군의 조선 파병을 빌미로 일본도 군대를 보냈다. 청나라 군대가 2,800명을 파견했는데 일본은 8,000명을 보냈다. 청나라가 조선을 식민지로 삼지 못하도록 견제하기 위해서였다. 일본이 조선을 식민지로 삼으려는 야욕을 가지고 있기도 했다. 조선 정부는 두 나라 군대에 전혀 영향력을 행사하지 못하고 그들 사이에 국제전이 일어날 조짐이 일기 시작했다. 결국, 1894년의 청일전쟁과 1904년에 일어난 러일전쟁에서 승리한 일본이 조선을 식민지로 삼고 말았다.

지리산 자락의 민초들

일본의 식민통치가 시작되었지만, 그럼에도 한민족은 꿋꿋하게 삶을 이어 갔다. 조선반도 곳곳에서 그들은 아들, 딸을 낳고 고단하게 살아갔다. 백두대간의 남쪽에서 중부로 휘어져 들어와 끝나는 지리산 자락에서도 그렇게 조선의 숨결은 이어져 갔다. 지리산 남서쪽 자락의 남원골 농촌의 정태수와 김화자 부부가 그 예이다. 나라가 망해 왕은 없어졌어도, 그들의 삶은 당장 크게 달라지지 않았다. 여전히 가난과 굶주림에 시달리면서도 새로운 생명을 맞이했다. 1913년부터 그들 사이에는 건강하고 귀여운 아이들이 태어나고 자랐다. 첫째 아들 순호는 조선이 일본에 병합된 지 3년 후에 태어났다. 식민지 조선 출신의 남아라는 운명을 안고 태어난 것이었다. 먹을 것이 부족한 상황에서도 순호가 태어나고 4년 뒤에 여동생 순애가, 그리고 3년 뒤에는 남동생 순철이도 태어났다. 소득은 늘지 않고 식구만 늘어 더욱 가난에 시달렸으나, 그들의 삶 역시 끈질기게 계속되었다. 그런 방식으로 민족의 생명력은 더욱 깊이 뿌리 내렸다.

태수는 대부분 농민과 마찬가지로 소작농이라 물려받은 토지가 없었다. 굶지 않으려면 매년 최남석 지주에게서 소작을 얻어야 하고, 그러기 위해 그의 비위를 맞춰야 했다. 그래서 태수는 자기 땅을 한 평이라도 더 갖고 맘껏 농사를 짓는 꿈을 가졌다. 그는 틈이 나면 지리산 자락의 땅 한쪽 구석을 개간하여 밭을 만들기 시작했다. 개울이나 개천 가의 공터는 이미 논으로 개간되어 빈틈이 없었기에 산을 개간해야 했다. 그는 지난 몇 년 동안에 두 군데의 밭을 일구었기에 개간을 어떻게 하는지 잘 알고 있었다. 크고 작은 돌을 파내어 경계 둑을 만들고 밭작물의 성장에 장애가 되는 나무뿌리를 도끼로 찍어 뽑아냈다. 약 200평쯤 되는 제법 그럴듯한 네모지기 밭이 만들어졌다. 지난번에 일군 밭 일부에는 보리를 심고 또 다른 곳에는 감자를 심어 부족한 쌀 대신 식량을 충당했다. 감자를 수확한 후에는 무와 배추를 심어 겨울에 먹을 김치 재료로 사용했다.

태수는 이번에 개간한 밭에 무슨 작물을 심어야 할지 고민했다. 토양이 비옥하지 않아 퇴비를 많이 주었다. 작물로는 참외와 수박을 심어서 아이들에게 맛있는 과일을 먹이려는 작은 소망을 품었다. 그는 어렸을 때 건너편 마을 원두막에 일하러 갔던 아빠가 가져온 작은 수박을 온 가족이 맛있게 먹었던 기억이 난다. 더운 여름날, 목이 말랐던 차에 수박 한 조각을 한입 물자 사탕처럼 다디단 물이 목구멍을 꽉 채우면서 꿀꺽 넘어갔던 그 느낌을 잊을 수 없다. 그 뒤로도 혀끝에 맴돌던 단맛은 두고두고 추억이 되었다.

"애들아, 아빠 산에 가서 개간하고 올랑께."

이른 봄이라 아직 날씨가 쌀쌀한데 태수는 지게를 지고 집을 나섰다.

"아빠, 나랑 같이 가. 수박 참외를 먹을라면 나도 개간을 도와야제."

"힘들 텐디."

"일없어. 내 소쿠리와 호미도 아빠 지게에다 갖꼬 가요."

순호는 동생들과 즐기던 땅따먹기를 중단하고 태수를 따라나섰다. 양쪽 집의 돌담 사이의 좁은 골목을 빠져나와 동네 앞 언덕에 올라 산으로 향했다. 숲이 시작되기 전에 벌목된 곳에 이르러 태수는 도끼로 나무뿌리들을 찍어냈다. 순호는 작은 손으로 돌멩이를 주워 소쿠리에 담아 밭 경계로 날랐다. 맨손으로 작업하니 손등이 쩍쩍 갈라지고 험해지기는 해도 아버지를 돕는다는 마음에 뿌듯했다. 그에게는 면장갑이 없었다. 세숫비누가 귀했고 따뜻한 물로 손을 자주 씻지 못했다. 로션이나 바셀린 같은 보습제도 없었다. 물론 순호만 그런 것이 아니었다. 동네 아이들 모두가 비슷한 형편이었다.

    태수는 여러 개의 구덩이를 깊게 파고 퇴비를 많이 부어 넣은 뒤, 수박씨를 몇 개씩 심었다. 수박 넝쿨이 사방으로 뻗어가면서 넓적한 잎이 무성했다. 마디마다 수박꽃에서 열매가 커 갔다. 반면에 참외 씨는 땅을 잘 갈고 나지막한 둑을 만든 뒤 띄엄띄엄 심으면 됐다. 참외 넝쿨은 수박처럼 크지도 않았고 멀리 뻗어가지도 않았다. 해가 뜨거운 여름이 되자, 수박은 검푸른 띠가 세로로 새겨지며 익어갔다. 더불어서 띠는 더욱 선명해졌다. 참외도 주먹 크기로 자라가면서 점점 노랗게 익어갔다. 참외는 표피에 가로로 약간의 굴곡이 생기면서 달콤한 향기를 풍겼다. 태수는 바라던 대로 아이들에게 수박과 참외를 맘껏 먹일 수 있을 것 같았다.

    태수는 밭 한쪽 구석에 2평쯤 되는 작은 원두막을 지었다. 네 개의 기둥을 세우고 그 위로 지붕을 얹었다. 지붕은 비가 새지 않을 정도로 나뭇가지를 걸치고 볏짚으로 덮었다. 원두막 중간 높이에 대나무로 된 평상을 설치하여 망대를 겸한 침상으로 사용했다. 밤이면 도둑이 들지 못하게 지키기 위해서였다. 같은 마을 사람들이 그의 작물을 해치는 일은 없지만, 이웃 마을 청소년들이 가끔 훔쳐 먹었다. 참외 서리니 수박 서리를 한다고 떼를 지어 몰려다니면서 따먹고는 장난으로 치부했다. 도둑질이라는 죄의식이 별로 없었다. 순호는 아빠를 따라 원두막에서 잠자는 것을 좋아했다. 모기에 물리기는 해도 집에서처럼 답답하지도 무덥지도 않아서 좋았다. 더우면

밭 밑의 골짜기에 내려가 시원한 물에 멱을 감아 더위를 식혔다.

　마른 풀을 모아 모깃불을 피우지만 별로 효과는 없었다. 깜깜한 여름밤, 멀리 건너다보이는 지리산의 검은 산자락들이 부드럽게 뻗친 능선을 바라보면서 그 너머에도 누군가 살고 있다는 것을 알았다. 밤하늘에 수없이 뿌려진 은가루 같은 별자리가 무척 아름다웠다. 그럴 때마다 그가 알아야 할 지식이 너무나 많다고 느꼈다. 그는 삼베 홑이불을 끌어당겨 목까지 올리고 하늘의 별을 세다가 잠에 빠져들곤 했다. 어두운 밤이 물러가고 아침이 밝아오면 안개를 머금은 숲을 가로지르는 햇살이 찬란히 빛났다.

　지리산은 전라남도, 전라북도, 경상남도에 걸쳐 있고, 약 1억 3,000만 평에 이르는 거대한 산이다. 정태수 부부는 지리산 서북쪽 밑자락에 있는 전라북도 남원의 작은 마을에서 살고 있었다. 남원 아래에는 큰 마을인 곡성과 구례가 위치한다. 지리산의 북쪽으로 함양이 있고 동남쪽에는 진주가 있다. 이곳의 기이한 봉우리들과 깎아지른 듯한 절벽은 여러 개의 크고 작은 계곡을 만들었다. 북으로 달궁계곡, 심원계곡, 뱀사골계곡이 남으로는 피아골계곡, 천은사계곡, 화엄사계곡이 있다. 계곡들을 자세히 보면 갖가지 모양의 조각품들을 세워 놓은 훌륭한 전시장 같은 모습이다. 오랜 세월 동안 비바람이 깎고 다듬어서 만든 작품들이다. 어떤 조각가가 이런 작품을 만들 수 있을까? 동쪽의 천왕봉과 서쪽의 반야봉이 가장 높은 봉우리로 1,000미터가 넘는 산봉우리만 20여 개가 된다. 때로 산허리에 구름이 끼고 비가 오며 뇌성 번개가 요란해도 산봉우리는 청명한 모습을 드러내기도 했다.

　지리산의 산세는 험하지만, 곳곳에 펼쳐진 구릉지는 비옥한 토양으로 씨앗만 뿌려도 잘 자란다. 지난 세월 동안에 수많은 사람이 이곳에 숨어들기도 했다. 조선 중기 임진왜란 후에는 유행병과 흉년을 피해서 적지 않은 사람들이 찾아들었다. 조선 말기에는 동학농민운동이 실패로 끝난 후, 동학도들이 찾아와 후일을 도모하기도 했다. 태수는 아버지를 따라 어린 시절을 움막에서 살았다. 그만큼 지리산은 한민족 정신이 상처를 입을 때마다 품어 주던 영산이다. 지리산에는 소나무를 비롯한 다양한 나무들이 무성해졌다. 감과 밤이 열리고 머루, 다래, 그리고 도토리 같은 야생 열매가 풍부하다. 이곳에는 산토끼부터 노루, 멧돼지, 뱀, 꿩과 같은 다양한 야생 동물들이 있다. 그래서 이것들을 사냥하며 살아갈 수 있다. 지리산은 한민족에게는 생물 자원의 보고이며 생명의 요람이기도 하다. 비가 내릴 때면 우렛소리며 크고 작은 폭포 소리에 나뭇가지를 흔드는 다양한 바람 소리는 음의 원천이다. 그 소리는 조선인들을 자극하여 조선의 전통음악과 노래로 발전시켰다.

태수는 어느 여름날, 아버지가 이웃 어른들과 징을 울리고 꽹과리를 치면서, 신나게 노래하며 춤추던 모습이 그의 기억에 아스라하게 남아 있었다.

징과 꽹과리
저 산을 넘는 뭉게구름엔
지팡이 든 흰 수염 날리는 산신령이 타고 오네
우르르 쾅쾅 우르르 쾅쾅
천둥소리인가 그의 기침인가?
징을 울려라!
쿠왕 ~왕, 쿠왕 ~왕!
천둥을 마중하러 가자
후르르 타악탕 후르르 타악탕!
꽹과리를 두들겨라!
소나기가 쏟아진다,
더위야 물러가라!
산천초목은 생기를 되찾네.
얼씨구, 절씨구, 저절씨구!

우울도 절망도 고통도
불어난 계곡 물살에 휩쓸려가라!
우린 새날을 꿈꾸리라
맑게 갠 하늘 무지개를 좇으며.

　지리산에 모인 피난민들은 삶이 고달프면 노래로 자신들을 위로했다. 춤추며 고통을 떨쳐냈다. 노래는 고통을 잊게 하는 진통제였다. 절망을 딛고 일어서게 하는 보약이었다. 춤과 노래는 고달픈 삶을 치유하고 희망을 살렸다. 놋쇠로 만든 커다란 징과 작은 꽹과리가 기본 악기였다. 징은 무겁고 큰 만큼 한 손으로 들고 방망이로 치면 길고 둔한 소리가 길게 울렸다. 바람 소리를 상징했다. 작고 가벼운 꽹과리는 왼손으로 잡고 쇠뭉치가 달린 작은 막대로 두들기면 소나기가 쏟아지듯 짧은 고음을 냈다. 그들은 바람이 비를 몰아치고 소나기가 쏟아지는 장면을 징과 꽹과리를 두들기며 흥겹게 노래했다. 비가 갠 후에 지리산 자락의 산등성에는 어김없이 무지개가 떴다. 아름답고 찬란하다 못해 신비로웠다. 그들의 찬란한 앞날을 예고하는 것 같았다.
　큰 바위들이 많아 바위틈에 덤불로 입구를 막으면 비바람을 피하고 더위나 추위를 견딜 수 있는 움막을 쉽게 만든다. 태수는 움막에서 자연과 더불어 자라면서 자연현상에 익숙해졌다. 하지만 바람이 불고 비가 내리며 초목이 자라는 현상을 체계적으로 알고 싶었다. 하지만 산 움막 생활을 하면서 그런 공부를 하기에는 어려웠다. 또 많은 사람이 산속에서 오랫동안 사는 데는 제약이 많았다.
　정태수는 더 넓은 세상을 경험하고 싶고 시들어 가는 동학의 위축된 환경에서 벗어나고 싶었다. 지리산 자락을 타고 내려온 그는 남원에서 지붕에 십자가가 달린 아담한 교회를 발견했다. 교회는 당시 서양 선교사들이 전도하기 때문에 서학이라 불렀다. 그 교회는 장로교 남원은혜교회였다.

그렇게 그는 이 마을에 정착하게 된 것이었다.

　남원 외곽의 육모정을 지나서 구룡계곡을 거치면 운봉고원이 펼쳐졌다. 이곳은 한반도의 물줄기를 동서로 가르는 백두대간 동쪽의 고원지대로 남강과 섬진강이 시작되는 곳이다. 동쪽으로는 팔량치를 넘어 경남 함양을 지나 진주로 이어지고, 서쪽으로는 남원이 나오고 치재를 넘으면 임실과 장수로 가는 길이 열린다. 운봉분지에서 낙동강의 지류인 남천이 황산과 덕두산 사이의 좁은 협곡을 통해 인월로 흐른다. 아영면과 인월면을 유역으로 하는 낙동강의 다른 지류인 풍천이 남천에 합류한다. 남원에서 갈라지는 이 물줄기는 동쪽으로는 낙동강으로, 서쪽으로는 섬진강으로 흘러 지리산이 쏟아내는 물줄기를 받아 낸다. 물줄기는 흐르다가 바위를 만나 돌고 낙차 큰 곳에서는 폭포가 된다. 이 물줄기는 점점 더 넓어지면서 섬진강이 되고 남해로 흘러 들어간다. 이 물줄기를 따라 형성된 크고 작은 경작지는 수많은 이들이 생명을 이어 가는 삶의 터전이 되었다. 강의 흐르는 물결은 그들의 숨결이며 속삭임을 녹여냈다.

　태수는 지리산의 북서쪽 자락, 요천의 하류에 있는 전라북도 남원군 금지면에 속한 춘도 마을에 살고 있다. 서쪽은 남원평야의 시작점으로 마을 앞 개울가에는 큰 당산나무가 서 있다. 옆에는 마을 회관으로 쓰이는 4간의 정사각형 정각이 있다. 정각 위에는 초가지붕을 덮고 바닥에서 무릎 높이에는 판자로 마루가 깔려 있으나 벽은 가림막이 없이 사방으로 터져 있다. 여름에는 오전 일을 마친 농군들이 점심 후에 오후 일을 나가기까지 낮잠을 즐기는 곳이다. 뜨거운 태양열이 들녘을 데우면 지리산에서부터 시원한 바람이 흘러 내려온다. 날마다 20여 명의 농군이 낮잠을 자면 여기저기서 코를 고는 소리가 요란하다. 땀 냄새가 코를 찌르지만 아무도 불평하지 않고 잘 잔다.

　마을은 50여 채의 남향 초가집이 모여 있으며, 입구에는 커다란 검정 기와집이 위풍당당하게 자리하고 있다. 이 집 주인은 최남석으로 남원 근처에서는 천석꾼으로도 잘 알려져 있다. 연간 소작료 쌀 1,000석(80킬로그램)은 부풀린 숫자로, 실제로는 500석을 넘지 않았다. 춘궁기에 쌀을 빌려주고 가을에 높은 이자와 함께 두 배로 돌려받기도 했다. 쓰고 남은 돈으로는 전답을 사들여 더 큰 부자가 된다. 그는 언제나 하얀 무명 한복에 검은 양반 갓을 쓰고 두 손은 뒷짐을 진 채로 위엄 있게 걷는다. 숱이 많지는 않지만 긴 수염을 가끔 쓰다듬는 버릇이 있다. 목소리는 카랑카랑한데 가끔 헛기침을 뱉어서 위엄을 부려 아무나 쉽게 접근하지 못한다. 하지만 그의 위엄과 부유함 뒤에는 높은 소작료와 가혹한 이자로 굶주리는 농민들의 애환이 숨어있었다.

그는 젊어서 유교의 경전인 사서삼경을 배웠고 한시를 짓는 취미를 가졌다. 마을주민과는 차원이 다른 부자이고 큰 어른 노릇을 한다. 그와 비슷한 또래 동네 농사꾼에 비하면 훨씬 젊어 보인다. 개구쟁이 아이들도 그의 곁을 지나칠 때는 고개를 숙이고 조심스럽게 지난다. 그의 집에는 마을에서 유일하게 자가 우물도 있고 자가 목욕탕도 있다. 중문을 지나면 담벼락을 겸한 긴 행랑채가 있는데 일꾼들이 기거한다. 왼쪽 골목의 마지막 집이 정태수네 집이고 그 맞은편에는 이판수의 세 가족이 살고 있다.

태수의 집은 전형적인 네 칸짜리 농촌 토담집이다. 맨 동쪽 칸은 부엌이고, 다음으로 안방과 대청이 있으며, 맨 끝 칸이 작은방으로 구성되어 있다. 여유가 없거나 식구가 적은 집은 세 칸으로 충분했다. 남향집에는 네 칸을 이은 판자로 된 툇마루가 있는데 여름에는 그늘지고 겨울에는 햇볕이 따뜻하게 들어왔다. 방문은 한지를 발라 반투명하였으나 유리창이 아니라 방 안이 밝지는 않았다. 방에 앉아서 밖을 내다보기 위해 작은 창을 달기도 했다. 작은 창 대신에 큰 창의 창호지를 뜯어내고 간단하게 손바닥만 한 네모 유리를 붙이기도 했다. 전기가 들어오지 않아 밤에는 석유 등잔불을 켰으나 주위를 겨우 밝히는 정도였다. 태수는 집에서도 땅을 아꼈다. 골목 끝에 있는 그의 초가 사립문 가에 감나무 두 그루를 심고 정성껏 키웠다. 그 옆으로는 살구나무 두 그루도 심었다. 살구는 이른 여름에 노란 열매를 맺었고 감은 늦은 가을에 빨갛게 익어갔다.

태수는 매년 쌀농사를 지었지만, 추수 후 소작료와 세금을 내고 나면 쌀은 항상 부족했다. 섬진강 주변의 논은 홍수로 침수되기도 했고, 가뭄으로 벼가 제대로 자라지 못한 해도 있었다. 전동 펌프는 보급되지 않았고, 지주 최남석의 수차는 그보다 더 많은 논을 빌린 소작농에게 밀려 빌릴 수 없었다. 도열병이 유행한 해에는 듬성듬성 썩어가는 벼를 바라보는 태수는 애가 탔다. 석유를 물과 섞어서 뿌리면 좋다는 말에 그렇게 하기도 했으나 전혀 효과가 없었다. 일본에는 도열병에 효과적인 농약이 있다는 사실조차 몰랐다. 그해의 벼수확량이 적은 것은 말할 필요도 없었다.

흉년이든 풍년이든, 태수와 가족들은 배불리 먹은 기억이 거의 없었다. 하얀 쌀밥은 설이나 추석 명절 때에 겨우 먹는 특별식이었다. 다음 해 늦은 봄에 보리타작 때까지 쌀을 아끼려고, 고구마로 배를 채우거나 무를 잘게 썰어 넣어서 밥의 양을 늘리기도 했다. 막내 순철은 무밥 냄새를 특히 싫어했다. 엄마는 무밥을 할 때마다 순철의 밥에는 무가 적게 들어가게 골라 담으려고 애를 썼다.

태수는 사립문 동쪽 헛간에는 화장실 옆에 닭장과 토끼장 두 칸을 만들었다. 이른 봄에는 10여 마리의 병아리를 부화해 키우고 두 마리의 토끼를 두 아들에게 맡겨 아카시아 잎이나 강아지풀을 뜯어와 먹이도록 했다. 때때로 토끼들에게는 배춧잎 같은 신선한 채소를 먹였다. 태수는 아이들에게 충분한 먹거리를 제공했고, 틈틈이 함께 놀아주었다. 그만큼 마을에서 자상한 아버지로 유명했다. 겨울 농한기에 눈이 오면 눈썰매를 만들어 아이들을 태우고 마을 밖의 언덕길에서 끌고 다녔다. 마을 앞 개천이 얼면 썰매에 태워 밀어주기를 좋아했다. 아이들은 단란한 가정 분위기 속에서 행복한 나날을 보냈다. 집안에서는 3남매의 즐거운 웃음소리가 끊이지 않았다. 그는 마을의 다른 아이들도 사랑했다. 특히 이웃에 사는 철호가 자기 아이들과 함께 놀도록 배려했다.

"태수 성님, 개울에서 썰매 탈 때 우리 철호도 함께 데리고 놀아 주소이잉."

"암, 그러코말고. 우리 애들과 잘 노니께 문제없다네."

"고마워요. 성 때문에 살맛이 난다니께."

"그렁께, 이웃사촌이라는 말이 있잔히여?"

사촌 동생처럼 가까이 지내는 옆집 판수가 아들 철호를 태수에게 부탁하면 당연히 환영했다. 그뿐 아니라 동네 골목에서 만나는 누구 아이든지 머리를 쓰다듬어 주면서 '그놈, 잘도 생겼네'라며 친절히 관심을 표했다. 그의 칭찬을 들은 어린이들은 작은 입을 헤벌쭉 벌리면서 마냥 행복한 표정을 지었다.

반면에 판수는 불의를 보면 참지 못하는 활달한 성격으로 순호 아버지처럼 가정적이지 않았다. 집밖에서는 친구들과 함께 막걸리를 마시며 정치 문제를 토론하기를 좋아했다. 중국이나 일본에서 유입된 소설책이나 성경을 많이 읽어 여러 가지 이야기를 알고 또 그런 이야기를 재미있게 전해 주는 재주가 있었다. 그는 시골에서의 일상이 너무 느릿느릿하고 변화가 별로 없다고 불만이었다. 그는 진보적인 성향으로 대부분 보수적인 농민들을 답답하게 여겼다. 국민의 대다수인 농민이 굶주리는 것이 약한 국가를 만든다고 주장했다. 관리들이 터무니없게 많은 세금을 부과하는 것이 불만이었다. 또한, 소작료가 과도하게 높아서 농민들이 고통받는 것을 보며 분노하기도 했다. 그는 동네 사람들이 최남석 지주에게 소작을 얻기 위해 아부하는 모습을 별로 좋게 보지 않았다.

산업혁명과 제국주의

한편, 중세 유럽은 르네상스를 통해 지식과 예술의 부흥기를 맞았다. 출판업의 발전으로 성경을 비롯한 여러 가지 책이 널리 보급되어 새로운 지식이 급속히 확산되었다. 지식의 확산은 또 새로운 지식의 발현을 도왔다. 새 지식으로 새로운 항로를 개척하고 대항해시대를 열었다. 유럽 국가들은 대서양을 넘어 아메리카 대륙에 진출하는 큰 진전을 이루었다. 결국, 농업 생산성이 높아지고 산업혁명이 일어나 인력 부족 문제가 대두되었다. 이를 해결하기 위해 아프리카에서 잡아 온 흑인들을 노예로 삼아 목화밭이나 사탕수수밭에 팔았다. 노예들은 인권을 박탈당한 채 부를 늘리기 위한 한낱 도구로 전락했다. 강자가 약자를 수탈한 약육강식의 인간사회를 만들었다.

　유럽의 해양 신흥강국들은 아메리카와 아프리카를 넘어 아시아 여러 나라도 식민지로 삼았다. 영국은 인도와 말레이시아를, 프랑스는 베트남과 캄보디아와 라오스를 식민지로 차지했다. 네덜란드는 인도네시아를 점령했고, 한때 대만 일부를 점령하기도 했다. 약한 국가를 수탈하는 제국주의가 득세했다. 풍부한 자본을 축적한 영국에서는 산업혁명이, 독일에서는 종교개혁이, 프랑스에서는 시민혁명이 일어났다. 하지만 역사의 발전과정에서 여러 계층 간의 충돌이 불가피했고 시로를 공격하는 충돌은 많은 사람에게 고통을 안겨 주었다. 수천 명의 시민혁명군이 죽었고, 귀족도 죽었으며, 왕과 왕비는 단두대에서 목이 잘렸다. 뒤이은 볼셰비키 혁명으로 러시아가 뒤집히고 적백내전으로 많은 피를 흘려야 했다.

　반면에 중국은 중세까지 세계의 중심이자 부유한 선진국이었다. 자부심이 충만하여 다른 나라를 부러워하거나 의식할 필요가 없었다. 인구가 4억 명이 넘는 단일 국가로 제일 큰 나라였다. 당시 중국은 전 세계 총생산량의 30%를 차지할 만큼 강대국이었다. 중국의 도자기와 비단 그리고 종이는 유럽인들이 부의 상징으로 자랑하는 물품이었다. 그러나 다른 나라는 모두 오랑캐라고 여길 정도로 자만하던 중국은 개혁의 필요성조차 느끼지 못한 채 유럽에서 들어온 아편에 취해서 해롱거렸다. 아편전쟁에서 무참히 패한 중국은 영국에 홍콩을 넘겨주어야 했고, 포르투갈에는 마카

오를 장기 임차 형태로 넘겨주었으며, 러시아에는 연해주를 할양했다. 이로써 러시아는 조선과 국경을 접하게 되고 중국은 동해를 통해 태평양으로 나가는 길을 차단당했다.

더욱이 유럽과의 교류로 일찍이 혁신을 이룩한 일본은 제국주의 국가가 되어 중국의 동북부와 남양군도와 동남아 여러 나라를 침공했다. 전쟁 물자와 인력이 부족한 일제는 식민지 조선의 자원을 일본으로 신속하게 이송하기 위해 전국적인 도로와 철도망을 구축하기 시작했다. 이 과정에서 토지 조사사업을 통해서 모든 토지에 대한 신고를 명령했지만 신고 기간도 짧고 신고 절차가 복잡하여 많은 땅 소유주가 신고를 마치지 못했다. 결과적으로 미신고 토지와 조선 왕실 소유의 땅은 총독부 소유로 전환되었고, 그런 땅은 일본인 이민자들에게 헐값에 매각되었다. 그렇게 일본인 지주들이 다수 생겨났고, 이로 인해 조선의 자작농은 줄어들고 소작농은 늘어났으며, 농민의 생활은 점점 더 어려워졌다.

일제는 조선인에게만 적용되는 태형령을 공포해, 조선 주재 경찰에게 즉결 처벌권을 주어 현장에서 폭력을 행사할 수 있게 허용했다. 조선에서 사는 일본인에게는 적용되지 않는, 차별의 극치를 보여 주는 불평등한 법이었다. 이유 없이 두들겨 패면 꼼짝없이 당할 수밖에 없었다. 그 억울함을 호소할 곳도 전혀 없었다. 소집영장도 없이 많은 조선인이 일본의 탄광으로 강제 동원되어 굶주리면서 석탄을 캤고, 제철소에서는 뜨거운 쇳물을 피땀 흘리며 받아야 했다. 꽃다운 소녀들은 방직공장 취업 미끼에 속아 일본군의 성노예로 전락했다. 그들은 인간의 존엄성을 철저히 박탈당한 채, 일본 군인의 성적 욕망을 충족시키는 성적 도구로 취급되었다.

역사는 전쟁에서 패한 자들은 승자의 학살을 피하지 못했다고 가르친다. 왕족과 신하, 일반 백성 모두 예외는 없었다. 그러나 조선이 망한 후, 왕가 인물과 관리들은 거의 피해를 보지 않았다. 몇몇 관료는 나라의 패망에 울분을 견디지 못하고 자결했지만, 왕은 여전히 왕의 대우를 받고 왕족은 귀족 대우를 받았다. 합방을 주도한 관료들은 귀족 작위와 막대한 토지를 부상으로 받았다. 백성들은 일본의 노예로 살아가는데 그들만은 풍족한 삶을 누렸다. 그들은 조국과 동포를 일본에 넘겨주는 대신 자신들의 안위를 챙겼다. 그들의 부도덕함을 응징할 수 있는 자는 아무도 없었다.

조선에서 친일파가 생기고 일본의 앞잡이 노릇을 하려는 사태를 막을 길이 없었다. 친일은 곧 출세의 지름길이자, 이익을 챙기는 방법이었다. 친일파는 대체로 직장을 담보로 잡힌 공무원들이었고, 특히 사법·교육 분야의 공무원들이 많았다. 일본에 협조하며 앞장서 활동한 전문적인 친일 인사들도 적지 않았다. 친일파가 많아질수록 독립은 어려워졌다. 식민지인을 이간질하고 분열시켜 지배하려는 일본의 전략에 조선인 스스로가 놀아난 것이었다. 친일파는 조국을 되찾기 위해 목숨을 걸고 싸우는 독립운동가를 일본 경찰에 신고하기를 주저하지 않았다. 누군가는 고문당하고 죽어가는 동포를 지켜보았을 텐데, 그들은 그때마다 도대체 어떻게 자기 합리화를 했을까? 나라의 주권을 되찾기 위해 목숨과 재산을 바치는 애국자들을 그들은 세상 물정을 모르는 바보로 취급했을지 모른다.

1914년도부터 시작된 익산에서 전주를 거쳐 여수에 이르는 전라선 철도 부설공사는 수년간이나 계속되었다. 철도 건설은 먼저 평지보다 더 높은 둑을 쌓아야 하므로 많은 양의 토사가 필요하고 그만큼 인력이 많이 동원되었다. 철둑의 흙이 비에 쓸려나가지 않게 잔디도 입혀야 했다. 철도를 놓을 부지가 개인의 소유이면 각종 협박으로 국가 발전을 위해 무상 헌납을 유도하고, 국가 소유이면 철도공사가 아주 싼 가격에 불하받도록 서류를 꾸몄다.

철도는 쌀, 나무, 광물을 일본으로 수탈하는 데 필요했다. 만주와 중국의 동부, 동남아에서 수행하고 있는 전쟁에 군수물자를 조달하기 위한 작업이기도 했다. 대전에서 목포에 이르는 호남선은 전주 토박이 양반들이 '철마'가 역사적인 자기 고장을 통과하면 번잡스럽다고 반대했다. 철마라는 새 물결이 자기 고장의 전통을 파괴할 것이 두려웠다. 호남선은 전주 대신에 소도시인 익산을 통과하여 목포까지 가도록 변경되었다. 익산을 지나는 철도는 호남선과 전라선뿐만 아니라 만경강을 따라 서해안 쪽으로 뻗어 군산에 연결되었다. 익산은 교통이 편리해지자 도시가 나날로 확대되고 경제도 번창해 갔다. 철도는 호남평야에서 생산되는 쌀을 신속하게 일본으로 실어 나르는 데 핵심적인 역할을 감당했다. 철도와 도로가 새로 생기면서 교통이 편리한 곳에는 항상 사람들로 번잡했다. 식민지의 겉모양이 달라지고 식민지인의 생활도 변해 갔다.

군산항에서는 쌀을 싣고 일본으로 향하는 수십 척의 크고 작은 배들이 드나들었다. 그렇지 않아도 부족한 쌀을 세금 명목으로 수탈하여 일본으로 빼 가니 식민지인들은 더욱 쌀 부족에 시달렸다. 도로와 철도망의 건설로 각 지방에서 올라오는 물류의 소통이 빨라졌고, 일본경제는 더욱 번창했다. 철도를 부설하는 데 필요한 침목은 지리산의 울창한 나무들을 대규모로 벌목하여 충당했다. 일부 벌목된 나무는 일본으로 반출되기도 했다. 그 결과 지리산 밑자락은 점차 민둥산이 되어갔고, 황토가 드러나기 시작했다.

철도는 우마차가 대세였던 당시에 획기적인 교통수단이 되었다. 일제는 김제에서 군산까지 왕복 2차선 도로를 신설하고 아스팔트로 포장했다. 국내 최초의 포장도로로 호남평야에서 생산된 쌀을 군산항으로 빠르게 운반할 수 있게 되었다. 철로를 깔고 발전소를 지어 전기를 생산하여서 조선반도의 농산물 생산과 수탈을 원활하게 뒷받침했다.

조선에서 기찻길을 부설하고 발전소를 건설하여 사회간접자본을 확충하는 데 많은 투자가 필요했다. 필요한 자금은 일본에서 빌리거나 현지에서 세금을 부과하여 조달했다. 필요한 행정력이나 기술이 있는 인력은 친일파 조선인들로 채우기에는 턱없이 부족하고 전문성도 떨어졌다. 총독부는 필요한 인력을 일본에서 유치했다. 각종 혜택을 주며 이민을 장려한 것이다. 그들의 보수는 일본 현지에서보다 더 많았다. 물론 식민지인에 비해서도 많았다. 많은 일본인이 새로운 삶의 기회를 찾아 식민지에 유입되자 도시마다 일본인 거리가 조성되고 일본 주택단지가 들어섰다. 일본인 거리는 넓은 공터에 바둑판처럼 좌우로 반듯하게 도로를 내고 지붕을 기와나 함석으로 덮은 집들이 가득했다. 대부분 초가집으로 구성된 식민지의 꾸불꾸불한 골목길과는 확연하게 구별되었다.

전주시에 일본인의 거리가 번창한 것은 물론이고, 남원 기차역의 앞에도 일본인이 거주하는 거리가 조성되었다. 일본 이민자들은 철도, 발전소, 배전업무에 종사하고, 치안 행정이나 교육에 관한 일을 주로 맡았다. 그들은 일본 본토에서는 느낄 수 없던 '일등 국민'의 우월감을 조선에서는 누릴 수 있었고, 그 점을 만족스러워했다. 무엇보다 일본열도에서 자주 일어나는 지진의 공포에서 벗어날 수 있다는 점도 그들에게 매력적으로 작용했다.

조선은 활화산이 없어 화산재로 인한 피해나 용암이 흐르면서 일으키는 화재도 없다. 하지만 조선에는 온천이 없는 점은 아쉬웠다. 일본에는 여름에 30여 차례 태풍이 지나지만, 조선에는 겨우 두세 차례밖에 안 와시 안전했다. 물가가 저렴하고 생활이 편안하여 일본인의 유입은 나날이 늘어만 갔다. 일본인들에게 식민지 조선은 직장을 얻는 기회의 땅이고 인생 역전을 실현하는 신천지였다. 일본열도에서 한반도로의 인구이동은 일본으로서는 과밀한 인구의 해결책이 되기도 했다.

일제는 호남평야에서 농지정리법을 제정하여 바둑판처럼 반듯하게 도로를 만들고 평평하게 땅을 골랐다. 관개 수로를 편리하게 만들고 가뭄에도 농사를 짓기 쉽도록 강물을 퍼 올리는 양수장을 군데군데 설치했다. 소요 경비를 땅으로 대신 내게 하여 많은 농토가 일본인들 손에 넘어가고 식민지인이 소작할 농토는 더 줄어들었다. 소작할 땅을 잃은 많은 조선인은 만주나 연해주로 이주할 수밖에 없었다. 누가 대대로 살아 온 정든 고향을 떠나고 싶겠는가? 춥고 낯선 타국 땅으로 떠나야만 했던 사람들은 불안하고 서러웠다.

　만주는 일제의 정치적 영향력이 약하고 연해주는 러시아의 영토이므로 일본의 영향력이 미치기 어려운 지역이었다. 그리하여 독립운동가들은 한반도보다 더 안전한 곳을 찾아 만주로 모여들었다. 그곳은 땅은 넓고 인구는 적으며, 강압적인 행정조직도 없어 조선인들에게는 새로운 희망의 땅처럼 여겨졌다. 그곳에는 소작인을 수탈하는 지주도 없었고, 관리는 소득의 1할만 납부하면 거의 간섭이 없었다. 고향에서는 소작할 경우 소출의 절반을 내야 했지만, 만주에서는 소득의 90%를 자기가 온전히 쓸 수 있었기에 생활은 훨씬 풍족해졌다.

　일제가 다양한 공사를 추진하면서 주민들이 부담하는 인력과 전답의 손실이 적지 않았다. 일제는 조선을 잘살게 만들겠다고 홍보했지만, 실상은 식민지 자원을 수탈하려는 속셈이었고, 사람들은 그 사실을 오래 지나지 않아 알아차렸다. 각종 노력을 제공하는 자는 조선인이었고, 그 모든 혜택을 차지하는 자는 조선인이 아닌 일본인이었다. 대도시 중앙의 살기 좋은 주택가를 차지한 것도, 그 상권을 장악한 것도 일본인이었다. 총독부가 일본인의 경제활동을 특별히 비호하기에 가능했다. 현지인들에게는 터무니없이 가격을 올리거나 물건이 있는데도 팔지 않는 일이 빈번했다. 식민지인들의 불만이 점점 높아지고 일본 상인들에 대한 불신이 커지기 시작했다. 불만을 표출한 자를 반사회적 인물이라고 억압하고 식민정책에 반대하는 자는 감옥에 가두고 심한 고문으로 다스렸다.

　1910년부터 10여 년간 일본이 펼친 무단 식민정책은 실로 계엄령하에서의 강압 정치였다. 이에 대한 식민지인의 반발도 점점 더 거세졌다. 일본은 식민지의 수탈정책을 바꾸어 직접 경영정책으로 전환했다.

2
민족의 자각

 1919년, 일본이 조선을 식민지로 삼아 억압하기 시작한 지 10년이 되는 해였다. '십 년이면 강산이 변한다'라는 말처럼, 식민지에서도 변화의 바람이 불기 시작했다. 일본의 가혹한 억압과 수탈은 점점 더 심해졌다. 억압받던 사람들 마음속에는 저항의 불꽃이 점차 타올랐다. 부당한 현실 앞에 그들은 침묵하지 않았고, 빼앗긴 것을 되찾기 위해 용기를 모으기 시작했다. 식민지인들은 일본의 식민통치를 부당한 억압이며 수탈로 규정했다. 일본인들에게 당하고만 살 수 없다고 자각했다.

 일본은 급속한 공업화로 농촌의 인구가 도시로 유입되면서 쌀 생산량이 부족해졌다. 쌀 가격이 오르자 식민지 쌀을 가져다가 충당했다. 그렇지 않아도 부족한 쌀이 대량으로 일본으로 유출되자 조선인들은 끼니를 굶어야 했다. 일본인을 배불리 먹이기 위해 대신 굶주려야 하는 식민지인은 분노했다. 더는 참을 수가 없었다. 일본의 악행은 식량의 수탈에 그치지 않았다. 인권탄압이 더 큰 문제였다. 식민지인은 무단 식민정치에 당하고만 살 수 없다고 꿈틀거리기 시작했다. 빼앗긴 나라를 되찾으려는, 독립에 대한 열망이 점점 더 가슴속 깊이 뿌리 내렸다.

민족자결주의와 3.1독립운동

1919년 1월 18일, 제1차 세계대전 이후 열린 프랑스 파리강화회의에서 미국 28대 윌슨 대통령은 '민족자결주의'를 주창했다. 각 민족은 다른 국가의 간섭을 받지 않고 자기 민족의 정치적 운명을 스스로 결정할 권리가 있다는 선언이었다. 군사적으로 강한 나라가 약한 나라를 식민지로 삼아 수탈하는 제국주의에 대해 문제를 제기하는 발언이었다. 미국은 영국의 식민지 탈을 벗기 위해 총을 들고 싸워서 이긴 나라이다. 유럽의 영국을 비롯한 프랑스, 스페인, 포르투갈, 네덜란드 등의 제국주의 국가들의 잘못을 지적한 경종이었다. 노예제도를 폐지하기 위해 남북 간의 내전을 치렀던 미국의 대통령다운 주장이었다. 미국이 치켜든 자유와 민주의 깃발은 많은 나라의 호응을 얻었다. 조선 역시 스스로 운명을 개척해야 함을 깨달았다.

반면에 일본이 세계를 향해 치켜든 가치의 깃발은 무엇인가? 약한 나라를 침략하고 수탈하는 시대에 뒤떨어진 제국주의였다. 강한 군사력으로 다른 국가를 정복하는 제국주의는 결국은 자신도 파멸시킨다는 진리를 알지 못했다. 언젠가는 그들보다 더 강한 자가 나오지 않는다는 보장이 없기 때문이다. 자기가 판 함정에 자기가 빠지고, 정의롭지 못한 일은 반드시 정의에 굴복한다는 말이 있지 않은가? 윌슨의 민족자결주의는 아프리카나 동남아시아 식민지 나라에 독립의 영감을 불어넣었다. 조선인도 일본에 대해 독립 요구를 행동에 옮길 용기를 얻었다. 드디어 그날이 왔다.

1919년 3월 1일, 고종의 장례식 날이었다. 국민의 대표 33인은 비밀리에 그날을 독립 선언의 날로 계획했다. 고종은 60대 후반으로 고령이었지만 비교적 건강한 편이었다. 하지만 전날 식혜를 마시고 갑자기 사망했다. 일본이 조선왕조의 상징인 고종을 독살했다는 소문이 파다했다. 독립운동 대표들은 이날 정오에 일본에 대한 독립운동을 촉발하도록 결정했다. 한반도 전역뿐만 아니라 세계 각지의 동포들이 많이 사는 지역마다 독립을 선포하기로 계획했다.

종로에 있는 이종일 대표의 앞마당에 모인 대표 33인은 그날 탑골공원으로 이동하려다가 사람들이 너무 많이 운집하여 갈 수가 없었다. 경찰의 감시를 피해 인쇄한 독립선언문 2만 1,000부를 옮길 수도 없었다. 갑작스럽게 계획을 바꿔서 이종일 대표의 집과 마주한 천도교 본부 앞에서 독립선언문을 낭독하고 인쇄물을 배포했다.

이것이 배포된 독립선언문의 요지였다.

조선은 독립한 나라이고 조선인은 누구의 통치도 받을 필요가 없는 자주 민족이다. 이로써 자손만대에 깨우쳐 일러 민족의 독자적 생존 권리를 영원히 누리려 한다. 낡은 시대의 유물인 식민침략주의에 희생되어 수천 년의 역사에 처음으로 다른 민족의 압제를 당한 지 10년이 된다. 그동안 우리의 생존권을 빼앗겨 잃은 것이 그 얼마이며, 정신상 발전에 장애 받은 것이 또 얼마이고, 민족의 존엄과 영예에 손상을 입은 것은 얼마였던가! 새로운 기운과 독창력으로써 세계 문화에 공헌할 기회를 잃은 것은, 그 얼마나 되는가? 온 세계의 새로운 형세가 우리를 밖에서 옹호해 주니 다만 앞길의 광명을 향하여 힘차게 곧장 나아갈 뿐이다.

독립선언문은 민족의 운명을 새롭게 쓰겠다는 민족의 공동 선언이고, 희망을 심기 위한 선포였다. 그러나 그 대가는 혹독했다. 민족대표들은 곧바로 종로경찰서에 잡혀갔다. 하지만 그 선포한 말은 모두 바른 말이었으니 아무리 악독한 일제라도 그들을 무더기로 사형시킬 명분이 없었다. 대신에 유치장에 가두고 날이면 날마다 조사를 한답시고 불러내어 두들겨 패고 가혹한 고문을 가했다.

"대한독립 만세!"
"일본은 물러가라!"

큰 거리에는 태극기를 흔드는 수많은 군중이 물결쳤다. 참가자들은 '대한독립 만세'를 목이 터지도록 외치면서 행진했다. 일본 제국의 무단통치를 거부하고 조선의 독립을 요구했다. 일본은 당장 한반도를 떠나라고 목숨을 걸고 외쳤다. 그들의 만세 합창은 단순한 외침이 아니라 자유와 정의를 향한, 민족의 피를 토하는 절규였다.

서울 종로에서부터 들불처럼 번지기 시작한 3.1독립만세운동은 비폭력 평화적인 항의 시위였다. 상점을 약탈하거나 방화는 전혀 없었다. 시위 질서는 정연했다. 시위대는 종로에서 광화문으로 갔다. 광화문은 헐리고 대신 육중한 지상 4층, 지하 1층의 석조 건물이 세워졌다. 총독부 건물인 중앙청이었다. 조선왕조의 상징인 경복궁을 가리기에 충분했다. 이 건물을 짓기 위해 경복궁의 건물 20%를 철거했다. 일제가 조선왕조의 흔적을 지우려고 했던 것은 그뿐만은 아니었다. 퇴위한 순종이 기거하는 창경궁을 동물원으로 만들고 '창경원'이라 불러 왕궁을 훼손했다. 독립운동 행진은 서울에서 일어난 시위로 그치지 않았다. 시민 불복종 운동은 전국 방방곡곡으로 퍼져나갔다. 독립운동은 해외로 미국과 중국의 교포들에게도 퍼져나갔다. 한민족이 거주하는 나라마다 번졌다. 이는 한민족 최대 규모의 저항운동이었다.

몇 주에 걸쳐 멀리 지방의 전주와 남원에서도 만세운동은 이어져 나갔다. 전주 시민들은 언제나 경기전 앞 광장에서 집회를 거행했다. 경기전은 조선왕조를 연 태조의 어진을 봉안하고 제사를 지내기 위해 1410년(태종 10년)에 지은 여러 채의 전통 한옥 기와집이다. 1439년(세종 21년)에는 이곳에 전주사고(史庫)가 설치되었다. 1597년 정유재란(선조 30년) 때 일본군이 불을 질러 조선 역사책 한 질이 소실되었다. 1614년(광해군 6년)에 중건된 유서 깊은 조선의 상징인 장소이기도 했다. 그러나 인구수가 많지 않은 남원의 교회가 주도한 시위는 며칠 후에 그만 사그라지고 말았다.

그러나 만세운동의 열기는 모두 쉽게 식지는 않았다. 경기 화성 지역에서는 밤낮을 가리지 않고 이어졌다. 만세운동이 격화되던 중, 일본인과의 충돌 사건도 있었고, 이를 빌미로 일본 군경은 1919년 4월 15일, 제암리교회에 29명의 주민을 가두고 교회에 불을 지른 뒤 총격을 가하는 잔혹한 학살을 저질렀다. 이는 3.1운동 당시 일제가 민간인을 얼마나 무차별적으로 탄압했는지를 보여주는 대표적인 사건이었다.

   3.1독립만세운동 중에서 특별히 잊지 못할 인물 중에는 유관순 열사가 있다. 그녀는 서울 이화학당 고등부 1학년 재학 중이었다. 만세운동이 시작되고 한 달 후, 그녀는 고향 충남 목천군 이동면 병천 아우내 장터에서 시위를 주도했다. 그날 유관순의 부모는 시위 중에 일본 헌병이 쏜 총을 맞고 순국했다. 부모의 임종도 지키지 못한 그녀는 경찰에 붙잡혀 서울 서대문형무소에 수감되었다. 여자 감옥 8호에 감금된 그녀는 좁은 감방에 많은 수감자로 인해 감방 환경은 매우 열악했다.

   날마다 계속되는 구타와 고문에 시달려 수감자들은 공포감에 사로잡혀 있었다. 고문으로 신음하는 그녀에게 '독립운동을 포기하라, 풀어주겠다'라는 관수에게 나라를 되찾는 일에 포기란 없다고 되받았다. 국적이 일본인이냐고 물으면 '아니요'였다. 조선인이냐고 물어도 '아니요'였고, '대한인이요'라고 대답했다. 일본과 병합하기 얼마 전에 조선은 국호를 '대한'으로 고쳤었다. 그녀는 동료 수감자들과 함께 '대한이 살았다'라는 노래를 지어 부르면서 고문에 대한 공포감을 견뎌냈다. 열사는 애석하게도 고문 후유증으로 다음 해에 17세의 젊은 나이에 순국했다.

   대한이 살았다

작사, 작곡, 노래: 유관순 외

   전중이 일곱이 진흙색 일복 입고
   두 무릎 꿇고 주님께 기도할 때

접시 두 개 콩밥덩이 창문 열고 던져줄 때

피눈물로 기도했네, 피눈물로 기도했네,

피눈물로 기도했네

대한이 살았다, 대한이 살았다.

산천이 동하고 바다가 끓는다.

(이하 생략)

시위가 그치지 않자, 일제는 경찰력만으로는 진압할 수 없어서 육군과 해군까지 동원해 시위대에 무차별 총격을 가했다. 이에 조선인들이 단결하여 강력히 저항했다. 일본도 독립전쟁으로 번질까 두려워했다. 조선인은 일본의 식민지 굴레를 벗을 수 있다는 가능성을 엿보았다. 반만년의 오랜 역사와 찬란한 문화를 가진 조선이 어쩌다 일본에 속박당하게 되었는가? 스스로 나라를 다시 찾아야겠다고 일어선 것이었다. 일본은 강압적인 무단통치에 문제가 있음을 깨닫고 문화정책을 도입하여 타협하려 했다.

3.1독립만세운동이 두 달여 만에 가까스로 끝났다. 조선총독부의 공식 기록에는 3.1운동의 집회인 수가 106만여 명이고, 그중 사망자가 900여 명이며 구속된 자가 4만 7,000여 명이었다. 실제로는 훨씬 더 많은 희생자가 있었으라 짐작되고 외국 선교사들에 의한 집계에 의하면 사망자만 7,500명 정도였다. 3.1독립만세운동 기간에 있었던 대규모 조선인 학살은 일본에 대한 세계적인 여론을 악화시켰다. 이로써 비폭력 항거는 시위대에 총을 쏘는 일본을 이길 수 없음이 분명해졌다. 비폭력 시위는 상대방의 양심에 호소하는 항의 방법이다. 하지만 비무장 시위대에 경찰만 아니라 군대까지 동원해 수천 명을 학살한 일본인에게 양심이 있는가? 전혀 없었다. 조선인은 일본인을 너무나 선량하게 본 것이 문제였다. 일본의 무자비한 진압은 독립운동의 방향을 바꾸게 했다. 조선인들은 독립을 쟁취하기 위해 총을 들고 싸워야 한다는 것을 깨달았다.

시위는 끝났지만, 독립운동은 한 번의 시위로 그치지는 않았다. 각종 시민단체가 결성되고 민족 교육기관, 조선여성동우회와 같은 여성 독립운동단체까지 조직되고 무장독립군인 의열단도 생겼다. 독립운동의 지속적인 발전을 위해서 국내외의 여러 항일단체가 서로 유기적인 연대가 필요하다는 것도 알게 되었다. 대한민국 임시정부가 중국에서 탄생한 것도 이때였다.

1919년 4월 12일을 기해 중국 상하이에서 대한민국 임시정부가 창립되었다. 임시정부는 국내외의 독립투쟁 운동의 구심점 역할을 감당했다. 망한 왕정과는 미련 없이 결별하고 공화정을 표방했다. 초대 대통령으로 이승만을 추대했다. 일본으로부터 독립한 후에 우리 정부가 나아갈 목표이기도 했다.

무장한 독립군의 활동이 국내에서 제약을 받자 만주와 소련의 연해주로 자리를 옮겨 갔다. 만주에서 김좌진 장군의 독립군이 청산리에서 일본군 정규군을 크게 무찌르고 홍범도 장군이 봉오동전투에서 혁혁한 공을 세운 것이 바로 그다음 해에 일어난 사건이었다.

관동대지진과 조선인 대학살

일본의 조선인들에 대한 무차별 학살은 조선반도 안에서만 일어난 사건이 아니었다. 1923년 9월 초에 일본의 수도 도쿄지역에 진도 7의 관동대지진이 발생하여 14만 2,000명 정도가 사망하고 3만 7,000명이 실종되었다. 10만 9,000여 채의 건물이 파괴되고 10만 2,000여 채는 반파되었다. 화재에 취약한 목조건물이 많아 여러 지역에서 화재가 동시에 일어나 불길이 걷잡을 수 없이 번졌다. 불을 끌 소방인력도 무너진 건물에 매몰된 사람을 구조할 인력도 터무니없이 부족했다. 일본이 여태까지 경험하지 못한 대참사였다. 일본 정부는 계엄령을 선포하고 수습에 나섰으나 민심은 흉흉해지고 도시 질서는 혼란스러웠다. 도쿄시 당국은 격노한 민심의 방향을 돌리려고 희생 재물을 찾았다. 이번에도 지진과 아무 상관이 없는 조선 식민지인을 지목했다. 그들에게 비난의 화살을 돌릴 희생양으로 삼은 것이다.

"조센진이 불을 질렀다!"

"조센진이 우물에 독을 풀었다네!"

아무런 근거도 없는 유언비어가 순식간에 퍼져나갔다. 조선인들이 우물에 독약을 타서 많은 사람이 죽었다느니 불을 지르고 다닌다는 가짜 뉴스였다. 일본인의 분노를 부추겨 조선인을 공격하면서 분풀이를 하게 했다. 지진의 피해를 잠시 잊도록 유도한 것이었다. 일본인들끼리 반목하거나 사회에 불만을 품은 자들도 있었다. 그들은 조선인을 공동의 적으로 만들어 분풀이 대상으로 삼았다. 흥분한 시민들이 자경단을 조직하여 한인교포들을 찾아 나섰다. 한인을 발견하면 몽둥이로 때려서 죽이고 칼이나 창으로 찔러서 죽였다. 조선인들은 하숙집에서, 거리에서, 열차를 타고 가다가 잡혀서 무자비하게 학살당했다. 아무런 영문도 모르고 변명 한마디 못한 채 죽어갔다. 사직 당국이 가짜 뉴스를 퍼트려 무고한 유학생을 학살한 나라가 일본 외에 누가 또 있단 말인가?

"도쿄 시민이여, 나가자!"

"조센진을 무찌르자!"

"조센진을 죽이자!"

"몽둥이로 패자! 죽창으로 찌르자! 니본도로 베어 버리자!"

일본인들은 학살의 광기를 마치 정당한 보복이라도 된 것처럼 포장했다. 관동지진 때에 학살당한 한인 피해자들은 관광객이 아니었다. 가난한 식민지인은 관광을 다닐 형편이 아니었다. 그들은 더 나은 삶을 위해 공부하러 간 유학생이 대부분이었다. 도쿄 시민은 식민지인들이 함께 사는 것이 그토록 싫었을까? 일부는 우수한 식민지 조선인에게 열등감을 품고 있었는지도 모른다. 도쿄 시민이 그들을 무시하는 줄은 알았다. 하지만 도쿄 시민들이 한인들을 학살할 정도로 야비한 자들이라고는 꿈에도 몰랐다. 아무리 혼란스러운 사태라고 하더라도 무방비 식민지 유학생들을 아무런 사법절차도 없이 죽였다. 그들은 마음이 후련했단 말인가? 인간의 탈을 쓰고 그럴 수는 없는 노릇이었다. 먼저 지진에 매몰된 시민을 구하고 사고를 수습하는 데 힘써야 했었다. 그 후에 식민지인의 잘못이 있었다면 사법절차에 따라 처벌할 수 있었을 것이다.

공식적으로 집계된 한인교포의 희생자가 6,661명이며, 질서유지 책임이 있는 경찰과 군인이 학살을 방관하거나 조장했다고 알려졌다. 경찰이 577명을 죽였고, 기마병 군인에게 희생된 자가 3,100명으로 나타났다. 수천 명의 식민지인이 살해될 때 억울하게 함께 죽은 일본인은 없었을까? 외모가 비슷한 조선인을 어떻게 구별했을까? 조선인을 구별하는 방법마저 잔인했다. 15엔과 55센(쥬고엔과 고쥬고센)을 발음하게 했다는 것이다. 조선어에는 탁음이 연속되는 단어가 없어서 이 단어를 제대로 발음하지 못하면 곧바로 조선인이 분명하다고 판단해 죽인 것이다.

학살이 진행되던 날, 도쿄의 군사령부는 조선인은 들어와서 보호를 받으라는 포고문을 정문에 써 붙였다. 죽음의 공포에 떨던 조선인은 사령부를 안전한 피난처라고 믿고 하나둘씩 모여들어 800명이 되었다. 그들은 살았다고 안도했다. 그러나 그것이 올가미라는 걸 누가 알았겠는가? 그들 전원이 사령부 안에서 살해되고 말았다. 그곳은 피난처가 아니라 죽음의 함정이었다. 일본 공권력은 거짓 광고로 살려 달라고 모여든 이를 모두 죽였다. 그것은 '조선인이 불을 질렀다'라 하거나 '우물에 독약을 탄다'라는 가짜 뉴스의 진원지가 일본의 공권력이라는 뚜렷한 증거가 아니고 무엇인가!

총을 맞아 죽은 조선인은 역설이지만 차라리 다행이었다. 죽은 자는 고통을 모르지 않는가? 몽둥이로 두들겨 맞거나 창에 찔리고 칼에 베인 사람들은 숨이 끊어질 때까지 극심한 고통에 시달려야 했다. 피를 쏟으며 살점이 너덜거리고 부풀어 오르는데 몽둥이는 여기저기에서 계속 날아들었다. 얼마나 아팠을까? 아마도 극심한 고통을 견디지 못하고 까무러쳤을지 모른다. 칼과 창도 죽어가는 사람에게 난도질을 계속했다. 죽으면 시체는 골목에 팽개치거나 시궁창에 처박았다. 정신이 육체를 떠나는 시점은 언제인가? 짐승도 그렇게 가혹하게 죽이지는 않는다. 생명에 대한 존중심이 있다면. 아무런 죄도 없는 조선인은 짐승만큼의 대우도 하지 않고 살해하지는 않았을 것이다. 왜 약한 나라에서 태어난 죄밖에 없는 조선인을 일본인들은 그토록 무자비하게 학살을 했단 말인가?

자경단에 끌려가지 않고 하숙방에서 숨어있던 교포들이 당한 고통도 적지 않았다. 밖에 나가지도 못하고 몇 날을 공포에 떨어야 했다. 무서워서 견디지 못하고 자결한 자도 있었다. 광란의 2~3주가 지나고 살 희망이 생겼을 때는 먹거리가 떨어져서 배고픔에 시달려야 했다. 굶주림은 죽음에 대한 공포 못지않게 그들을 괴롭혔다. 밥 한 덩이로 며칠을 버텼다. 3개월 후, 조선인 유학생들은 두려운 마음으로 다시 학교에 찾아갔다. 일본 학생들은 그들을 괴물처럼 쳐다봤다. 지독한 학살을 피했으니 그럴만했다. 조선인은 분하고 또 창피해서 더는 그들과 함께 공부할 수가 없었다.

도쿄에서 학살을 면한 조선인의 대부분은 서둘러 조국으로 도망쳤다. 섬뜩한 잔혹함을 경험하고 도저히 도쿄에 남아 있을 수가 없었다. 친절하고 예의 바른 겉모습 속에 감춰진 진정한 일본인의 모습을 본 것이었다. 그들이 자신의 잔학성을 친절로 위장할 수 있다는 것을 누가 알았겠는가! 그들은 지난 잘못을 직시하지 않았다. 반성하기는커녕 우연히 발생한 자연재해 중에 있었던 작은 불상사쯤으로 처리하고 은폐하기 급급했다.

식민지 경찰은 관동대지진 중 조선인 학살을 피해 귀국한 유학생을 붙잡았다. 학살을 피한 것이 죄란 말인가? 관동대지진 학살을 발설하지 않겠다는 각서를 쓸 때까지 경찰서에 붙잡아 두었다. 그들은 진실을 영원히 은폐할 수 있다고 믿는단 말인가? 역사 앞에 떳떳하지 못한 일을 언제까지나 숨긴단 말인가? 과거를 직시하지 않고 새로운 미래를 맞이할 수 없다는 것을 그들은 알지 못했다.

　일본인 모두가 학살에 가담하지는 않았을 것이다. 하지만 그것으로 학살 책임에서 벗어날 수 없다. 일본 정부나 군부가 이 학살에 대하여 조선이나 광복 후의 한국에 사과한 기록은 전혀 없다. 심지어 일본 정부의 반대파나 인도주의자, 작가, 종교인 중에서 누구도 이 학살에 대한 책임을 묻거나 비난한 흔적이 없었다. 그들에게마저 인도적, 도덕적 양심을 기대하는 것이 잘못인가? 일본인이 조선 식민지인을 같은 인간으로 보지 않은 것이 분명했다.

　하늘 어딘가를 헤매고 있는 무고한 조선인의 원혼을 어떻게 위로한단 말인가? 하늘이여 일본의 잔악한 행위를 언제까지나 내려다보고만 있나이까! 이런 탄식만이 학살을 보거나 들었던 조선인들의 가슴 속에서 사라지지 않고 메아리치고 있었다.

　일본에서는 크고 작은 지진이 자주 발생한다. 일본인들은 이러한 지진이 막대한 재산과 인명피해를 입힌다는 사실을 경험으로 잘 알고 있었다. 관동대지진의 대재앙이 조선인들 때문이 아니라는 것을 몰랐을 수가 없다. 도쿄 시민들은 조국이 식민지가 되어 슬퍼하고 있는 조선 유학생들을 돕기는커녕 무자비하게 학살했다. 방어력이 없는 약자를 죽여서 자국의 힘을 과시하고 싶어서였을까?

　조선반도의 삼국시대까지 그들에게 불교를 전해주고 농업기술을 가르쳐 주었다고 배웠다. 일본인은 은혜를 원수로 갚은 것이었다. 수많은 왜구가 한반도의 해변을 노략질했고 임진왜란 때는 더욱 악랄하게 조선의 국토를 분탕질했다. 조선은 전쟁 6년 동안 농사를 제대로 짓지 못했다. 잡혀간 17만 명의 포로 중에는 4만 명 정도의 남자 도자기공들이 있었다. 이들을 일본 여자와 결혼시켜 귀화하도록 유도했다. 일본의 도자기 산업이 흥성하여 세계로 수출했다. 그뿐만 아니라 죽인 조선 군인을 물론이고 민간인의 코를 베어 가져가 일본 교토에 큰 무덤을 만들어 지금까지 보존하고 있다. 그런 비인도적인 전과를 자손만대에 자랑하는 자들이 일본인이다. 그들은 적어도 조선인에게는 몹시 잔인하게 굴었다.

역사는 진실을 숨길 수 있는 자는 아무도 없다고 말한다. 하늘 아래 모든 악행은 결국 드러나고야 만다. 관동대지진 때의 조선인 학살은 일본의 잔혹함을 여실히 보여 주는 역사적 증거로 살아남았다. 이는 단순한 자연재해가 아니라, 일본인의 인권과 윤리가 얼마나 저급한지를 증명하는 학살이었다. 조선인은 울부짖었다, 이 학살의 역사를 기억하자고! 일본이 한반도에 끼친 고통을 잊지 말자고! 그것이 학살당한 무고한 영혼들에 대한 조선인의 마지막 예의이고 의무라고 다짐했다.

3

일본으로 끌려가다

남원의 겨울은 참고 견디어내기 쉽지 않았다. 매서운 추위가 뼛속까지 스며들었다. 배가 고프면 더 춥게 느껴졌다. 식민지인은 대부분 춥고 배고파서 겨울을 나기가 여간 힘들었다. 방바닥을 덥히는 온돌 외에 보온 장치가 없는 방에서 지냈다. 부엌에 볏짚이나 장작을 태우면 아랫목은 뜨끈뜨끈했다. 시골집은 구조적으로 외풍이 세다. 한지로 바른 문틈으로 송곳 같은 찬바람이 사정없이 파고든다. 외풍이 문풍지를 흔들면서 부르릉 소리를 낸다. 바람이 세차게 몰아치는 날에는 석유등 불꽃도 흔들린다. 동지섣달 추운 밤에는 윗목에 있는 자리끼도 얼어붙기 일쑤였다. 실내 온도가 영하로 떨어지는 증거이다. 솜을 넣고 누빈 바지와 저고리를 입어도 이가 부딪치는 것을 어쩔 수 없었다.

하지만 농한기라 밖에 나가서 일하지 않고 따끈한 온돌방 아랫목에서 이불을 덮고 누워있으면 견딜 만했다. 도시인들도 추운 겨울을 나기 위해 준비해야 하는 필수품이 장작이었다. 음식을 요리하거나 온돌을 덥히기 위해 장작을 땐다. 지리산에는 장작으로 쓸 나무가 널려있었다. 남원의 농부들은 지리산에서 나뭇가지를 모아 일정한 크기로 자르고 쪼개서 도시에 나가 팔기도 했다. 지리산 밑자락에 사는 농부들의 유일한 부수입이었다.

1925년 늦가을, 쌀쌀한 날씨에 정태수는 소달구지를 가진 마을 선배와 함께 전주에 장작을 팔러 갔다. 죽이 잘 맞는 둘은 한두 번 전주로 나들이를 함께 한 게 아니었다. 소달구지에 두 사람의 장작을 싣고 새벽 일찍 출발했다. 그래야 밤늦게라도 돌아올 수 있을 만큼 먼 거리였다. 그들은 달구지의 맨 앞에 운전사와 조수처럼 나란히 앉아 대화를 나누면서 갔다.

"성님, 고마워유. 성님 덕분에 오늘 호강허네유."

"무신 소리야, 내가 오히려 고마우이. 나 혼자 가믄 영판 심심헌디, 동무해 줘서 내가 고맙구먼."

"한 동네에서 같이 농사짓고 삼시롱도 언제 이렇코롬 교제할 시간이 읍었능갑소잉?"

"그라제. 농사 때는 일하느라 바쁘고 농한기에는 자네가 사랑방에 오지 안응깨."

"애들을 챙겨줄랑께 사랑방에 가서 화투칠 새가 없어서라우."

"자네는 애들하고 그렇코롬 재밌게 지낸담서. 우리 애들은 좀 더 커서 그런지 지들끼리 노는 것이 더 좋은가 보드라고."

남원에서 전주까지 걸어가려면 하루 꼬박 걸어야 했다. 거기에 짐을 지고 가는 것은 매우 힘들다. 둘이서 소달구지를 타고 웃음꽃을 피우면서 주위 산천초목을 구경하는 재미는 쏠쏠했다. 그들은 정오가 약간 지나서 전주시장에 도착했다. 장작을 팔아 약간의 용돈을 벌고 나서 자녀들에게 줄 간식거리를 살 생각에 들떠 있었다. 그때까지만 해도 태수에게 어떤 사태가 덮치리라는 것을 전혀 알지 못했다.

그때 전주시장 골목에 일본 순사가 나타났다. 그는 옆구리에 긴 일본도를 차고 당꼬바지 밑자락을 번들거리는 검은 가죽 장화 속으로 꽂아 넣었다. 조선인 조수 한 명을 데리고 느릿하게 걸어왔다. 장터에서 소란스럽게 우글거리던 사람들이 순사를 보더니 갑자기 얼어붙은 것처럼 조용해졌다. 몸을 약간 웅크린 그들은 고개를 숙이고 곁눈으로 순사의 움직임을 살피기에 바빴다. 순사는 장작을 팔아 푼돈을 챙겨 기분이 좋아진 태수를 발견했다. 아무 말도 없이 그는 태수의 손목을 낚아챘다.

"장작 판 놈, 너 이리 와!"

"나 말이어라? 어째 그런다요?"

"그래, 너. 힘깨나 쓰게 생겼으니까 일본에 취직시켜 줄게."

"안 돼것는디요. 우리 애들이 눈이 빠지게 기다린디요."

"빠가야로! 일본에서 취직해 돈도 벌고 기술도 배우는데 싫다고? 이 새끼가!"

일본 순사는 기다렸다는 듯 오른손으로 정태수 왼쪽 뺨을 힘껏 갈겼다. 강력한 순사의 손에 코를 맞았는지 붉은 코피가 쏟아졌다. 피를 보면 누구나 흥분한다. 맞는 사람도 때리는 사람도 마찬가지다. 순사는 그것으로 그치지 않고 명치에도 주먹을 날렸다. 명치를 맞은 그는 배를 움켜쥐고 땅바닥에 나가떨어져서 뒹굴었다. 순사는 다시 그의 엉덩이를 구둣발로 차고 허벅지를 짓밟았다.

"옘병할, 왜 때려!"

태수는 분노와 모멸감에 이를 악물었다. 어른이 된 뒤에 누구와 싸워 본 적이 없다. 누구에게 맞거나 누구를 때린 적도 없다. 한참 후에 숨을 돌린 태수는 악을 한 번 크게 쓰고 상체를 부르르 떨었다. 두 주먹을 불끈 쥐고 벌떡 일어났다. 젊고 농사일로 다져진 그의 단단한 팔에는 힘이 있었다. 순사의 얼굴을 주먹으로 한 번 갈겨버리고 도망치고 싶은 마음이 굴뚝같았다. 그러나 그는 알았다. 그래서는 안 된다는 것을. 순사에게는 공권력이라는 눈에 보이지 않는 무기가 있다는 것을. 저항했다간 공무집행방해죄라는 더 큰 폭력이 기다릴 게 뻔했다. 이러지도 저러지도 못하는 그는 분했다. 누가 그를 부당하게 당하고 무기력하게 만들었는가?

"취직을 안 한다니? 너 따위는 맞아야 싸다고."

취직을 시켜준다는 순사의 말은 새빨간 거짓이라는 것을 누구나 알았다. 광산으로 가는 것은 취직이 아니라 징용이었다. 순사는 법적 절차 따위에는 관심이 없었다. 그가 식민지인을 다루는 통상적인 방법은 무조건 먼저 폭행을 가하는 것이었다. 자신이 내려치는 주먹질에 나가떨어지는 상대를 보고 자신의 권력에 쾌감을 느끼는 것 같았다. 이성적이고 논리적인 방법으로 반항할 수 없게 만드는 데는 폭력만큼 효과적인 것이 없다. 그것도 맨 처음 공격이 강렬하게 상대를 제압해야 효과가 크다는 것도 잘 알았다. 소집영장이 있냐고 따지면 순사는 할 말이 없었다. 그래서 일본 광산에 취직시켜 준다고 말했다. 태수는 가족의 생계를 책임지는 가장이라는 사실도 신경 쓸 일이 아니었다. 식민지인을 대하는 순사들의 인식이 그랬다.

순사도 가장이 갑자기 없어지면 그 가정은 파멸이라는 것을 알았다. 그것은 그가 상관할 바 아니었다. 순사는 식민지인의 개인 사정은 무시하고 국가의 소집에 응해야 한다고 배웠다. 순사는 순순히 말을 듣지 않는 자에게 폭력을 행사하라는 태형령이라는 악법이 있었다. 식민지인의 억울함을 풀어 줄 보호막은 아무 데도 없었다. 태수가 반발하면 주먹질이 심해질 뿐이었다.

태수는 가족과 인사 한마디 나누지 못한 채 그렇게 끌려갔다. 현장에서 보고 있던 여러 명의 식민지인 중 누구도 말리지 못했다. 얼굴은 코피로 피범벅이 되어 험했고, 갈비뼈라도 부러졌는지 배를 움켜쥐고 잘 걷지도 못했다. 누가 말리면 그도 함께 매를 맞거나 경찰서에 잡혀가 불이익을 당할지 모른다. 주위 사람들은 울분을 참느라 끙끙거리고 있었다. 순사는 조선인보다 키도 크지 않고 힘도 더 세어 보이지도 않았다. 그러나 그는 일제의 제복을 입은 순사였다. 순사를 보좌하는 조선인 보조 순사도 난감해할 뿐이었다. 그는 상관을 말리지도 못하고 주먹질을 당하고 있는 동포를 보호할 수도 없었다. 직장 상사와 동포애 사이에서 현실을 외면하는지 그저 멍하게 서 있었다.

"성님~! 나 일본으로 끌려갔다고 우리 집에 알려줏시오잉!"

태수는 함께 온 동네 선배에게 자신이 일본 탄광으로 잡혀간다고 가족에게 알려 달라고 크게 소리쳤다. 그것은 사자에게 붙들린 어린 사슴의 처절한 울부짖음이었다. 단란했던 한 가정이 깨어지는 파열음이었다. 그는 눈앞에 아른거리는 아내와 아이들의 모습에 눈물이 앞을 가려 발걸음을 옮길 수가 없었다.

"엄마, 아빠는 왜 아직도 안 와?"

"난 졸려 죽건는디."

"졸리면 자지 그런다냐. 내가 사탕은 다 먹을 건디."

태수의 집에서는 저녁을 먹을 후에 졸려서 감기는 눈을 비비면서 아이들은 아빠를 목을 빼고 기다렸다. 달콤한 사탕이나 엿을 사 올 것이 분명하기 때문이었다. 아빠가 장작을 팔고 돌아올 때는 언제나 사탕 봉지를 들고 왔었다. 사탕은 그들이 모르는 외부 세계가 있다는 것을 알려 주는 별미였다. 아빠가 일본으로 끌려간 줄도 모른 채 애들은 사립문을 열고 들어오는 아빠를 눈이 빠지게 기다렸다.

태수를 잡아간 일본 순사는 아프리카 흑인을 잡아간 백인 노예 사냥꾼과 다를 바 없었다. 흑인은 신대륙에서 사탕수수나 목화밭에 노예로 팔렸고 조선인은 일본 광산이나 제철소에 끌려간 것이었다. 모두가 노동력을 빼앗기 위해 인간이 인간을 사냥하여 잡아가는 모습이었다. 조선인도 흑인 노예처럼 인권이 없기는 마찬가지였다. 조세이 탄광에 부족한 인원을 보내 달라는 일본 관청의 요청을 받은 전주경찰서는 그 인원만큼 무작위로 조선인을 차출한 상태였다. 물론 탄광에 취직시켜준다는 명분이었다.

일본 조세이 탄광은 해저 탄광으로, 1911년부터 물밑의 얕은 지층에서 석탄을 채굴했다. 갱도에 내려가면 광부들이 천정이 무너질까 봐 두려움에 떨었다. 이미 1915년과 1921년 두 차례에 걸쳐 수십 명이 수몰하는 사고가 있었다. 바닷물이 새면 대피할 수가 없어 그 갱도에서는 살아남은 사람이 거의 없었다. 다른 탄광과 마찬가지로 가스폭발이나 갱도가 무너지는 일도 가끔 일어나기 마련이었다.

조선 탄광들은 주로 높은 산악지대에 있으나, 더 높은 산들이 많은 일본에는 광산의 형태도 다양했다. 전국 여러 산악지대뿐만 아니라 바다 가운데 자그마한 돌섬 밑에도 탄광이 있었다. 돌섬 위에는 노무자 숙소와 부대시설이 아파트처럼 올라가 있어서 군함처럼 보인다고 군함도라 불렀다. 일본의 서해안 쪽에 바닷가의 밑에도 탄광이 있는데, 이것이 바로 조세이 탄광이었다. 일본 당국자의 감언이설에 속아서 끌려온 식민지인들은 노예선이라는 별명의 석탄 운반선에 몸을 싣고 대한해협을 건넜다. 아프리카 노예를 싣고 대서양을 건너는 노예선에 비하면 대한해협은 좁았다. 그들은 대서양을 건너는 노예들처럼 항해 도중에 죽어 나가지는 않았다. 기타큐슈항에 도착해 심야를 틈타 옮겨 탄 트럭은 전속력으로 질주했다.

정태수를 포함한 조선인 노동자 20명은 그렇게 조세이 탄광으로 들어갔다. 정문을 통과한 후, 그들은 외부와 철저히 차단되었다. 군부대도 감옥도 아닌데 그에 못지않게 경비는 삼엄했다. 이 탄광은 자유를 박탈당한 조선인 광부의 직장이 아니라 수용소였다.

조세이 탄광 해변 모래밭에서 바다 쪽을 바라보면 물 위에 우뚝 선 두 개의 큰 원통형 공기통이 보였다. 바로 석탄을 캐는 작업장을 나타내는 표지이기도 했다. 작업장에는 탄가루가 날리고 습도와 온도가 높았다. 작업을 시작하면 온몸에 땀이 비 오듯 흘렀다. 작업 중에 한두 번 장화를 뒤집어 물을 빼내야 했다. 안전 장구를 착용하기에 너무 더워 차라리 훈도시(팬티) 하나만 걸치고 탄을 캤다. 목숨을 귀중하게 여기지 않은 작업장에서 안전을 고려해야 할 필요가 별로 없었다. 너무 힘겨워서 좀 쉬려고 주저앉으면 언제 왔는지 일본인 감독이 가죽띠를 휘둘렀다. 바닷물이 새어드는 사고가 잦을 뿐만 아니라 광부들에게 제공되는 식사가 한 끼에 콩깻묵이 섞인 주먹밥 한 덩어리뿐이었다. 배가 고파 석탄을 캐는 도구를 들기조차 힘들었다. 일본인 광부처럼 충분한 음식을 먹는다면 덜 억울할 것 같았다.

탄광 안에는 일본인들의 사택이 따로 있고 자유롭게 드나들 수 있다. 그 옆에는 조선인 노동자를 위한 합숙소가 있는데 3미터가 넘는 철조망으로 둘러싸여 있고 출입이 제한되었다. 광부의 대부분은 조선인이고 몇 명의 중국인도 있었는데 그 지역에서는 조선 탄광으로 불렸다. 작업환경이 열악해 태수는 며칠 후부터 가슴이 쪼그라들고 갈비뼈가 앙상하게 드러나기 시작했다.

조세이 탄광에서 살아 돌아온 조선인 광부는 없었다. 탄광에서 고된 노역으로 시달리다가 탈진하여 죽거나 진폐증에 걸리거나 폐병에 걸려 죽어갔다. 이래 죽으나 저래 죽으나 마찬가지라고 탈출을 시도한 자도 있었다. 그러나 삼엄한 경비에 외진 바닷가라 탈출에 성공한 경우는 거의 없었다. 탈출에 성공하더라도 신분증도 없고 여비도 없어서 고향으로 돌아가기는 불가능했다. 탈출하다가 붙잡히면 잠깐 자유를 맛본 것으로 만족해야 했다. 그 대가는 처참한 죽음이었다. 다른 광부들이 보는 앞에서 죽도록 매를 맞고 죽으면 시체를 바다에 던져 버렸다. 이름만 탄광이지 생지옥이었다.

한편, 태수가 일본으로 붙잡혀 갔다는 연락을 받은 김화자는 망연자실했다. 하늘이 무너져 내리는 것만 같았다. 믿고 의지해 온 남편이 갑자기 사라졌다. 광활한 사막에 홀로 내팽개쳐진 기분이었다. 일본 탄광이 노동의 대가를 집으로 송금하지 않는 사실은 잘 알려져 있었다. 가장을 잃고 소득원을 상실했으니 가족의 생계는 그녀의 몫이었다. 원통해서 가슴이 답답했다. 두 주먹을 교차하면서 답답한 가슴을 사정없이 내려쳤다. 가슴에 멍이 든 줄도 몰랐다. 한참 동안 통곡하면서 울부짖었다. 하늘을 쳐다보고 망한 나라를 원망해 봐야 무슨 소용이란 말인가?

그녀는 눈물마저 말았다. 애들만 없다면 스스로 목숨을 끊고 싶었다. 어린 애들 3명을 어떻게 먹여 살린단 말인가? 논밭이 넉넉하지도 않고 농사

외에 다른 수입이 있는 것도 아니다. 남편과 함께 온 식구가 농사에 매달려도 입에 풀칠하기가 급급했었다. 잡혀간 남편을 빼내고 싶어도 손쓸 수단이 전혀 없었다. 친척이나 친지 중에 순사가 없었다. 뇌물로 줄 돈도 귀중품도 없었다. 그녀가 할 수 있는 일이라고는 가까운 시일 안에 살아서 돌아오기만을 간절히 기도할 뿐이었다.

김화자는 어린 자녀 세 명을 굶기지 않고 먹여야 한다고 일어났다. 자신이 굶주리는 것은 다음 문제였다. 아이들한테 떳떳한 어미가 돼야지 하고 맘먹었다. 지난여름 남편이 산자락에 일궈놓은 밭에서 얻은 수박과 참외를 온 식구가 맛있게 먹었다. 이웃과도 나누어 먹을 만큼 많은 양을 수확했었다. 낮에 수박을 따서 흐르는 계곡물에 담가 두었다가 저녁에 집에 가져오면 시원해서 더 맛이 좋았다. 수박의 안쪽 빨간 부분을 먹고 남은 수박껍질은 푸른 표피를 깎아 내어 돼지에게 주었다. 하얀 부분은 된장 속에 묻어 두어 장아찌를 만들어 먹었다. 남편이 없는데 수박을 심기에는 너무 힘들 것 같았다. 대신 값이 비싼 두세 가지 작물을 심을 작정이었다.

큰 애 순호가 겨우 13살로 초등학교 6학년이고 다음 순애가 2학년, 막내인 순철이는 아직 학교에 들어갈 나이가 아니었다. 다음 해에 순호는 중학교에 가야 하는데 학비를 어떻게 조달해야 할지도 난감했다. 우선 소작 논을 계속 부치게 해 달라고 지주 최남석에게 부탁하기로 했다. 남편이 최부자와의 관계가 그리 나쁘지 않았다. 남편이 징용된 점이 그의 동정을 사리라 기대했다. 최부자를 찾아간 화자는 공손하게 고개를 숙여 인사했다.

"최 어르신, 남편이 없어도 예년의 소작 논은 그대로 맡겨 주시라요."

"혼자서 너무 힘들지 않을랑가? 큰애가 몇 살이다요?"

"열세 살인디요. 내년에는 전주로 중핵교에 보낼려고 했는디 지가 남원 중핵교 댕기면서 농사를 돕겠다고 한당께요. 공부를 참 잘하는디."

"애가 속이 찼나 보네. 달리 도와주지는 못해도 소작은 그대로 헙시다, 그려."

1925년 봄, 화자가 혼자서 농사일을 처음 책임지는 첫해였다. 최 지주가 소작을 그대로 맡겨주니 그나마 다행이었다. 이른 봄에 들 넘어 야산 아래에 아지랑이가 피어오르면 산과 들은 기지개를 켜고 강남에 갔던 제비가 돌아온다. 어디선가 제비들이 진흙과 지푸라기를 물고 와서 처마 밑에 집을 짓는다. 절벽 같은 서까래에 제비 한 쌍이 작은 주둥이로 물어온 흙덩이를 붙이기를 수십 번 반복하면 제비집이 완성된다. 주둥이에서 접착제라도 나온 걸까? 떨어지지 않고 잘도 붙어 있다. 놀라운 둥지 건축기술자들이다. 그 안에서 제비가 알을 까고 얼마 후에 너덧 마리의 새끼들이 자란다. 부모 제비들이 벌레를 물어다 주면, 서로 달라고 노란 주둥이를 크게 벌리고 짹짹거린다. 먹이를 받아먹은 새끼들은 무럭무럭 자란다. 새끼 때부터 제비들은 난간에 붙어서 배설물을 밖으로 싸서 안방을 깨끗하게 유지했다. 돌아온 제비와 함께 순호 엄마도 봄 농사일을 시작했다.

벼농사는 먼저 소가 쟁기로 땅을 갈아엎는 일부터 시작한다. 소를 키우는 집은 동네에 세 집뿐이었다. 그중 한 집에 삯을 주고 맡겼다. 다음은 비가 올 때 논에 물을 가두는 것이다. 비는 낮에도 오고 밤에도 온다. 깊은 밤중에 비가 오면 자다가도 일어나 논으로 달려가 물이 새어 나가지 않도록 논둑을 다독여야 한다. 지난 수년간 수없이 다니던 논길이 낯설다. 여태까지 앞서가는 남편을 뒤따라가기만 했었다. 이제 그녀가 앞장서야 한다. 물이 가득한 논에서 개구리 울음소리가 요란하게 울려 퍼진다. 개구리는 높은 논에서 내는 소리와 낮은 논에서 내는 소리가 다르다. 때로는 합창이 울려 퍼져 멋진 화음을 이루기도 한다. 자연은 화음과 조화의 근원임을 그녀는 처음 깨달았다. 남편이 일구어 놓은 산자락의 개간 밭에는 고추와 참깨를 심었다.

작물이 잘 자라기를 기도하면서 화자는 틈이 생기면 가서 풀을 뽑고 흙을 끌어다 뿌리를 덮어주었다. 아침밥을 짓다가도 논이나 밭에 나가 볼 일이 생겨서 나가야 했다. 그럴 때면 열 살짜리 순애가 부엌일을 대신 맡아주었다. 가끔은 밥을 짓는 일을 혼자서 해내기도 했다. 어린 아이들이 힘겨운 일을 묵묵히 돕는 모습이 안쓰럽기도 하지만 자신의 어깨가 가벼워졌다.

판수의 고민

옆집 판수는 태수가 징용된 소식에 깜짝 놀랐다. 자신도 갑작스럽게 끌려갈 수 있다는 생각에 불안감에 휩싸였다. 평소에 늘 그런 사태가 자신에게도 일어날 것을 염려했는데 남의 일 같지 않았다. 만일 자신도 징용된다면 젊은 아내와 어린 아들은 어떻게 살아갈 것인가? 최 지주가 소작을 준다는 보장도 없고 농사를 지을 힘도 없지 않은가? 그들의 생계를 책임져 줄 친척도 없다. 유일한 혈육인 삼촌은 두 아들과 숙모를 데리고 이미 몇 년 전에 만주로 떠났다. 망한 나라인데도 지주와 소작의 관계는 그대로 남아 있었다. 더구나 소작료가 너무 높아 소출의 절반이나 바쳐야 한다. 남은 절반에서 각종 세금을 내고 나면 가족들이 먹을 양식조차 부족했다.

판수는 최 지주를 찾아가 소작료를 깎아 달라고 요청하기로 했다. 대문을 열고 들어가니 일꾼들이 농사를 준비하느라고 농기구를 꺼내 놓고 점검하고 있었다. 거대한 기와집 안에 들어선 그는 웅장한 주택에 압도당해 주눅이 들었다. 이런 집에서 배불리 먹고 떵떵거리며 살 수 있다면 얼마나 행복할까 생각했다. 마침 중문에서 일꾼들을 감독하러 나오는 최부자와 마주쳤다.

"안녕하신가요, 최 어르신?"

평소보다 고개를 더 깊숙이 숙이며 공손하게 인사를 했다.

"흠, 자네가 어쩐 일잉가?"

최 지주는 별로 반가운 기색이 아니었다. 평소에 고분고분하지 않은 그가 골치 아픈 요구를 하리라 짐작한 눈치였다.

"어르신, 소작료를 5할에서 4할로 내려주시면 안 될까요? 남는 게 별로 없응께요."

"어, 그래. 나는 신작로 낸다고 논 몇 마지기 들어가 불고. 철도 낸다고 전답이 수십 마지기 들어가 불었네. 자네가 내 소작을 짓기 싫다면야 내년에 조정함세."

"싫은 게 아니라요, 좀 부담을 덜어 달라고 사정하는 것이 아닙니까?"

가족을 굶주리지 않게 먹이고 싶다는 판수의 간절함은 최부자에게 통하지 않았다. 자기 배가 부르니 남의 배고픈 사정을 잘 알 리가 없었다. 매정하게 잘라 버리는 그가 야속하기만 했다. 최부자는 공손하지도 않으면서 불만을 토로하고 공격하는 판수를 못마땅하게 여겼다. 미운 놈이 미운 짓만 골라서 한다고 생각했다. 판수에게 소작료를 깎아 주면 되는 일이 아니었다. 다른 소작인의 소작료도 모두 조정해 줘야 하므로 손해가 매우 컸다.

"그게 그 말이 아닌가! 나도 자식놈 일본 유학비용은 해마다 늘어만 가는디 소작료는 거꾸로 줄어만 가네, 그리여."

판수는 결국 이번에도 소작료를 5:5에서 4:6으로 낮추는 데 실패하고 말았다. 인생살이에 누구나 나름대로 고통이 있기 마련이다. 이웃의 굶주림은 자기 아들의 유학과 별개 문제지만 최부자에게는 그런 인식이 없었다. 다른 소작인들도 소작료가 지나치게 높다고 인정해도 판수에게 동조하기를 꺼렸다. 그들은 최부자에게 미움을 사고 싶지 않기 때문이었다. 약자가 강자에게 도전한다면 실패할 것이 불을 보듯 뻔했다. 그들은 1:1 대결로 성공할 수 없다면 소작인의 연합이나 소작농의 단체를 결성해야 했다. 판수는 단체 행동에 대한 구체적인 방법을 알지 못했다. 그는 다음 해부터 소작을 얻지 못할까 두려웠다. 최부자가 이렇게 잘사는 것은 소작인들이 피땀 흘려 노력한 덕분이라고 생각했다. 성질대로라면 이 집에 확 불을 질러 버리고 싶었다. 그러면 속이 시원할 것 같았다. 자기만 잘살겠다는 자에게 본때를 보여 주고 싶었다. 소작농의 고통을 헤아려 줄 국가 행정기관은 없었다. 일본 순사들마저 최부자의 눈치를 보는 실정이었다.

최부자는 순사나 교사들에게는 매우 친절했다. 반대로 판수와 같은 소작농에게는 고자세를 취해 위압감을 주었다. 상하 관계를 확실히 해 두기 위해서였다. 판수는 소작을 잃으면 생존하기 위해서 날품을 팔아야 한다. 정상적인 수입을 얻지 못할 것이며, 농한기 겨울에는 할 일감이 전혀 없으리라. 생계를 유지할 수 없으면 집을 팔아서 먹고살아야만 한다. 잘못 풀리면 다리 밑에 움막을 치고 구걸해야 할지도 몰랐다. 추운 겨울에 그런 거지들이 종종 마을에 나타났다. 흉년이 들면 거지 떼는 더 많아졌다. 없는 살림에도 마을 사람들은 뒤주 밑바닥을 긁어모아 곡식을 나눈다. 강추위에 그들이 다리 밑 움막에서 가끔 얼어 죽는 일도 있었다. 자신이 그런 처지에 놓인다면 더없는 치욕이 될 터였다. 가족을 살릴 돌파구를 찾아야 했다.

판수는 억울하고 분했다. 일본은 강대국이어서 조선을 식민지로 삼고 지주들은 소작농을 종으로 부린다. 약육강식의 정글의 세계이지 바람직한 인간의 세상이 아니었다. 터무니없이 높은 소작료가 문제였다. 소득의 불균형이 개선될 희망이 보이지 않았다. 이게 정의로운 사회인가? 국가에는 국민이 굶주리지 않고 먹고살 수 있게 해줘야 하는 책임이 있다. 우선 먹는 문제를 해결하고 남은 곡식이 있어야 자녀들의 교육이나 농사법을 개량하는 데 재투자를 할 수 있다. 소수의 지주 자식들이 일본에 유학해서 배우고 와도 다시 소작농을 괴롭힐 지주가 될 것이다. 그러면 대다수 농민은 종이나 다름없이 희망을 잃고, 창의력을 발휘하여 내일을 개척하지 못한다. 악순환의 고리가 계속된다.

1917년에 러시아에서 일어난 노동자와 농민의 볼셰비키 혁명이 생각났다. 노동자들이 제정러시아를 무너뜨리고 노동자와 농민을 위한 사회주의 나라를 세웠다지 않나! 그가 원하는 세상이 바로 그런 것이었다. 열심히 일하는 사람이 잘사는 사회였다. 부모에게서 물려받은 재산으로 힘들이지 않고 잘사는 건 잘못된 것이다. 그런 부자가 많은 사회는 정의로운 사회가 아니다. 그러나 정의로운 세상은 공짜로 주어지지 않는다는 것도 잘 알았다. 피를 흘려야 하는 것이었다.

　판수는 몇 년 전에 만주로 이주한 삼촌이 보낸 편지를 떠올렸다. 만주나 연해주에 가면 광활한 땅이 놀고 있어 개간하여 농사를 짓기에 적합하다고 했다. 날씨가 추워서 농사 기간이 짧긴 하지만 벼농사도 가능하다고 했다. 소작을 얻으려고 지주에게 아쉬운 소리를 할 필요도 없고 경작을 신고하고 소득의 1할만 국가에 세금으로 내면 되니, 먹고 살기는 그곳이 훨씬 좋다고 했다. 농민의 피를 빨아먹는 기생충 같은 관리들을 보지 않아 맘이 편한 것은 덤이라고 했다. 씨앗만 챙겨 가면 내 땅에서 농사를 지을 수 있다는 것이었다. 판수가 평생 꿈꾸어 온 노동자와 농민이 주인이 되는 세상이 그런 곳이었다. 식민지에서는 먼저 일본을 무너뜨리지 않고 그런 세상을 만들 수는 없었다.

　판수는 그런 사회로 가서 직접 체험해보고 싶은 마음이 간절했다. 식민지에서는 죽도록 일해도 제대로 먹지도 못하고 평생 가난에서 벗어날 가망이 없었다. 배불리 먹지도 못하고는 행복할 수는 없는 일이다. 행복하게 살려면 만주나 연해주로 이주해야 한다는 결론에 도달했다. 그는 만주나 연해주로 이주할 계획을 세우기 시작했다. 벌써 소련의 연해주에 20만 명 정도의 조선인들이 살고 있다는데, 그곳에 가서 새로운 삶을 개척하기로 작정했다.

순호의 성장

　순호는 전주로 유학을 하는 대신 남원중학교에 진학했다. 큰 도시에 나가 공부하면 더 많은 것을 배울 수 있겠지만, 집안 사정이 허락하지 않았다. 집에서 매일 6킬로미터 거리를 걸어서 학교를 통학했다. 하루에 한 번씩 왕복하는 길이지만 전혀 지루하지 않았다. 주변 들길을 건너고 산등성이를 오르내리며 계절마다 자연의 변화를 볼 수 있었다.

봄에 마른 잔디에서 올라오는 연녹색 새잎을 보면 반가웠다. 삶이란 죽은 듯이 메마른 잔디에서 움트는 새순 같다고 생각했다. 새로운 세계가 펼쳐지는 모습에 가슴 깊은 곳에서부터 힘이 불끈 솟았다. 이름 모른 들꽃 망울이 손가락 크기만큼 올라오다가 고개를 푹 숙이는 모습은 재미있었다. 비가 그친 이른 아침 지리산 자락의 골짜기에는 구름바다가 높은 산허리를 오르느라 용을 쓴다. 저녁때 비가 그치면, 동편 하늘에 가끔 찬란한 무지개가 뜬다. 그 색깔의 화려함에 황홀해진다. 물방울의 단순한 굴절작용으로 빛의 파장들이 갈라지는 현상이 아닌 것 같았다. 혹시 누군가 구름에 색칠했을까? 하늘로 통하는 구름다리인가? 여러 색깔이 집합하여 더 아름다워지고 둥그런 모양 때문에 더 멋있었다. 살랑거리는 바람결에 풋풋한 풀냄새가 풍긴다. 그 위로 비치는 찬란한 아침 햇살이 화살처럼 쏟아진다. 지리산의 맑은 기운을 맘껏 마실 수 있었다.

　모내기를 끝낸 논에는 어느새 벼가 자라면서 벼 줄 사이로 보이던 흙도 물도 숨는다. 넓은 들을 온통 푸르게 물들인다. 벼 포기가 새끼치기를 한 것이다. 벼 이삭이 나오는가 하면 어느새 누렇게 익어 고개를 숙인다. 참새들이 조잘대는 소리가 끊이지 않는다. 먹거리가 풍부해 즐거운 모양이다. 고추밭에는 푸른 고추가 빨갛게 익어 간다. 빨간 고추잠자리가 날아다닌다. 이때쯤에는 농촌의 일은 바쁘기만 했다. 순호는 방학 때는 물론이고 학기 중에도 틈나는 대로 엄마의 농사일을 도왔다. 농사일을 엄마 혼자 감당하기에는 너무 힘든 중노동이었다. 그렇다고 일꾼을 살 돈이 있는 것도 아니었다. 자신이 공부하랴 농사일을 거들랴 힘겨운 것은 별문제가 아니었다.

　농사일은 성인 남자에게도 어려운 일이라 엄마에게는 너무 힘에 버거웠다. 게다가 힘들어도 미룰 수 없고 곧바로 해야 하는 일이 다수였다. 엄마는 밤에 자다가도 끙끙 앓는 소리를 냈다. 엄마의 앓는 소리에 잠을 깨면 다시 잠들지 못할 때가 자주 있었다. 엄마가 머지않아 죽을 큰 병이 든 것이 아닌가 싶어 걱정이었다. 들에 나가 땡볕을 쪼이며 일하는 시간이 많아서 피부는 검게 타고 거칠어져 나이보다 훨씬 더 늙어 보였다. 무거운 짐을 자주 머리에 이고 다녀서 허리가 구부정해졌다. 먹는 것도 부실해서 그런지 몸도 가냘프게 보였다. 엄마는 도시에 사는 아주머니들처럼 곱게 단장하지도 않았다. 화장품이 비싸기도 하지만 단장할 필요를 느끼지 못하는 것 같았다. 다만 깨끗하게 씻기는 했다. 아버지가 없으니 자신은 소년가장인 셈이었다. 가장은 가정에서 일어나는 모든 일에 무한 책임을 져야 했다.

열심히 공부하여 기어코 좋은 고등교육을 받아 가족을 가난에서 구하고 싶었다. 전주에서 유학한 친구들이 방학을 맞아 돌아오면, 순호는 자존심이 상했다. 그들이 시골뜨기라고 깔보는 것만 같았다. 자신을 과부의 아들이라고, 누더기 옷차림의 가난뱅이라고 무시하는 것 같았다. 그런 친구들과 어울릴 시간도 없고 공통 대화 소재도 없었다. 농사일 걱정 없이 전주에 나가 공부만 하는 또래들이 부럽고 영영 뒤처질까 걱정이었다. 하지만 순호는 그런 열등감을 뒤로하고, 자신만의 꿈을 키워나갔다. 수치심을 극복하고, 불쌍한 과부 엄마에 대한 연민을 가족애의 힘으로 바꾸어 열심히 일했다. 학업과 농사일을 겸하며 육체적으로 피곤할지라도, 그는 온 정신을 집중하여 공부했다.

순호는 집에서 통학하는 길에 지나다니는 남원역에서 일어나는 일을 주의 깊게 관찰했다. 검정 화통을 앞세운 증기기관차가 '뚱우' 하고 기적을 울리면서 역내로 들어오면 역무원이 양손에 든 초록과 붉은색 기를 어떻게 흔드는지를 보았다. 기차가 역을 떠날 때도 기를 흔드는 모양이 다르다는 것을 알았다. 손님을 맞이할 때는 '어서 오세요' 하고 오른손에든 초록색 기를 흔들었다. 떠날 때는 '안녕히 가세요' 하고 왼손의 깃발을 흔들었다. 깃발로 말을 대신하는 모습이 흥미로웠다. 역무원은 농사일 보다 일이 더 쉽고 더 많이 버는 멋진 직업으로 보였다. 그들의 연한 녹색 제복도 멋있고 빨간색 가는 줄을 두른 긴 차양의 모자는 일품이었다. 시골에서 보는 또 다른 직업인인 교사들도 멋있고, 농사꾼보다 더 여유롭고 품위 있게 사는 것 같았다. 순호 자신도 언젠가 그들처럼 멋있는 직업을 갖겠다는 희망을 품었다.

순호는 교사나 철도원을 장래의 직업으로 정했다. 교사가 되려면 전주사범학교를 졸업해야 하는데 전북도에서 수재들이 모두 모인다고 했다. 철도공무원이 되려면 순천의 국립철도학원에 다녀야 한다고 했다. 철도학원에는 호남 전체에서 수재들이 모이기로 유명하다는 것이었다. 식민지 학생의 입학은 기준이 더 까다로웠다. 출신 중학교 교장의 추천서가 있어야 했다. 출신 중학교에서 수석으로 졸업해야 한다는 뜻이었다. 학비가 무료라는 점과 졸업과 동시에 철도청에 취직이 보장되는 점이 매력적이었다. 철도원이 되면 군대에 가지 않아도 되는 것도 맘에 들었다. 재학 중에는 수업료가 면제되고 기숙사가 제공되는 이점도 있었다. 순호는 가족을 가난에서 구하기 위해 국립철도학원의 입학을 목표로 죽기 살기로 공부했다.

순호는 마침내 원하는 철도학원에 합격했다. 날아갈 듯이 기뻤다. 5년 동안 기숙사에서 생활하며 어머니의 부담을 덜어 드리기 위해 검소하게 살았다. 교실과 기숙사를 오가며, 그의 일상은 단순했다. 마음속에 있는 큰 꿈을 생각하며 여유롭게 생활하는 아이들에 대한 열등감을 털어버렸다. 먹고 자는 시간 외에는 공부에 전념했다. 일요일에는 친구 강창식과 함께 순천재림장로교회에 다니면서 청년회 활동을 열심히 했다. 동아리 활동도 술과 담배도 하지 않았다. 무미건조한 학창 생활이라 해도 그는 상관하지 않았다.

5년 후, 순호는 눈물겨운 노력 끝에 우수한 성적으로 철도학원을 졸업했다. 우수 졸업생에게는 자기가 지원하는 역에 배치되는 특혜가 주어졌다. 그는 꿈꾸던 전주역에 지원하여 역무원으로 임명받았다. 고향에서 가까운 큰 도시인 전주역에서 근무하게 되어 기뻤다. 그의 친구 제주 출신 강창식은 남원역에 취직했다. 고향인 제주도에 직장을 얻고 싶었으나 제주도에는 철도가 없어서 순호를 따라 전주에서 가까운 남원역에 지원했다.

창식은 일본 오사카를 왕래하며 사업하는 삼촌이 추천하여 철도학원에 진학했다고 말했다. 어려서 부모를 일찍 여읜 그는 삼촌이 키웠기 때문에, 삼촌이 아버지 같다고 했다. 일본에서는 석탄을 때는 증기기관차뿐만 아니라 디젤을 연료로 사용하거나 전기로 가는 기차가 있다고 알려 줬다고 했다. 더구나 앞으로 고속으로 달리는 기차가 나온다는 말도 들었다고 했다. 그만큼 앞으로 발전 가능성이 많은 분야라고 강력히 추천했다는 것이다. 그들은 함께 한반도의 철도 발전을 꿈꾸며 열심히 일했다.

순호는 전주역에 취직하여 가장으로서의 책임을 감당할 수 있었다. 직업이 있으니 가족을 굶기지 않아도 된다는 안도감이 들었다. 아버지라는 보호자가 없는 것도 서러웠지만, 그의 앞길을 인도해 줄 어른이 없어서 느낀 망망함에 방황했었다. 동생들은 그렇게 방황하지 않게 하고 싶었다. 재학 중에도 호남지방의 여러 철도 노선에서 차장을 보좌하여 객차 운영을 배우면서 견문을 넓힐 수 있었다. 마침 순천-여수 간 철도가 완공되어, 여수의 아름다운 섬들과 잔잔한 남해를 구경할 수 있었다.

여수에서는 임진왜란 때, 이순신 장군의 발자취가 서린 진남관을 비롯한 역사적인 장소를 답사했다. 그의 탁월한 지략은 막강한 일본해군을 물리쳤다. 조선의 운명을 300년쯤 늘린 셈이었다. 광주, 나주, 목포, 익산, 군산, 구례, 곡성 등을 두루 방문하며 많은 추억을 쌓았다. 순천에서는 죽도봉공원의 백우탑, 옥천서원, 순천향교, 용강서원, 선암사, 송광사, 해룡왜성, 향림사, 낙안읍성민속마을, 구례 운조루 고택, 고인돌공원, 순천만 철새도래지 등을 방문할 기회가 있었다. 객차 운영 실습 시간에 우리의 문화와 역사에 대한 이해를 넓혔다. 표를 사지 않고 기차여행을 즐길 수 있었던 것은 철도학원 학생 신분의 혜택이었다.

특히 구례군 토지면 오미마을에 있는 운조루 고택은 그에게 깊은 인상을 남겼다. 조선 영조 52년(1776년), 삼수 부사를 지낸 류이주가 지은 99칸짜리 저택이었다. 귀족으로 지을 수 있는 가장 큰 주택으로 구조는 사랑채, 안채, 행랑채, 사당으로 구성된 저택이었다. 한국 전통 건축의 아름다움을 고스란히 담고 있었다. 사랑채는 T자형으로 누마루 형식이고 안채는 사랑채의 오른쪽에 있는 건물로 사랑채에 비하면 규모가 매우 크며 평면이 트인 'ㅁ' 자 형이었다. 중심 부분은 대청이며, 좌우로는 큰방과 작은방이 자리 잡고 있었다. 누각 아래 기둥 서쪽에는 안채로 들어가는 길이 있는데, 계단 대신에 경사로가 놓여있었다. 사당은 안채 동북쪽에 있는 건물로 별도의 담장을 둘렀으며 지붕은 맞배지붕이었다.

대문 앞에는 식구들이 안에서는 볼 수 없는 곳에 큰 통나무로 만든 쌀통이 있었다. 통밖에는 타인능해(他人能解)라고 쓰여있었다. 쌀이 필요한 자는 누구나 덜어 갈 수 있다는 표시였다. 주인이 마을에서 굶는 사람이 없도록 배려한 것이었다. 가난한 이웃을 배려한 나눔 정신이 동학혁명과 일제강점기의 혼란 속에서도 저택이 불타지 않게 만들었다.

광주학생독립운동

호남지방을 돌면서 차장 실습을 하던 중, 순호는 역사적인 사건의 현장을 목격했다. 1929년 10월 30일, 청명한 가을 하늘에 아침저녁으로 서늘한 바람이 부는 전형적인 가을날이었다. 순호는 광주역에서 아침에 업무지시를 받고 점심 후, 목포행 열차에 올라 차장보조 업무를 시작했다. 목포에 도착하면, 바위산인 유달산이라는 유명한 관광지를 구경할 계획이었다. 그는 약간 들떠 있었다. 멀리서 보면 쌀가마를 쌓아 놓은 모습과 같다는 노적봉에도 올라갈 예정이었다. 임진왜란 때 이순신 장군이 볏짚 가마니로 바위층을 둘러쳐서 군량미를 산더미처럼 쌓아 둔 것으로 위장했다는 바위산이다. 목포는 군산항처럼 나주평야의 쌀을 일본으로 실어 나가는 배들이 많이 들고나는 분주한 항구였다.

오후 4시에 광주에서 출발하는 목포행 완행열차는 호남선을 따라 형성된 몇몇 도시에서 광주의 여러 학교에 통학하는 학생들이 주로 이용했다. 통학생들은 대부분 나주나 영산포에서 광주까지 다녔다. 광주고등보통학교에는 식민지 학생이 많이 다녔고, 광주중학교에는 일본인 학생이 주로 다녔는데, 패거리로 몰려다니면서 크고 작은 충돌을 일으키곤 했다.

그날 오후, 가을 해가 서쪽으로 기울 무렵에 순호의 열차는 송정리역을 지나고 노안역을 거치면서 나주평야로 진입하고 있었다. 나주는 배와 사과의 생산지로 유명한 곳이다. 열차 창밖으로는 사과가 빨갛게 익어 가고 신문지로 싼 배들이 주렁주렁 달린 배나무 가지들이 힘겨워 보였다. 그때 맨 끝 객실에서 소란스러운 소리가 들려왔다. 순호는 차장을 따라 소란한 객실을 향해 급히 달려갔다. 후쿠다 슈조라는 일본 학생이 같은 칸에 타고 있던 조선 여학생 박기옥을 희롱하면서 시시덕거렸다. 반대쪽에 있던 조선 학생들은 일본 학생들을 향해 욕을 퍼부었다. 패싸움이 일어나기 직전이었다. 차장과 순호는 호루라기를 불며 양측의 중간에 뛰어들어 두 무리를 따로 떼어 놓았다. 이어서 일본 학생들을 옆 칸으로 이동시켜 상황을 진정시켰다.

학생들은 나주역에서 거의 다 내렸다. 열차는 최종 목적지인 목포를 향해 계속 달려갔다. 목포에서 퇴근한 순호는 계획했던 유달산에 올라가서 노적봉도 구경했다. 이튿날 조간신문에는 나주에서 일본 학생과 조선 학생 패거리가 기어코 큰 패싸움을 벌였다고 보도했다. 양측에서 모두 많은 학생이 다쳤지만, 경찰은 조선 학생들만 처벌했다는 내용이었다. 이 싸움에 관한 기사가 전남일보에 보도되어 나주는 물론이고 광주 시민들이 분노했다. 잘잘못을 따지기 어려웠을 수도 있었다. 하지만 차별이 분명했다. 그래서 분노했다. 내 땅에서 사는 줄 알았는데 주인 행세를 하는 자가 따로 있었다.

4일 후, 11월 3일은 메이지절인 공휴일이고 전남에서 누에고치 생산 600만 석을 달성한 기념으로 축제가 광주에서 열렸다. 이 행사를 계기로 조선 학생들이 항일 독립운동을 외치는 대대적인 시위를 감행했다. 학생들은 언론, 출판, 집회, 결사, 시위의 자유 보장에 대한 격문을 들고 격렬한 시위를 벌였다. 이 사건은 광주학생독립운동으로 역사에 기록되었다. 순호는 그의 하루하루가 역사의 한 장을 써가는 기록인 것 같았다.

순호는 철도학원을 졸업한 후, 전주역에 발령받아 역 근처에 자취방을 얻어 거처를 마련하고 어머니와 동생들의 교육에 대해 상의했다. 마침 여동생은 초등학교를 졸업하고 1년이나 중학교에 진학하지 못하고 집에서 어머니의 농사일을 돕고 있었다.

"엄니, 그동안 가난한 살림을 꾸려가느라고 고생이 많으셨어라우. 이자는 지가 취직도 하고 징병 문제도 해결했응께 걱정은 마씨요. 맘을 푹 놋씨요."

"그려, 장하다. 철도학원에서 좋은 성적 낼라고 고생 많았제. 좋은 직장을 얻어서 감사하다야."

"당연히 지가 할 일인디요. 그런데 순애도 중핵교에 보내야 허겄지요?"

"그러면 좋겄는디 순철이가 곧 중핵교에 댕겨야 하지 안타냐?"

어머니는 통상 시골의 여자들은 초등학교 졸업으로 학업을 끝내므로 순애를 중학교에 보낼 생각이 별로 없었다.

"물론 둘 다 보내야지라우."

순호는 소년가장으로서 가장 먼저 동생들을 전주에서 중학교에 보내는 일이었다. 교육은 배신하지 않는다는 말을 그는 믿었다. 그 자신이 그걸 증명했다. 철도학원을 졸업했기에 전주역에 취직할 수 있었다. 교육을 받아야 능력을 키우고 생활의 지혜를 얻는다. 부모 세대가 여자애라고 차별하여 중학교에 보내지 않은 것은 잘못이었다. 개인의 능력을 사장하고 국가의 힘을 키우지 않는 행위다. 개인 능력을 키우지 못하면 나라의 힘도 성장하지 못한다. 조선이 일본의 식민지가 된 것도 국민의 능력이 모자라기 때문이었다. 여자들도 교육을 받으면 자녀교육을 제대로 할 수 있고 산업활동도 할 수 있다고 믿었다. 다음 봄학기에 순애를 기전여자중학교에 입학시킬 작정이었다.

　기전학교는 구한말 전킨(Mary Junkin)이라는 미국 여선교사가 설립한 여자 중등교육기관이었다. 남자에 비해 이름도 없이 차별하고 교육에서 소외된 여성들을 가르쳐서 능력을 키워 주기 위한 학교였다. 그녀는 교육과 선교에 온 힘을 쏟다가 풍토병으로 젊은 나이에 쓰러지고 말았다. 교명도 '기억하라 전킨 선교사'를 줄여서 '기전'으로 불렀다. 2년 후에는 막내 순철이도 전주에서 중학교를 보내도록 계획했다.

　"엄니, 부탁인디요. 창식이를 집에서 하숙하게 하면 어찌까요?"

　"그려, 난 괜찮은디 지가 맘에 들란지 모르겄겄는디. 내가 만든 음석을 좋아할랑가도 모르겄꼬 잉?"

　"갸가 그러고 싶다고 했당께요. 지가 쓰던 방이 있잖어유."

　마침 남원역에서 일하게 된 친구 강창식을 집에서 하숙하면서 직장에 다니도록 어머니에게 부탁했다. 순호 어머니는 큰아들 친구가 함께 있으면 의지가 되어 좋고 창식은 휴일이나 일과 후에 바쁜 농사일을 도와주고 싶어 했다.

　어머니는 순호에게 학교를 졸업하고 취직했으니 결혼을 하라고 권했다. 소년가장이 아니라 명실상부한 가장으로 자리를 잡아야 가정이 안정을 찾는다고 했다. 늙은 어머니는 부담을 덜고 어린 동생들은 자기 길을 개척할 터였다. 그러나 그는 동생들을 학교에 보내고 징용으로 잡혀간 아버지를 찾는 것이 먼저라고 대답했다. 벌써 10여 년 전 사건이라서 아버지를 찾을 수 있을지 확실하지 않았다. 하지만 일제에 빼앗긴 아버지를 찾지 않고 자신만 잘사는 것은 자식의 도리가 아니었다. 일제에 납치된 아버지를 찾는 것이 아들인 그의 의무라고 말했다. 아버지는 자식을 이 세상에 태어나게 한 사실만으로도 자식들의 감사와 존경을 받아야 한다고 믿었다. 아버지의 생사를 모르는 것은 가슴 아픈 일이었다.

이미 3,000년 여년 전에 쓴 성경에도 '네 부모를 공경하라'라 명령했다. 가정이라는 제도를 만든 하나님의 말씀이다. 부모 공경은 교회에서 자주 언급되는 설교 제목이기도 하다. 하나님이 인간을 이 세상에 보냈고 부모는 자식을 태어나게 했다. 하나님은 그래서 인간의 찬양을 받고 자식은 부모에게 순종해야 한다. 할 수만 있다면 아버지를 찾아가서 다시 집에 모셔 오고 싶었다. 그럴 수 없다면 그동안 얼마나 고생이 많았냐고 위로라도 해 드리고 싶었다. 갑작스럽게 끌려가서 얼마나 억울했냐고, 분통함을 나누고 싶었다. 아버지도 가족을 돌보지 못한 죄책감을 털어 버릴 수 없지 않을까? 가족이 얼마나 보고 싶었을까? 젊은 아내를 청상과부로 만들고 궁한 살림에 어린 자식 3명이나 키우게 했다고 미안해하지 말라고 위로하고 싶었다. 세 자녀 모두가 건강하게 잘 자라고 있다고 알려 주길 원했다. 그것은 아버지의 잘못이 아니라, 일본의 잘못이라고 말해주고 싶었다.

조선을 식민지로 삼아 수탈한 일본이 언젠가는 반드시 죗값을 치르리라 믿었다. 제발 아버지가 탄광 작업이 아무리 힘들더라도 어머니를 생각하고 자식들을 다시 보기 위해 희망의 끈을 놓지 않고 살아남기를 바랐다. 아버지가 이미 사망했다면, 순호는 그의 넋이라도 위로하길 원했다. 순호는 꼭 아버지를 찾아내겠다고 다짐했다. 아들의 결심을 듣고 어머니는 눈시울이 붉어졌다. 아들이 엄마의 마음을 꿰뚫어 본 것 같았다. 엄마가 자다가 끙끙 앓는 소리를 할 때 '여보, 나 힘들어 죽겠어. 당신이 보고 싶어!'라는 말을 하고 있었다는 것을 알았을까? 가슴속 깊이 묻어 둔 남편에게 한 줄기 빛이 비추는 듯했다. 아들의 효심이 고마웠고 또 그가 자랑스러웠다. 그녀의 눈시울이 뜨거워졌다.

순호도 아버지를 그리워하지 않은 날이 없었다. 눈이 내리던 어느 겨울날, 아버지와 함께 눈사람을 만들어 사립문 앞에 세웠던 추억이 그리웠다. 투박한 아버지의 손을 잡고 골목길을 걷던 날, 동무들에게 자랑스러웠던 순간도 생각이 났다. 당시 아버지의 손은 거칠었지만 따뜻했다. 그는 틈이

나는 대로 전주경찰서에 찾아가 아버지의 기록을 어떻게 찾을 수 있는지 수소문했다. 하지만 징용에 관한 기록을 찾는 데는 경찰이 협조를 거부했다. 그는 기록을 보지 않고 막연하게 아버지를 찾아 나설 수 없었다. 아버지가 어떤 경로를 거쳐 조세이 탄광에 인도되었는지를 확인하고 일본 여행을 계획하기로 했다. 경찰서에서 아버지에 대한 기록을 조사할 수 있는 직원을 알아보았다. 그는 경찰서의 기록보관에 관여하는 조선인 직원과 친분을 쌓으려고 노력했다. 그에게 밥도 사고 서커스나 영화 구경도 같이 갔었다.

일본에서 조세이 탄광에 찾아가더라도 탄광 현장에서 당사자들이 협조해줄지 몰랐다. 그들의 협조를 얻기 위해서 변호사나 광산 관련자를 알아야 했지만, 그런 일을 어떻게 추진해야 하는지 알지 못했다. 우선 일본에 갈 명분을 찾고 여비가 얼마나 필요한지 예산을 세우고 이를 마련할 구체적인 계획을 수립하기로 했다. 아버지의 행적은 단기간 여행으로는 찾기 어려울 것 같았다. 장기간 일본에 있으면서 그가 할 수 있는 일은 무엇일까? 생각했다. 장래의 유익을 위해 전문분야의 지식을 늘리려면 일본에서 유학하는 것은 어떨까? 섬나라 일본이 한반도에서 많은 문명을 전달받은 것으로 배웠는데 일본이 어떻게 조선을 앞질러 발전했는가를 알고 싶었다. 고립된 섬에서는 교류가 빈번한 대륙보다 문명의 발달이 더딜 터였다. 일본 유학을 추진하기로 하고, 창식의 삼촌이 오사카를 오가며 장사를 한다니 자세한 정보를 물어보기로 했다.

4
아버지를 찾아 일본으로

 순호는 "아는 것이 힘이다"라는 말을 좋아한다. 알지 못하는 자는 힘이 없으니 배워야 한다는 뜻이기도 하다. 일본이 철과 불로 군함을 만들고, 하늘을 나는 비행기를 만드는데 조선인은 그런 기술을 알지 못했다. 조선이 일본에 먹힌 이유이다. 조선의 역사는 교육을 중요하게 생각해왔다. 1398년 태조 이성계는 성리학을 가르치는 교육기관인 국립 성균관을 설립했다. 국가의 인재를 키우는 역할을 담당하는 대학이었다. 그러나 기술교육 부문을 등한히 하고 산업을 일으키지 못한 점이 매우 아쉽다. 교육은 개인의 능력을 개발할 뿐만 아니라 사회를 변화시키고 세상을 더 밝게 밝히는 빛이다. 교육이 없이는 사회의 발전이 없고 기술을 개발하지 않고는 산업을 일으킬 수 없는 것이다.
 고려 시대의 목판 팔만대장경은 천년 넘게 보존되어 지식과 정신의 유산으로 남아 있다. 조선 초기에는 중국의 한자와 다른 소리글인 한글을 만들어 우리만의 독창적인 지식체계를 구축했다. 그러나 조선의 국력이 약해서 잠시 일본인에게 정체성인 말과 글을 모두 빼앗기고 대신 그들의 말과 글을 써야 했다. 이제 조선인은 더 많이 배우고 힘을 길러 조선의 말과

글을 되찾고, 빼앗긴 정체성을 회복할 역사적인 사명이 있음을 순호는 통감했다. 그는 가정의 안정을 다진 후, 더 넓은 세상을 보고 싶었다. 더 많이 배우고 능력 있는 자가 되기 위해 일본 유학을 결심했다.

일본은 그에게 개인적으로는 아버지를 빼앗아간 나라이다. 어려서부터 험한 세파에 휘둘렸다. 젊은 과부 엄마 밑에서 굶주렸고 헐벗고 서러운 삶을 살 수밖에 없었다. 그것은 그를 단련시키고 더 강하게 만들기도 했다. 웬만한 고난은 두렵지 않았다. 지난 13년 동안 아버지는 탄광의 지하 작업장에서 두더지처럼 석탄을 캐다가 어떻게 되었는지 아무도 모른다. 그는 유학하는 동안 징용된 아버지를 찾아보겠다고 마음속으로 굳게 다짐했다.

지난 몇 년간, 순호는 전주역에서 근무하며 전주가 고향 남원만큼 익숙해졌다. 직장에서 업무를 충실히 수행했다. 가장으로서 동생들을 전주로 불러 공부시키며, 그들의 미래를 위해 아낌없이 지원했다. 생활이 안정되자 그의 마음속에는 더 큰 꿈이 싹트기 시작했다. 일본 유학을 통해 기계공학을 전공하고, 조선이 독립한 후 자력으로 기차를 만들 날을 대비하고 싶었다. 유학할 대학은 오사카대학을 목표로 정했다. 도쿄대학에 이어 두 번째로 유명한 제국대학이다. 기계공학을 전공하면서 증기기관차를 설계하는 기술을 배우고 자력으로 기차를 만들 날을 앞당기기를 바랐다.

지난해, 서울 영등포의 철도차량 공장을 견학했었다. 객차와 증기기관차의 생산 공정을 보았다. 전기 기술자와 목공 작업자가 선반에서 기계 본체를 조각하고 부품을 만드는 모습에 감동했다. 전기 기술자와 목공 기술자가 함께 일하는 거대한 공장이었다. 선반에서 철봉을 깎아서 수나사와 암나사를 비롯한 여러 종류의 부품을 만들었다. 기관차를 만드는 공장은 더 복잡하고 정교했다. 그 과정은 단순한 기술을 넘어 하나의 예술 같아 보였다. 그들은 청사진 뭉치를 집어 들고 다양한 부품을 조립하여 거대한 열차를 만들어냈다. 조선도 언젠가는 자력으로 이런 대규모 공장을 갖고 발전시켜야 한다고 생각했다. 그는 하고 싶은 일이 너무 많아 가슴이 힘차게 뛰었다. 대량의 화물과 승객을 운송하는 데는 열차가 효율적인 것 같았다. 반면에 버스와 자동차는 도로 상황이 좋지 않아 보급이 느릴 수밖에 없었다.

1938년 여름, 순호가 일본 유학을 떠나기 전날이었다. 창식은 남원에서 오후 좀 일찍 기차를 타고 전주에 갔다. 동생들과 함께 순호를 위한 송별회를 열기 위해서였다. 순호는 막걸리를 사 오고 순애가 안주로 잡채와 불고기를 정성껏 요리했다. 송별회는 단순한 작별의 자리가 아니라 그들의 우정을 다지고, 그의 성공을 기원하는 축제였다. 순애와 순철은 옆에서 구경하고, 두 친구가 주거니 받거니 하고 막걸리를 몇 잔 마셨다. 그렇게 분위기가 무르익어 갔다. 그들의 웃음소리는 밝은 미래를 향한 기대로 잔뜩 부풀었다.

"야, 순호야. 너 일본 유학 안 가면 안 되건냐? 너 떠나불면 나 외로워서 어쩐다냐?"

"너, 나 맘 약하게 만들지 말그라잉. 내일이면 떠나는디 그라면 못쓰제."

두 친구의 대화는 겉으론 장난스러웠지만, 진심이 담겨 있었다. 창식은 순호의 결정을 존중하면서도 그를 떠나보내는 것이 너무 아쉬웠다.

"아부지를 찾으러 가는 넌 효자다야. 나 같은 놈은 부모님 얼굴도 몰라서 그런 효심이 도저히 이해가 안 간다야. 이미 돌아가셨을 수 있지 않냐? 살아계시길 바라지만. 탄광 막장에서 몇 년만 일해도 진폐증에 걸리고, 폐병도 걸려서 살아남기 영판 어렵다지 않더냐. 물론 살아계시길 바라지만 말이야. 너처럼 머리가 비상한 놈은 어두운 과거에 질질 끌려가기보당 미래를 향해 힘껏 도약하는 것이 더 어울린단 말이여, 자식아."

"그려, 나도 허탕칠까 시퍼서 겁나게 걱정되기는 해야."

"아부지가 어찌 됐던지간에 니가 장개가서 가정을 이루고 동생들 잘 키우고 엄니도 잘 모시고 행복시럽게 사는 걸 더 바라지 않을찌 몰라야."

"동생들은 다 컸고. 엄니가 걱정인디, 니가 나 대신 잘 모셔라, 친구야."

"사실, 니 엄니는 내 엄닌지 가끔은 헷갈릴 때가 많아야."

"그래, 고맙다. 너만 믿고 난 갈란다. 잘 있거라. 잉! 근디, 제주도 니 집은 너 장개가라고 안 하시냐?"

"응, 숙모는 물질에 바쁘고 숙부는 오사카 사업으로 왔다 갔다 하시지. 나가 제주 여자한테 장개가지 않을 게 뻔헌께 신경 안 쓰셔야. 가끔 용돈 쪼매 보내드리면 고맙다고 허싱께."

그날 밤, 그들은 막걸리를 주고받으면서 웃고 떠들었다. 술이 다 떨어지자 소주 몇 병을 더 사 왔다. 어느새 하늘과 땅이 뒤바뀌고 천정이 빙빙 돌더니 방바닥과 구분되지 않았다. 뱃속이 울렁거렸다. 눈꺼풀이 처지더니 감겼다. 밤늦게까지 철도학원 시절과 역무원 초기에 있었던 여러 가지 실수를 떠올리며 시간 가는 줄 몰랐다. 어쩌면 아버지를 찾아 나서는 그는 단순한 효심만이 아니었다. 그의 가정을 파탄 낸 일본에 대한 반항이고 복수심의 발로였다. 순애와 순철은 어느새 옆방에서 꿈나라로 떠났고 두 친구는 밤이 깊도록 떠들다가 헛소리까지 했다. 아무래도 상관이 없었다. 나중에는 술이 술을 마신다더니, 술병이 모두 비우자 둘은 방바닥에 대자로 누어 코를 골았다.

다음 날 아침 일찍 순호와 창식은 새로운 시작을 향해 무거운 발걸음으로 나아갔다. 속이 매스꺼웠다. 토하고 싶었다. 간밤에 먹은 술과 안주만이 아니었다. 뒤틀린 세상사에 대한 불만을 깡그리 토해내기 바랬다. 우중충한 날씨는 그들의 마음을 한결 더 무겁게 만들었다. 순호는 전주에서 서울행 호남선 열차에 올라 대전에서 경부선으로 갈아타고 부산으로 가는 길을 택했다. 플랫폼에서 창식은 손을 흔들며 작별을 고했다. 다시 돌아올 기약이 없는 사랑하는 친구들의 이별은 슬픔 그 자체였다. 그들은 지난 15년간 형제처럼 지내 왔다. 이제 텅 빈 가슴을 무엇으로 메울지 알 수 없었다. 순호는 부산에서 대마도를 거쳐 시모노세키 가는 배를 타고 시모노세키에서 다시 오사카로 가는 배로 갈아탈 예정이었다.

"잘 가! 꼭 성공하고 돌아와!"

13년 전에 일본으로 징용된 아버지를 찾아 떠나는 친구에게 행운을 빌어 주었다.

"응, 고마워, 넌 잘 지내!"

남아 있는 창식이나 떠나는 순호 모두 목이 메었다.

순호는 대학입학에 필요한 서류를 챙겨서 일본으로 건너가 오사카에 도착했다. 오사카는 조선인들이 많이 사는 도시이고 창식의 삼촌으로부터 많은 정보를 얻어서 잘 준비했다. 조선인 거주지는 일본인 지역에 비해 주거 환경이 열악한 빈민촌이었다. 비좁은 장소에서 낡은 판자로 얼기설기 경계를 만들고 그 옆에는 돼지를 치고 그 위로 닭장을 만들었다. 냄새도 고약하고 시끌벅적했다. 어린애들은 땟국이 줄줄 흐르는 몸에 누더기를 걸치고 이리 뛰고 저리 뛰고 신나기만 했다. 그들은 가난도 배고픔도 별로 상관없어 보였다. 창식의 삼촌으로부터 소개를 받은 하숙집은 그곳에서는 제일 좋은 교포 집이었다.

다음 해인 1939년 3월에 새 학기가 시작하기 전에 오사카대학의 입시일과 시험과목에 관해 알아봤다. 입시에 도움이 될 참고서를 사고 일본어 공부를 열심히 했다. 가타카나와 히라가나를 비롯한 기본 일본어는 학교에서 배워서 알고 있었다. 일본어 성경을 읽고 소설책도 읽어 단어를 많이 암기했다. 문법은 우리말과 비슷하여 어렵지 않았다. 문장에 섞인 한자 발음이 문장에 따라 달라지는 변화가 좀 어려웠다. 주위에 일본인들이 많아 회화를 연습하는 데 많은 도움이 되었다. 과학과 수학도 별로 어렵지 않았다. 일본 역사가 좀 어려웠으나 역사책을 여러 번 읽어 거의 외우다시피 했다.

그의 꿈은 자신의 학문적인 성취뿐 아니라, 조선의 독립과 미래를 위해 보탬이 되는 모든 걸 배우는 것이었다. 그리고 사랑하는 가족과 친구들을 위해 더 나은 세상을 만들겠다는 각오로 그의 마음속은 가득 찼다.

1938년 겨울, 순호는 오사카대학교 공대 입학시험에 무난히 합격했다. 일본 학생들과 겨루어도 지지 않을 자신감이 생겼다. 합격의 기쁨에 그는 더 활력이 생겼다. 모든 일이 순조롭게 풀릴 것만 같았다. 다음 해 봄에 새 학기가 시작되니 두세 달의 공백기가 있다. 그는 그 기간에 조세이 탄광을 찾아가기로 했다. 탄광은 일본 서해안에 있었기에, 오사카에서 아침 일찍 출발하는 급행열차를 타고 한나절을 달려서 조세이역에 도착했다.

광산의 서쪽은 바다에 접해 있고 나머지 삼면은 철조망으로 둘러쳐 있었다. 정문에는 석탄을 실어 나르는 트럭이 분주히 오갔다. 폐업한 업체는 아니었다. 위병소에는 밤색 제복을 입고 파이버 모자를 쓴 경비병들이 경계를 서고 있었다. 탄광은 외부에서 보기에는 군부대 같으나 경비병이 총을 메고 있진 않았다. 전주경찰서에서 조선인 인부 20명을 보낸 것을 확인했으니 순호의 아버지는 저 탄광 어디선가 작업을 하고 있을 터였다. 만나면 무슨 말부터 해야 할지 생각하니 가슴이 벅차올랐다. 너무 오랫동안 보지 못해서 아버지가 자기를 알아보기나 할까 걱정되기도 했다.

순호는 심호흡으로 각오를 단단히 하고 정문으로 다가갔다.

"쓰미마셍, 조선인 광부 정태수 씨를 면회하고 싶습니다. 저는 그의 아들입니다."

"아노, 광부 면회는 절대 금지사항이오."

정문 위병들은 단호한 목소리로 거절했다. 몇 년간에 걸쳐 벼려 온 아버지를 만날 수 있으리라는 기대는 일순간 무너졌다. 여태까지 식민지 노동자의 가족이 면회를 신청한 경우는 없었을지 모른다. 가족의 면회조차 허락되지 않는 광산이라니, 순호는 분노로 가슴이 답답해졌다. 어떤 말로도 설명할 수 없는 부당한 조치였다. 죄수도 아닌데 면회조차 금지하는 것을 이해할 수 없었다. 멀리 조선에서부터 아버지를 찾아온 아들에게 이런 부당한 대우를 할 줄은 몰랐다. 자기들도 가정이 있고 부모가 있으며 자식을 낳고 살고 있을 터였다. 아버지가 진폐증이나 폐병으로 사망했을지도 모른다는 생각이 스쳤다. 그러나 진실을 확인할 길이 없었다. 그렇다면 더욱 사망 사실을 밝히고 사죄를 해야 도리가 아닌가? 그들이 보기에는 모든 조선 식민지인이 범죄자란 말인가? 순호나 아버지는 망한 나라에서 태어났을 뿐 범죄자는 아니다. 그는 인간의 존엄성과 도덕성에 근거한 정당한 요구를 하는 것이다. 국적이 다르면 피부색이 같고 겉모습이 똑같아도 같은 수준의 사람이 아니란 말인가?

순호는 면회를 포기할 수 없었다. 가족의 면회를 금하는 조치는 부당한 일이었기 때문이었다. 이번에도 수위들에게 떠밀려 다시 정문 밖으로 쫓겨났다. 식민지에서 알려진 것처럼 탄광은 일반회사와는 다른 곳이었다. 얼마나 열악한 작업환경이면 감옥처럼 외부와의 교류를 철저하게 차단한 것인가? 며칠 전에 그는 오사카대학 도서실에서 신문을 뒤적이다가, 그해 초에 조세이 광산 노동자 200여 명이 시위를 벌였다는 기사를 읽었다. 생활 여건이 너무도 나쁘다고 관리소 내부의 유리창과 전화기를 부수며 항의했다는 것이다. 광부의 대부분은 조선인 강제 징용자라고 했다. 대표자 두 명에게 책임을 물었다고 했다. 죽도록 두들겨 패서 바다에 던졌을지 모른다. 그중 한 명이 아버지가 아니었을까? 그는 부당한 일을 보면 참지 못한 성격이었다.

순호는 수위들이 막는다고 쉽게 물러날 사람이 아니다. 다시 돌아서서 끈질기게 면회가 안 되는 이유를 따졌다. 하지만 경비원들은 그를 다시 내쫓았다. 그 탄광은 상식이 통하지 않는 곳이었다. 회사는 부당하게 면회자를 내쫓았다고 외부에 알려질까 봐 극도로 민감하게 굴었다.

그때 경찰차가 사이렌을 요란하게 울리며 오더니 그를 연행했다. 인근 경찰서에 잡혀간 그는 신분 조사를 받고 군대에 가지 않은 이유에 대해 추궁당했다.

"아노, 너 군 병역을 마쳤나?"

"아니요, 난 철도공무원으로 일해서 면제되었어요."

"그래, 우리가 그걸 어떻게 알지?"

"예, 여기 경력증명서가 있어요."

"이따위 종이쪽지를 어떻게 믿나? 이거 가짜 아냐? 수상한 놈일수록 증명서를 잘 갖춘다고."

순호는 전주역에서 철도공무원으로 일했기 때문에 군대 면제를 받았다고 경력증명서를 내보였다. 그들은 경력증명서가 진짜라고 믿을 생각이 아예 없었다.

"믿건 안 믿건 나는 군대에 갈 나이는 지났지요. 또 대학에 입학하면 군대는 자동으로 연기되고요. 아닌가요?"

1939년 봄, 순호는 오사카대학에 입학한다고 합격증을 자랑스레 내보였다. 그러나 그들에겐 합격증도 무의미한 종이 쪽지에 불과했다. 아무리 발버둥을 쳐도 소용이 없었다. 그들은 이미 순호를 징용해 갈 작정이었다. 오사카대학은 일본인도 입학하기 어려운데 감히 식민지인이 합격했다니 믿을 수 없다는 태도였다. 식민지인은 자기들보다 한참 지능이 낮다고 믿는 것 같았다. 경멸하는 눈초리로 그를 위아래를 훑더니 군대 기피자로 몰아가는 그들의 모함에, 억울함을 호소할 곳조차 없었다. 그들은 군대 기피자는 매국노와 같이 보았다. 조국 일본이 만주와 중국 동부에서 전쟁을 치르고 있는데, 황국 국민으로서 군대에 가지 않은 것을 크게 나무랐다.

순호는 탄광에서 중요한 비밀을 캐내려는 첩자로 의심했다. 그들의 눈초리가 점점 더 싸늘해졌다. 단순한 적대감에서 살의마저 느껴졌다. 울분에 찬 가슴을 애써 누르며, 그는 더 큰 보복을 피하기 위해서 어떻게 해야 할지 곰곰이 생각했다. 아무리 진실을 말해도 통하지 않고, 애원하고 몸부림쳐도 소용이 없었다. 그들의 부당한 조치를 묵묵히 받아들이는 쪽으로 맘을 정했다. 어쩌면 '너 같은 놈 하나는 쥐도 새도 모르게 없앨 수도 있다'라는 분위기가 읽혔다. 그는 덜컥 겁이 났다. 목숨을 부지하기 위해 억울하지만 그들의 처분을 따르기로 했다. 목숨은 하나뿐이다. 자존심과 맞바꿀 수는 없다. 차라리 비굴을 택해야지 죽임을 당하면 안 된다. 살아남아야 거짓을 강요한 저들을 기억할 수 있다. 다시 저들을 만날 기회도 오지 않겠는가? 그는 속이 뒤집히는 듯한 울분을 참아야만 했다.

　러시아로부터 빼앗은 사할린의 탄광에 광부가 턱없이 부족하다고 그를 보내는 서류를 작성했다. 곧 오사카 대학생이 될 그가 광부를 지원해야 하는 현실에 자존심은 산산조각이 나고 말았다. 본인의 뜻에 따라 지원한다고 쓴 광부지원서에 강제로 지장을 찍게 유도했다. 너무나도 억울한데 하소연할 곳이 없었다. 사방이 꽉 막힌 곳에 갇혀 있는 것 같았다. 도저히 그들의 올가미에서 벗어날 방법이 없음을 깨닫고 절망했다. 그들이 순호를 죽여서 암매장한다고 해도 아무도 알 수 없을 터였다.

　불행은 또 다른 불행을 낳기 마련인가? 순호는 사할린 탄광 노무자로 일하려고 일본에 유학을 온 꼴이다. 정태수와 정순호 두 부자는 억울하게 일본 탄광에 징용을 당했다. 아버지를 찾기 위해 일본까지 온 순호의 효심은 물거품이 되어 버렸다. 순호는 오사카대학에서 공부하는 대신 사할린 탄광에 탄을 캐러 가게 되었다. 식민지 조선에서 아들로 태어난 자신의 신세가 너무나 참담했다. 그는 일본에서 투명 인간이나 다름없었다. 좌절감에 짜증이 났다. 저들을 붙잡아 하나씩 내동댕이치고 한바탕 소란을 피우고 싶었다. 그래야 울적한 마음이 좀 풀릴 것 같았다. 그러나 불덩이 같이 솟구치는 감정을 억누르고 참았다. 가슴이 답답해 왔다. 가슴앓이하더라도 죽는 것보다는 낫다고 자위했다.

　사할린의 겨울은 혹독하다. 시베리아에서 불어온 차가운 바람에 기온이 영하 49도까지 떨어진다. 여름에도 높은 산꼭대기는 만년설에 덮여있는 섬이다. 자작나무 숲이 울창하고 석탄이 풍부한 이 섬은 1904년 러일전쟁에서 승리한 일본의 영토가 되었다. 북위 50선을 경계로 남부는 일본이 차지하고 북부는 러시아의 몫이었지만 사실상 섬 전체를 일본이 지배했다. 일본 북해도에 많이 사는 아이누족이 사할린에도 살고 있었다. 추운 사할린에서 산에서는 나무를 벌목하고 탄광에서 석탄을 캐야 하는데 일본인들은 추운 기후 때문에 사할린에서 일하기를 싫어했다.

사할린의 탄광이나 벌목을 위해 부족한 인력을 국가총동원령을 제정해, 주로 한반도의 남부지방에서 7만 명을 모집했다. 그들이 사할린에 도착한 후에 그들 가족도 함께 이주시켰다. 말이 이주였지, 실제로는 속임수와 압제로 얼룩진 징용이었다.

사할린으로 징용되다

순호는 도쿄로 이송되어 사할린으로 가는 조선인 28명과 함께 열차에 실려 홋카이도로 끌려갔다. 열차와 배를 갈아타며 스쳐 지나가는 풍경은 모두 낯설었다. 기억 속에 남을 듯한 특이한 풍경인데 아무것도 남지 않았다. 억울한 마음에 갖가지 번잡한 생각이 가득했기 때문이었다. 홋카이도의 맨 북쪽 끝에 있는 소야 곶에서 연락선을 타고 라페루크 해협을 건너서 마침내 사할린 크릴론 곶에 도착했다. 제주도의 4배 정도 크기인 사할린에서 섬의 수도인 유즈노사할린스크에 갔다. 러시아 사람들 사이에 조선인들이 제법 많이 보였고 15만 명이나 살고 있다고 했다. 그들이 한꺼번에 왔을 리는 없고 장기간에 걸쳐서 징용되었으리라 짐작했다. 가족과 함께 이주한 조선인 광부들은 집에서 출퇴근한다고 들었다.

순호 일행은 유즈노사할린스크를 떠나 남사할린의 내륙으로 뻗은 중앙의 산맥 안쪽에 있는 카와카미 탄광에 인계되었다. 탄광에 배치된 이후로는 외부와의 접촉이 차단된 채 날마다 석탄을 캐는 일만 반복했다. 광부가 몇 명이고, 연간 석탄 생산량이 얼마인지 전혀 알려지지 않은 비교적 새로운 탄광이었다. 그들은 외진 산속 감옥 같은 환경에서 날마다 채탄 일을 반복했다. 매일같이 내려가는 지하 500미터 아래 막장은 탄가루가 난무한 곳이었다. 습도는 높고 체온과 비슷한 온도 때문에 땀으로 온몸과 옷이 젖었다. 안전장비를 착용하면 불편했고, 생사의 갈림길에서 착용하나마나 별 의미가 없었다. 결국 광부들은 거추장스러운 안전장비를 벗어 던지고 팬

티만 입은 채 작업했다.

　광부들에게 제공되는 양식이라고는 매끼 소금으로 간을 맞춘 콩과 수수로 된 주먹밥 한 덩이가 전부였다. 싱싱한 채소를 먹은 기억이 아득했다. 잘 숙성된 김치를 먹고 싶었다. 가끔 단무지 조각이 나왔다. 그 양이 너무 적어 감질나기만 했다. 일본인들이 전통적으로 먹거리가 부족해서 식사량이 적어서 왜소한 몸을 가진 것 같았다. 왜놈이라고 깔보던 민족이 아니었던가. 굶주림 속에서도 지하 막장에서 탄을 캐는 작업을 날마다 계속했다.

　순호는 이런 불결한 작업환경에서 부실한 음식을 먹고 중노동을 하는 게 얼마나 힘든가를 체험했다. 그는 젊고 건강하지만, 아버지는 나이도 더 많고 이런 작업환경에서 견디기 어려웠으리라고 생각되었다. 탄광에서 유행하는 폐병이나 이질에 걸리면 면역력이 없어 회복하기도 쉽지 않으리라 짐작했다. 그것은 아버지가 지금까지 살아남았을 확률이 매우 낮다는 의미였다.

　1943년, 일본의 전세가 불리해지자 사할린의 해협은 러시아 해군에 의해 봉쇄되었다. 제공권을 가진 미공군 폭격기들이 하늘을 맴돌며 석탄 수송을 방해했다. 석탄 수송이 막히자 일본은 광부를 사할린에서 규슈지방으로 옮겨 일본 열도의 석탄 생산량을 늘리기로 했다. 이때 조선인 광부 2만여 명도 함께 이동시켰다. 하지만 광부들의 가족을 사할린에 그대로 남겨 놓아 많은 이산가족을 낳았고 이중징용이라는 비난을 받았다. 일본은 필수 요원을 제외한 일본인 광부들을 모두 철수시켰다. 남은 요원은 마지막 일본인의 철수 계획을 세우게 했다. 철수할 때 어느 항구로 집합할 것인지 여러 탄광에서 이동할 차량을 몇 대를 준비해야 하는지 계획하는 것이 그들의 임무였다.

　1945년 8월, 일본이 전쟁에 패망하며 사할린은 다시 러시아에 반환되었다. 조선 광부들은 지옥 같은 채탄작업에서 해방되었다. 마치 감옥에서 풀려난 기분이었다. 해방된 조국은 얼마나 기쁠까 짐작되었다. 하루속히 귀국하여 해방의 기쁨을 함께 나누고 싶었다. 일본은 러시아 정부와 협상하여 일본인들을 전부 철수시켰지만, 조선인들은 방치하고 떠나 버렸다. 따로 조선인을 철수시킬 배가 올 것이라는 모호한 말을 남기고 갔다. 체면치레에 지나지 않은 말이었다. 조선인들을 떼어놓고 자기들만 떠나는 방편일 수 있었다. 철수 선박을 언제 어디로 보낸다는 정확한 약속이 아니었다. 징용으로 끌고 왔으니 당연히 조선인을 귀국시켜야 하나 일본은 책임을 지지 않았다.

목자를 잃은 양무리처럼 조선인은 우왕좌왕했다. 원자탄 두 발로 히로시마와 나가사키 두 도시가 황폐된 패전으로 인한 혼란으로 일본의 행정이 원활하지 못한 점도 있었다. 식민지 출신 광부들을 일본인과 같이 대우할 수 없다는 철저한 차별 때문이기도 했다. 그동안 광산에서 일한 임금을 한 푼도 주지 않은 상태였다. 철수하는 일본인들을 따라가려는 조선인을 죽이는 사건도 일어났다.

사할린에 남겨진 조선 광부들은 러시아 편에서는 적국 사람일 수도 있고 아닐 수도 있었다. 러시아의 해석에 따라 포로 취급을 받을 염려도 있었다. 그들은 해방된 조국과의 연락이 완전히 막혔다. 일본이 보내 준다는 귀국선을 기다리는 수밖에 없었다. 그렇다고 오지 않은 조선인 귀국선을 포기할 수도 없었다. 그것만이 그들이 해방된 조국에 갈 수 있는 유일한 길이었기 때문이다. 고향에 가서 가족 친지를 만날 날만 기다렸다. 가족과 함께 광부 생활의 서러움을 달래고 싶었다. 포자르스키 항구에는 매일 수천 명의 조선인이 모여 귀국선을 기다렸다. 굶주린 배를 움켜쥐고 항구에서 귀국선을 하염없이 기다렸으나 배는 오질 않았다. 기약도 없이 시간만 흘렀다.

일본이 조선인에게 진실을 말한 적이 있었던가? 아! 그들을 진실하다고 믿어도 된단 말인가? 그들은 사할린 조선인에게 더없이 잔인했다고 원망해 봐야 아무 소용이 없었다. 기다림은 그들의 가슴을 쪼그라들게 할 뿐이었다. 기다리는 사람들의 의지가 흔들릴 때, 순호는 귀국선을 기다리는 조선인들 앞으로 나섰다. 살아날 돌파구를 찾자고 제안하고 싶었다. 조선인들이 사할린에서 살아남기 위해서 해야 할 일을 다음과 같이 제안했다.

"동포 여러분, 저는 카와카미 탄광의 정순호입니다. 5년 전 12월, 오사카 대학 공대 기계과에 합격한 저는 입학을 기다렸습니다. 그 사이에 20년 전에 조세이 탄광에 끌려간 아버지를 찾으러 갔습니다. 아버지는 만나지도 못하고 정문에서 붙잡혀 이곳 사할린에 끌려와 억울하게 석탄을 캐야 했습니다. 일본놈들이 떠나면서 우리가 귀국할 배가 올 것이라는 말을 믿을 수 있습니까? 아닙니다. 그들은 믿을 놈들이 못 됩니다. 그들은 잔인하기 짝이 없습니다. 우리 조선인들에게는 특히 그렇습니다.

여러분, 불행하게도 귀국선은 오기 어렵습니다. 지금 우리나라는 독립했지만, 미국군이 다스리고 있습니다. 미군정은 나라 안의 문제를 챙기기에도 정신이 없고 사할린에 귀국선을 보내는 일은 신경 쓸 여유가 없을 것입니다. 우리 귀국은 장기적인 안목에서 추진해야 합니다. 우선, 다들 힘들고 고통스럽겠지만 우리 스스로 다가오는 겨울을 대비해야 합니다. 러시아인들은 당국이 보내줄 보급선을 기대하는데 우리와는 상관이 없는 일입니다. 러시아 국적이 아니기 때문입니다. 우리는 여기서 어떻게든 살아남아야 합니다. 그다음에 조국으로 돌아갈 길을 찾아야 할 것입니다.

우리 누군들 해방된 조국에 빨리 돌아가고 싶지 않겠습니까? 고국의 가족을 속히 만나고 싶지 않은 자가 있습니까? 그때까지 살아남기 위해 의식주를 해결해야 합니다. 일본놈들이 버리고 간 주택이나 공공건물을 재분배해서 주거 문제를 해결합시다. 산에 나무가 많으니 겨울을 날 땔감은 충분히 확보할 수 있습니다. 그들이 남긴 석탄도 있고 목재도 많이 있습니다. 가족과 함께 이주한 광부들과 최근에 일본으로 다시 징용된 광부 가족의 주거 문제는 해결된 것으로 보입니다. 개별적으로 징용된 광부들을 중심으로 주거 문제를 해결해야 합니다.

다음 문제인 식량은 이곳의 추운 환경에도 불구하고 여름에는 농사를 지을 수 있답니다. 논을 개간해 쌀농사를 짓고, 콩, 감자, 고구마도 심을 수 있을 것입니다. 하지만 내년 여름까지 버티기 위해 산과 바다에서 먹거리를 찾아야 합니다. 산에서는 쑥, 고사리, 우엉, 미나리, 민들레 등을 채집하고, 오미자, 산딸기, 블루베리 등의 열매를 수확해야 합니다. 바다에서는 게, 가재, 성게, 새우, 소라를 잡고 미역, 다시마를 채집해야 합니다. 좀 더 멀리 나가서, 그물을 이용하거나 낚시를 해서 오징어, 명태, 문어와 같은 큰 해산물을 잡아 말리거나 삶아서 저장하면 더 좋겠습니다.

우리는 모임을 조직하고 이끌 회장이 필요합니다. 러시아어에 능통한 분이면 더 좋겠지요. 앞으로 우리 스스로 안전을 확보하기 위해 러시아 당국과 협상을 해야 할 테니까요. 저는 실무를 담당해 돕겠습니다. 주택, 산나물, 바다의 먹거리 문제를 책임질 각 분야의 부서장도 필요합니다. 이상으로 제 생각을 말씀드렸는데 수정하거나 보완할 사항이 있을 것입니다.

우리는 혼란스러운 시대를 헤쳐나가고 있습니다. 일본은 우리를 버렸고, 우리 조국은 아직 혼란에 빠져있습니다. 러시아가 우리를 도와줄지는 아직 아무도 모릅니다. 하지만 시대가 우리를 버릴지라도 절망하지 말고 살아남읍시다. 우리 자신과 조국을 위해 새로운 역사를 써나갑시다. 그러기 위해 우린 서로 도와야 합니다.

여러분! 다 함께 미래를 향해 힘을 냅시다. 감사합니다."

순호의 제안에 일부는 호응했지만, 대부분은 별다른 관심을 보이지 않았다. 그들은 오직 해방된 조국에 돌아가야 한다는 생각에 매몰되어 있었다. 그들은 날마다 항구의 건너편의 언덕에 서서 귀국선이 나타나기를 눈이 빠지도록 바라보고 있었다. 그러나 귀국선은 오지 않고 대신 공군 비행기가 나타나 뭔가를 떨어트리고 사라져버렸다.

쾅!

그것은 보급품이 아니라 폭탄이었다. 땅에 떨어지자마자 굉음과 함께 폭발해 버렸다. 많은 사람이 보급품인줄 알고 앞다투어 몰려들었다. 생필품이 바닥났기 때문이었다. 하지만 폭탄이었다. 폭발과 함께 큰 구덩이가 생기고 많은 이들이 목숨을 잃었다. 누군가는 사지가 공중으로 날아가 찢겼다. 붉은 피가 주변을 붉게 물들였다. 누가 명령했는지 왜 그런 일을 저질렀는지는 아무도 모르고, 조선인들은 조사할 힘이 없었다. 러시아 당국이 알려 줄 것이라 기대할 수 없었다. 모두 비밀로 하고 덮어 버릴 터였다. 사람이 너무 많이 모여 있어서 해산시킬 목적으로 폭격을 했는지도 모른다. 그러나 이 사건은 슬프게도 역사의 뒤안길에 묻히고 말 것이 틀림없었다. 세상에, 조선인은 일본에 버림받고, 러시아에 폭격을 맞은 것이었다. 그래도 그들은 고향에 가서 가족들을 만날 날을 기대하며 살아남을 길을 찾아 헤맸다.

미국과의 전쟁에서 패한 일본은 떠났으나, 한국은 아직 미국 군정하에 있었다. 35년의 식민지 생활을 청산하고 독립 국가로 출발하는 과정에서, 사회는 혼란스럽고 경제는 파탄이 났다. 미국과 소련이 한반도를 남북으로 나누어 점령하여 분단된 형편이었다. 러시아 땅 사할린에 남아 있는 동포의 귀국을 추진할 여력이 없었다. 남쪽이나 북쪽이나 매한가지였다. 한국 동포들은 러시아 국적을 취득하면 귀국하지 못한다는 소문에 무국적자로 남아 있었다. 러시아 당국은 무국적자에게 동등한 교육의 기회를 주지 않을 것이고 복지 혜택에서도 차별할 터였다.

사할린에 있는 조선 징용자들의 귀국에 대한 열망은 한국전쟁과 분단으로 더욱 풀기 어려운 문제가 되었다. 출신 지역에 따라 서로 적이 될 수 있었다. 미국과 소련은 냉전으로 말미암아 소통마저 단절된 채 시간만 흘러가고 있었다. 일본으로 끌려간 정태수와 정순호 부자의 생사도 불분명했다. 그들의 이야기는 그렇게 역사의 뒤안길로 묻혀 갔다. 그러나 언젠가 또 누군가의 기억 속에서 사할린 조선인들의 사연이 다시 깨어날 날이 있지 않을까?

5
내 고향, 제주도

　강창식은 제주도에서 태어났고 자랐고 중학교까지 다녔다. 동네 골목에서 친구들과 함께 숨바꼭질도 했다. 바닷가 얕은 곳에서 서로 수영도 가르치며 배우면서 터득했다. 그의 고향, 제주도는 한반도 남쪽에 있는 가장 큰 섬으로, 화산이 만들어 낸 현무암으로 이루어졌다. 용암이 흐르면서 생긴 동굴인 만장굴이 있고 분화구도 많다. 한반도 백두대간의 태백산 줄기에 있는 석회암이 장기간 물에 녹아서 생긴 동굴과는 전혀 다르다. 제주도의 동굴에는 석순도 없고 종류석도 없다. 본토와 지질이 다르고 기후도 더 따뜻한 독특한 매력을 지닌 섬이다.
　섬의 중앙에는 해발 1,947미터 높이의 원추 모양으로 생긴 웅장한 한라산이 자리 잡고 있다. 섬의 정상에 있는 백록담에서 사방으로 점차 낮아져 끝내 남해와 맞닿는다. 오래전에 백록담에서 펄펄 끓는 용암이 분출되던 시기가 있었다. 지금은 그 용암이 가라앉아 땅속 깊이 숨어 있어 사화산이 된 것이다.
　제주도는 한라산의 섬이고, 한라산은 곧 제주도의 심장인 셈이다. 제주도의 삶은 한라산의 숭고한 자태와 끝없이 펼쳐진 푸른 수평선 사이에서 이루어진다. 물론 한라산에서 바다에 이르기 전에 숲이 우거진 곳도 있고 구릉지도 있으며 평지도 있다. 제주도 사람들은 매일 그 장엄한 자연을 마주하며 풍요로움을 느끼며 산다. 저 멀리 수평선에는 바다와 하늘이 맞닿아 있다. 하늘은 특유의 푸른빛을 발하며, 섬을 둘러싼 바다는 푸른색에 약간의 녹색을 가미한 푸른 수평선과 하늘이 서로 만난다. 제주도가 아닌 다른 섬에서 이런 수평선을 볼 수 있는 곳은 없다.

제주도 기후는 아열대성 기후이고 본토보다 훨씬 더 따뜻하다. 비도 더 자주, 많이 내린다. 안개가 자주 끼고 구름도 많아 한라산의 정상을 볼 수 있는 날이 많지도 않다. 겨울에는 눈도 내린다. 높은 산 정상에도 내리고 중산간에도 내린다. 제주도에는 아열대 식물인 야자수가 흔하고 귤나무에는 귤이 주렁주렁 열린다. 본토에서는 도저히 볼 수 없는 이국적인 풍경이다. 한라산에서 바다로 이어지는 길목에는 오름도 많고 구릉지가 있어서 감귤과 같은 밭농사도 하고 넓은 목초지가 있어서 목장도 많다. 목장에서는 양과 소가 평화롭게 풀을 뜯으며, 말들은 자유롭게 초원을 달린다. 제주도는 강수량은 많으나 물이 잘 빠지는 토질이기에 벼농사를 짓기 어렵다. 용천지역이나 간척지에 물을 끌어와 약간의 벼를 재배할 뿐이다.

1939년 2월의 어느 포근한 겨울날이었다. 순애는 전주에서 기전여중학교를 졸업하고 아직 학생인 동생 순철을 돕고 있었다. 얼마 전에 오빠가 일본으로 유학을 떠나서 한가해진 틈에 엄마의 농사일을 도우려고 남원에 내려왔다. 며칠을 지내보니 바쁘게 돌아가는 도시에 비해 시골에서는 모든 것이 느리기만 해서 지루하게 느껴졌다. 아직 겨울이 다 지나가지 않아서 동네 밖의 응달이나 먼 지리산 자락에는 잔설이 희끗희끗 살아남아 있었다. 엄마는 밭에 나가 볼 일이 있다고 바구니와 호미를 챙겨 옆구리에 끼고 나가면서 순애에게 부탁했다. 그날은 모든 직장이나 학교가 오전에 끝나고 점심은 집에 와서 먹는 토요일이었다.

"나가 점심때까정 안 돌아오면 니가 창식이 오빠 점심을 차려주그라잉?"

"그래 알았응께, 잘 갔다 옷시요."

반찬은 이미 상에 차려 놓았고 밥은 아랫목에 있는 따뜻한 이불 밑에 묻어 두었으니 꺼내 주라고 했다. 순애의 밥그릇도 함께 있다고 했다. 창식은 순호 오빠가 떠난 뒤, 모든 슬픔을 자기 혼자서 짊어진 듯 어깨가 무겁게 처져 있었다. 순호는 징용으로 잡혀간 아버지를 찾겠다는 결연한 의지로 일본에 유학을 떠났다. 하지만 아버지가 겪은 불행이 순호에게도 똑같이 옮지 않을까 하는 두려움이 창식의 마음을 사로잡고 있었다.

창식은 남원역에서 오전 근무를 마치고 피곤한 기색으로 집에 돌아왔다.

"오빠, 점심을 차렸어요. 반찬이 시원찮은디, 그려도 많이 듯시요잉."

"너도 점심 안 먹었제? 가져와 같이 묵게."

창식과 순애는 안방에서 한 밥상에서 마주 앉아 오누이처럼 다정하게 점심을 먹기 시작했다. 창식은 맞은편에 앉아 식사하는 순애를 쳐다봤다. 순호가 일본으로 떠나기 전날에 전주에서 봤던 그녀와 다른 인상이라는 것을 느꼈다. 며칠 사이에 많이 성숙한 여인이 되어있었다. 친구 순호가 떠나고 마음이 공허한 탓에 그녀를 찬찬히 쳐다볼 여유가 있었는지 모른다. 똑같은 상대방이라도 보는 자의 마음 상태에 따라 달리 보이는 것이었다.

"오빠, 제주도는 화산섬으로 현무암이어서 토양이 본토와 다르다고 하데요. 비가 오면 물이 잘 스며들어 불고. 인구는 30만도 안 된다든디 도시는 있다요?"

"그려, 맞아. 비가 와도 금시 물이 없어져부러. 한라산의 북쪽에는 제주시가 있고 남쪽에는 서귀포가 있서야."

"오빠 고향은 제주시 쪽이라요, 서귀포 쪽이라요?"

"내 고향은 성산포인디 서귀포와 제주시의 중간쯤 있다고 할끄나, 제주도의 동남쪽에 있는 작은 항구인디, 일출봉이라는 유명한 분화구가 있어야. 30도를 넘는 가파른 경사면을 가진 산으로 전체가 그대로 큰 분화구이고 주위에는 99개의 기암이 있제. 2.64평방킬로미터의 넓은 초지가 형성되었는데 나무는 없고 억새나 잔디의 식물군락을 이루고 있단 말이야. 제일 높은 꼭대기에 올라가서 내려다보면 마치 큰 사발 모양이라고. 일출봉은 바닷물에 의한 침식작용을 받아 암석만 남은 돌산이라고 할 수 있지, 화산지질과 지층구조를 단면으로 볼 수 있어서 지질학계의 중요한 연구 대상이라고 그러드라구."

"아, 제주도는 먼 환상의 나라 같은 인상이 든당께요. 꼭 한번 가 보고 싶당께랑요."

순애의 말에 창식은 제주도의 사계절을 떠올리며 이야기했다.

"그래야. 중학교 때 산악회에서 한라산에 오른 적이 있어야. 겨울방학이었는디 정상인 백록담에 올라가서 멀리 내다보니 햇빛은 찬란하고 온 천지가 눈으로 덮여 있었어야. 산도 바다도 없어져 불고 모든 것이 하얗더라고. 비어 있는 공간 같기도 하고 흰 눈으로 꽉 채운 것 같기도 하더라야. 자세히 돌아봤더니 바위도 나무도 눈꽃이 피었는디 갖가지 모양이어서 얼마나 멋있던지 황홀했당께. 10시간이나 걸려 올라갔는디 일생 잊지 못할 경험이었어야. 한라산은 겨울에만 멋있는 게 아니여. 봄에는 각종 꽃이 피지. 진달래와 철쭉이 빨갛고 또 개나리는 노랗고 온통 천연색으로 화려해 불재잉. 여름에는 울창한 나무가 우거지고 더위를 식힐 시원한 바람이 남태평양에서 불어오지야. 가을에는 단풍으로 색깔이 봄철 못지않게 아름답당께."

"야, 참말로 멋있겠는디."

"언제 제주도 구경 안 갈래?"

"참말, 약속항 거랑가요?"

"그러문. 약속허지야."

"아, 열심히 살 꿈이 하나 더 생겼당께. 그런데 삼성혈이라고 하는 곳도 있담서요."

"맞아, 삼성혈은 제주도 원주민의 발상지로 고(高)· 양(梁)· 부(夫) 3

성 씨의 시조인 3 신인(三神人)이 솟아난 구멍이어야. 세 신인은 수렵생활로 가죽옷을 입고 고기를 먹으며 살다가 오곡 씨와 함께 송아지와 망아지를 가지고 온 일본의 세 공주를 맞아 각각 혼인하고 농경 생활을 시작하여 삶의 터전을 개척했다는 신화란 말이여."

"그럼 다른 성씨는 없당가요?"

"세 성씨가 많지만 다른 성씨도 있어야. 나도 강 씨 아니다냐?"

"삼성혈에 가봤당가요?"

"그럼, 잔디밭에 난 세 개의 구멍뿐이었어. 실망했어야."

"신화라는 것이 그렇지라요, 뭐. 근디 오빠한테 꼭 묻고 싶은 질문이 있는데 너무 개인적인 일이어서 실흐면 대답하지 않아도 돼지라아."

"뭔디, 니가 묻는디 숨길 것이 있다냐?"

"다른 게 아니고, 오빤 왜 부모님이 없고 삼촌이 키웠다요?"

"아, 그것. 나도 잘은 몰라야. 삼촌이 그런디 일찍 돌아가셨대야. 두 분이 한날한시에 함께 바다에서. 특이하지야."

"엄니는 해녀였으면 물질하시고 아부지는 다른 일을 하셨을 틴디, 왜 한날한시에 돌아가셨다요잉?"

"응, 그날은 두 분이 함께 배를 타고 먼바다로 나가셨디야. 아부지가 무동력 작은 배로 해변에서 낚시했는디, 저축한 돈을 다 긁어모아 각고 작은 엔진을 사서 배에 달고 신나서 엄니와 함께 좀 멀리 나갔디야. 근디 갑자기 큰 파도가 덮쳐 배가 홀링 뒤집히고 말았디야."

"어찌까 잉. 지가 슬픈 일을 되새기게 만들었고만이라."

"아니어, 괜찮당께. 옛날얘긴데, 뭘. 삼촌네 집은 사촌이 하나도 없어서 난 중학교까지 공부만 했어야."

점심때가 한참 지나서 어머니가 돌아왔는데 평소와는 다르게 얼굴에 걱정하는 빛이 가득했다. 밭에서 내려오는 길에, 우물가에서 빨래하던 동네 아주머니들에게 들은 소문 때문이었다. 일본과 미국 사이에 큰 전쟁이 곧 터질 것이라고 했다. 곧 전쟁물자 조달을 위한 공출이 더 극심해질 것이란 다. 하지만 무엇보다 그녀를 더 괴롭히는 건 20세 전후의 처녀들에 대한 징용이 늘어난다는 소문이었다. 딸 순애가 그 나이에 속했기 때문이다. 물론 일본의 방직공장에 취직시킨다고 하지만 그것은 표면적인 이유였다. 그렇게 속여 군부대 위안부로 끌려가는 것이었다.

1930년대, 일본도 국제 인신매매나 노예제를 금지한 국제법을 의식하지 않을 수 없었다. 일본이 성매매 목적으로 조선 여성을 국외로 이송하는 것은 불법이었다. 국제법상 성매매를 위한 개인의 인신매매를 범죄로 규정한 조약에 서명한 국가들은 이를 금지해야 했다. 하지만 일본은 군대 위안부라는 범죄를 국가적 차원에서 비밀리에 추진했다. 물론 문서에는 위안부 용어와 이들의 동원에 대해 돌려서 표현했다. 젊은 여성들의 징집과 수송, 위안소 운영에 대해서 상당히 비밀스럽게 다루거나 은폐했다.

일본은 조선 여성을 군대 위안부로 동원하기 위해 취업 사기, 공권력에 의한 협박이나 인신매매와 같은 다양한 방법을 사용했다. 위안부의 동원은 소개업자나 군 위안소의 책임자들이 하는 경우가 대부분이지만 하급 관리들이 관여하는 경우가 적지 않았다. 더구나 위안부를 조선에서 다른 지역으로 이송하는 데 사용되는 선박이나 철도는 일본 경찰과 군의 감독 하에 있었다. 전쟁 시에 군의 요구는 다른 기관보다 더 우선하여 처리되는 것이 관행이었다. 위안부를 동원하기 위해 일본군이나 후방의 권력기관과 민간인이 은밀하게 움직였다.

순애 어머니는 딸이 위안부로 끌려가는 일을 도저히 용납할 수 없었다. 목숨을 걸고 막아야 했다. 아버지가 탄광에 징용되고 오빠가 아버지를 찾기 위해 일본에 갔다가 소식이 끊겼다. 징용되었으리라 짐작했다. 그들은 식민지인으로서 전시에 에너지를 조달하는 목적으로 남자들을 끌고 갔다. 그러나 위안부는 그것과는 차원이 다른 비인간적인 문제였다. 그들은 전쟁에 싸우러 가는 것이 아니었다. 군수물자를 만들기 위해 가는 것도 아니다. 단지 죽음을 마주하고 있는 병사들의 욕정을 해결하고 쏟아내는 정액을 받아내는 도구로 쓰일 뿐이었다. 한 병사만 상대하는 것이 아니었다. 문밖에서 줄을 서서 기다리는 병사들이 있었다. 마치 배급품을 타러 온 병사들 같았다. 아무리 식민지인이라도 최소한의 인간 대우도 받지 못하는 반인륜적인 처사였다. 다른 여성을 학대하는 자들이 자기 어머니를 사랑할 수 있을까? 어머니를 사랑하지 않는 자들이 행복한 가정을 이룰 수 있단 말인가? 김화자는 분노했다.

위안부는 중일전쟁 중에는 주로 중국과 만주에 배치되었으나, 차츰 점령지 전 지역으로 확대되었다. 이를 위한 경비를 일본 정부에서 상당 부분을 조달했다. 일본군과 조선총독부, 중국의 관련된 기관 사이에서 군대 위안부 모집에 필요한 자금이 오간 사실이 확인되었다. 일본은 위안부에 관련된 자료를 철저히 은폐하고 조작했다. 역사의 흔적은 숨죽이고 숨어 있을 뿐 완전히 죽지는 않았다.

한편, 일본은 제주도를 일본 열도를 방어하기 위한 마지막 보루로 삼았다. 제58군 병력 7만 4,781명을 배치하여 전 지역을 요새화했다. 서우봉과 송악산 그리고 성산 일출봉에는 해군 특공대 기지가 구축되었다. 미군 상륙 함정을 공격할 해군 특공대의 소형 함정과 어뢰를 숨기기 위해 여러 개의 동굴을 뚫어 놨다. 비행기 활주로 5개와 비행기 격납고를 짓고 군수물자를 감추기 위해 땅굴도 팠다. 모든 공사는 제주도민이 강제로 동원되어 수행했다. 미군이 일본을 상륙작전을 펴기 전에 제주도를 공격해야 하는 이유였다. 제주도는 일본과 미군의 격전지로 초토화될 가능성이 있었다. 25만 명의 도민에 7만 명의 일본군이 주둔했으니 어느 곳에서나 일본 군인들을 쉽게 볼 수 있었다. 제주도에 사는 인간 4명 중의 한 명은 일본 군인이다. 제주도민이 당한 식민탄압은 육지인에 비교하면 훨씬 더 가혹했다.

제주도민의 일부는 육지로 이주하기도 했지만, 일본으로 이주한 사람들이 더 많고 특히 젊은이들이 그랬다. 그들에게는 바다를 한 번 건너는 것은 육지로 가나 일본으로 가거나 마찬가지였다. 육지로 가면 낯선 식민지 사회로 가서 적응해야 하고, 다시 일본인들에게 착취당해야 했다. 하지만 일본에 가면 일본인들만 상대하면 되었다. 일본으로 가면 일자리도 많고 더 큰 돈을 벌 수 있었다. 오사카로 가기 전에 후쿠오카의 섬들이 있지만 거기서 육로로 가는 것보다 해로로 가는 뱃길이 더 빠르고 안전했다. 오사카는 일본이 수도를 교도 옆의 나라에서 도쿄로 옮기기 전에는 수도권이라고 할 수 있었고 백제 유민들도 많이 살았다. 해녀들은 가까운 대마도로 물질을 많이 다녔다. 제주와 일본을 왕래하는 여객선이 자주 다녀서 제주 사람들도 일본으로 쉽게 이주했다.

　창식이 일하는 남원역은 많은 남원과 인근 지역 주민들이 지나다니는 중심지이다. 주로 전주에 있는 학교에 통학하는 학생이 많았다. 일반인 중에 학식이 있고 여유가 있는 지도급 인사들도 더러 있었다. 대부분은 전주를 오가지만, 일부는 더 멀리 대전이나 서울에 다녀오기도 했다. 가끔 순천이나 여수에 다녀온 사람들도 있었다. 여행객들이 역대합실에서 흘리는 이야기를 통해 그는 국내외 뉴스를 접할 기회가 많았다. 특히 전쟁과 관련된 정보는 정부의 공식 발표보다 사람들 사이에서 오가는 뒷이야기가 더 흥미롭고 때로는 더 정확했다. 부역장으로 승진한 그는 지역 유지들과 친분을 쌓아가고 있었다. 최근 들려온 뉴스 중 가장 큰 관심사는 젊은 여자들을 대대적으로 징용한다는 소식이었다.

　며칠 뒤, 마을 이장이 한 장의 서류를 들고 김화자의 집으로 찾아왔다. 젊은 여자 징용에 관한 일을 의논하기 위해서였다. 면사무소에서 보내온 서류에는 마을의 징용 대상인 18세에서 21세 사이의 처녀들의 인적 사항이 적혀있었다. 이들 중 특이 사항이 있는지 보고하라는 공문이었다. 마을에서 3명이 해당했는데, 그중 한 명은 다음 달에 결혼식을 올릴 예정이어서 제외될 예정이라고 했다. 나머지 두 사람 중에서 한 명이 순애였다. 최소한 한 사람은 징용된다는 것이었다. 순애 엄마는 가슴이 철렁 내려앉았다.

"징용을 피하려면 어떤 방법이 있는지라우?"

순애 엄마는 근심스러운 표정으로 이장을 쳐다보면서 물었다.

"글씨요잉. 웬만한 이유로는 빠져나오기가 영판 어렵다고 하던디요."

"전주에서 핵교에 다니는 동생을 밥해 주고 돌보고 있다면 안 될랑가요?"

"학교나 직장에 댕긴다면 몰라도 안 될 것 같은디요. 되려 데려오라고 닦달할 틴디 고초가 많을랑갑소잉."

화자는 뾰족한 해결책이 떠오르지 않아 마음이 무거웠다. 그렇다고 간호학교 같은 특수학교에 진학시키기도 쉽지 않았다. 학비를 마련할 길이 없고, 입학 시기도 이미 지나 버렸다. 더구나 순철의 학비를 마련하기도 빠듯한 형편이었다.

그 주 일요일 저녁, 어머니와 순애 그리고 창식이 함께 교회로 가서 저녁 예배에 참석했다. 예배가 끝난 뒤, 어머니가 홍 목사와 면담하느라 나오지 않아 창식과 순애는 종탑 아래에서 기다렸다. 구름이 잔뜩 낀 늦은 겨울밤은 어두컴컴했다. 교인들은 모두 돌아가고 없었다. 창식은 옆에선 순애의 모습을 주의 깊게 바라보다가 그녀가 한층 성숙해졌음을 깨달았다. 예전의 어린 모습은 온데간데없고, 이제는 매혹적인 여인의 자태가 느껴졌다. 순박한 그녀를 일본군 위안부로 보내는 것은 용납할 수 없는 일이었다. 무슨 일이 있어도 이를 막아야 한다고 결심했다.

"순애야, 어머니가 많이 늦으신디. 요즘 고민이 많으싱가 봐야."

"그래서 목사님을 찾아갔어, 자문을 구할라고."

한참 뒤에야 나오시는 어머니의 표정은 그리 밝지 않았다.

"니들 추운디 밖에서 오래 기둘럿구나. 얼렁 집에 가자."

누구도 말을 꺼내지 못했다. 세 사람은 묵묵히 집으로 발걸음을 재촉했다.

"순애야, 아무래도 니는 전주에 가 있는 것이 좋을랑가부다. 순철이도 돌봐주고."

최소한 집에 있다가 순사에게 붙들려가는 모습을 보지 않을 수 있을 터였다.

"그래, 무슨 일이 있으믄 연락해 줏쇼오잉."

순애는 그렇지 않아도 답답한 시골을 떠나고 싶던 차에 잘되었다 하고 전주로 떠났다.

다시 주말이 찾아왔다. 오전 근무를 마치고 귀가한 창식은 점심을 먹으며 어머니와 대화를 나눴다. 그는 조심스럽게 어머니의 표정을 살피면서 어렵게 말을 꺼냈다.

"어머니, 순애가 만약 결혼한다문 징용을 피할 수 있당가요?"

"그려, 만일 취직하거나 핵교에 다니거나 결혼한다면 징용을 안 간다는디. 취직이나 진학은 시기가 아니고 결혼은 갑자기 서둘러도 될 일이 아니어서야. 그게 쉽지 안구나잉."

창식은 잠시 머뭇거리더니 용기를 내어 말했다.

"음, 지도 많이 생각해 봤는디라우. 지가 순애랑 결혼하면 안 될랑가요? 징용을 피할라고 그렇게 아니라 좋은 결합이 아닐랑가요? 순애가 나를 좋아할란지 모르지만. 이번에 보니께 순애도 결혼할 때가 다 된 것 같던디요. 여태까정 친동생같이만 생각혔는디 이성으로 느껴지더랑께요."

"아이구메나, 참말이랑가? 맘에도 없는디 징용을 면해 줄라고 그렁게 아니고? 결혼을 어떤 조건 땜시롱 하면 안 돼지야."

어머니는 의아한 눈으로 창식을 바라보았다.

"아니라요. 촌에서 순애만큼 교육받고 건강하고 순박하고 이쁜 처녀는 찾기 힘들지라요."

"잘 봐줘서 고마운디 결혼은 집안의 대사이기도 하지야. 제주도 집에도 상의해야 할 일이 아닐랑가잉?"

"맞지라우. 생부모는 일찍 돌아가시고 삼촌이 키워 줬는디 숙모는 물질에 바쁘고 삼촌은 오사카에 댕기면서 장사하시기 땜시롱 지 결혼은 신경을 못 쓰지라우. 지가 제주도 여자와 결혼할거라고 기대하지도 않고라우. 지도 결혼할 나이지요. 직장도 있고 군대도 면제받았승께 경제력도 있고요."
 "그려, 니말이 맞다. 훌륭한 사윗감인디. 난 괜찮은디 본인들 생각이 중요하지야. 혹시 둘이 결혼 말을 해 봤다냐?"
 "아뇨, 전혀요. 먼저 어머니의 허락을 받고 순애한테 물어볼라고라우. 나와 결혼을 하자고라우."
 "그려, 그럼 니가 전주에 가서 직접 물어보지 그런다냐."
 "그래도 될랑가요? 직원 표찰이 있응께로, 지가 가께요."
 "그려, 가서 잘 상이혀 봐."
 둘이 결혼한다면 어머니는 한시름 놓을 수 있었다. 아무리 사정이 급하더라도 둘이 서로 좋아하는 것도 아닌데 억지로 결혼시키고 싶지는 않았다. 아들 친구이고 하숙생이어서 부담을 가진 것이 아닌가 하고 걱정되기도 했다.
 기다리던 토요일이 왔다. 포근한 봄날, 오전 근무를 마친 창식은 전주로 갔다. 다행히 순애와 순철이 둘 다 집에 있었다.
 "창식이 형, 어쩐 일이라요?"
 "응, 니 집에 있구나. 야, 내가 못 올 곳을 왔다냐? 니 혼자 집 지키냐?"
 "아니라우, 누나 방에 있지라우."
 "순호가 일본에 가 버려서 대신 형 노릇 할라꼬 왔다야. 우리 영화나 보러 각끄나?"
 "아, 좋은 기횐디 놓치네. 토요일 저녁에 교회 청년회 모임이 있당께요. 린턴 목사님이 '청년들아, 주인의식을 갖자'라는 제목으로 설교를 해요. 내가 사회자니까 빠질 수가 없는디요."
 "그럼 니는 됐고. 순애와 데이트나 할란다."
 "어, 청춘 남녀 좋은 시간 됫시요잉."
 "야, 쬐꼬만 놈 말이 요록코롬 발랑 까져 부렀다냐."

"해에, 지도 알 만큼 알 나인디요."
마침 방에 있던 순애가 나오면서 창식을 맞는다.
"오빠 어서 와요. 점심은 어쨌당가요?"
"먹었제, 순철은 교회에 간단다. 니도 같이 가냐?"
"난 빠져도 된당께요. 오랜만에 오빠가 영화를 보여 준다는디 기회를 노칠 수 없지라우."
"그려, 순철은 관두고 우리만 가자."
"마침 '유정'이라는 영화가 오늘 개봉하는디 전주극장에서. 잘 댄네."
"이광수의 '유정'이 영화로 나왔다고? 그래 가보자."

어스름한 조명 아래에서 애정 영화인 유정을 감상하고 나오니 밤 열한 시였다. 아직 영화의 감정이입으로 둘은 감정이 약간 흥분된 상태였다. 창식은 순애를 영화 속의 여주인공으로 순애는 창식을 남자 주인공으로 바라보았다. 서로의 눈빛에서, 그간 젊음이 채우지 못한 내면의 공허함을 읽을 수 있었다. 배가 출출해 큰길에 나와 태극당 빵집에 들어가 크림빵과 팥빵, 그리고 우유를 한 잔씩 앞에 놓고 서로를 바라보았다. 영화 속의 감정선을 따라가며, 그들은 30분간 서로의 감상을 나누었다.

"소설가는 머리가 비상헝가 봐야. 가상의 세계를 현실과 뒤섞어서 그럴듯한 이야기를 맹글어 간단 말이야. 그래서 우리 생각의 폭을 넓혀 주지 않냐?"

"난 현실 어딘가에서 일어나는 일이라고 몰입했었는디. 그래서 눈물이 나는 걸 참느라고 죽는 줄 알았당께요."

"그려, 니가 영화를 볼 줄 아는가 본갑다야."

늦기 전에 서둘러 집으로 향했다. 둘이서 손을 잡고 여느 연인들처럼 골목길을 걸으며 집에 오니 아직 순철이 집에 돌아오지 않았다.

"애가 또 연애하느라고 밤이 늦은 줄 모르네."

자정부터 통행금지가 시행되므로 거리의 보행자는 경찰서에 잡혀가기 때문에 누나로서 걱정이 되어서 하는 말이었다.

"순철이가 연애한다냐? 사고 치면 안 되는디."

"응, 교회 여잔데 요즈음 한창 열이 올라 12시 직전에 오는 날이 가끔 있어."

"그럼 누나가 빨리 시집가서 길을 터 줘야 하겠다야."

"그럼 좋겄는디 데려갈 남자가 있어야제."

"아, 실은 내가 그것 때문에 니하고 의논하러 왔다야. 니 나한테 시집와라. 우리 결혼하잔 말이다."

순애는 잠시 말을 잇지 못하다가 창식을 똑바로 바라보았다. 그녀가 간절히 기다렸던 말이었다. 흥분을 가라앉히고 시치미를 떼고 말했다.

"괜시리 맘에도 업슴서 징용을 피해 줄라고? 평생을 그런 여자와 어떻게 산디야?"

"아녀, 나도 장가갈 때가 넘었는디 니가 맘에 있어서 중매를 몇 번이나 거절했다야."

"오빠, 참말이랑가? 나도 오빠를 좋아하는디 날 어린애로만 봐서 괴로웠다고. 순호 오빠가 일본으로 떠나 비리고 또 오빠마저 떠난다면 난 못살 것만 같았어라."

순애의 눈가에 눈물이 맺혔다.

둘은 서로의 마음을 확인했다. 그들 앞에는 아무런 장애가 없었다. 창식은 순애를 가만히 양손으로 붙잡고 끌어안았다. 품 안으로 들어온 순애의 볼록한 젖가슴이 밀착해왔다. 순애는 그를 간절한 눈으로 쳐다보았다. 그는 그녀를 와락 끌어당기고 입술을 더듬었다. 입술은 촉촉이 젖었다. 그들은 황홀했다. 꿈을 꾸는 것만 같았다. 무슨 일이 폭발할 것만 같은 순간이었다. 그때 마침 밖에서 돌아오는 순철의 구두 소리가 들렸다.

"우리 방금 들어왔어. 또 조경희하고 데이트했는갑다."

"응, 오늘 영화 재미있었어?"

"니도 경희 데리고 가 봐. 갸가 좋아할 영화더라야."

창식과 순애의 결혼은 일사천리로 진행되었다. 그다음 주 토요일, 남원 은혜교회에서 홍수길 목사의 주례로 결혼식을 올리기로 하고 제주 집에 전보로 소식을 알렸다. 마침 삼촌은 일본에 갔으니 숙모가 혼자 참석하겠다는 답신이 왔다.

결혼식 날, 농번기가 아니어서 많은 교인이 참석해 신혼부부를 축복했다. 교회에서 간단한 피로연을 하고, 집으로 돌아와 마을 사람들을 위한 잔치를 열었다. 이웃들이 모여 돼지를 잡고 떡과 불고기, 잡채도 만들었다. 잔치에는 전통주인 막걸리도 빠질 수 없었다. 동네 사람들은 남원역에서 일하는 창식을 큰 부자로 여겨 부러워했다. 농사꾼에 비하면 매달 월급을 현찰로 받는 그는 현금이 많은 자로 통했다. 결혼식을 기회로 창식은 마을 사람들에게 기꺼이 한턱을 냈다.

창식이 사용하던 작은방을 신혼 방으로 사용하고 원앙이불만 새로 장만했다. 제주에서 올라온 창식의 숙모도 신부 어머니와 함께 큰방에서 묵었다. 서로 초면인 어려운 사돈 간이지만 나이가 얼마 차이가 나지 않아 언니 동생처럼 허물없이 지냈다.

"먼 질을 오셨는디 숙소를 밴밴히 못 챙겨드려서 죄송시럽구만이요."

"무신 말씀이라요? 갑자기 대사를 치르느라 고생이 많으셨지라우?"

"어디가요. 암것도 준비를 제대로 못혔는디요. 이해혀 주시씨오 잉."

"신부가 참 이뻐요. 지성미도 있고. 잘 키우셨씨요."

"오메, 참말로 고만 말씀이시네유. 신부 화장을 잘 혀서 그럿지라우 뭐. 공부를 쪼끔 더 시키고 싶었는디 행편이 안 되더랑께요."

"바깥 사돈도 안 계시는디 애들을 훌륭히 키우셨요. 대단하십니다요."

"근데 내일 바로 제주도로 내려가신다고요? 여기까정 오셨는디 시내 광한루라도 보고 가시요. 남원은 춘향이의 고을 아닙네까. 마침 지도 한가하니께요."

"아닙니다. 지금 한창 전복 철이라서 바쁩네당. 마을 단위로 공동작업을 하니깡 오래 빠질 수가 없이유."

다음 날, 창식 부부는 숙모를 모시고 여수로 가는 기차에 올랐다. 여수에서 배를 타고 제주도로 건너갈 여정이었다. 창식에게는 오랜만의 귀향이자 신혼여행을 겸한 소중한 나들이였다. 순애는 전라북도를 벗어나 처음으로 먼바다를 건너가는 여행에 한껏 마음이 설레었다. 남원역을 출발한 기차가 섬진강을 따라 계속 남쪽으로 달려갔다. 왼편으로는 섬진강을 건너 지리산이 버티고 있고 오른편에는 크고 작은 산들 사이에 들녘도 있고 마을도 있었다. 마을에 사는 사람들의 다채로운 삶에 관한 이야기들을 섬진강물이 들으면서 흘러가는 것이다. 기차는 구례를 지나 승주 간이역에 잠깐 정차하더니 몇 사람의 승객이 내리고 또 몇 사람이 기차에 올랐다.

"순애, 다음 역이 어딘지 알아?"

"무슨 역인디요?"

"순천이야. 내가 5년이나 철도학원에 다닌 곳이지야."

"아~, 순호 오빠를 여기서 만났구나."

"그래, 맞아. 철도에 관해서는 순천이 광주보다 더 중요한 곳이여야. 그래서 철도학원이 여기에 있어."

"광주가 더 크고 더 중요할 것 같은디 그러네."

"광주는 순천과 광주 간의 광주선만 지나가지, 호남선은 대전에서 송정리를 거쳐서 목포로 빠져 버리지야? 하지만 순천은 전라선이 지나고 광주선도 지나는데 동쪽으로 부산까지 가는 경전선이 계획되어 있어. 지금은 광양까지만 다니고 섬진강 철교가 없어서 부산까지는 못가지만서도."

"광양과 하동 사이로 흐르는 섬진강이 전라도와 경상도의 경계를 만들었구나."

"그러지야. 강 저편 하동은 경상도 사투리가 엄청 쎄불고, 광양은 전라도 사투리를 써서 말이 영판 다르단 말이여."

기차는 순천에서 한참 동안 정차하더니 계속해서 여수를 향해 달렸다.

율촌면을 지나 여수반도를 중간쯤 가니 바다가 보이기 시작했다. 순애는 처음으로 넓은 바다를 보고 황홀함을 느꼈다. 꿈을 꾸는 것만 같았다. 바다 위에는 각종 고기잡이배가 떠 있었다. 넘실대는 푸른 바다에 벌써 순애의 마음도 기대감으로 출렁거렸다. 바다 건너에 섬이 있어서 전망이 확 트인 망망대해는 아니었다.

"난 바다는 육지가 전혀 없는 줄 알았는디 건너편에 있는 땅은 경상남도 인가부네."

"그래, 바다 건너에 있는 섬이 경상남도 남해 섬이어야. 육지하고 별로 멀리 떨어지지 않아서 언젠가 연육교를 건설하여 연결할거래."

"그럼 남해섬 사람들이 무척 편리하겠다, 그지 잉?"

어느새 기차는 여수역에 도착한다. 여수는 봄기운이 벌써 완연하고 비릿한 바다 냄새가 풍겼다. 기차역에서 여수항 부두까지는 한참을 걸어가야 했다. 길가에 몸통만 올라가다가 맨 끝에 빳빳한 가지들이 퍼져있는 종려나무가 눈길을 끌었다. 남원이나 전주에서는 볼 수 없는 나무였다.

여수에서 출항한 배는 그 크기에 걸맞게 여객과 다양한 화물을 가득 실은 채로 물결 위를 미끄러져 나갔다. 여수항 근처 바다는 그곳을 둘러싼 섬들이 많아서인지 물결이 잔잔한 것이 호수를 연상시켰다. 순애는 육지에서 바다를 보는 것도 처음이었지만 바다에서 육지를 보는 것도 처음이었다. 흔들리는 배 위에서 올려다보니 들과 산은 더 거대했다. 창식은 배가 남쪽으로 내려가고 있고, 오른편에 보이는 섬이 돌산이라고 설명했다. 돌산은 갓을 많이 심는 섬이라 갓김치가 유명하다고 알려 주었다. 돌산을 지나자, 배는 넓은 바다로 나아가며 파도에 흔들리기 시작했다. 섬들이 멀어질수록 파도는 더욱 거세졌다. 멀미하는 승객들이 하나둘씩 생겨나기 시작했다. 순애는 점점 거세지는 파도에 설렘과 두려움이 교차했지만, 처음으로 드넓은 바다를 보며 꿈을 꾸는 듯했다. 점심때, 여수를 출항한 배는 저녁때가 되어 제주항에 무사히 도착했다.

제주의 봄은 이미 완연했다. 노란 개나리와 빨간 진달래가 만발한 것은 물론이고 흰 벚꽃도 소담스럽게 꽃망울을 터트리고 있었다. 본토에 비하면 제주도의 계절은 항상 더 빠르게 온다. 멀리 노랗게 보이는 곳이 유채꽃밭이라고 했다. 이미 당근을 뽑아내고 보리를 베고 있었다. 아직 칙칙한 겨울의 탈을 벗지 못한 본토에 비하면 생동감이 넘치고 활기차 보였다. 제주도에는 아직 일주도로가 없어서 소달구지를 타고 좁은 도로를 이용하는 것보다 배를 타고 바닷길을 이용하는 것이 더 빠르고 편리했다. 그들은 작은 배로 항구 몇 개를 거쳐 밤늦게 고향 성산포에 도착했다.

다음 날 창식과 순애는 종일 이웃들을 찾아 인사를 하고 여독을 풀었다. 이웃들은 어린 소년이 뭍에 나가더니 출세했다고 창식을 반갑게 맞아 주었다. 이튿날 그들은 제주도 구경을 위해 먼저 집에서 가까운 성산 일출봉에 올라가 해 뜨는 장면을 보기로 했다. 일출봉은 현무암질 마그마가 해저에서 분화하여 솟아올라 형성된 화산이다. 일출봉은 높이 180미터, 분화구 지름이 약 600미터, 지층의 경사각은 최대 45도, 분화구 바닥은 해발고도 90미터이다. 산 전체가 커다란 사발 모양으로 평평한 형태다. 분화구 주변에는 99개의 기암이 절경을 이루며, 드넓은 분화구 속에는 넓은 초지가 형성되어 있다. 초지는 예로부터 성산리 주민들의 연료나 초가지붕을 이는 띠의 채초지(採草地)로 이용되었다. 나무는 거의 없고 억새의 식물군락을 이루고 있는데 벼농사를 많이 하지 못하기 때문에 초가지붕은 볏짚 대신에 억새를 사용한다고 했다. 바닷바람이 세기 때문에 억새로 덮고 그 위를 연한 억새로 새끼를 꽈서 가로와 세로로 잘 얽어매야 한다고 했다.

창식과 순애는 쏟아지는 잠을 겨우 물리치고 새벽 일찍 나왔는데 이미 기다리는 줄이 길었다. 쌀쌀한 아침 공기를 뚫고 오르는 길은 어둑어둑하여 앞 사람의 발자취를 열심히 따라갔다. 한 시간 정도의 힘든 등반 끝에 정상에 올라가자 얼마 되지 않아 해가 뜨기 시작했다. 마침 구름 한 점 없는 하늘 아래에서 일출을 제대로 볼 수 있었다. 처음에 바다와 하늘이 만나는 곳의 한 지점부터 붉은빛이 옆으로 퍼져 나갔다. 그 중앙에서 해가 올라오는 지점이 밝은 원을 그리며 불타올랐다. 몇몇 사람은 해를 보고 소원을 비는지 두 손을 맞잡고 목에서 가슴에 직각으로 세우고 중얼거렸다.

붉은 해가 바다 위에 한 뼘쯤 오르자 출렁이는 물결에도 솟아오르는 붉은 햇빛이 번져나갔다. 일출봉 근처에서 자란 창식은 일 년에 몇 차례나 올랐던 기억이 새로웠다. 구름이 잔뜩 낀 날에는 일출을 볼 수 없었으나 구름이 없는 날에 바다 위로 붉은 빛줄기를 펼치며 떠오르는 해를 볼 수 있었다. 그도 어릴 때는 커서 부자로 잘살게 해 달라는 소원을 빌었다. 어렸을 때 봤던 일출봉은 무척 높고 넓어 보였지만 오늘 바라본 일출봉은 그때만큼 거대하게 느껴지지 않았다. 호남 곳곳을 돌아다니면서 높은 산과 넓은 들을 많이 보았기 때문이 아닐까 생각했다. 일출봉을 내려오는 길은 일부 경사가 심한 곳은 더 위험하기는 했다. 창식과 순애는 손에 손을 맞잡고 앞서거니 뒤서거니 하면서 즐겁게 내려왔다.

다음 날 두 사람은 만장굴을 탐방했다. 제주에는 약 80여 개에 이르는 용암동굴이 있다고 했다. 만장굴은 세계에서 가장 긴 용암동굴로 용암이 지하를 뚫고 해안으로 빠지는 과정에서 형성되었다. 원래 김녕굴과 만장굴은 하나의 동굴이었으나 동굴을 흐르던 용암의 중간 부분이 막히면서 분리된 것으로 알려졌다. 동굴의 내부 온도가 외부 온도의 등락과는 상관없이 매우 일정하여 13도를 유지했다. 만장굴은 총연장이 약 7.4킬로미터, 최대 높이 23미터, 최대 폭은 18미터이며, 구간에 따라 2층 또는 3층 높이로 되어 있었다. 이 공간을 꽉 채워 용암이 흘렀다니, 엄청나게 많은 양이 아닌가. 용암이 땅 위로 넘쳐흐르지 않고 땅을 녹여 골을 형성하면서 지나갔다 한다. 얼마나 뜨거웠을까? 양이 얼마나 많았으면 위쪽은 식어서 굳고 속에서는 녹은 마그마가 굴을 형성하면서 흘렀을까? 용암동굴로는 드물게 동굴의 보존상태가 매우 양호하다고 했다.

만장굴을 둘러본 후, 해변으로 가서 성산행 연락선을 타고 집에 들어오니 저녁때가 되었다. 연일 계속 강행한 관광으로 젊은 그들도 피곤이 쌓였다. 숙모는 제철인 전복으로 죽을 쑤고 갈치찜과 옥돔구이로 저녁 식사를 준비해 놓고 있었다. 낚시꾼이 오늘 잡은 생선이어서 싱싱했다. 순애는 배가 고프기도 하지만 생선이 이렇게 맛있는 줄 몰랐다고 저녁밥을 한 공기를 다 먹고 또 반 그릇 정도를 더 먹었다. 전주나 남원에서는 싱싱한 생선을 맛볼 수가 없었다. 교통이 불편해서 생선을 소금에 절이거나 말리지 않으면 쉽게 상하기에 싱싱한 생선을 접할 기회가 없었다.

저녁 후에 둘은 해변에 나가 시원한 바람을 쐬면서 산책을 했다. 순애는 비릿한 바닷가 냄새를 맡는 것도 처음이고 파도가 해변에 끊임없이 밀려왔다가 사라지는 모습도 처음 보았다. 낮에는 하늘과 바다가 저 멀리 수평선에서 만났다. 하늘도 바다도 파랬지만 경계가 있었다. 하늘은 청색이고 바다는 약간의 녹색을 띠었다. 어둠 속에서는 경계가 사라지고 모두 검은색으로 변했다. 커다란 파도가 끊임없이 밀려오더니 모래밭에서 하얀 거품을 쏟아내고 사라졌다.

"저 파도는 직도에서부터 줄곧 달려온 깃 같네."

"그럼 저 흰 거품도 적도에서 가져왔나?"

"그건 아닐 테고."

"맞아, 파동 에너지만 파도끼리 주고받는 거야. 기압 차이가 일으킨 바람이 파도를 만들고 그 파도 에너지가 전달되다가 이 해변에 부딪혀서 일부는 소리가 되고 일부는 거품으로 변한 거라구. 에너지는 없어지지 않고 다만 다른 에너지 형태로 변할 뿐이야."

연일 계속되는 여행으로 젊은 그들도 피곤해서 집으로 서둘러 돌아왔다. 그들은 어떤 구경보다 따뜻한 이불 속에서 맞는 둘만의 잠자리가 더 좋았다.

"순애야, 여긴 볼거리가 많은디 시간이 없어 어쩐다냐. 곶자왈도 오름도 많고 한라산도 올라가고 싶은디."

"이번에는 이것으로 만족해야지라. 시댁이 제주인데 또 기회가 있겠지라잉. 내가 제주 신랑을 만난 것은 행운이랑께."

"그래, 담에 또 오자 응."

창식은 일주일의 결혼 휴가를 마치고 남원에 돌아와 일상으로 복귀했다.

1940년 봄, 창식과 순애는 가족의 농사를 어머니 대신 이어 가기로 했다. 그동안 땀과 눈물로 농사일을 지어 온 어머니는 전주로 가서 순철이와 함께 살기로 했다. 어머니는 중노동인 농사일에서 해방이 된 셈이었다. 어머니는 전주역 근처에 있는 두 칸 전세방을 빼서 좀 변두리로 나가 독채를 전세로 빌렸다. 순철은 신흥중학교를 졸업하고 전주신흥교회에 출석하면서 담임목사인 린톤 미국 선교사와 친분을 두텁게 쌓았다. 그의 도움으로 신흥학원의 서무과에 취직했다. 2년 후에는 군대에 소집영장을 받았으나 본인이 입대할 경우 가정의 경제적 사정이 어렵고 부친과 형이 일본 광산에 징용된 것을 참작하여 군대 소집을 면제받는 혜택을 누렸다. 이 모든 것은 린톤 선교사의 강력한 탄원 덕분이었다. 순철은 같은 교회에서 함께 신앙생활을 하는 조경희와 결혼을 앞두고 있었다.

6
방랑

고향이나 조국을 떠나 낯선 곳으로 이주하는 것을 좋아할 사람은 별로 없다. 고향에서 태어나 자라고 많은 추억이 있다면 더욱 떠나기가 싫을 것이다. 그러나 고향에서 더 이상 살 수 없으면 떠나야 한다. 울면서 고향을 떠나는 사람들이 바로 그런 사람들이다. 전쟁이나 재난으로 인해 곤경에 빠진 이들은 더 안전한 피난처를 찾아 길을 떠난다. 역사는 이런 난민의 이야기로 가득하며, 오늘날에도 세계 곳곳에서 그들의 발걸음은 계속되고 있다. 그들의 발자국마다 슬픔과 고통으로 가득했다. 일제강점기에도 많은 이들이 고향을 등지고 만주로 혹은 소련의 연해주로 이주했다.

1927년, 벨기에 브뤼셀에서는 반제국주의의 횃불을 치켜든 국제반제동맹이 창립되었다. 국제적인 반제국주의의 물결은 조선에도 영향을 끼쳤다. 1930년대 초에는 학생들을 중심으로 반제동맹 조직이 생겨났다. 광주학생독립운동의 정신을 이어받아 비밀 독서회를 통해 활동가를 양성하고, 학교 단위로 반제동맹을 조직했다. 그렇게 시작된 작은 움직임은 학교를 넘어 지역 단위로 확장되었고, 마침내 '반제동맹 조선지부 학생부'라는 이름으로 결실을 보려는 중이었다. 학생들의 반제동맹은 단순한 저항을 넘어 혁명적인 노동조합과 농민조합 활동가들을 훈련하는 장으로 자리를 잡아갔다.

1930년대의 조선은 일본의 강화된 식민정책 아래 숨죽인 나날을 보내고 있었다. 일본은 만주를 식민지로 삼으려고 1931년 만주사변을 일으켰다. 이듬해 만주국을 수립한 데 이어 1937년에는 중일전쟁을 시작했다. 조선의 독립운동가들은 일본이 만주로 침략을 확장함으로 더욱 극심한 탄압에 시달렸다. 일본이 중화민국을 비롯한 대륙으로의 침략을 본격화하면서 한반도는 중국 진출의 전진기지로 삼고, 한반도를 병참 기지화했다. 동시에 독립운동을 말살하려고 보호관찰령을 공포하여 사상범 단속을 강화했다.

이판수는 이웃 태수가 징용된 후, 자신도 징용될까 보아 불안에 휩싸였다. 반제국주의 국제적 물결이 거세게 일고 있었지만, 조선의 현실은 더욱 탄압이 가혹해졌다. 그는 고향 땅에서 일본의 억압에 맞서 싸우기에는 자신이 너무 무력하다는 것을 깨달았다. 그의 큰 뜻을 뒷받침할 자금도 지식도 사상도 동지들도 없었다. 그는 고국을 떠날 결심을 했다. 가난 때문에 난민의 길을 택한 것만은 아니었다. 그의 주변에는 자신보다 더 가난한 이들도 많았다.

그는 젊었고, 아내와 어린 아들이 있었다. 그러나 아무리 힘껏 땅을 파고 노력해도 배고픔을 면할 수 있는 길이 보이지 않았다. 희망은커녕, 올가미가 목을 조여 오는 것 같아 답답했다. 판수는 오래전부터 꿈꿔 오던 노동자와 농민이 주도하는 세상을 떠올렸다. 조선에서도 불과 56년 전에 농민들은 부패한 관리들을 척결하기 위해 들고일어났다. 바로 동학혁명이었다. 그 진원지는 남원에서 멀지 않은 전북 정읍이었다. 그러나 그 혁명은 실패로 끝났다. 조선 군대만으로는 감당할 수 없어서 청나라의 파병을 받아서 진압할 수 있었다.

판수는 동학혁명이 성공했으면 우리나라는 어떻게 되었을까 생각해 보기도 했다. 왕정이 무너지고 외국 군대를 물리칠 수 있었을까? 러시아의 볼셰비키 혁명을 주도했던 공산주의 사상가 같은 인물이 있어서 성공했을까? 아니면 일본군이 진출하여 조선을 무력으로 점령하여 속국으로 만들었을까? 그는 혁명을 주도하기에는 배운 것이 너무나 없다는 사실을 절감했다. 골목의 서당 훈장에게 천자문을 배운 것이 전부였다. 하지만 사람을 끌어모아 조직을 만들고 그 조직을 결속시키기 위해서는 확고한 이념이 필요했다. 사회주의와 공산주의와 같은 이념이 있어야 사람들을 하나로 뭉치게 할 수 있다고 확신했다. 간도로 떠난 삼촌 역시 비슷한 생각으로 이주한 것이라고 짐작했다. 하지만 자신은 그런 능력이 없음을 인정해야 했다.

판수는 좁은 남원 바닥을 벗어나 더 넓은 세상으로 나아가고 싶었다. 더 많은 사람을 만나고, 더 많은 배움을 얻기를 갈망했다. 찬란하게 꽃피는 내일과 새들이 자유롭게 지저귀는 세상을 꿈꿨다. 최소한 그의 아들 세대만큼은 그런 세상에서 살기를 바랐다. 나라는 이미 망했고 자신은 노예나 다름없는 신세였지만, 대대로 이어진 지주의 수탈은 그대로 유지되고 있었다. 희망은 짓밟혔고, 그는 공허함을 달랠 길이 없었다. 결국, 그는 목을 조여 오는 현실을 타파하고 새로운 희망을 찾아 만주로 떠나가기를 결심했다. 사회적 혁명을 꿈꾼다면, 자신부터 혁명적인 변화를 경험해야 한다고 믿었다.

1936년, 그는 집을 급히 팔아 여비를 마련했다. 아내와 아들을 데리고 만주로 방랑의 길을 떠날 준비를 했다.

"판수, 자네 집을 팔았담서?"

"야, 이장님. 몇 년 전에 간도로 간 삼촌이 오라고 해서라우."

"큰일일세. 젊고 똑똑한 청년들이 다 떠나 불면 우리 동네는 빈 껍데기만 남겠네 그랴."

"무신 말씀이라요. 열심히 살아 볼라고 발버둥쳐도 안 됭께 떠나는 것인디요."

이주를 결정하는 과정은 순탄치 않았다. 평소 그의 결정을 순종하던 아내가 이번에는 쉽게 동의하지 않았다. 비록 반대는 하지 않았지만, 그녀의 불편한 표정과 침묵은 마음 한구석이 편치 않음을 드러냈다.

며칠 전 익산의 친정에 다녀온 후부터 아내는 더욱 우울해 보였다. 나이 든 친정 부모님을 다시 볼 수 없을지도 모른다는 불안이 그녀를 짓누르고 있는 것 같았다. 다행히 간도 연길[옌지(延吉)]에는 삼촌이 있고, 지금쯤은 그곳에서 자리를 잡았으리라 기대했다. 삼촌은 만주로 떠나가기 전에 부모와 조부모의 묘를 파서, 썩지 않은 뼛조각을 화장하여 가루로 만들어 단지에 담았다. 그 백색 가루는 그들을 세상에 있게 한 조상의 표본이었다. 고향을 떠나면 언제 다시 올지 모르니, 뼈라도 가지고 가서 제사를 지내려는 것이었다. 누구나 자손으로서 조상을 기리는 것은 당연한 도리였다. 판수는 간도에 가면 농사를 지을 터이니, 호미, 삽, 작은 곡괭이를 챙기는 것을 잊지 않았다. 또 벼, 보리, 밀과 고구마나 감자 씨앗도 준비해 갔다. 고향을 떠나 낯선 곳으로 향하는 방랑을 시작하는 그의 발걸음은 무겁기만 했다.

판수는 기차로 전주를 몇 번 다녀온 적은 있었다. 만주행처럼 며칠이 걸리는 장거리 여행은 이번이 처음이다. 혼자가 아니라 가족을 이끌고 타국으로 이민을 떠나가는 그의 마음은 착잡했다. 왜 망한 나라의 가난한 집안에서 태어나 이런 고생을 해야 하는지 자신의 운명이 한스러울 뿐이었다. 고향을 벗어나 신나는 여행을 떠난다면 얼마나 좋을까. 그러나 그에게는 돌아올 집이 없다. 배수의 진을 치고 떠나는 것이었다. 생존을 위해 난민이 되어 떠나는 자신의 처지가 서글펐다. 아무리 눈앞의 상황을 긍정적으로 보려 해도 마음속에는 쓸쓸함이 가득했다. 반면에 그런 아버지의 마음을 알지 못하는 철호는 신바람이 나서 어쩔 줄 몰랐다. 처음으로 기차를 타고 떠나는 여행에 어린 마음이 잔뜩 부풀었다.

철호는 기차가 북쪽으로 달리자 처음 보는 풍경에 신나기만 했다. 크고 작은 산들을 넘나들고, 어두운 터널을 지나면서 그의 눈앞에는 넓은 세상이 펼쳐졌다. 추수가 끝난 들녘은 황량했다. 농부들은 사라졌고 찬바람만 스치고 지나갔다. 철호는 세상이 이토록 넓다는 사실이 경이로웠다. 하지만 한편으로는 어쩐지 쓸쓸해 보였다. 그게 조금은 불만이었다. 그에게는 모든 것이 신비로운 체험이었다. 새로운 경험이 이어지고 있었으니, 그에게 시간은 한없이 느리게 흐르는 것만 같았다. 이번 여행이 끝없이 계속된다면 얼마나 좋을까 생각했다.

한나절을 달려 서울역에 도착했다. 그들은 원산행으로 갈아타기 위해 대기실로 나왔다. 사람들 사이로 바쁘게 걸음을 재촉하여 도착한 대기실은 혼잡했다. 철호의 눈에 비친 서울 사람들의 옷차림은 깔끔하고 세련되어 보였다. 서울처럼 거대한 도시에서 살면 얼마나 좋을까 하고 한참을 상상했다. 그의 고향 남원과는 차원이 다른 세상이었다. 그곳에는 높고 낮은 빌딩들과 시골에서는 보기 드문 승용차와 짐차들이 많았다. 그들의 존재는 인파 속에서 작아지고 희미해졌지만, 이런 멋진 여행을 시켜 준 아버지가 대단해 보이고 고마웠다.

"아빠, 우리 앞으로 여기 서울에서 살꺼라요?"

"여기서 살면 좋겠냐?

판수는 대답할 말이 마땅치 않아서 선뜻 답하지 못하고 아들에게 되물었다. 아들에게 서울에서 살려면 직장이 있거나 재산이 많아야 한다는 걸 어떻게 설명해야 할지 막막했기 때문이었다. 서울 사람들이 잘살기 위해서 수많은 시골 사람들이 피땀을 흘리는 사회적인 구조를 어린 아들이 어떻게 알겠는가? 고향 시골을 떠나 머나먼 타향으로 밀려나는 것을 그에게 어떻게 이해시켜야 할지 고민이었다. 그저 더 살기 좋은 곳을 찾아간다고 얼버무리고 말았다.

처음에 철호는 고향을 떠나고 싶지 않다고 했다. 옆집 형들과 누나와 같이 놀 수 없는 것이 제일 서운했다. 그는 옆집 형들과 제기차기나 딱지치기를 하면 지지 않았다. 반면에 닭싸움같이 힘을 쓰는 놀이는 형들을 이기지 못했다. 추운 날에는 집안에서 하는 윷놀이가 얼마나 재미있었던가! 마을을 떠나면 앞개울에서 피라미를 잡을 수 없고 겨울에 썰매를 탈 수도 없을 터였다. 하지만 처음으로 기차를 타고 멀리 여행하는 재미는 이루 말할 수 없이 좋았다. 그는 기차여행의 설렘으로 고향을 떠난 아쉬움을 잠시 잊을 수 있었다.

철호는 조선반도가 기차로 가도 가도 끝없이 넓다는 사실에 놀랐다. 높고 낮은 산과 강, 들녘은 그의 상상을 초월했다. 서울과 같은 대도시에서는 자신이 모르는 수많은 일이 벌어지고 있을 것만 같았다. '사람은 나면 서울로, 말은 제주도로 보내라'라는 말처럼 서울에서는 배울 것도 많고, 잘살게 될 기회도 많을 것 같았다. 하지만 그것은 그들 가족에게는 그림의 떡이었다. 돈도 직업도 없이 서울에서 사는 것은 불가능하다. 그날 오후 늦게 그들은 원산행 완행열차 마지막 칸 뒷좌석에 웅크리고 앉아 서울을 빠져나가고 있었다.

서울에서 원산까지 이어지는 경원선은 223킬로미터나 되는 장거리 노선이었다. 이 철도는 서울과 한반도 동쪽을 연결할 목적으로 부설한 것이었다. 서울에서 삼방(三防) 부근의 해발 600미터 가파른 고지를 넘어 동해안의 원산에 이르는 철도는 군사적으로도 매우 중요했다. 서울역에서 출발하여 강원도 쪽으로 가면서 산들이 더 크고 높아졌다. 날이 저물어 어두워지면서 산세는 더 험하게 보였다. 한반도를 대각선으로 가로질러 신탄리와 철원을 지나면 월정리가 나오고 다음으로 금강산 옆의 평강역을 지나갔다. 금강산은 우리나라에서 가장 아름다운 산으로, 갖가지 모양의 산봉우리가 1만 2,000개나 되어 유명했다.

"철호야, 우린 시방 강원도를 지나고 있는디 우리 고향과 풍경이 다르지 않냐?"

"응, 높은 산만 겁나게 많은디 넓은 들은 별로 없는 것 같고."

"그러지. 금강산이라고 최고 멋진 산이 여기에서 동쪽으로 얼마 안 떨어져 있단다."

"그럼 우린 거기 구경하고 가면 안 되까?"

"그랬으면 좋겠쟈아. 근디 시간이 업승께. 대신 금강산에 얽힌 이야기를 하나 해 주까?"

판수는 아들에게 신라 마지막 왕, 경순왕과 마의태자의 이야기를 꺼냈다. 경순왕은 신라의 국세가 약해져 더는 나라를 유지할 수 없다고 판단하여 고려에 나라를 바치자고 제안했다. 후백제의 견훤이 수도 경주를 침략하여 분탕질을 친 것이 얼마 전의 일이었다. 그렇게 강한 후백제가 고려와 싸웠다가 패망했다.

"나라의 존망은 하늘의 뜻에 있습니다. 충신들과 함께 백성의 마음을 하나로 모으고 단합하여 나라를 굳건히 지키다가, 마지막 힘이 다할 때까지 싸워야 합니다. 어찌 천년 사직을 하루아침에 포기하십니까?"

마의태자는 끝까지 나라를 지켜야 한다며 반대했다.

"나라를 보전할 수 없다면, 죄 없는 백성들을 전쟁터로 내몰아 죽게 할 수는 없다."

경순왕은 결국 사자를 보내 고려에 항복을 선언했다. 마의태자는 크게 울부짖으며 임금을 하직하고 홀로 금강산으로 들어가 바위 위에다 방을 만들고 삼베옷을 입고 풀을 뜯어 나물을 만들어 먹으며 쓸쓸히 생을 마쳤다고 한다. 그의 묘가 지금도 금강산 입구 어딘가에 있다고 전해진다는 이야기였다.

철호는 마의태자 이야기를 듣고 마음이 아팠다. 태자는 다음 왕이 될 사람이니 화려한 궁중에서 여러 신하를 거느리고 멋진 인생을 살 수 있었을 텐데. 혼자 깊은 산에 들어가 삼베옷을 입고 짐승처럼 채소를 먹고 살다가 죽다니 그의 인생이 너무나 슬펐다. 사람이 늙어서 죽듯이 나라도 오래되면 늙어 망하는가 하는 생각이 들었다.

아침이 되자 기차는 금강산을 지나 경원선의 종착역 원산을 향해 계속해서 내려갔다. 원산은 동해안에 있는 항구 도시로 조선반도의 호랑이 모양에서 목덜미에 해당하는 곳이라고 했다. 높은 산맥과 한류와 난류가 만나는 바다의 영향으로 기후는 비교적 온화한 편이란다. 원산만은 3면이 산으로 둘러싸여 항구 도시치고는 바람이 잔잔했다. 8월 평균 기온 24도로 여름은 서울과 비슷한 기온이어서 덥지 않다고 했다.

기차는 다시 원산에서 동해안을 따라 북쪽으로 올라가다가 고원 함흥 길주를 지나서 청진에 이를 예정이었다.

"철호야, 이제 조금만 더 가면 우리가 살 곳에 도착할거야."

목소리는 담담했지만, 판수의 마음 한쪽에는 가족과 함께 살아갈 새로운 터전에 대한 희망이 피어나고 있었다.

며칠째 계속되는 기차 여행에 가족들은 지쳐 있었다. 판수는 지루해하는 철호에게 원산과 전주가 연결된 이야기를 꺼냈다.

"철호야, 니 혹시나 전주에 경기전이라는 곳이 있는 줄 안다냐?"

"응, 옆집 순호 형과 순애 누나가 얘기해 준 것 같은디. 조선 첫째 임금 태조와 관련이 있제?"

"그래, 태조 집안이 대대로 전주에서 살았는디 그들의 사당이라고 생각하면 된당께."

판수는 경기전에 관한 이야기를 시작했다.

"때는 고려 말, 이성계가 조선을 세우기 전이었다. 태조 이성계의 선조들은 대대로 전주에서 살았단다. 그런데 4대조 이안사가 당시 도지사와 사이가 좋지 않아 친족 1,000여 명을 이끌고 강원도 삼척으로 이주했단다. 삼척에서 자리를 잡고 사는데 몇 년 후에 하필 그 도지사가 또 강원도 도지사로 전보되어 왔단다. 두 원수가 외나무다리에서 만난 셈이 아니냐? 권력이 없는 이안사가 불리한 입장이었겠지. 다시 도지사를 피해 원산으로 이사했디야. 그때 그를 따르는 가구 수가 일천 가구였단다. 한 가구당 가족이 6~7명이라고 하면 그만큼 그의 가족 수가 6배 이상 늘었거나 그를 따르는 다른 이들도 많아졌다는 것이제."

이안사를 따르는 자가 몇 년 사이에 6배나 늘어났다는 것은 그가 포용력이 큰 인물이라는 뜻이었다. 그에게 지도자로서의 역량이 있었다는 것이다. 지도자는 따르는 사람이 많을수록 세력이 크고 큰 인물이다. 하지만 그는 관직이 없었고 정부에서 임명한 도지사와의 관계가 원만하지 않았으리라. 도지사라는 관직을 가진 자가 세력이 있는 이안사를 다루기가 쉽지 않았을 것이었다. 판수는 아들에게 이야기를 계속했다.

"원산은 당시 고려와 몽고 원나라의 국경이 맞닿는 곳이었단 말이야. 몽고군은 이안사를 회유하여 원나라의 장수가 되라고 해서 수락하고 '다루가치'라는 관직을 받았대여. 중국에서 원나라가 명나라와 싸우느라고 힘이 약해진 틈을 타서 전주이씨가 원산 지역에서 힘을 키워 함경도 지역까지 차지했단다. 이안사의 4대 손자가 고려의 서울인 개성으로 가서 장수가 되었는데 바로 그가 이성계였단다."

철호는 아버지의 이야기에 흥미를 느껴 눈을 반짝였다.

"이성계는 그 뒤에 어떻게 됐당가요?"

"이성계는 함경도 지역에 있는 여진족과 몽고군을 몰아내 불고 두만강까지 영토를 넓히고 고려의 유명한 장군이 되었단다. 그는 고려 왕조가 힘이 없으니 결국 자신이 조선왕조를 세우고 첫째 임금이 되어 불었제."

그렇게 해서 조선 왕들은 고향 전주에 이씨 사당을 짓고 조선의 역사책을 보관하는 사고 중의 하나를 두었는데, 그 사당이 경기전이라고 설명했다.

"전주에서 대단히 큰 인물이 나온 거지야? 근디 너 우리가 전주 이씨인 줄 안다냐?"

"몰랐는디. 우리 집안에 굉장한 인물이 낫었구만. 왜 우리 집안은 이성계 집안을 따라가지 않았을까잉?

"그때 우리는 너무 먼 친척이였을지 모르지. 아니면 고향을 떠나기 싫었을 수도 있고."

"야, 근디 아빠는 어쩌케 요로코름 재밌는 야기를 많이 안다요?"

철호는 아버지의 이야기가 끝나자 감탄하며 말했다.

"재밋냐? 책을 마니 일거서 그런당께. 그래서 책을 입 없는 선상님이라 하잔히여."

기차는 이성계의 옛 흔적이 서린 원산 앞바다를 지나, 동해안을 끼고 계속하여 올라갔다. 기차 안에서 보이는 푸른 바다는 끝이 없어 보였고, 산과 바다가 어우러진 풍경은 장엄했다. 기차는 동해안을 끼고 가다가 청진에서 다시 내륙 쪽으로 방향을 틀었다. 산악지대를 올라가 두만강에 접해 있는 회령에 도착할 예정이었다. 회령에서 다음 역이 마지막 종착역인 남양이 나온다고 했다. 남양에서 두만강 철교를 건너가면 만주 대지가 펼쳐지고 첫 역인 도문이 나왔다. 두만강은 별로 크지 않고 남원 옆을 흐르는 섬진강보다 훨씬 더 좁아 보였다. 그다음 역이 그들이 가는 연변역으로, 삼촌 이수창이 사는 곳이었다.

만주는 고구려 옛 땅이었고, 후고구려 시대를 거쳐서 발해가 차지했던 곳이다. 지금은 일본이 만주국으로 분리해서 조선과 별도로 식민지를 삼으려는 야욕을 품고 있다. 망한 조국을 뒤로하고 두만강을 건넌 판수는 낯선 이국땅에 들어왔다. 국경을 넘었지만, 국경이라는 표지가 없었다. 아무도 신분증이나 비자를 검사하지 않았다. 생존을 위해 조국의 국경을 넘었으나 아직 난민이라는 것을 실감하지 못했다. 그가 조국을 버린 것인지 조국이 그를 버린 것인지 혼란스러웠다. 떠나온 고향에 다시는 돌아갈 수 없을 것 같아 몇 번이나 다시 뒤돌아보았다. 가슴 깊은 곳에서 찬 기운이 '싸아' 하고 불더니 눈에 뜨거운 눈물이 고였다.

두만강을 건너자 만주의 분위기는 확연히 달랐다. 초가지붕의 토담집이 늘어서 있는 고향과는 달리 벽돌이나 콘크리트로 지은 집들이 반듯하게 자리하고 있었다. 상가에는 울긋불긋한 색깔의 한자와 한글로 쓴 간판들이 붙어 있었다. 가끔은 일본어로 쓴 간판도 보였다. 남원이나 전주와는 풍기는 분위기가 전혀 달랐다. 날씨도 고향의 겨울에 비해 훨씬 더 추웠다. 사람들도 두꺼운 솜바지에 솜을 넣어 누빈 저고리를 입고 머리에도 벙거지 털모자를 쓰고 다녔다. 얼핏 보면 남자인지 여자인지 구별하기가 어려울 정도로 꽁꽁 싸맨 모습이었다.

1931년 9월, 일본은 중국으로부터 만주를 떼어내어 독립국인 만주국을 세웠다. 이 광활한 땅을 조선이 되찾아야 하는데 일본의 장난으로 남의 땅이 되어가고 있었다. 그들의 계획은 명확했다. 만주를 식민지화하고 중국을 침략하기 위한 전진기지로 사용하려는 것이었다. 작은 섬나라 일본 사람들이 자국 땅의 몇 배나 되는 식민지를 갖기 바랐다. 넓은 식민지와 많은 식민지인을 수탈하여 자신들은 편히 살겠다는 뜻일 것이다. 작은 섬나라 영국이 미국과 인도를 식민지로 가진 것이 부러웠나? 한반도보다 더 넓은 광활한 만주 평원은 일본 제국주의 야망의 전리품이 되어 사라지고 있었다. 고조선의 땅을 되찾는 것도 중요하지만, 먼저 조선반도 자체를 일본으로부터 되찾아야 한다고 생각했다.

연변역이 가까워지자 판수는 삼촌이 적어 준 주소를 꺼내 들었다. 옌지에서 기다리고 있을 삼촌의 모습을 상상하며, 그의 마음은 조금 설레기 시작했다. 며칠간 타고 온 기차에서 내리기가 아쉬웠던 판수는 계속해서 역사적인 사건 현장인 하얼빈까지 가고 싶었다. 안중근 의사가 1909년 10월 26일, 일본인으로 가장해 잠입하여 조선 침략을 이끈 총리대신 이토 히로부미를 사살했던 장소였다.

탕! 따탕!

안중근 의사의 오른손에 쥔 권총의 총구에서 불 뿜는 소리가 나는 것을 상상했다. 하얼빈역 플랫폼에서는 방금 기차에서 내린 이토 히로부미가 가슴에 총을 맞고 꼬꾸라졌다. 조선 식민지화 작업을 추진했던 일본 총리는 그 자리에서 즉사했다. 안중근 의사 뒤쪽에 일본 헌병들이 열을 지어 서서 총리를 경호했는데도 그의 죽음을 막지는 못했다. 당시 청소년이었던 판수는 그 소식을 듣고 몸이 전율하는 야릇한 쾌감을 느꼈었다. 그를 죽인다고 조선이 다시 살아날 것도 아니었다. 판수는 살인 행위가 정의와 폭력의 짜릿한 혼합일 수 있다는 사실에 잠깐 혼란스러웠다.
　안중근 의사는 1905년 을사늑약 체결 후, 자신의 생업인 상점을 팔아 삼흥학교를 설립하고 후배들에게 미래에 대한 희망을 심어주었다. 연해주에서 독립운동에 몸을 바치며, 동지 11명과 함께 왼손 약지 한 마디를 절단하고 '동의단지회'를 결성했다. 그때부터 그들은 목숨을 바쳐 조선을 멸망시킨 일본에 보복하기로 피로써 맹세했다. 하얼빈은 당시 러시아 땅이었기 때문에 그는 러시아 경찰에게 체포되었다가 일본 경찰에 인계되었다.
　"나는 개인적인 원한으로 그를 쏘지 않았다. 조선의 의병장으로 조선을 병합시킨 일본제국주의 원흉을 죽인 것이다. 나는 전쟁을 한 것이다. 나를 살인자가 아닌 전쟁포로로 취급하라!"
　안중근 의사의 당당한 외침이었다. 그는 평소에 '희생이 없는 자유는 없다'라면서 자기를 희생할 것을 암시했었다. 이듬해 만주에서 재판을 받아 사형판결을 받고 1910년 3월 26일에 순국했다. 그는 마지막으로 '천국에서 조선의 독립과 동양 평화를 위해 기도하겠다'라는 유언을 남겼다.
　일본은 만주를 지배하려는 야욕으로 교묘한 음모를 꾸몄다. 만주에 주둔한 정예부대인 관동군에게 봉천 북쪽의 남만철도 선로를 폭파하는 자작극을 벌이게 했다. 이 사건을 만주사변의 단초로 삼았다. 관동군사령부는 이를 중국 장학량 군대의 소행이라고 덮어씌우며, 관동군으로 하여 중국 동북군 주둔지를 공격하게 했다.
　1932년 2월, 창춘에서 '신국가 건설회의'를 열고 국호를 '만주국'이라 했다. 그러나 새로운 국가의 정치체제에 대한 의견은 분분하여, 공화파, 군주파, 민주파 3파로 나뉘어서 합의를 보지 못했다. 결국, 체제는 공화국으로 하되, 실제로는 군주제의 틀을 따르는 민주제로 애매하게 타협했다. 국가 원수의 명칭을 "집정(執政)"이라고 하고 초대 집정으로 청나라의 마지막

황제로 폐위된 푸이가 추대되었다. 이것은 바로 만주 땅을 중국에 속한다고 인정한 셈이었다. 고구려와 발해의 옛 땅인 만주는 이렇게 조선에서 분리되어 나갔다.

1932년 3월 1일, 일본은 만주국의 수립을 선포하고 지린성 창춘시(長春)를 수도로 삼아 신징(新京)이라는 이름을 붙였다. 관동군 사령관은 만주 특명전권대사를 겸임하며 중국 동북 지방을 실제로 지배했다. 관동군은 남만주철도주식회사를 설립하여 식민지를 공고히 지배하고, 일본의 이익을 위해 철도 사업을 운영했다. 만주국의 주요한 정책은 관동군 사령관의 재가를 받게 했다. 관동군은 괴뢰 정권인 만주국을 실제로 통치하고 관동군 사령관이 만주국의 실권자가 된 것이었다.

드넓은 만주 벌판은 독립을 꿈꾸는 조선인들이 종횡무진 누비고 다녔던 저항의 상징이기도 했다. 연변[옌벤(延边)]의 독립군 북로군정서, 대한국민회, 지린성의 서로군정서, 대한독립단과 무장 독립투쟁의 산실 신흥무관학교를 비롯해 단둥과 연길 그리고 룽징 일대에서 70개 정도의 항일 독립운동 단체들이 곳곳에서 활동했다. 뺨을 에이는 찬바람이 휘몰아치는 들판에서 이들은 조국의 독립을 위해 눈을 붙일 새도 없이 일본군과 치열하게 싸웠다. 홍범도 장군과 김좌진 장군이 이끄는 독립군들이 만주 조선인의 지원을 받아 일본군을 무찔렀던 역사적인 곳이다.

창밖으로 스쳐 지나가는 나무들을 바라보며 판수는 독립군의 전투 장면을 머릿속으로 그려보았다. 김좌진 장군이 지휘하는 북로군정서 부대를 주력으로 한 독립군 부대가 1920년 10월 21일부터 26일까지 일본군과 전투를 벌였다. 10여 회에 걸친 전투에서 일본군 1,200여 명을 사살하고도 독립군은 100여 명의 전사자 뿐이었다. 이를 청산리대첩이라고 한다. 청산리대첩은 독립군 최대의 전과를 기록한 빛나는 승리였다. 판수는 이 빛나는 역사를 가슴에 새기며 만주 땅의 의미를 되새겼다.

옌지시는 백두산 북쪽의 산간 분지인 옌지 분지에 자리하고 있다. 옌벤의 중심부에 있으며 서쪽을 제외한 남쪽과 동쪽, 북쪽은 산에 둘러싸여 있었다. 북쪽은 둔화, 북동쪽은 왕칭현, 동쪽은 투먼, 남쪽에서 남서쪽은 룽징, 서쪽은 안투와 접해 있었다. 20세기 초, 일제강점기가 시작하면서 많은 조선인이 이곳으로 이민을 오기 시작했다. 일제의 침략과 수탈로 수많은 애국지사와 농민들은 고향을 떠나 지리적으로 가까운 만주로 탈출한 것이었다. 이미 19세기 중엽부터 형성된 한인 정착촌을 중심으로 항일운동의 중심지가 되었다.

청나라는 투먼강 이북의 간지(墾地)를 조선인 거주지역으로 인정했다. 이 지역의 조선인은 청나라의 법률에 따라 생명과 재산을 보호받으며, 납세의 행정상 대우도 청나라 국민과 동등한 대우를 받도록 했다. 일제는 만주사변 후 지린[吉林] 창춘[長春] 철도를 옌지 남쪽까지 연장하여 조선의 회령(會寧) 철도와 연결했다. 옌볜은 항일독립운동의 성지이자, 비극의 현장이기도 했다. 1931년, 일제가 수천 명의 조선인을 학살한 해란강 참변은 옌볜의 아픔을 상징하는 사건이었다. 이 비극 속에서도 한민족은 결코 희망을 놓지 않았다. 다시는 그러한 비극을 당하지 말자고 후손들에게 남긴 글도 많았다. 그중에서 노래로 전해오는 선구자가 그날까지도 많은 이들의 가슴을 울렸다.

선구자

윤해영 작사, 조두남 작곡

일송정 푸른 솔은 홀로 늙어 갔어도
한줄기 해란강은 천년 두고 흐른다.
지난날 강가에서 말 달리던 선구자
지금은 어느 곳에 거친 꿈이 깊었나?
(이하 생략)

1937년 7월 7일, 일본이 중국 동북부 대륙을 침략함으로써 중일전쟁을 시작한 날이다. 1945년 제2차 세계대전이 끝날 때까지 이어진 이 전쟁은 20세기 아시아 최대 규모의 전쟁이었다. 수십 년간 전쟁을 계속해 온 일본은 필요한 자원을 확보하기 위해 중국을 지배하려는 계획이었다. 1937년부터 1941년까지 중국이 단독으로 일본에 맞섰고, 진주만 공격 후 중일전쟁은 더 큰 규모의 제2차 세계대전에 포함되었다. 이후 일본군의 전력은 급속히 약화했다. 1944년 즈음에 일본은 반격을 꾀했으나 별로 성과를 거두지 못했다. 1945년 8월 15일 일왕 히로히토가 연합군에게 항복을 선언하고 9월 2일에는 연합국에 대한 일본의 항복 문서 조인식으로 중일전쟁도 끝이 났다. 이 끔찍한 전쟁으로 인한 사상자 수는 2,000만 명이 넘었다고 알려졌다.

　1936년 초겨울, 판수 가족은 마침내 엔지에 도착하여 이수창 삼촌의 편지에 적힌 주소지를 찾아갔다. 무거운 이삿짐 가방들을 끌고 힘들게 찾아갔는데 기대한 삼촌은 거기에 없었다. 집은 텅 비었고 문은 굳게 잠겨 있었다. 판수는 허탈했고 며칠 동안 쌓인 여독이 한꺼번에 몰려와 기진맥진했다. 고향에서부터 기차를 타고 줄기차게 달려온 목표가 한순간에 사라져 버렸다. 그렇다고 다시 고향으로 돌아갈 수도 없었다. 어디로 떠나야 할지 막막했다. 다시 일어설 힘도 없었다. 날은 어두워지는데 날씨는 춥고 배는 고팠다.

　간도에는 조선인이 많이 살긴 하지만 마을 형태는 조선과 크게 차이가 났다. 땅이 넓어서인지 집단 마을보다는 집이 띄엄띄엄 떨어져 있었다. 판수는 삼촌네 집을 빙 둘러보고 문이라는 문은 모두 열어보았으나 열리는 문이 없었다. 분명히 거리와 주소는 맞았다. 문패에도 이수창이라고 적혀 있었다. 집의 상태가 장기간 빈집으로 사람이 드나든 흔적이 희미했다. 삼촌을 만나면 판수 가족의 고단한 방랑은 끝나리라 예상했으나 아니었다. 고난의 방랑은 더 계속되어야 했다. 춥고 지쳐서 문을 부수고라도 안에 들어가 쉬고 싶었다. 그때 옆집에서 인기척이 났다. 다급하게 찾아가 물었다.

"실례합니다요. 혹시 주인장 계십니까?"

중국인인지 조선인인지 모르면서 판수는 조선말로 물었다. 중국말을 모르니 달리 방법이 없었다. 삼촌과 이웃이었으니 조선인일 가능성이 크다고 생각했다.

"누구신지라우?"

낯익은 조선말에 판수는 안도하며 대답했다.

"아이고, 살았구만이라. 지는 전북 전주에서 온 이판수라고 한디요. 삼촌 이수창 씨를 찾아왔는디 집이 텅 비었구만이라. 저집 주인은 어저코롬 됐는지 아실랑가요잉?"

"안으로 좀 들어옷씨오. 날씨가 찬디."

이웃 주인은 그에게 집안으로 들어오라고 하며 따뜻하게 맞이했다.

"아니라우, 저기 마누라와 아들놈이 기다리고 있응께라우."

판수네에게 희망은 여전히 살아남아 있었다. 간도에 사는 한인들은 끈끈한 유대감을 가지고 있었다. 한 사람을 건너면 서로를 알게 되는 듯했다. 삼촌이 떠난 집의 열쇠를 이웃이 건네주었다. 그분들도 전남 영광 출신이라며, 참 좋은 이웃이었다고 칭찬했다. 삼촌은 판수네 가족이 올 것을 예상하지 못했다. 피치 못할 급한 사정으로 연해주로 이주했다고 했다. 이웃에 따르면 삼촌의 작은아들이 독립군에 가담했는데 일본군이 수시로 집을 수색하며 큰아들을 잡아가려는 낌새가 있었다고 했다. 그래서 러시아 땅인 연해주 블라디보스토크로 이주했다는 것이었다. 오랜 여독도 풀 겸 집을 대강 정리하고 며칠을 쉰 후에 삼촌을 찾아 연해주로 다시 떠나기로 했다. 기차로 가면 하얼빈으로 멀리 돌아가야 하지만, 두만강 국경 부근의 훈춘을 경유하는 육로로 가서 항구에서 배로 가면 더 빠르다고 했다.

3일 후, 판수는 가족과 함께 다시 연해주 블라디보스토크를 향해 길을 떠났다. 아무도 모르는 옌지에 정착하기보다는 삼촌이 있는 곳이 더 좋으리라 생각했다. 훈춘으로 가기 전에 홍범도 장군이 일본군을 무찔렀던, 즉 '봉오동전투'가 있었던 지역을 지나는 길이었다. 훈춘에서 국경을 넘으면 러시아 땅으로, 크라스키노라는 소도시가 나온다고 했다. 국경을 넘는데 누구도 신분증을 검사하지 않는다고 했다. 초소가 있는 것도 아니고 국경에 철조망도 없다고 했다. 삼촌이 연해주로 떠난 것은 만주보다 그곳이 정착하기가 좋다는 뜻이었다. 고향 남원에서의 삶보다 여유로워 보였던 간도보다 더 살기 좋은 곳이 연해주라면 더 말해 무엇할까. 그는 삼촌을 찾아 다시 떠나기로 했다. 러시아 땅은 일본의 영향력에서 벗어나 안전하고 정착이 쉬우리라는 생각도 있었다. 판수는 낯선 길을 떠나며 마음속으로 다짐했다. '길은 험하지만, 언젠가는 이 방랑에도 끝이 있을 테지.'

엔지에서 훈춘으로 가는 정기 교통편이 없어서 판수 가족은 마차를 빌려 타고 갔다. 훈춘은 두만강 변에 있는 마을로 봉오동을 끼고 계속하여 강변을 달렸다. 봉오동은 두만강 하구 함경북도 도문에서 두만강을 건너면 만나는 조용하고 외진 마을이었다. 10개의 작은 마을에 200명 정도 주민이 사는 곳으로 최진동 독립군의 가족과 친척들이 봉오동에 거주한다고 했다. 봉오동 서남방으로 약 16리 떨어진 곳에 홍범도와 연합한 신민단의 근거지인 석현이 있었다. 봉오동은 상촌, 중촌, 하촌의 3개 자연부락에 흩어져 있으며, 상촌은 봉오동을 대표하는 곳으로 독립군의 훈련장이 있다고 했다.

1920년 6월 4일, 홍범도와 최진동이 이끌었던 독립군 부대의 1개 소대가 두만강을 건너가 함경북도 종성군 강양동에 주둔하고 있던 일본군 헌병 국경초소를 기습 공격하여 몰살시켰다. 독립군의 기습공격을 받은 국경초소 지대의 급보를 받은 일본군 남양수비대는 1개 중대를 출동시켜 반격전을 전개했다. 독립군 연합부대 사령부는 1개 소대를 삼둔자의 서남쪽 봉화리에 매복시키고 일본군을 유인했다. 6월 6일 오전 10시 일본군은 잠복해 있는 독립군 부대 앞까지 추격해왔다. 6월 6일 점심때까지 독립군은

100미터 안팎의 산악 고지에서 일제히 사격을 퍼부어 일본군 남양수비대 1개 중대 병력 60명을 사살했다. 독립군의 피해는 2명이 전사하고 근처 마을에 거주하던 주민 9명이 유탄 파편에 사망했던 전투였다.

그 사건 일주일 후, 일본군 제19보병사단장은 소속 사단 보병과 기관총부대 1개 대대를 다시 강을 넘어 출동시켰다. 지난 전투에서 입은 피해에 대해 보복하기 위해서였다. 홍범도와 최진동의 독립군 지휘부에서는 1개 대대급도 안 되는 병력으로 조를 나누어 일부는 산꼭대기로 올려보냈다. 일부 부대는 안산(安山) 촌락 후방고지에 진지를 만들면서 인근 지역에 목책과 허수아비들을 설치했다. 독립군을 얕보던 일본군은 이 전투에서도 대패했다. 대한민국 임시 정부 군무부의 보고서에는 봉오동전투에서 '독립군은 일본군에게 전사 157명, 중상 200여 명, 경상 100여 명의 인명피해를 입혔다'라고 기록되었다. 독립군의 피해는 '전사 4명, 중상 2명이 전부였다'라고 적혀있었다. 그래서 봉오동대첩이라고 불리기도 한다고 했다. 봉오동전투의 승리로 독립군의 사기를 크게 높이는 계기가 되었다. 판수는 봉오동의 산과 들을 바라보며 그날의 전투를 상상했다. 땅은 얼어붙은 듯 차가웠지만, 독립군의 뜨거운 투지는 이곳에 깊이 새겨져 있었다.

만주의 추위 때문에 판수는 블라디보스토크로 떠나기 전에 식구대로 두꺼운 방한복을 사서 입었다. 간도의 추위를 견디기 한결 쉬워졌다. 그들은 만주에서 러시아 국경을 넘은 후에 타고 왔던 마차를 크라스키노에서 옌지로 돌려보냈다. 다행히 육로로 자루비노 항구로 가는 트럭들이 많아 이동이 수월했다. 캄차카반도의 원양어선들이 큰 게를 잡아 블라디보스토크에 들어오면 소형 배들이 자루비노로 게를 운반한다고 했다. 중국인들이 게를 좋아하기 때문에 트럭이 게를 싣고 훈춘을 왕래하는 것이었다. 그래서 트럭을 타고 자루비노항으로 나와서 배편을 이용해서 쉽게 블라디보스토크까지 갈 수 있었다.

1936년 겨울, 판수 가족은 블라디보스토크에 첫발을 디뎠다. 러시아 해군이 주둔하고 있는 항구 도시 블라디보스토크는 길고 구불구불한 만이었다. 이미 겨울 바다가 얼어붙기 시작했다. 겨울에는 큰 배가 얼음을 깰 수 있었지만 작은 배는 항구를 드나드는 데 어려움이 많을 것 같았다. 해변이어서인지 간도에 비해 그렇게 춥지 않았다. 옌지에서 얻은 정보를 바탕으로 판수는 도시 외곽의 신한촌에 살고 있던 삼촌 이수창을 어렵지 않게 찾았다. 조선 사람들의 강한 유대감이 그들에게 많은 정보를 제공했기 때문에 쉽게 찾을 수 있었다.

판수는 6년 만에 삼촌을 러시아 땅 연해주에서 다시 만났다. 타국에서는 같은 조선 사람만 봐도 반가운데, 삼촌과의 재회는 어떤 말로도 표현할 수 없이 기뻤다. 옌지에서 삼촌을 만나지 못했을 때는 너무나 막막했기에 연해주에서 그를 만나니 더욱더 반가웠다.

"수창이 삼촌, 저 판숩니다요."

"앗따, 시방 이게 누구라냐? 판수 너 아니어? 어서 들어오드라고잉."

"움메, 삼촌은 남원에 지실 때 그대로 모습인디요."

"그래, 신간이 편한께. 일본놈들 안 보고 지주한테 아쉰소리 안 해도 되니께, 그런갑다."

"여기 러시아놈은 봐도 괜찮등가요?"

"일본놈들이사 우리 땅에 와서 주인 행세하니끼니 그라제. 여기야 개들 땅이니까 쪼끔 뇌꼴시럽더라도 봐줘야지잉."

"그 말씀이 맞는갑소."

"근디, 얘가 철호가 아니랑가?"

"예, 제가 철홉니다. 할아버지 안녕하십니까?"

"오냐, 너는 많이 커불었다잉. 어른이 다 됐는데. 세월이 참 빠른갑다."

철호는 부끄러운 듯 삼촌에게 고개를 숙여 인사했다. 여자들은 여자들대로 반갑게 얼싸안고 오랜만의 재회를 기뻐했다. 가족들은 삼촌이 마련해 준 방에 짐을 풀고 피로를 풀며 안정을 되찾았다. 삼촌은 독립군에 몸담은 동생들 이야기를 전하며, 마음 한구석의 허전함도 드러냈다. 작은아들은 만주에서 독립군에 가담했고 그의 형도 가족과 함께 블라디보스토크로 이주하다가 일본놈한테 쫓겨 다니기 싫다면서 독립운동한다고 되돌아가고 없었다.

"동생들 모두가 독립군에 가 불었응께, 삼촌은 겁나 허전허시겠구만이라우."
"글씨, 인명은 재천이라 했응께, 어딩가 살아 있겄제. 좋은 일 하겠다고 나서는디 말릴 수가 없더라고."
"삼촌도 그런 아픔이 있으시구먼요."
"여보, 조카들이 멍 길을 찾아왔응께 오늘 게 잔치를 하문 어쩔랑가?"
"그거 좋지라우."
"나가 빨리 시장을 갔다 올랑께, 자네들은 짐을 풀고 쉬라고. 피곤할틴디."
그날 밤, 삼촌은 대게를 큰 바구니로 가득 사 와서 큰 솥에 넣고 삶았는데, 양념도 전혀 넣지 않았다. 그러나 블라디보스토크에서 먹은 대게의 맛은 생전 잊을 수 없을 것 같았다. 그는 게를 연해주에 와서 처음 맛보았다. 그 크기는 상상을 초월했다. 게 한 마리에 2~3킬로그램이 나간다고 했다. 한 마리로 배가 불렀는데도, 얼마나 맛있는지 한 마리를 더 먹었다. 배가 너무 불러 밥을 도저히 먹을 수가 없었다. 블라디보스토크 한인들은 풍족히 먹고사는 것 같이 보였다.
"왓다메, 게가 영판 맛이있네요잉. 이러코롬 배부르게 먹은 게 몇 년 만인지 모르겠어라우. 밥을 안 먹어도 배가 부르네. 애써서 농사를 지을 필요도 없을랑가요?"
"아니시. 조선 사람은 밥심으로 사는디 쌀밥을 먹어야제."
"그렁가요. 근디 이 넓은 들판에 물을 끌어오려면 영판 힘들건디."
"아니어, 벼도 논농사가 아니고 밭농사여. 풀을 뽑아내고 볍씨를 뿌리면 잘 큰단 말이시."

"하기사, 땅덩이가 넓으니 그럴 것 같으네요."

"하믄, 땅이 비옥해서 비료도 필요없당께로."

"글하몬, 여기선 품앗이를 할 필요가 없겠네요잉."

"글하제, 농악놀이도 업고 영판 심심해 불제."

"우리가 삼촌 따라오길 참 잘했네요."

"내가 이쪽이 더 살기 좋다고 했지안응가."

"그래도 내 고향 내 조국을 떠난다는 게 엉판 어렵더라구라우."

이 넓은 광야를 조선에서처럼 물을 가두어 모를 심으려면 얼마나 많은 물이 필요할 것인가? 모내기하려면 얼마나 많은 인원이 동원되어야 할 것인가? 땅이 평평하지도 않아서 물에 잠기는 땅도 있고 안 잠기는 부분도 있어서 문제가 많을 터였다.

블라디보스토크에서 캄차카반도 쪽으로 가다 보면 대게가 많이 잡히기에 사람들은 물 반, 대게 반이라고 했다. 베링 해협과 알류샨 열도 지역은 용존 산소량이 높고 어족자원이 풍부한 터라 대구, 명태, 새우와 같은 해산물이 엄청나게 많이 잡힌다는 것이었다. 원양어선들은 대구나 청어를 미끼로 넣은 몇백 개의 거대한 철제 통발을 바다에 던졌다가 몇 시간 후에 건져서 게를 잡는다고 했다. 그런 뒤 크기별로 선별한 다음 저장 탱크에 보관했다가 가져오는 터라 값이 매우 저렴하다고 한다. 조선인들은 틈이 나면 바닷가에 가서 끈에 닭의 모가지나 다리를 매달아 바다에 던지곤 한단다. 그러면 한참 만에 여러 마리의 게가 딸려온다.

연해주로 이주한 고려인들은 스스로 콜호즈라는 집단농장을 구축하거나 이미 만들어진 현지인들의 콜호즈에 참여해야 했다. 고려인의 숫자는 블라디보스토크 농업 인구의 1/4이 넘었다. 고려인들은 바다와 가까이 살아서 어업에 종사할 수 있는데도 어업보다는 농사짓기를 더 선호했다.

"근디, 우리가 빈방이 하나 있응께. 니들이 써도 된다만 불편하면 셋집을 얻어도 되고."

"삼촌, 우리야 감지덕지 아닝가요. 철호가 불편하다면 나중에 헛간에 온돌방 하나 맹그러주면 되갔지라."

"그래, 같이 있으면 여러 가지로 펜리하겠다 싶어, 묵을 것도 그러코잉."

"아무럼요. 이 타관에서 삼촌 말고는 의지할 데가 어디 있당가요."

삼촌의 인도에 따라 관할 내무서에 가서 전입신고를 했다. 삼촌의 콜호즈에 가서 판수의 몫으로 삼촌의 경작 땅을 더 넓게 신고도 했다. 그렇게 판수네 가족은 연해주에 뿌리를 내리고 살기 시작했다.

7

중앙아시아로 강제이주

    누구나 쾌적한 환경에서 자유롭게 살기를 원한다. 마음이 이끄는 대로 거처를 정하고, 세상 어디든 발길이 닿는 곳으로 떠날 수 있는 거주의 자유를 꿈꾼다. 자유민주주의 체제 아래에서는 당연한 권리지만 공산주의 철조망 속에서는 그저 환상일 뿐이다. 식민지의 압제나 공산체제의 억압 아래에서는 거주의 자유는커녕 여행의 자유조차 허락되지 않으며 인권도 없다.
    1931년, 만주사변을 일으켜 만주를 점령한 일본은 소련과의 국경에 대규모 군대를 배치해 침공의 기회를 엿보았다. 러시아는 금세기 초에 있었던 러일전쟁의 패배로 사할린을 빼앗긴 악몽이 되살아났을 것이다. 연해주에는 가난에 허덕이다가 새로운 삶을 찾아 북쪽으로 이주한 고려인들이 많이 정착해 있었다. 하지만 러시아인들에게는 일본인과 조선인을 구별하기란 쉽지 않았다. 비슷한 모습이지만 말이 다른데도 말의 차이를 몰랐다. 유럽에서 독일과 맞서 싸우고 있던 스탈린은 동쪽에서 일본과의 전선이 더 생길 가능성이 두려웠다. 그는 연해주의 조선인들 사이에 일본 첩자가 숨어들지 모른다고 의심해 그들을 강제로 중앙아시아로 이주시킬 것을 결정했다. 표면적인 이유는 조선인들이 일본인의 첩자 노릇을 한다는

것이었다. 독립을 위해 일본군과 싸우고 있는 조선인을 첩자로 본다는 것은 부당한 구실이었다.

스탈린은 극동에서 일본의 골칫거리인 조선 독립군 문제의 해결을 위해 연해주의 조선인을 모두 중앙아시아로 이주시켰을지 모른다. 연해주에서 조선인들은 부지런하고 결속력이 있어 황무지를 개간하여 쌀을 생산하는 기적을 이루었다. 이들을 중앙아시아로 이주시키면 황야를 옥토로 만들 수도 있을 거라는 기대도 있었다. 광활한 지역을 쌀 생산지로 바꾸어 식량 증산을 기하려 했을지 모른다. 그러나 17만이 넘는 많은 인원을 이동시키기는 쉬운 일이 아니며 군사작전이 필요했다.

판수네는 삼촌이 경작하는 논과 밭 옆에 그들만의 땅을 일구었다. 고향 남원에서는 상상할 수 없는 광활한 땅이었다. 벼를 제배할 땅에서 잡풀을 뽑아내고 볍씨를 뿌렸다. 밭 한쪽에는 수박과 목화씨도 심었다. 그 옆에는 드넓은 땅이 아직도 놀고 있었다. 땅을 놀리는 것이 너무나 아까웠다. 마치 멀쩡한 음식물을 쓰레기통에 버리는 것 같은 죄책감이 들었다. 할 수만 있다면 그 땅을 고향 남원으로 옮겨가고 싶었다. 때때로 내리는 비는 곡식을 잘 자라게 했다. 비가 오지 않아 곡식이 시들하면 옆 냇물을 끌어들여 메마른 땅을 적셔 줬다. 땅은 비옥해서 풀만 뽑아주면 곡식은 저절로 자랐다. 화학비료를 쓸 필요가 없었다.

여름 내내 수박을 마음껏 먹고, 감자와 고구마도 풍성하게 수확했다. 가을이 되면 쌀밥을 실컷 먹을 수 있을 터였다. 고향에서는 명절이 아니면 꿈도 꾸지 못한 흰 쌀밥이 아닌가. 연해주로 이주하기 잘했다고 생각했다. 배고픈 고향은 고향이 아니었다. 힘이 약한 조국은 조국이 아니었다. 그러나 연해주 한인들의 평화는 오래가지 못했다.

"사흘 후, 이곳을 떠나 중앙아시아 카자흐스탄으로 가라!"

장총을 어깨에 멘 내무서원이 스탈린의 붉은 사인이 찍힌 명령서를 전해 주었다. 연해주의 조선인들은 모두 열차를 타고 중앙아시아로 이주해야 한다고 했다. 그건 맑은 하늘에서 내리치는 날벼락이었다. 집결지는 태평양 해변 쪽에 사는 사람은 블라디보스토크이고 내륙 쪽에 거주하는 사람은 하바롭스크라고 했다. 판수네는 블라디보스토크로 가서 기차에 승차해야 했다. 정든 고향을 떠나 새로운 삶을 살아보겠다고 불과 몇 달 전에 찾아왔는데, 다시 갑작스럽게 보지도 듣지도 못한 땅으로 쫓겨가야만 했다. 누렇게 익어가는 벼를 수확하지도 못하고 떠나는 것이 너무나 아깝고 원통했다. 고향을 떠난 조선인에게는 만주도 연해주도 안식처가 아니었다. 국가라는 조직이 개인에게 가하는 폭력은 여기에도 존재했다. 나라를 잃은 서러움은 아직 끝나지 않았다. 불행은 또 다른 불행을 부르고 방랑자는 또 다른 방랑을 계속해야 한단 말인가?

1937년 9월, 스탈린의 명령에 따라 연해주의 조선인 17만 명은 중앙아시아로 이주를 시작했다. 추운 겨울에 시베리아횡단철도를 이용한 집단이주는 그들에게 고통과 희생을 강요하는 명령이었다. 하지만 그의 명령에 거역할 수 있는 자는 아무도 없었다. 고려 말 때부터 만주를 거쳐 연해주에 이주한 고려인들은, 황무지를 개척해 벼농사를 짓고 면화를 재배했었다. 여름이면 수박씨를 뿌려 놓기만 해도 한 아름이나 되는 수박이 지천으로 익어갔다. 질리도록 먹어도 남아서 돼지 사료로 사용했다. 피땀을 흘려 황무지에 벼를 심어 옥토로 바꾸었다. 그해에도 끝없이 넓은 벌판에 벼가 익어 황금물결을 치는데 버려두고 떠나야 했다. 벼뿐만 아니라 기르던 가축들도 모두 내팽개치고 떠나가야 했다. 그 마음이 오죽 아프겠는가.

삼촌을 찾아 수천 킬로미터를 달려갔는데 불과 몇 달 후에 또다시 이주해야 한다니 난감했다. 그것도 사흘 전에 갑작스럽게 받은 통보였다. 이주를 준비할 충분한 시간이 없었다. 일제의 식민 수탈을 피해 자유를 찾아온 그는 더욱 가혹한 독재자의 손아귀에 들어온 것이었다. 늑대를 피하려다 사자를 만난 격이었다. 추운 겨울철에 시베리아를 건너야 한다니. 게다가 전주에서 옌지까지 온 것보다 10배나 더 먼 길이었다. 객차의 의자에 앉아 와도 힘겨웠는데, 화물칸을 타고 가는 이주는 그보다 훨씬 더 고통스러울 터였다. 가족 중에 어린이나 노약자가 있다면, 그들의 건강이 위태로울 수 있었다. 임산부나 환자는 병원도 없는 열차에서 생명이 위험할 수도 있다. 주권이 없는 민족이 겪어야 할 두렵고 막막한 고난의 행군이었다.

스탈린은 레닌 사후에 권력을 잡고 소련의 최고지도자가 되었다. 독재 체제를 공고히 하기 위한 대숙청으로 자국민 수천만 명을 학살했다. 그래서 인간 백정이라는 별명이 붙은 독재자였다. 그의 명령에 대해 토를 다는 자는 살아남지 못했다. 공산주의 독재자는 소수 타민족에게 더 가혹했다. 공산주의 체제에서는 인민에게 자유도 인권도 없었다. 모든 인민은 평등하다는 그들의 구호는 거짓이었다. 거짓이 얼마나 오래 통할 수 있을까? 완전한 평등이란 인간사회에서 불가능한 것 같았다. 판수가 생각했던 공산주의는 잘못된 환상이었을까?

지주와 소작의 불평등이 싫고 관료의 수탈이 억울했다. 그래서 강력한 국가가 단칼에 해결해 주기를 바랐다. 강력한 국가가 되려면 권력이 집중되어야 한다. 권력은 차별을 전제로 하는 것이다. 강력한 국가 권력을 잡은 자가 문제를 해결하고 난 후에도 그 권력을 포기하지 않을 것이다. 필연적으로 독재자가 나오게 되는 까닭이었다.

연해주의 고려인들이 떠나온 조선 땅 고향은 그곳에서 태어나고 자랐을 뿐 삶은 고달프기만 했다. 조국이 일본의 식민지로 망했기 때문이었다. 일제를 몰아내려고 그 많은 사람이 목숨을 바치고 재산을 쏟았지만, 큰 효과가 없었다. 삶의 터전을 빼앗기거나, 흉년이 들어 굶주림에 시달리다가 살기 위해 만주로 도망쳤다. 만주보다 더 안전하다고 연해주로 나온 것이 화근이었다. 공산주의 체제에서나 식민지 상태에서 인권이 무시되기는 마찬가지였다. 둘은 자유가 없는 점에서 다르지 않았다. 그것은 국가 권력이 폭력을 사용하여 개인의 자유와 인권을 빼앗아가기 때문이다. 연해주에서 고려인들이 미처 추수하지 못한 작물을 그대로 썩도록 팽개쳤을까? 작물뿐 아니라 재산을 근처에 사는 러시아 농부들이 챙기지 않았을까? 누군가는 이 국가 폭력의 결과로 이익을 보았을 것이다.

여름 동안에 피땀을 흘려 지은 벼는 황금 물결로 넘실대리라. 추수하면 배가 터지도록 먹고도 남을 양이었다. 그들은 꿈이 이루어지는 줄 알았다. 꿈꾸던 행복이 손에 잡힐 듯한 데 붙잡지 못하게 되었다. 모든 것을 포기하고 비상식량과 추위를 막아 줄 옷가지를 챙겨 떠날 준비를 서둘러야 했다. 삼촌은 6년 전에 간도를 거쳐서 연해주로 이주한 경험이 있어서 비상식량과 의복을 챙기기에 익숙했다. 미숫가루나 누룽지를 말려서 비상식량을 만들었다. 하지만 어렵게 장만한 가재도구며 살림살이와 농기구를 몽땅 버리고 가야만 했다. 이주지에서 필요한 볍씨와 보리, 목화씨를 챙기는 것은 잊지 않았다. 판수가 작년에 남원에서 가져온 짐 중에 아직 풀지 않은 가방도 있었다. 기차가 출발하는 블라디보스토크역 앞 광장은 발 디딜 틈조차 없었다.

판수네 일행은 통지서에 표시된 열차를 어디서 타는 줄 몰라서 경찰한테 물었다.

"50-34번 열차는 어디 있어요?"

"계류장으로 가 보라우. 거기 어딘가 있을 거요."

"이주 열차 목적지는 어딥니까?"

"모릅네다. 당국이 가르쳐 주지 않았어요."

질서를 유지하기 위해 곳곳에 총을 든 경찰들도 사태를 자세히 모르긴 마찬가지였다. 경찰에게 그들이 타야 할 열차 번호를 보이면서 어디로 가야 하는지 물어도 잘 몰랐다. 더구나 최종 목적지가 어딘지, 얼마나 걸리는지도 모른다는 대답뿐이었다. 상하 관계에 따른 지시는 신속해도 횡적인 유대관계는 소홀한 것이 공산주의 사회였다. 자기가 탈 열차를 찾아 헤매는 사람들로 역은 혼잡했다. 그들이 이고 지고 끌고 가는 짐짝들이 혼잡을 더욱 부추겼다. 열차 계류장에는 출발을 앞둔 열차의 줄이 빽빽이 들어서 있었다.

판수는 이틀째 자기가 타야 할 열차를 찾아 군중 사이를 헤매다가 겨우 찾았다. 열차가 출발하기 바로 전이었다. 승차를 시작하자 사람들은 밀고 밀리는 아수라장이었다. 가족을 놓친 이들은 눈물을 흘리면서 가족을 찾아다녔다. 다른 칸에 타더라도 기차가 중간에 쉬는 틈을 타서 찾으라고 했다. 역광장이나 플랫폼이나 계류장은 모두가 혼잡 그 자체였다.

그들에게 배정된 객차는 화물열차인데 판자로 막은 중앙 양측에는 미닫이문으로 된 가축을 실어 나르는 화물칸이었다. 열차의 중간에는 총과 호루라기를 갖고 질서를 유지하는 경찰이 타는 객실이 있었다. 그들의 칸은 버젓이 의자와 유리창이 달려 있었다. 이주 열차는 59량을 달아 길었고 한 칸에는 35명이 넘는 인원이 탑승했다. 모두 120편의 이주 열차가 편성되었다고 했다.

각 화물칸 중앙에는 난로가 하나씩 있고 그 옆에 물통이 있었다. 밑바닥도 벽도 판자로 되었는데 어떤 데는 사이가 떠서 밑으로는 철로가 보이고 옆으로는 밖이 내다보였다. 판수 뒤에 타는 사람 중에는 조상들의 유골 그릇을 보물처럼 안고 경찰의 검문을 통과한 자가 있는 반면에 애완견은 못 데리고 가게 막았다. 열차가 높아 탈 수가 없어 낑낑거리던 애완견은 기차가 출발하면 줄기차게 쫓아가다가 점점 시야에서 사라져 버렸다.

판수가 탄 칸에는 삼촌 가족 2명과 그의 가족 3명이 모두 젊은 층에 속했다. 나머지 30명은 노인이 4명이고 젖먹이가 딸린 아주머니가 6명이고 모두 남녀 청장년들이었다. 다른 칸에 비하면 비교적 젊은 편이었고 노약자가 적었다. 열차를 승객으로 모두 채우고 드디어 출발 신호가 울렸다. 경찰이 칸마다 문을 밖에서 걸어 잠갔기 때문에 그들이 열어 주지 않으면 밖에 나갈 수 없는 감옥살이였다.

열차가 달리기 시작하자 찬바람이 판자 바닥 틈 사이로 밑에서 사정없이 솟구쳐 들어왔다. 그들은 그 틈을 종이나 옷으로 메우려 했지만, 완전히 봉합할 수는 없었다. 갈라진 틈 사이로 불어오는 바람이 살을 파고드는 것 같았다. 임시 열차에는 사료로 사용하다 남은 건초가 흩어져 있었다. 칸막이 양쪽 중앙의 미닫이문을 꽉 닫아도 틈이 있어 차가운 공기가 밀려 들어왔다. 열차가 도시를 벗어나 내륙 쪽으로 달리자 밖은 자작나무 숲이 하얀 눈으로 덮여있었다. 이파리가 다 떨어진 높다란 자작나무들이 빽빽이 서 있는 눈밭을 열차는 계속해서 뚫고 나갔다. 시베리아의 눈은 남원이나 지리산에 내리는 눈과는 달랐다. 함박눈이 아니라 우박 같은 얼음덩이가 자작나무들을 두들기고 기차를 때리는 것 같았다. 달리는 기차에서 보기 때문인지 몰랐다. 이렇게 눈 덮인 광활한 광야는 생전 처음 보았다. 모든 것이 낯설고 어떤 곳으로 가는지도 몰라 열차가 움직이는 내내 초조하고 두려운 분위기였다.

열차는 석탄이나 물을 공급받기 위해 이틀에 한 번 정도 어느 역인가에 정차했다. 열차가 정차하면 고려인들은 달려가서 상점에서 허겁지겁 음식물을 사거나 물을 얻고 용변을 봐야 했다. 열차가 달리는 도중에는 비상양식으로 허기를 달랠 수밖에 없었다. 열차 안에서도 급하게 대소변을 해결해야 해서 열차 내부가 불결하기 짝이 없었다. 이송 도중에 홍역이 유행하여 어린이는 물론 장년들도 죽어갔다. 혹독하게 추운 날씨에 영양공급도 제대로 되지 않았을 뿐만 아니라 환경도 불결했으니 병은 악화하기 쉬웠다.

시베리아의 9월은 이미 겨울이었다. 내륙 쪽으로 갈수록 기온은 더 낮아지고 찬바람에 눈이 휘날리며 모든 것이 얼어붙었다. 시베리아에 횡단철도를 놓기 위해 러시아의 중범죄자들이 동원되었다지 않았던가? 죽음의 수용소들이 많았던 시베리아를 달리면서 혹한과 굶주림에 시달렸던 죄수들이 머리에 스쳤다. 승객들은 자기 주위에 있는 틈을 옷가지나 나뭇가지로 막았으나 한계가 있었다. 두꺼운 솜옷을 입기는 했어도 움직이지 않으니 몸이 굳어갔다. 좁은 공간에 편히 누울 수가 없어 쭈그리고 잠을 자고 나면 뼈가 잘 움직이지 않았다. 어린애들이 밤새 추위에 떨면 감기에 걸리고 열이 펄펄 끓기도 했다. 엄마는 아이의 이마에 물수건을 올려놓고 열을 식혔다. 열이 내리지 않은 아이는 고통을 참지 못하고 울부짖었다. 엄마는 꾸벅꾸벅 졸면서 물수건을 갈아 주었다. 그러다가 퍽 꼬꾸라져서 한참 동안 잠들기도 했다.

추위보다 더 견디기 힘든 것은 배설 문제였다. 밖에 나갈 수 없는데 기차는 쉬지 않고 며칠을 계속 달렸다. 대소변을 열차 안에서 해결해야 했다. 구석 자리의 밑바닥 널판자에 구멍을 내고 소변을 보려고 했더니 바람에 날려 오줌이 다시 안으로 날려 들었다. 구멍 위에 넓은 판자 위에 대소변을 보고 나서 살짝 기울어 밖으로 밀어내야 했다. 여자들이 용변을 볼 때면 자기 가족들이나 다른 여자들이 가려주어서 창피하지 않도록 배려했다.

좁은 공간 안에서 자신만의 공간을 갖지 못하고 많은 사람이 비비며 생활하다 보니 서로 짜증을 내는 일이 자주 일어났다. 처음에는 음식도 주위 사람들과 서로 나누어 먹더니 차츰 자기 식구들끼리만 먹는 일이 잦았다. 같은 칸에 탄 사람들은 좁고 냄새나고 불결한 공간에서 서로 협력하여 불편을 최소화하고 살아남아야 했다. 서로 필요하여 도와야 하지만 동시에 서로의 존재가 불편하고 갈등의 원인이 되기도 했다.

바이칼 호수

블라디보스토크역을 출발한 기차가 열흘쯤 달리고 있었다. 지루해하던 철호가 갑자기 흥분해서 소리쳤다.

"아빠, 아빠, 저기 바다가 보이네. 다시 블라디보스토크로 돌아온 것 같아."

"에이, 그럴 리가 없지."

달리는 열차 틈새로 넓은 바다가 보였다. 지금까지와는 전혀 다른 풍경이었다. 거대한 바다가 끝없이 펼쳐졌고, 푸른 파도가 출렁거렸다. 바닷가에는 황금 모래사장도 있고 멀리서는 크고 작은 배들이 유유히 떠다녔다. 기차는 내륙으로 달렸기 때문에 바다일 턱이 없었다.

"다음 역 이름이 이르쿠츠크역인가 보자."

옆에 있던 청년이 참견했다. 얼마 후에 열차가 역으로 들어가는데 그의 말대로 이르쿠츠크역이었다. 그제야 바다라 생각했던 것이 바이칼 호수임을 알게 되었다.

"맞다. 얼마 전에 봤던 바다는 바이칼 호수가 틀림없다. 왜, 학교에서 세계에서 제일 큰 호수가 바이칼이라고 배우지 않았냐? 바다가 아니라 담수호란 말이다. 바닷물처럼 짠물이 아니라 민물이란 말이야. 조선반도의 1/6 정도 크기로, 바다라 해도 손색이 없을 정도다. 실제로 이곳 사람들은 바다라고 부른단다."

바이칼호의 가장 깊은 곳의 수심은 1,720미터에 달하며 세계 최고로 깊고 담수량도 최고 많다고 했다. 미국 동북부와 캐나다 사이에 있는 오대호를 다 합한 것보다 크다고 했다. 지구상의 20%에 해당하는 민물이 이 호수에 담겨 있다고 한다. 수평선 위에 바다와 하늘과 닿는 것 같은 현상을 볼 수 있다고 했다. 겨울이 깊어지면 꽁꽁 얼어서 자동차가 그 위를 자유롭게 다닌다고 했다. 여기에는 호수를 한 바퀴 도는 관광열차가 운행되며, 호수 안에는 30여 개의 섬이 솟아 있다고도 했다. 고기 잡는 어부들도 있고 관광객도 많이 온다는 것이었다.

그 청년은 바이칼 호수 주변을 잘 아는지 그의 형과 부모, 한 가족 4명이 자기들끼리 조용히 속삭이다가 짐을 챙겨 열차에서 내렸다. 생소한 중앙아시아 광야보다 이곳에서 탈출을 택한 모양이었다. 호송 경찰의 시선을 피해 한 사람씩 역 밖으로 사라졌다. 바이칼호 동쪽에는 브라트족이 사는데 몽고계의 후손으로 조선인과 외모가 비슷하다고 했다. 마을 앞에는 울

굿불굿한 천을 감은 나무를 세운 민속 사당이 있는데 우리 성황당과 비슷하다는 것이었다. 한민족이 한반도로 이동하다가 이곳을 지나면서 일부의 주민이 떨어져 나가 이곳에 정착했다고 볼 수 있다. 이르쿠츠크역을 빠져나간 그 가족이 이곳 주민과 섞이면 누가 알겠는가? 몽골로 넘어가는 국경이 멀지 않다고 했다. 국경에 철조망이 쳐진 것도 아니고 군인이 지키는 것도 아니라 했다. 몽골로 가면 스탈린의 손아귀에서 벗어날 것이 틀림없었다.

판수네 일행은 역 건물 모퉁이로 사라지는 그들의 용기에 감탄했다. 감옥에서 함께 수감 생활하던 동료 죄수가 무죄판결을 받고 풀려나가는 장면을 보는 듯하여 부러웠다. 부당한 소련의 국가 권력에 대해 반기를 든 그들에게 마음속으로 박수를 보냈다. 그들의 앞날이 잘 풀리기를 빌었다. 할 수만 있다면 이런 억울한 강제이주를 당한 17만 동포들을 기억하고 세상에 널리 알려 주길 바랐다. 그 가족이 떠나자 비좁던 객차에 좀 여유가 생겼다.

시간이 흐를수록 노인들은 점차 지쳐가고, 어린이들은 설사병에 걸려 열이 펄펄 끓어도 속수무책이었다. 물수건을 이마에 얹어 열을 내리려고 애를 써도 효과가 별로 없었다. 죽을 쑤려고 쌀을 불려 불을 지폈으나 불이 약해 제대로 쒀지지 않았다. 홍역으로 죽은 어린이들이 여럿이 있었다. 노인들은 추위에 떨다가 잠들면 영영 깨어나지 못하기도 했다.

어느 이름 모를 작은 정거장에 열차가 멈췄다. 화장실에 다녀오던 철호가 눈물을 훔치면서 돌아왔다.

"왜 그래? 누구한테 맞았냐?"

"아니요. 역 건물 모퉁이에 천으로 싼 시체 몇 구가 있다라구요."

"시간도 없고 땅이 얼어서 그랬는가부다, 쯔쯔."

죽은 자의 장례를 치를 길이 없어 옷가지나 이불로 둘둘 말아 두었다가 기차가 정차하면 역 구석에 내려놓아야 했다. 땅을 파고 묻을 시간도 없고 땅이 얼어서 팔 수도 없었다. 가족으로서는 도저히 할 짓이 아니고 죽은 자에게 한없이 죄송하지 않았을까? 하지만, 시체를 열차에 싣고 함께 갈 수도 없었다. 객차 안의 다른 가족들이 무서워했다. 실내 온도가 높지 않아도 송장은 부패하기 시작했다. 면역력이 없으니 내장에 있던 박테리아나 미생물이 번식할 수도 있다. 내장이 부패하면서 시체가 부풀어 올랐다. 시체의 구멍마다 염을 하듯이 종이로 막아도 액체가 흘러나왔다. 산 자들은 살기 위해 죽은 가족을 버리고 다시 열차에 올라야 했다.

이주 열차는 눈보라가 몰아치는 시베리아에서 눈 속을 뚫고 흰 황야를 달리고 또 달렸다. 30일이나 그렇게 달리더니 노모시비르스크역에 도착했다. 이곳은 모스코바로 가는 길과 카자흐스탄으로 가는 갈림길이었다. 판수가 탄 열차는 방향을 틀어 카자흐스탄으로 향했다.

10여 일을 더 달리던 이주 열차는 카자흐스탄의 우스토베역에 도착하여 판수 가족을 포함한 10만 명을 하차시켰다. 나머지 7만 명은 우즈베키스탄으로 향하는 열차를 타고 계속해서 달려갔다. 가축을 실어 나르는 열차로 9월 9일에 블라디보스토크역을 출발하여 10월 19일 카자흐스탄의 우스토베역에 도착한 것이었다. 무려 40일이나 걸린 지옥 같은 여정이었다. 너무나 가혹한 고행이었다. 정확히는 알 수 없지만, 오는 도중에 1만~2만 명의 사망자가 나왔을 것으로 추정했다.

드디어 지겨운 열차 이동이 끝이 났다. 얼마나 기다렸던 끝이었던가? 달리던 열차가 멈추니, 마치 시간이 멈춘 것처럼 무엇을 해야 하는지 막막해졌다. 한 달이 넘게 열차가 달리는 중에는 차라리 무슨 사건이라도 일어나기를 바랐다. 기차가 침목을 넘을 때마다 내는 덜그덩 소리를 더는 듣고 싶지 않았다. 너무나 지겨웠고 고통스러웠기 때문이었다. 차라리 다른 소리가 듣고 싶었다. 누런 벼가 익어가는 들을 날아다니던 참새 소리가 그리웠다. 문을 열자 신선한 바람이 들어왔다. 퀴퀴한 화물칸의 냄새를 더는 맡지 않아도 되었다. 그러나 시베리아의 삭풍은 칼날처럼 얼굴의 살갗을 찢고 지나갔다. 그들을 맞이하는 것은 너무나 춥고 배고프고 답답한 감옥살이의 연속이었다.

그곳은 동토의 시베리아 수용소나 다름없었다. 찬바람을 가릴 막사도, 죄수들을 가둘 창살도 철조망도 없는 감옥이었다. 총을 들고 지키는 간수는 한 명도 없었다. 하지만 그들은 기다리는 것은 눈 덮인 광야, 끝이 보이지 않은 황무지뿐이었다. 길도 없는 드넓은 광야에 공민증을 빼앗겼기 때문에 뿔뿔이 흩어질 수도 없었다. 그래도 좀 더 높은 언덕에 올라 사방을 둘러보니 끝이 없는 지평선이었다. 아스라하게 먼 곳에서는 흰 눈에 덮인 산이 보이기는 했다. 언덕 아래에는 산에서 눈이 녹아내리는지 물이 흐르고 있었다. 강가는 얼어붙었고 중간 쪽에 흐르는 물의 양은 많지 않았다. 광야에는 온통 사람보다 더 큰 마른 갈대만이 바람에 흔들거리고 있었다.

스탈린은 17만 명의 조선인 대부대를 이동시키는 과정에서 반란이 일어날까 봐 염려했다. 출발 전에 2,000명의 지도자급 인사들을 체포하여 약식 재판으로 처형시켰다. 간첩죄라는 당치도 않은 죄를 덮어씌웠다. 비공식적인 집계로 처형된 자는 6,000명이라고 알려졌다. 사람 목숨이 파리 목숨과 다를 바 없었다. 결국, 약 10만 명이 카자흐스탄으로, 약 7만 명은 우즈베키스탄으로 이주했다. 17만 명의 인원이 움직이는데 반란은 없었다. 지도자도 없었고 무기도 없었다. 단체를 먹일 식량도 없었다. 6,000명을 처형하지 않아도 되지 않았을까? 인권은 없고 사람의 목숨이 숫자에 불과했단 말인가? 서류상으로는 17만 1,781명, 3만 6,442가구가 이주한 것으로 기록되었다.

황무지에 버려진 고려인들을 위한 정부 당국의 지원은 전혀 없었다. 러시아 당국이나, 카자흐스탄이나 우즈베키스탄 정부도 외면했다. 출발 전에 가구당 일정 금액의 이주 경비를 주기로 약속했지만, 2만 명의 사상자를 내면서 시베리아를 횡단하는 집단 강제이주를 강행한 정권은 약속을 지키지 않았다. 카자흐스탄 갈대만이 시베리아 삭풍에 흔들거리면서 그들을 맞아 준 것이었다. 이곳은 사람이 살지 않는 광야였다. 밤에는 여우를 비롯한 들짐승들이 울부짖는 소리가 으스스하게 들렸다. 먹이를 찾아 주거지까지 내려와 사람을 해치기도 했다. 몇몇 기마민족의 후예 유목민들이 말을 타고 달려와 보고 이주자의 현상을 확인했다. 그들이 비상식량인 빵과 불을 밝힐 기름을 몇 번인가 제공했지만, 그 양은 이주민들에게 턱없이 부족했다.

판수 일행은 얼어 죽지 않기 위해 우선 기거할 처소를 마련해야 했다. 집을 지을 나무도 없고 흙은 얼어 붙어 있었다. 할 수 없이 숟가락이나 호미로 땅굴을 파고 갈대를 잘라 지붕을 덮어 바람을 막았다. 갈대를 엮어 문을 만들고 바닥에도 갈대를 깔았다. 굴속에 아궁이를 만들고 솥을 걸었다. 납작한 돌을 가져다가 온돌을 만들었다. 갈대를 태워 연기는 굴뚝을 통해 굴 밖으로 빼내니 갈대를 조금만 태워도 온기가 돌았다. 하지만 그 온기는 오래 버티지 못하고 찬바람에 휩쓸려 나갔다. 토굴 안에서 솥을 걸고 갈대를 태운 불로 밥을 지었다. 물이 문제였다. 한참이나 걸어가서 발견한 개울에서 길러온 물이 소금기가 있어서 간간했다. 그 물을 끓이거나 숭늉을 만들어 마셔 갈증을 해결했다.

봄이 오면서 땅이 서서히 녹았다. 살아날 희망이 보였다. 그들은 제일 먼저 공동묘지를 조성했다. 땅이 얼어서 묻지 못한 시체들을 매장하고 묘비를 세웠다. 씻을 물이 충분치 않고 식량도 별로 없어 굶주리니 도착 후에도 환자들이 계속 나왔다. 병약한 노인들이 죽어서 여기저기서 통곡 소리가 났다. 하지만 목욕도 하지 못하고 위생 상태가 불량하여 이가 창궐하고 감기나 설사 같은 질병으로 아이들이 죽어갔다. 고난의 행군 막판에 이주는 끝마쳤으나 정착까지는 견디지 못하고 유명을 달리한 것이었다. 배달민족의 강인한 혼을 지니고 이겨 내려 했으나 역부족이었다. 합동 장례식을 치르고 서로를 위로했다. 그들은 러시아인으로 죽은 것이 아니었다. 그렇다고 카자흐스탄인으로 죽은 것도 아니었다. 망한 조선인의 넋이라고 할 수도 없었다. 저승에서도 정체성이 모호한 혼령의 서러움을 누가 달래 줄 수 있을까? 그래도 살아남은 그들은 식량을 나누고 약을 나눠 먹으며 서로 격려하며 역경을 이겨냈다. 고난의 역사에서 일궈 낸 보석 같은 승리였고 결실이었다.

날이 풀리자 끝없이 펼쳐진 갈대밭을 논밭으로 개조하는 일을 시작했다. 그들이 가진 도구들은 억센 갈대를 뽑아내기엔 너무나 작고 초라했다. 반면에 일궈나갈 땅은 너무나 광활했다. 그들은 근면함과 성실함, 인내와 끈기를 무기로 중앙아시아의 척박한 갈대밭을 옥토로 바꿔 나갔다. 연해주에서도 그들은 맨손으로 갈대를 파내고 볍씨를 심어 농사를 지은 경험이 있었다. 호수의 물을 퍼내 벼를 기르고 흙을 메워 옥토를 만들지 않았던가? 마침내 이곳에서도 벼농사를 할 수 있다는 것을 입증하기로 했다. 척박한 광야는 풍요로운 들판으로 탈바꿈했고, 곧이어 생명의 기운이 보이기 시작했다. 다음 해부터 남은 식량을 저축하여 공동 사업으로 학교를 세웠다. 미래 세대에게 글을 가르치기 위해서였다. 말과 글은 그들의 구심점이었다. 자기 말과 글을 읽고 쓰는 것을 배우지 않고는 조직을 유지할 수 없을 뿐만 아니라 역사를 기록할 수도 없기 때문이었다.

정착 초기에 소련 정부는 지원도 하지 않으면서 철저하게 감시했다. 이후 무관심해져서 제대로 된 거주지나 교육 환경도 제공하지 않았다. 책임은 없고 권리만 행사하는 그들이었다. 고려인들은 이주 후에도 광야에 정착하는 동안, 1만 6,000명 정도 사망한 것으로 알려졌다. 그런데도 이들은 현지 정부와 사회에 동화되어 가며 빠르게 정착하는 데 성공했다. 소련 정부는 그때서야 외국어 교육을 금지하고 소련어를 가르쳤다. 그것은 곧 그들을 조국으로부터 이탈시켜 소련인으로 만드는 정책이었다.

판수는 시베리아를 횡단한 후에 카자흐스탄 황야에서 살아남은 후에 다음의 시 한 편을 쓰고 곡을 붙여 노래로 부르며 고향을 그리워했다.

카자흐스탄 광야에서 부른 고향의 봄

블라디보스토크에서 가축 수송 열차에 실려
우리는 40일을 달렸네.
시베리아의 얼어붙은 평원을 가로질러—
굶주리고, 떨고,
우리 영혼은 무거운 침묵 속에 갇혔었네.

마른 갈대만 흔들거리는 카자흐스탄의 광야에,
끝없는 하늘 아래 내던져진 17만 한민족은,
휘몰아치는 시베리아 삭풍이 뺨을 찢는데,
갈대밭 움막 속에서 옹기종기 모여 앉아,
봄이 오기만을 기다렸네.

떨리는 손으로
척박한 땅을 호미로 파고 갈대 뿌리를 뽑고,
소금기 짙은 땅을 시냇물로 씻어냈네.
발걸음을 옮길 때마다 피눈물을 흘리면서,
처음으로 볍씨를 뿌렸네,
추수 때가 이르렀을 때,
쌀 수확으로 황무지는 옥토로 바뀌었네.
겨우 주린 배를 달래고 희망을 찾았다네.

마침내 슬퍼할 힘이 생겨
망해 버린 조국을 한탄하며 목 놓아 울었네.
고향 강산의 기억에 숨이 막히고,
지리산을 타고 흐르는 섬진강 흐름처럼.

끝없이 흘리는 우리 눈물은
마음속의 강이 되었네.
여름날을 그리워하고,
맑은 물에서 물고기처럼 헤엄칠 때를,
그리고 겨울에는
얼어붙은 지류에서 얼음을 지치던 추억
그때 그 동무들은 다 어디 갔는가?
언제쯤 다시 만날 수 있을까?
그리운 춘향이의 남원으로
이 도령이 되어 돌아가고 싶다네.

건너편 산 아래 아지랑이 피면
산들바람에 실린 향긋한 봄내음
고향의 속삭임을 전하네.
강남 갔던 제비가 처마 밑에 집을 짓고
새끼를 키우는 모습을 꿈에 그리네.

그러나 가슴속에 묻어둔 그리움이 울렁이고
망향의 한을 달랠 길 없어
우린 고향의 봄을 노래하고 또 노래 불렀네.
내일을 위해 아픔을 마음속에 묻었네.

 연해주의 고려인 17만 명이 중앙아시아 카자흐스탄과 우즈베키스탄의 끝없는 황야에 강제로 이주당한 슬픈 역사를 노래한 것이다. 그들은 적성이민족이라는 낙인이 찍혀, 거주의 자유를 박탈당하고 공민증도 빼앗겼다. '카레이스키' 그들은 과연 극동의 집시란 말인가? 일정한 땅에 뿌리를 내리지 못하고 이리 쫓기고 저리 밀려다녀야만 했다. 나라를 잃은 민족의 설움이었다. 일본의 징용을 피해 연해주로 갔으나, 그곳에서조차 자리를 잡지 못했다. 이주당한 중앙아시아의 땅은, 그들에게 또 다른 소련의 시베리아 감옥이었다. 노래를 부르면서 고향을 그리며 눈물을 흘리고 가슴에 가득한 한을 덜었다. 그것이 억울함을 깊숙이 새기면서도 내일에 대한 희망을 다지는 그들만의 생존 방법이었다.

1945년 8월, 그들은 일본이 패망하고 조국은 독립되었다는 소식조차 듣지 못했다. 놓칠 수 없는 기쁜 소식인데 알지 못했다. 바깥세상과 단절된 그들은 오로지 살아남기 위해 고군분투할 수밖에 없었다. 반세기가 지나서야, 고려인의 강제이주는 잘못된 정책이었다는 소련 정부의 인정을 받아 공민증도 되찾고 고향 연해주로 이주할 자유도 얻었다. 하지만 그곳은 더는 그들의 고향이 아니었다. 어린 시절의 추억이 없고, 그렇다고 부모님의 고향도 되지 못했다. 부모님은 고국을 그리워하다가 낯선 땅에서 생을 마감해야 했다. 부모님의 고국은 해방되었지만, 남과 북으로 두 동강이 나시 정치 이념이 다르다고 서로 총질하고 3년간이나 밀고 밀리는 전쟁을 해야 했다. 결말이 나지 않아 휴전으로 타협했다. 서로 소통도 하지 않고 적대시하여 고통은 계속되고 있다.

판수는 산도 물도 낯선 땅에서 살아남느라고 정신없이 지내 왔다. 역사도 풍습도 다른 지역에서 그들은 겨우 살아남았다. 그러나 그들은 잃은 것이 많았다. 그들은 고국을 잃었다. 허리가 잘려 두 동강이 난 한반도는 그들에게 무슨 의미인가? 그들이 다시 모일 수 있는 곳은 어디인가? 반도의 남쪽인가 아니면 북쪽인가? 그들은 유랑민 신세를 벗어나야 한다. 고국에 모여 황폐한 땅을 옥토로 가꾸고 번영을 기하도록 해야 한다. 아픈 역사를 결코 잊어서는 안 된다. 새로 정착한 땅을 떠나 고국으로 돌아가지 못한다면, 정체성의 고리라도 튼튼히 연결해야 한다. 부모님이 고국의 땅을 밟아보고자 했던 한을 풀어드려야 한다. 그들의 혼백이라도 조국의 이름으로 달래야 한다. 그것이 한국인의 사명이자, 존재의 의미이다.

판수는 중앙아시아에서 살아가고 있는 고려인의 역사를 기록으로 남겼다. 한반도에서 사는 사람들은 그들을 기억해야 한다고 생각했다. 그들을 잊어서는 안 되고 그들을 동포로 인정해야 한다는 것이다. 그것이 판수가 이 역사를 쓴 이유였다.

판수는 고려인의 중앙아시아 강제이주 사건을 기록하면서 성경에서 읽었던 유다의 예루살렘이 멸망한 장면을 떠올렸다. BC 586년, 바빌로니아의 느부갓네살왕은 예루살렘 성을 함락시켰다. 성벽을 허물고 성전을 불태웠다. 폐허가 된 성 뒤에 두고 수많은 포로가 바빌로니아로 붙잡혀 끌려갔다. 왕을 비롯한 귀족들과 기술자들을 끌고 갔다. 활용할 가치가 있다고 생각되는 사람은 모두 바빌로니아로 잡혀갔다. 쓸모가 없는 자들만이 폐허 위에 남겨졌다. 70년 동안 포로 생활을 하면서 바벨론 각 지역에 회당을 세워 예루살렘의 성전을 대신해 신앙과 정체성을 유지하며 잘 버텼다.

바빌로니아 제국은 BC 626년부터 539년까지 약 87년 동안 메소포타미아를 장악하며 거대한 영토를 확보했다. 그러나 BC 559년 페르시아의 고레스(Cyrus 2세)에 의해 멸망했다. 고레스왕은 바빌로니아에 포로로 잡혀갔던 모든 민족에게 본토 귀환을 허락했다. 유다 백성의 첫 귀환도 BC 537년에 이루어졌다. 이때 유다 여호야긴왕의 손자로 왕위 계승자인 스룹바벨을 예루살렘에 파견했다. 고레스왕은 다니엘과 같은 피정복민들도 실력에 따라 관직에 기용할 정도의 관대한 정책을 펴서 페르시아 제국의 토대를 단단히 쌓은 왕이었다.

당시 1차 포로귀환 활동을 주도한 선지자는 학개와 스가랴로 5만 명이 함께 귀환했다. 2차 포로 귀환(B.C. 458년)은 학사 에스라가 주도하여 율법에 따라 유일신 신앙을 확립하는 신앙 부흥 운동을 전개했다. 마지막으로 느헤미야가 인솔하는 3차 포로 귀환(B.C. 444년)에는 파괴된 예루살렘

성곽을 재건했다. 하지만 바벨론 제국에 머물러 있던 많은 유다 백성이 전부 귀국하지는 못했다. 이는 결과적으로 유대주의가 국제화되는 계기가 되었다.

판수는 유대인의 바벨론 포로 생활처럼 70년쯤 지나면 소련이 망하고 중앙아시아로 강제이주한 고려인에게 이주의 자유가 가능할 수도 있지 않을까 기대했다. 고려인의 일부는 연해주로 돌아가고 어떤 사람들은 한반도로 귀국할 수 있다면 얼마나 좋을까? 나머지는 중앙아시아에 남아 고려인의 세계화가 이루어지기를 희망했다. 그래서 세계 곳곳에 흩어져 있는 한민족이 정체성을 잃지 않고 연결되어 세계 정치에 주도적으로 참여할 날이 오기를 간절히 바랐다.

판수는 지난날의 아픔을 다음과 같은 노래로 정리했다.

배달민족

배달민족의 묘목 한 그루
한반노에서 소련 연해주에 옮겼더니
뿌리내리고 잘 자라 갔네.

뜬금없이 스탈린은 중앙아시아 황무지로 가라 명령하니,
총구에 쫓긴 17만 명이 시베리아 횡단 가축이송 열차로
언 눈밭을 뚫고 40일을 달렸네
열차 바퀴가 신음을 멈추고
카자흐스탄 마른 갈대밭에
또 일부는 우즈베키스탄 황야에 팽개쳐졌네.
뿌리 몇 갈래는 얼었다가 떨어지고 몇은 썩고
작은 가지 몇 개도 마르거나 얼어붙었네.

황폐함 가운데서도
그들은 땅에서 갈대를 뽑고
피와 땀으로 땅을 일구어
갈대 뽑아낸 자리에 옮겨 놓았더니
봄에 물이 오르고 움이 트기 시작했네
스탈린을 탓해 무엇하랴,
조선을 식민지 삼은 일본을 원망해 뭣하리,
뒤를 돌아보지 말고 미래를 향해 달리자!
환경이 아무리 고통스럽고 힘겨워도,
한 치라도 더 뿌리 뻗고 새 움을 키워,
배달민족의 정체성을 살려내리라.
그들은 선언했다.
"아무리 혹독한 폭풍우 속에서도
우리 삶에는 아름다운 면도 있다고,
우리 자신을 위로하리라!"
이젠 누구도 그들을 흩트리지 못하리라.
그들의 목에 멍에를 걸지 못하리라.

 판수는 피를 토하듯 노래했다. 이 노래를 통해 배달민족이 중앙아시아에 이주한 역사를 잊지 않기를 바랐다. 극도의 불안과 생존에 대한 압박 속에서도 시베리아 눈보라를 헤치며 달려왔다. 가족이 해체되고 민족이 멸망할까 봐 전전긍긍했다. 얼어붙은 땅이지만 조선인이면 누구나 부러워하던 광활한 땅이 있었다. 연해주에서 그랬듯이 이 땅에서도 벼농사에 성공해서 배불리 먹고 남은 쌀을 저축하여 자본을 늘리면서 내일의 번영을 이룰 수 있을 것이다. 이 강박감을 발전의 밑천으로 삼아 민족의 번영을 기하자고 노래로 후대에 전하고 싶었다. 그들의 뿌리인 한반도와의 연결을 유지하기 원했다. 앞으로 어떤 고난이 닥치더라도 이길 힘을 얻을 수 있기를 희망했다. 판수는 이 기록이 한반도의 사람들에게도 울림이 되기를 바랐다. 고려인들은 단지 역사의 피해자가 아니라, 역경을 뚫고 살아남은 자랑스러운 위업을 이룬 민족이었다. 아~ 배달민족이여, 담대하라, 영원하여라!

8
광복과 혼란

"나에게 자유를 달라! 아니면 죽음을 달라!"

1775년, 미국이 영국의 식민지였던 시절, 패트릭 헨리가 식민지 의회에서 이렇게 절규했다. '자유'와 '죽음' 둘 중의 하나를 택하겠다고 했다. 그의 목소리에는 피를 토하는 절박함이 담겨 있었다. 억압은 죽음보다 더 싫었다. 자유가 없이 배가 부르게 먹는다고 사는 것이 아니었다. 그것은 돼지의 삶이지 인생이 아니다. 그는 영국에게 독립전쟁을 선포하고, 자유를 쟁취하여 식민지를 벗어나자고, 자신의 목숨을 걸었다. 결국 그들은 총을 들고 영국과 독립전쟁을 시작했고, 피를 흘리면서 싸웠다. 마침내 1776년 7월 4일에 독립을 쟁취했다.

헨리의 외침을 판수는 좋아했다. 미국은 어떻게 영국으로부터 독립을 쟁취할 수 있었는가를 좀 더 자세히 알고 싶었다. 전주에 나갈 일이 있으면 일부러 옆집의 순철이가 다니는 교회의 린턴 목사를 찾아가 신앙에 관한 문제나 미국 독립사에 관한 질문도 했다. 미국의 독립 과정을 통해 조선이 일본으로부터 독립하는 데 필요한 교훈을 얻고자 했다. 판수는 나름대로 미국과 조선의 다른 점을 생각했다. 미국은 조선과 달리 영국으로부터 멀리 떨어져 있었고, 산업이 발달해서 부강해졌으며, 땅덩이가 커서 많은 이민자가 왔기에 인구가 많아졌다. 이런 것들을 생각하던 판수는 조선은 미국처럼 독립을 얻을 수 없다고 판단하고 1936년 만주로 떠났다. 그다음 해에 카자흐스탄으로 강제이주를 당했다.

조선이 일본의 식민지가 되어 자유를 빼앗긴 지 어언 20년이 흘렀다. 그 긴 세월 동안 식량을 빼앗기고 얼마나 굶주렸던가? 일본에 징용으로 끌려가서 지하 수백 미터 탄광에서 석탄을 캐다가 얼마나 많은 조선인이 쓰러졌던가? 조선 식민지인도 이제 더는 참을 수가 없었다. 굶주리지 않기 위해서, 탄광에서 진폐증에 걸리지 않기 위해서, 존엄을 지키기 위해서, 자유를 찾기 위해서 일본과의 전쟁이 절실했다. 더구나 목숨 같은 이름마저 빼앗기고 자기 말과 글을 사용하는 것조차 금지당했다. 내선일체라는 구호로 식민지인을 일본인과 동등하게 대우한다고 했으나 그것은 빈말에 지나지 않았다. 실제로 조선인들을 중국 동북부 지방이나 동남아 전장에 끌어가 일본인 대신 총알받이로 이용하기 위함이었다.

창씨개명

"조선말을 사용하지 말라! 조선 글자도 못 쓴다."
"대신에 일본말을 사용하고 일본 글자를 써라."

조선인을 일본인으로 개조하겠다는 명령이었다. 인간이 인간을 개조할 수 있는가? 조선인이 물건인가? 조선인이 조선인인 것은 조선말을 쓰기 때문이다. 지난 5,000년 동안 자손 대대로 사용해온 말이다. 조선인이 쓰고 있는 한글은 조선 초기에 창제하여 지난 500여 년간 사용해 오고 있다. 한글로 이름을 쓰고 편지를 쓰고 시도 쓰고 소설도 썼다. 자신의 말과 글로 독자적인 문화를 발전시켜왔다. 아프리카 흑인 노예가 붙잡혀서 아메리카 대륙에 팔리면 더는 그들의 고유 언어를 사용할 수 없고 이름도 뺏긴 것과 뭣이 다른가? 인권도 없고 말도 글도 빼앗긴 조선인은 조선인이 아니다. 일본인의 종일뿐이었다. 2,000만 조선인은 정체성을 빼앗기고 허수아비가 되란 말인가?

일본이 군사적 힘은 더 강할지는 모르나, 일본 문화가 식민지 문화를 흡수할 만큼 탁월한가? 일본 말과 글이 한글보다 탁월하다는 증거는 없다. 한글은 소리글이고 14개의 자음과 10개의 모음으로 되어 간단하다. 배우고 사용하기 쉽다. 반면에 일본글은 가타카나와 히라가나가 각각 50여 개나 되는 음절문자이고 한자를 쓰지 않고는 문장이 성립되지 않는다. 음절로 묶여 있어서 모음과 자음이 분리되지 않았다. 다른 나라의 소리글을 발음하기 어렵다. 한글에 비하면 외우기 어렵고 쓰기는 더 불편하다. 반만년 동안 쌓아온 문화유산을 쓰레기로 버리라는 일본인의 요구는 가당한가? 한민족의 정체성을 지울 수 있다는 말인가?

"식민지인은 전통적인 조선 이름을 쓰지 말라!"

"일본식 이름으로 바꿔라!"

"여자들은 결혼하면 남편의 성을 따라라!"

일제는 조선을 흡수하기 위해 조선인의 창씨개명을 추진했다. 조선인의 정체성인 이름과 성마저 빼앗았다. 대신 일본식 이름을 강요했다. 조선의 가족제도마저 파괴하려 했다. 조선총독부는 여자가 결혼해도 자기의 성을 유지하는 가족제도가 일본 국민으로 흡수하는 데 지장을 준다고 보았다. 조선인들에게 모든 가족이 호주의 성씨를 쓰는 일본식으로 고쳐서 일본과 조선을 일체화시키려 했다. 일왕을 정점으로 한 국가체계를 만들고자 하는 동화정책이었다. 실제로는 조선인을 동등하게 대우하지 않고 2등 국민으로 취급했다. 창씨개명은 독자적인 언어와 문자를 가지고 반만년의 역사를 엮어온 2,000만 문화민족의 정신과 혼을 빼버리는 일이었다. 일본인의 노예로 개조하는 인간개조작업이었다.

일본은 식민지 조선을 흡수하여 만주 침략을 위한 병참기지로 삼고자 했다. 반도 북부에 발전소와 공장들을 대거 건설했다. 압록강에 건설한 수풍발전소가 그중 하나였다. 미국과의 전쟁을 위해 조선을 더욱 강도 높게 수탈하고, 조선인의 징용이나 징병도 강화했다. 사할린에 7만 명의 탄광 노동자를 보낸 것도 이때였다. 에너지의 조달을 위해서였다. 그런데도 전선은 늘어나고 전쟁은 더 불리해졌다. 일제는 더욱 필사적으로 전쟁물자 공급을 독려했다.

조선에 부설된 철도의 일부 선로를 다시 뜯어내고, 개인의 금속제 밥그릇과 숟가락, 젓가락은 물론이고 징이나 꽹과리 같은 철제 악기, 낫이나 호미 또는 쟁기 같은 농기구, 철제 요강까지 모든 금속제품을 빼앗아갔다. 하지만 미군에게 제해권과 제공권을 빼앗긴 탓에, 공출된 물자를 일본 본토로 이송하지 못했다. 거둬들인 물자를 다시 마구잡이로 분배하여 시장과 유통체계를 혼란하게 만들었다.

1940년대에 들어서면서, 식민지 수탈은 극에 달했다. 일제는 일본 기업을 조선에 대거 진출시키며 자원을 강탈했고, 조선인의 목소리를 철저히 억눌렀다. 문화통치의 상징이던 조선일보와 동아일보를 폐간시켜버렸다. 식민지인의 눈을 가리고 귀를 막아서 바보로 만드는 정책이었다. 1941년에 하와이 진주만을 불법으로 공습하면서 미국과의 태평양전쟁을 일으켰다. 미국은 일본보다 인구가 두 배 가까이 되고 국민 총생산(GDP)은 10배 이상이 되는 강국이었다. 일제는 태평양전쟁을 위해 조선을 완전히 흡수하여 전쟁 수행능력을 강화하려 했다.

일본의 수탈과 억압이 극에 달하자, 식민지인의 독립 요구와 저항의 불길도 거세게 타올랐다. 작용과 반작용의 자연법칙은 살아있었다. 수탈이 심해지면 저항도 거세졌다. 하지만 전시체제 아래 조선의 도시나 농촌은 징용과 물자 공출로 서서히 붕괴하기 시작했다. 조선인들의 일제 통치에 대한 적개심이 치솟자, 일제는 조선인에게 참정권을 주려고 검토하기 시작했다. 제2차 세계대전에서 패색이 짙어지면서, 일본이 전쟁에서 패배하리라는 소문이 퍼져 나갔다. 실제로 제2차 세계대전이 연합국의 승리 쪽으로 기울어지고 있었다.

> **조선인이 노예 상태에 있는데 유념하여, 앞으로 적절한 절차를 거쳐 자유와 독립을 줄 것을 결의한다.**

1943년 11월 27일, 이집트 카이로에서 미국, 영국, 중국의 지도자들이 모여 종전 후에 조선 독립을 보장하겠다고 선언했다. 조선에는 곧 해방이라는 서광이 비치기 시작했다. 전후 조선이 어떻게 혼란을 극복하고 독립된 나라로 출발할지는 불확실했다. 조선왕조를 승계하기를 원하는 이는 아무도 없었다. 왕조는 무능하여 나라를 지키지 못했고 민족을 팔아먹었기 때문이었다. 하지만 어떤 정치체제를 도입할 것인지에 대한 합의는 아직 불투명했다. 중국에 있는 대한민국 임시정부가 민주공화정치를 하고 있어서 독립 후에도 민주공화정치가 채택될 가능성이 있었다.

1945년 5월, 독일은 연합국에 항복을 선언하며 유럽에서 전쟁은 막을 내렸다. 그러나 일본은 끝까지 항복을 거부하고 전쟁을 계속했다. 일본 국민에게는 최후 한 사람이 남을 때까지 항복은 없다고 선언했다. 그해 7월, 독일 포츠담에서 연합국 4국 정상들이 모여 일본에 항복을 권유했다. 이어 카이로선언을 재확인하며 조선의 독립을 다시 한번 약속했다.

원자폭탄 'Little Boy' 히로시마에 투하

1945년 8월 6일, 미국은 인류 최초의 원자폭탄 Little Boy를 히로시마에 처음으로 투하했다. 우라늄 동위원소-235의 원자핵이 쪼개지며 연쇄적인 핵분열 반응이 일어났고, 그 과정에서 태양 표면 온도와 맞먹는 섭씨 6,000도의 열과 엄청난 에너지가 발생했다. 모든 것을 녹이고 태워 버렸다. 아인슈타인이 알려 준 물질이 곧 에너지이고 에너지는 곧 물질이라는 $E=mc^2$ 원리를 이용해 만든 폭탄이었다. 우라늄이 핵분열하면서 생긴 약간의 질량이 에너지로 변한 것이다. 거대한 버섯구름이 하늘 높이 솟아오르는 순간 도시 전체가 순식간에 폐허로 변했다. 갑자기 높아진 온도는 태풍 같은 열풍을 일으켜서 모든 것을 날려 버리고 부숴 버렸다. 남은 것은 타버린 건물들의 잔해와 시체 썩은 냄새뿐이었다. 뼈대만 앙상하게 남은 시청사 건물이 보였다. 지하에서 살아남은 사람도 대부분은 거동이 온전하지 못했다. 역사상 처음 개발된 폭탄이 터지면서 생기는 처참한 광경이었다. 그래도 일본은 항복하지 않고 최후의 한 사람까지 싸운다는 결의를 다시 확인했다.

원자폭탄 'Fat Man' 나가사키에 투하

1945년 8월 9일, 일본이 원자탄 한 발에 항복하지 않자 나가사키에도 원자폭탄 Fat Man을 터트렸다. 건물들은 무너져 잿더미로 변했고, 곳곳에 타다만 시체들이 널브러져 있었다. 군인뿐만 아니라 수십만 명의 민간인이 한꺼번에 죽었다. 사람만이 아니라 짐승들도 다 죽었다. 짐승만이 아니라 생명이 있는 모든 것이 다 사라졌다. 식물도 예외는 아니었다. 수천 년간 쌓아 온 문화재들도 예외 없이 몽땅 파괴되었다. 높은 건물도 저층의 뼈대만 남았다. 원자탄은 모든 것을 파괴하는 엄청난 폭탄이었다. 4만여 명의 조선인도 함께 죽었고 7만 명이 방사선에 피폭되었다. 침투된 방사선은 몸속에서 염색체를 변형시킬 터였다. 세포를 공격하여 암세포를 만들어 비정상적으로 분열을 계속하게 할 것이다. 피폭된 몸이 죽을 때까지. 그들은 더 잘살아 보겠다고 일본에 건너갔다가 아무런 흔적도 남기지 못한 채 산화해 버렸다. 살아남은 이들은 하루하루를 버티고 내일을 준비하기 위해 몸부림쳐야 했다.

두 개의 원자탄을 맞은 일본은 더는 버틸 수가 없었다. 8월 15일, 일본 왕은 라디오 방송을 통해 미국, 영국, 중국, 소련 4개국의 권고를 무조건 받아들인다고 선언했다. 그러나 일본은 항복이나 패전이라는 말은 끝내 사용하지 않고 종전했다고 하여 8월 15일을 종전기념일로 정했다. 일왕에게 패전의 굴레를 씌우지 않으려는 얄팍한 속임수였다. 진실을 호도한 것이다. 그렇게 일본은 거짓 위에 세워진 나라가 되었다. 당연히 일왕은 전범자로 처벌을 받아야 했다. 그러나 전쟁의 책임을 지지 않고 왕의 자리를 그대로 보전했다. 전 국민의 투표로 대통령을 뽑아 새로운 민주국가로 거듭날 기회는 그렇게 사라져버렸다.

만약 대통령을 선출하고, 전쟁을 일으킨 데 대해 참회하고, 피해 당사국에 사죄하고 보상했다면 일본은 참다운 민주국가가 될 수 있었을 것이다. 독일이 그 좋은 본보기다. 하지만 일본은 입헌군주국으로 남아서 전쟁을 일으킨 죄를 청산하지 못했다. 전쟁을 일으킨 책임자이고 제국주의의 상징인 일왕은 그대로 자리를 보전했다. 승전국 미국이 건네준 민주주의로 포장했으나 엄격히 말하면 일본은 민주국가가 아니다. 그렇게 태평양전쟁은 끝나고 1945년 8월 15일 연합국의 약속대로 조선은 독립을 맞았다. 이제 총성은 멈췄다. 전쟁이 끝났다. 피비린내 나는 살육도 중지되었다. 사람들은 일상을 되찾고 새로운 삶을 가꾸려는 노력을 시작해야 했다. 그전에 해방을 확인했다.

"아, 해방이다!"

"우리는 독립했다. 자유를 찾았다."

"식민지 억압이 몇 년이었더냐?"

그것은 빼앗겼던 나라를 다시 찾고 압박과 설움에서 해방된 민족의 함성이었다. 막힌 숨통이 트이고 수십 년간에 목에 걸린 체증이 시원하게 뚫린 것이었다. 밥을 먹지 않아도 배가 고픈 줄 몰랐고 힘이 불끈 솟았다. '아, 해방이다 독립이다'를 수없이 외쳐도 목이 아픈 줄도 모르고 온종일 외쳤다.

어제까지 일본인의 눈치를 보며 두려움에 떨었지만 더는 그럴 필요가 없었다. 그들에게 징용을 당하지 않아도 되었다. 이유도 없이 구타를 당하지 않아도 되었다. 우리말을 되찾고 우리글을 맘대로 쓸 수 있게 되었다. 정체성을 회복하고 인권을 찾았다. 이제는 종이 아니고 자유인이 되었다. 우리 땅의 흙을 만질 수 있고 우리 강물을 마실 수 있게 되었다. 꿈꾸던 자유를 얻었다. 해방을 어떤 체제로 맞을 것인가가 문제로 남기는 했지만 말이다.

그래도 지리산 계곡에서 흘러온 시냇물을 마시면서 자유에 갈급한 목을 축일 수 있게 되었다. 물은 생명이 아닌가! 일본인들이 사라졌으니 흙을 만지면서 우리 흙임을 확인한 것이다. 남원의 농민들은 광복의 노래를 힘차게 불렀다.

광복절 노래

정인보 작사, 윤용하 작곡

흙 다시 만져 보자 바닷물도 춤을 춘다.
기어이 보시려던 어른님 벗님 어쩌하리
이날이 사십 년 뜨거운 피 엉긴 자춰니
길이길이 지키세, 길이길이 지키세
(이하 생략)

광복의 기쁨은 전국 방방곡곡에서 파도처럼 덮쳤다. 파도가 바다에서 계속 밀려오듯 해방으로 인한 기쁨이 한국인 마음속에 영원히 출렁일 것만 같았다. 많은 사람이 태극기를 흔들며 거리로 뛰어나와 만세를 외쳤다. 태극기가 없는 사람들은 일장기의 가운데 붉은 원 위에 빨강과 파란색으로 덧칠하여 태극문양을 그리고 네 모서리에 건곤감리 4괘를 그려서 급조했다. 한국 역사에서 새로운 장을 여는 날이었다. 나라를 되찾았으니 자유와 희망의 새로운 시대를 열겠다는 열망이 가득했다. 그러나 해방의 기쁨이 모두에게 공평하게 찾아온 것은 아니었다. 친일파는 일본인들처럼 앞으로 다가올 동족의 보복이 두려웠다.

서울은 물론이고 전국적으로 해방의 감동을 확인하러 사람들은 거리로 나와 시위를 했다. 전주와 남원 같은 중소도시에서도 해방의 함성이 울리고 광복의 노래를 불렀다.

광복의 노래

작사 임화, 작곡 김순남

조선의 대중들아, 들어라!
우렁차게 들려오는 해방의 날을
시위자가 울리는 발굽 소리와
미래를 고하는 아우성 소리!
(이하 생략)

정순철 가족이 사는 전주나 그보다 더 작은 고장인 남원에서도 만세를 외치는 군중이 모였다가 해산하기를 반복했다. 일본에 징용으로 끌려가 탄광에서, 제철소에서, 중국이나 동남아의 전쟁터에서 총알받이가 되고 위안부가 되었던 자들이 얼마나 많았던가. 그들이 살아서 돌아오기를 가족들은 날마다 애간장을 태우면서 기다렸다. 그들의 상처를 싸매주기 위해서였다. 하지만 많은 이들이 돌아오지 못했다.

김화자와 정순철 모자는 시간이 나면 전주역에 나가 일본에서 귀국하는 광부들이 있는지 수소문했다. 그들을 찾아가 혹시 조세이 탄광에서 일했는지 정태수나 정순호를 아는지 물었다. 그러나 매번 아무런 소식도 듣지 못하고 돌아서야 했다.

"누가 조세이 탄광에서 일한 정태수를 아시나요?"

"사할린 탄광에 잡혀간 정순호를 보았나요?"

화자와 순철 모자의 간절한 외침에 아무 대답이 없었다. 메아리만 울리다가 사라질 뿐이었다.

중국 상하이에 대한민국 임시정부가 있었다. 만주에서는 독립군이 일본군과 싸웠다. 수많은 독립의사와 열사가 목숨을 바쳐 일제의 간부에게 총을 쏘고 폭탄을 던졌다. 일제에 맞선 우리 저항의 기록은 차고 넘쳤다. 하지만 한국인의 힘으로 일제를 굴복시키지 못하고 미국의 승전으로 주어진 해방이었다. 그래서 경복궁 앞에 세워진 중앙청에 일장기를 내리고 태극기를 꽂지 못했다. 대신 미국의 성조기가 나부끼는 것을 보아야 했다. 한국이 직접 일제로부터 나라를 되찾지 못했기 때문이었다. 해방의 기쁨을 반감시켰다.

전쟁 말기, 미국이 전쟁을 빨리 끝내려고 소련을 끌어들인 것이 불행의 씨앗이었다. 독일처럼 패전국인 일본 영토를 찢었어야 했으나 미국은 소련과 함께 38선으로 한반도를 나누어 점령했다. 한반도가 둘로 쪼개질 조짐이었다. 조선을 35년간 지배했던 일본인들은 하루아침에 알몸으로 붙잡힌 강도 신세가 되었다. 조선 총독은 역사적으로 적국인 소련군이 서울에 진주하는 것이 제일 두려웠다. 서울역 앞에는 수많은 군중이 붉은 기를 흔들며 소련군을 환영하기 위해 모였지만, 그런 일은 절대 일어나지 않았다. 미국과 소련 간의 협정으로 북위 38도 선을 기준으로 이북만 소련이 점령하기로 정해졌기 때문이었다. 통일된 나라가 세워지기 어려운 분위기가 짙어갔다.

조선민주주의인민공화국의 탄생

북녘땅에는 친소련 김일성 정권이 들어서며 새로운 질서가 자리 잡기 시작했다. 지주와 그들의 총무인 마름 그리고 소작인의 지위가 뒤바뀌었다. 지주는 소작인의 착취자요, 친일파로 낙인찍혔다. 소작인은 지주와 동등한 지위로 올랐다. 지주의 토지는 무상 몰수되어 무상 분배의 원칙에 따라 나뉘었다. 토지를 국가가 소유하고 경작권을 갖게 된 것만으로도 소작인들은 환호했다. 정부가 개인의 사유재산을 인정하지 않고 토지를 분배한 것은 자본주의가 아니었다. 토지를 국가가 소유하는 공산주의의 시작을 알리는 신호였다. 개인의 자유 없이 국가가 앞장서서 사유재산을 관리하는 체제는 분명히 독재가 될 징조였다.

천대받던 최하층 신분인 백정과 무당도 동등한 사회의 구성원으로 인정받았다. 억눌렸던 계층이 주도권을 잡으며 사회의 근간을 뒤집는 혁명이 주는 혜택이었다. 사회의 모든 계층에서 새로운 바람이 불기 시작했다. 기존 질서는 파괴되고 새로운 기운이 돋아나고 개혁과 창조적인 분위기가 조성되었다. 그러나 억눌린 자가 억누른 자에게 보복함으로써 평등한 사회가 이루어질 수 있을까? 더구나 평생 독재정치 하에 살겠다면 몰라도 당장 눈앞의 이익을 위해 미래를 팔면 안 되는 일이었다. 분명히 가난한 사람을 위한다든지 모두가 평등한 사회를 만든다는 공산주의가 제시하는 이상은 설득력이 있었다. 하지만 권력은 불평등에서 나온다. 평등한 사회가 실제로 가능한 것인가? 몰락한 계층은 지주계급만이 아니었다. 종교는 아편이라 규정하고 개혁에 앞장섰던 기독교인을 탄압했다. 누구나 평등하다는 무계급의 사회주의가 자리를 잡은 듯했다.

국가조직을 운영하는 데 책임을 지는 사람이 있어야 한다. 책임에 따라 권력이 생긴다. 당연하다. 공산당원의 지도급인 간부들이 새로운 사회를 지배하기 시작했다. 그들에게 권력이 생겼으니 새로운 통치 계급이 형성된 것이다. 각급 기관장과 공장의 간부들이던 일본인들은 조선인들의 보복이 두렵고 소련 군인들에게 귀중품을 탈취당할까 염려했다. 소련군은 악명 높은 시베리아 사단이었고 보급품은 현지 조달이 원칙이었다. 점령지에서 약탈을 허용한다는 말이나 다름이 없었다.

이북을 점령한 소련군은 해방군을 자처했다. 그들의 일차적인 표적은 일본군과 일본이 운영하는 공장들과 일본인이 사는 지역이었다. 일본군은 본국의 명령에 따라 소련군에 항복하고 발전소나 탄광 같은 업체들은 차질 없이 운전을 계속하라고 했다. 소련은 자기들이 필요한 공장은 통째로 뜯어갔다. 당연히 공장을 돌릴 일본인이나 조선인 기술자가 함께 소련으로 따라가야 했다. 이로 인해 새로운 이산가족이 양산되었다. 일본인 거주지역은 조선인 지역과 분리되었고 초가집이 아닌 기와집이거나 양철집이어서 쉽게 구별되었다. 점령군들은 일본인 거주지역에 난입하여 약탈을 일삼았다. 시계나 라디오를 보는 대로 취하고 여자들을 강간하는 사건이 자주 일어났다. 그래서 여자들은 남장하거나 머리를 짧게 깎는 경우가 많았다. 이런 사회변혁에 이북 지주계급과 기독교인은 사회변혁을 견디지 못하고 남쪽으로 피란 가는 자가 많아졌다. 조선 피란민을 따라 일본인도 남쪽으로 피란하기도 했다. 차츰 피란민이 많아지자 이를 막으려고 38선의 경비가 삼엄해졌다.

한반도 남쪽에도 해방의 빛은 빛났지만, 사회 경제적으로 혼란스러운 어둠을 물리치기엔 역부족이었다. 모든 이의 가슴속에는 독립 국가를 건설하겠다는 열망이 불타올랐다. 그 불꽃은 바람에 흔들렸다. 일본인들을 서둘러 몰아내자는 바람도 불었고, 억울한 과거에 대한 보복을 외치는 바람도 있었다. 일본 총독은 건국준비위원회의 여운영 위원장과 만나 일본인 안전 보장을 요구하고, 여운영은 정치범의 당장 석방을 요구했다. 둘 사이에 거래가 이루어진 것 같았다. 건국준비위원회는 경찰서와 각급 기관과 기업을 접수하고 책임자를 한국인으로 바꾸어 나갔다. 건국준비위원회는 전국적으로 조직을 확장해 세력을 키웠다. 총독부는 건국준비위원회의 개입이 혼란을 부추기고, 그들은 미군에게 항복한 후에 인계인수해야 함을 깨닫고 약속을 취소했다.

총독부는 조선 주둔 일본군 10만여 명 중에서 3,000명을 뽑아 결원이 생긴 경찰에 투입해 치안력을 다시 거두어갔다. 오키나와 미국 점령군 본부와 직접 연락하여 조선의 민족주의자들이 공산주의에 동조하여 사회 혼란을 부추긴다고 허위로 보고했다. 이는 조선 민족주의자들을 미군에게 이간질하여 그들의 힘을 빼려는 의도였다. 미국군이 도착하여 국정의 인수인계를 받을 때까지 모든 조선인은 자중하라는 미군의 포고문을 전국에 살포해 주기를 요청했다. 미군이 국정을 인계받으면 일본인을 안전하게 철수할 수 있도록 준비를 서둘렀다.

　조선인들이 광복을 맞아 기뻐 환호할수록 일본인은 신변의 위협을 느끼고 불안에 떨었다. 생업을 잃은 일본인들은 돈이 될 만한 가재도구를 팔아 현찰을 확보했다. 8월 16일부터 예금 인출이 급증하면서 조선은행은 현금 부족 사태에 직면했다. 일본인 부유층은 현찰과 귀중품을 빼돌려 밀수선을 타고 일본으로 돌아가기도 했다. 많은 밀수선은 바다에 나가면 다시 웃돈을 요구하기도 하고 해적선을 만나 털리기도 했다. 아무도 믿을 수 없는 혼란한 사회였다.

　일본 히로시마와 나가사키는 원자탄 폭격으로 폐허가 되었다. 해외 거주자들이 한꺼번에 귀국하여 주택난과 구직난에 시달려 극도로 혼란스러워졌다. 해외에서 밀려오는 귀국자들은 대부분 수용소에 수용되었다. 고향을 떠난 지 너무 오래되었기에 연고자가 없었다. 일부 지역에서는 콜레라가 발생하여 귀환자를 전염병을 옮기는 부류나 제국주의에 협조한 인물이라고 따돌렸다.

　조선에는 80만 정도의 일본인이 거주했는데 군인을 우선 귀국시키고 민간은 다음 순서였다. 귀국한 일본인의 대부분은 식민지에서 출생하여 왜 자기들이 일본으로 돌아가야만 하는지도 이해할 수 없었다. 오히려 조선에 남기를 바란 자들도 적지 않았다.

　남쪽의 사회적 혼란은 서울에서뿐만 아니라 전국적으로 퍼진 재앙이었다. 전주에서도 각 기관의 책임자와 간부직에 있던 일본인들이 물러나고 조선인들이 차지했다. 일본인 중에는 폭력에 시달리거나 살해 위협을 당해서 맨몸으로 서둘러 일본으로 도망친 자가 적지 않았다. 15여 년 전에 정태수를 잡아 일본 조세이 탄광으로 보냈던 다나카 순사는 승진을 거듭하여 경찰서장이 되어있었다. 그동안 그에게 불이익을 당한 사람들은 그가 서장 자리를 내려오면 보복하려고 벼르고 있었다. 8월 15일에 일왕의 항복 방송이 끝나자 그는 잠적했다. 소문에 따르면 가족과 함께 밀항선을 타고 일본으로 귀국했다고 한다. 반면에 남원 경찰서장인 와다는 조선인들의 집회에 나와서 무릎을 꿇고 엎드려 사죄했다. 그는 일본인들이 무사히 귀국할 수 있게 해달라고 간청했다. 일본인이 맡았던 각급 기관장 자리는 다음 지도자급의 한국인이 차지하거나 임시 수습위원회가 책임을 이어받았다.

각급 기관을 운영하던 일본인이 떠난 뒤, 대신한 조선인의 실력이 모자라 각 기관의 운영에 차질이 많았다. 기차 역무원이 잘못 보낸 신호로 기차가 충돌하거나 탈선하는 사고가 잦았다. 경찰서에서는 친일파가 오히려 승진하는 상황이 많이 일어났다. 친일파는 일본과 결탁하여 자기 이익을 챙기고 동포를 괴롭히던 반민족주의자들로 척결의 대상이었다. 이런 상황에 시민들은 대체 '이게 무슨 광복이냐?'라며 분노했다. 친일파가 척결되기는커녕 오히려 더 많은 권력을 갖게 된 현실에 대한 불만이었다. 그러나 경찰의 80% 이상이 친일파로 분류될 수밖에 없었다. 친일파를 척결하고 나라의 정기를 바로 세워야 한다는 여론이 비등했다. 그러나 공무원 중에서 많은 친일파를 빼면 나라의 운영이 제대로 될지 의문이었다. 독립 국가를 세우려는데 남쪽은 일본군 대신에 미군이 점령하고 이북은 소련군이 점령한 것이었다. 새로운 통일된 나라를 향한 백성들의 꿈은 점점 흐려져 갔다.

1945년 8월 16일부터 조선은행이 갑작스러운 현금 인출 사태로 현찰이 부족해지자 총독부는 재정국장 미즈오 나요사마를 일본에 파견했다. 2억

원의 은행권을 급히 인쇄해서 공수해 왔다. 2억 원은 당시 조선은행의 전체 발행고 47억 원에 비해 적지 않은 금액이었다. 이것으로 끝난 것이 아니라 미국군에게 인계한 9월 9일까지 95억 원을 추가 발행했다. 충분한 검토를 거치지 않은 불법 추가 발행이었다. 이 자금 중에서 25억 원을 총독부 직원의 퇴직금, 기밀비, 그리고 출장비로 썼다. 일본 기업의 퇴각하는데 지원하고 친일기업에 융자해주는 데 흥청망청 쓰고 말았다.

총독은 세화회라는 단체를 만들어 미군정에 일본의 비행을 덮고 식민지를 발전시킨 사례를 홍보하도록 하여 일본인들의 이익을 대변했다. 일부 자금은 친일파를 지원하여 미군을 위한 위락시설을 새로 짓도록 했다. 이 같은 은행권의 남발로 한국 경제가 왜곡되어 이듬해에 쌀값이 2,400% 폭등하는 인플레가 발생했다. 일제가 마지막 순간까지 식민지를 경제적으로 수탈한 만행이고 용서받지 못할 악질 범죄였다.

"신사를 불태우자!"
"천황을 지우자!"

서울 남산에 세운 제일 화려하고 웅장했던 신사가 해방 다음 날에 불타서 사라졌다. 지방에 있던 신사들도 얼마 가지 못해 화재를 당했다. 각급 관공서나 회사에 걸렸던 천황의 사진도 찢기고 불에 탔다. 이런 불경한 일을 모면하겠다고 일본인 스스로 천황의 사진을 직접 회수하려고 했으나 이미 온전한 것이 거의 남아 있지 않았다. 일제는 신도(神道)와 천황숭배 사상을 식민지인에게 강압적으로 주입했었다. 반면에 식민지인은 일본제국주의의 상징인 천황을 지워서 독립을 확인하고 싶었던 것이었다. 신사를 태워서 독립의 횃불을 높이 치켜들고 싶었다.

신도는 일본의 고유 민족신앙으로 선조나 자연을 숭배하는 토착 신앙이다. 일본인들은 모든 만물에 신이 깃들어 있다고 믿는 전통적인 자연신앙을 가졌다. 이 신들을 모아 제사를 지내는 곳이 신사이다. 신도에는 내세관도 없고 교리도 없으며 경전도 없고 교주도 없다. 메이지유신으로 일본이 근대국가로 발돋움하면서, 1870년에 신도를 국교로 정했다. 각 지역에 신사를 세우고 그 정점에 천황이 있는 것이었다. 각급 학교에서는 매일 전체 학생들이 운동장에 모여 천황에게 절하고 충성을 맹세하는 의식을 행했다. 설교는 하지 않았으나 의식을 강요한 것이 식민지인의 원성을 샀다.

9월 초, 미군이 조선에 도착할 때까지 일제가 치안과 행정을 담당하려고 했으나 그것은 거의 불가능했다. 분노한 조선인들이 경찰서나 관공서를 공격했기 때문에 자신들의 안위를 걱정하기에 바빴다. 일본인들이 은행에서 예금을 찾아서 나오면 조선인들이 달려들어 공격했다. 조선의 재산이라고 뺏기도 하고 두들겨 패는 일이 빈번했다.

"야, 이 새끼야, 우리 재산을 일본으로 빼돌리지 말라!"

"그걸 네가 일본에서 가지고 왔더냐? 이 날도둑놈들아!"

1945년 12월 16일, 미국, 영국, 소련이 모스크바에서 외무 장관 회의를 개최하고, 한반도를 5년간 신탁통치를 하기로 합의했다. 한반도 남쪽은 새로운 국가로 출발하는 데 여러 가지 장애물을 넘어야 했다. 오랜 기간의 식민 지배에서 막 벗어났는데 또다시 신탁통치를 받으라는 요구에 민중들은 분노했다. 서울에서는 신탁통치 반대 시위와 파업이 잇따랐다. 1945년은 환호와 흥분과 분노 속에서 저물어갔다. 신탁통치는 한반도의 정권이 스스로 국가를 운영할 능력이 없다는 것을 전제로 한 정책이었다. 5,000년의 역사를 가진 한국민족의 자존심을 손상하게 만든 조치였다. 지난 35년 동안 독립을 위한 투쟁을 무위로 날려버리는 요구이기에 도저히 받아들일 수 없었다.

"일어나라, 동포여! 신탁통치를 반대하자!"

"신탁통치 반대는 독립운동의 재출발이다."

"신탁통치 찬성은 매국이다."

이북에서는 신탁통치를 환영했지만, 남쪽에서는 반탁 시위가 연일 격렬하게 이어졌다. 이로 인해 한반도에서 통일 정권이 생기기는 어렵게 보였다. 북쪽에서는 소련의 지원을 받은 김일성을 위시한 공산주의 정권이 들어설 것이 확실해지고 있었다. 반면에 남쪽에서는 반탁운동에는 합의했으나 새로운 정권을 어떤 형태로 할 것인지, 또 누가 주도권을 잡을지에 관해서는 의견이 분분했다. 미국은 새로 형성되는 냉전의 국제정세에 조급해졌고, 남쪽에 반공을 표방하는 민주국가를 건설하려고 했다. 김구를 주축으로 한 민족주의 세력은 이북을 포용하여 통일된 국가를 만들자고 주장했다. 그러다 김구는 암살을 당하고 말았다. 건국준비위원회를 이끌던 여운형도 자동차로 시내를 이동하다가 비명에 갔다. 미국의 비호를 받은 이승만 세력은 반공을 내세워 이북 공산주의를 배척했다. 박헌영을 비롯한 사회주의 세력은 공산주의자로 몰려 불법조직으로 취급받기 시작했다.

해방과 함께 일본에 살던 많은 조선인도 귀국을 서둘렀다. 일본은 그들에게 시민권을 주지 않고 조선으로 귀국하도록 유도했다. 추방 작전인 셈이었다. 조선인도 내 나라 내 땅에서 자유롭게 살아보겠다는 희망에 부풀었다. 한반도와 대마도 사이의 대한해협은 양쪽으로 귀국하는 일본인과 조선인들이 탄 배들로 붐볐다. 조선인 귀국선 우키시마호가 일본인들의 공격으로 폭발하여 침몰하는 비극적인 사건이 신문에 보도되기도 했다. 귀국선을 탔던 1만여 명 중에서 8,000여 명이나 일본 패전의 분풀이 대상이 되어 바닷속에 생매장되고 말았다. 해방된 조국에서 가족과 친지들을 만나 해방을 환호하면서 지난날의 고통을 날려버리겠다는 꿈도 함께 사라져버렸다.

일본에서 조선인들을 때려죽이는 사건도 자주 일어났다. 법적인 심판이 아니라 단순한 분풀이이자 보복이었다. 사회에는 무질서와 불법이 횡행했다. 한·일 양국 간에는 국교도 없고 소통도 마비되어 있었다. 남한은 미군이 통치하고 있었으나 무정부 상태와 다름없었다. 혼란 중에도 도망간 일본인의 자산을 미국 군부로부터 싸게 불하받아 한몫 챙긴 자들도 적지 않았다. 영어를 조금 할 줄 아는 자는 미국 군정에서 통역이나 자문관으로 일하면서 권력을 행사하고 이권을 챙기기도 했다.

국가를 건설하려면 국민과 국토가 있어야 하고 국가를 다스릴 주권도 있어야 한다. 주권을 지킬 강한 군대도 필요하다. 이제 일본에 빼앗겼던 주권을 찾았으니 나라를 세울 기반이 마련되었다. 중국에 있던 대한민국 임시정부의 법통을 이어받는다면 정치 형태는 민주공화국이어야 한다. 민주공화국을 세우기 위해 선거를 통해 대통령을 뽑으면 된다. 그러나 미군정은 대한민국 임시정부 요인들을 민족주의자로 취급하여 그들과의 관계는 소원했다. 민족주의자는 공산주의 사상을 가졌다고 봤기 때문이었다. 갑작스러운 해방으로 남한 사회가 직면한 사회적, 경제적, 정치적 문제들이 동시에 표출되니 혼란스러워졌다. 양반과 상놈으로 구별되는 신분제를 폐지하고, 남녀차별 문제 및 여성 인권 문제도 개선해야 했다.

일제강점기에 동포에게 불이익을 준 친일파는 지주보다 더 극악무도한 범죄자들이었다. 경제적 기회의 균등 문제도 시급히 다루어져야 했다. 원성이 자자한 소작제도를 폐지하고 새로운 제도를 도입해야 했다. 북쪽에서는 지주들로부터 토지를 무상으로 몰수하여 농민들에게 무상으로 분배하고 있었다. 지주들은 손해를 보았지만, 농민들은 공짜로 엄청난 이익을 본 것이었다. 남쪽의 많은 농민도 지주로부터 토지를 몰수하여 소작인들에게 무상으로 분배하는 제도를 은근히 바랐다. 하지만 이 제도를 시행하면 사유재산을 부정하는 공산주의가 침투하여 북쪽처럼 권위주의 정권으로 이어질 가능성이 있었다.

미국 군정은 남한에 새로운 국가를 출범시키기 위해 조직적인 체계를 만들어야 했다. 일본으로부터 인계받은 여러 조직을 한국인만으로 운영해야 했다. 중심 역할을 담당했던 일본인들이 빠져나간 상황에서 친일파를 제거한다면 각 조직과 단체의 운영이 정상이 되기 어렵다고 염려했다. 친일파를 일본에 협조한 사람으로 규정한다면 공무원의 대부분이 친일파로 분류된다. 그들은 일본 침략자에게 협조한 과거의 잘못에 대해 심판을 받아야 마땅했다. 그것이 순리이고 정의였다. 하지만 미군정이 친일파를 척결하기를 기대하기는 어려웠다. 그 뒤에 출범하는 정부가 그걸 해낼 수 있을지도 미지수였다.

토지를 지주에게서 몰수하여 무상 분배하는 이북의 토지 정책을 남한의 남로당이 채택했다. 사회주의나 공산주의나 자본주의를 경험해 본 자는 아무도 없었다. 여러 정치경제 체제에 대해 그저 단편적인 이야기만 들었을 뿐이었다. 과연 무상으로 토지를 받은 것이 효과적일지 아니면 개인의 능력을 개발할 의욕을 꺾는 일이 될지 아무도 확신하지 못했다. 무상으로 나누어 주는 토지가 개인소유가 되는지 국가 소유로 하고 개인은 경작권만 갖는지 분명하지 않았다. 다음 정부는 사회의 각계각층에서 쏟아 내는 많은 요구를 수용해야 했지만, 해결하기 쉬운 문제는 하나도 없었다.

UN 한국임시위원단 감시하에 남한 총선거 실시

UN은 한반도에서는 총선거를 시행해 정부를 구성하도록 의결했다. 선거 감시를 위해 UN 감시단도 파견하기로 결정했다. 그러나 이북은 UN의 결정을 수용하지도 않을 뿐만 아니라 감시단의 입국도 거부했다. UN은 다시 가능한 지역에서 선거를 실행하도록 수정하여 의결했다. 이는 사실상 남한 단독 선거를 실행하여 정부를 구성하라는 의미로 한반도를 남과 북으로 나누는 결과를 초래했다. 해방된 조국을 분단해서는 안 된다는 주장과 현실적으로 그걸 받아들이자는 여론으로 나뉘었다. 미국의 지원을 받는 이승만이 이끄는 정치 세력이 남쪽만의 선거를 주장했다. 이런 각계각층의 불만이 쏟아져 나와 사회적 갈등이 심화하였다. 그다음 해에도 갈등의 골은 더 깊어만 갔다. 미국 군정이 정치적인 수완이 없는 점도 한몫을 했다. 그들은 강력한 치안 유지만을 고집했다. 하지만 국민의 불만을 해소할 정치적 지혜는 부족했다.

좌우 진영은 타협은커녕 1946년 3.1절 기념행사를 따로 거행할 정도로 대립이 심해졌다. 행사 후에 두 진영이 각자 별도로 시가를 시위하다가 서로 충돌하여 부상자가 나오기도 했다. 물가 상승으로 생활이 어려워서 각급 노조가 파업하고 시위하면 공권력이 이를 해산하는 과정에서 충돌이 일어나곤 했다. 특히 일제가 시행하던 곡물 공출제를 미군이 그대로 시행하자 반발이 거세게 일어났다. 많은 사람은 일본의 식민지에서 미국의 식민지가 된 것처럼 느꼈다. 대도시인 부산과 대구에서의 파업은 대규모였는데, 노조원도 진압하는 경찰도 부상을 입었다. 부산의 철도 파업은 규모 면에서 가장 컸다.

"미국 제국주의 반대!"
"착취 반대!"
"부당해고 반대!"

이런 구호를 외치며 시위대는 거리를 메우면서 시위했고 군중의 호응을 얻었다. 공산주의 진영은 시위를 부추기고 사회 혼란을 틈타 자기 세력을 확장하는 데 열을 올렸다. 시위에 가담한 자가 다치면 시위군중이 더 크게 불어나고 경찰이 해산을 유도하다가 다치면 더 큰 보복을 가했다. 그렇게 파업과 시위는 타지방으로 번졌다. 특히 제주도에서 그 양상이 가장 격렬했다.

태평양전쟁이 끝난 후, 소련의 스탈린은 돌변하여 동맹국들을 배반했다. 그는 1937년에 연해주에 살고 있던 조선인 17만 명을 그 추운 날씨 가운데 이주시킨 장본인이다. 그 과정에서 사망자가 2만 명가량 발생했다. 1941년 독소전쟁 발발을 틈타 캅카스의 무슬림 체첸인들이 게릴라 활동을 벌이자 1944년 봄, 체첸인들을 나치 독일군과 협력했다고 몽땅 중앙아시아로 이주시켰다. 체첸인의 10%가 당시 강제이주로 사망했다. 1944년에 그는 크림반도 원주민인 타타르족을 중앙아시아로 강제 이주시키기도 했다. 1933년에서 1938년 사이에 그가 숙청한 당원의 수는 최소한 160만

명에 이르렀다. 서방의 한 통계는 약 700만에서 800만 명이 숙청의 직접적 대상이거나 피해를 받았다고 주장했다.

스탈린은 마오쩌둥이 장제스을 중국에서 대만으로 몰아내고 중국을 공산화하는 데 도움을 주었다. 1949년의 일이었다. 이듬해인 1950년에는 북한 김일성의 남침을 지원해 한반도 전체를 폐허로 만들고 3년 동안 수백만 명의 사상자를 냈다. 그는 제2차 세계대전의 동맹국인 미국을 배신했다. 지구를 피로 물들인 공산주의 소련의 스탈린은 냉전을 불러일으켰고, 냉전은 세계를 두 진영으로 분열시켰다.

광복은 분명히 기쁜 일이었다. 하지만 새로운 국가의 출범은 결코 쉬운 일이 아니었다. 그러나 혼란 속에서도 조선인들은 희망의 끈을 놓지 않았다. 새로운 미래를 꿈꾸며, 그들은 자신들의 힘으로 역사의 다음 장을 써 내려갔다.

<u>통일 행진곡</u>

          김광섭 작사 나운영 작곡

  압박과 설움에서 해방된 민족
  싸우고 싸워서 세운 이 나라
  공산 오랑캐의 침략을 받아
  자유의 인민들 피를 흘린다.
  (후렴)
  동포여 일어나라 나라를 위해
  손잡고 백두산에 태극기 날리자
  (이하 생략)

1950년 6월 25일 공산 오랑캐의 침략을 받아 국군은 대구까지 후퇴해야 했다. 그러나 UN군이 참전하면서 전세가 역전되어 압록강 인근까지 진격했다. 이로써 일본의 압박과 설움의 35년 식민지 시절을 잊게 할 조국의 민주 통일을 눈앞에 온 것 같았다. 그런데 갑자기 30만 중공군이 대거 참전해 전세가 다시 역전되었다. 자유의 인민들은 피를 흘렸다. 이후 전선은 38선 부근에서 고착되었다.

9

남쪽 지방에서의 진통

"대한독립 만세!"
"일본 놈들, 몰아내자!"

1945년 8월 15일, 한반도는 일본의 식민지에서 벗어나 해방을 맞았다. 일제강점기 35년 만이었다. 조선인들은 날마다 거리에 쏟아져 나와 목이 터지도록 외치면서 시위를 했다. 한반도를 뜨겁게 달군 해방의 열기는 식을 줄 몰랐다. 갑작스레 찾아온 자유의 숨결이 세상을 뒤흔들었다. 일본은 패전했고 조선은 일본 식민지라는 올가미를 벗었다. 조선인을 억압하던 일본인들은 이제 생명의 위협을 느끼며 두려움에 떨었다. 귀국을 서두르는 그들을 1초라도 더 보기 싫었다. 그들이 어서 빨리 사라지기를 바랐다. 한편에서는 그냥 보내서는 안 된다고 소리쳤다. 실컷 두들겨 패서 쫓아내고 싶었다. 그동안 당한 고초는 폭력만으로는 풀리지 않을 듯했다. 붙잡아 두고 그들에게 당했던 대로 노예로 부려도 분이 풀릴 것 같지 않았다. 과연 두 민족 간의 오랜 지배와 피지배, 수탈과 저항의 역사가 그렇게 간단히 끝날 수 있을까?

해방 후, 일본인을 쫓아내는 문제는 해결해야 할 수많은 문제 중의 하나에 불과했다. 더 시급한 문제는 조국과 동포를 배반하고 일본에 협조한 친일파를 처리하는 문제였다. 그러나 그들은 아직 힘이 있는 지위에 있었다. 사회 내부에서 들끓고 있는 이념적 갈등도 큰 문제였다. 아직 독립된 나라를 세우지 못한 상황에서, 미군정이 처리해줘야 했다. 그러나 미군은 한반도의 치안 유지만으로도 힘에 버거운 상태였다. 미군정의 최우선으로 추진하는 정책은 소련이 퍼트리고 있는 공산주의 확산을 막는 것이었다.

일본에서는 전선이 불리해지면서 군국주의에 반기를 든 사회주의 사상이 번지기 시작했다. 공산주의 사상도 마찬가지로 점점 더 활발하게 퍼져 나갔다. 해방 후, 5만여 명의 일본 거주 제주도민이 귀국하면서 제주도는 사회주의 사상을 가진 사람들이 다른 지역보다 상대적으로 많은 셈이었다. 거리가 멀어서 중앙에서 펼치는 정책이 효과적으로 전달되지 못해 남한 전체의 민심과 약간의 차이가 있었다. 마침 미국 군정은 전남도에 속해 있던 제주도를 독립시켜 자치도로 승격시켰다.

공산주의 사상은 당시 가난하고 억눌린 이들에게 이상적인 제도로 보였다. 누구나 평등하게 잘 사는 사회의 건설, 계급을 없애겠다는 사상은 서민들에게 매력적으로 들렸다. 지주와 소작인이 재산을 나누어 갖고, 계급 없는 평등한 사회를 만들겠다는 정책은 그럴싸했다. 그러나 그것들이 어떻게 가능한 일인지는 아무도 몰랐다. 국가 권력이 강화되고 독재정권이 될 소지가 많은 제도라는 것을 잘 알지 못했다. 그만큼 해방 후의 한국 사회는 정보가 부족했고 무지했었다. 갑작스럽게 맞이한 해방으로 기대가 부풀었던 반면에 만족스럽지 못한 현실에 대한 불만이 커지고 있었다. 한민족은 사회적으로나 계층적으로 분열에 분열을 거듭하며 갈등을 빚고 있었다.

1947년 3월 1일, 제주 북국민학교에서 3.1절 기념행사가 거행되었다. 약 3만여 명 정도 되는 많은 제주도민이 모였다. 그렇게 많은 군중이 모인 큰 행사는 근래에 보기 드물었다. 날씨는 화창했고 분위기는 자유스러웠다. 이날 행사를 끝낸 군중들은 거리로 나와 해방의 기쁨을 외치며 시위에 들어갔다. 시위대가 미군정청과 경찰서가 있던 관덕정을 지나가고 있을 때, 200명 정도의 군중이 시위행렬을 구경하고 있었다. 오후 2시 45분경, 기마 경관인 임영관 경위가 시위대의 돌발사태를 막기 위해 군중을 헤치고 가다가 북국민학교에서 관덕정으로 들어서는 길모퉁이를 돌았다.

그때 고빗길에서 놀고 있던 어린이가 말발굽에 치였는데, 기마 경찰관이 모르고 지나갔다. 분노한 군중들이 경찰을 비난하며 몰려들었다. 그 경찰관은 황급히 경찰서로 도망쳤다. 군중들은 도망가는 그를 향해 돌을 던졌다. 돌팔매질과 더불어 거리는 군중들로 난장판이 되었다. 경찰서에 있던 경찰들은 군중이 경찰서를 습격하는 줄로 오인하고 응원 경찰들과 함께 군중을 향해 발포했다. 이 사건에서 6명이 사망하고 8명이 다쳤다. 큰 사태가 아닐 수 없었다.

군중이 경찰에게 돌을 던진 건 잘못이었지만, 경찰이 군중에 발포하여 사상자가 발생한 문제였다. 이날 시위에 참여한 사람 가운데 사망자는 하나도 없었다. 하지만 경찰서와 상당히 떨어진 곳에서 희생자가 발생했다. 더구나 사망자 6명 중 5명이 등 뒤에서 총을 맞아 사망한 것으로 확인되었다. 이는 사망자들이 시위와 관련이 없고 경찰의 발포가 과잉 대응이었음을 보여주었다. 분노한 주민들은 발포한 경찰관의 처벌과 책임자의 사과를 요구하고 총파업에 돌입했다. 일부 공무원과 교사들까지 참여한 대규모 파업이었다. 정부 정책에 반대하는 시위나 파업이 전국에서 자주 일어나고 있던 시기였다. 부족한 경찰력으로 치안 유지에 어려움이 많은 정부는 시위에 매우 예민했다.

미군정청에서 파견한 조병옥 경무부장 일행은 조사 후에 경찰의 발포가 치안을 위한 정당방위였다고 발표했다. 당시에는 관존민비의 관습이 있어, 관은 절대로 민에게 잘못했다고 하지 않았다. 공무원이 일반 백성을 위해 봉사한다는 인식이 아직 없었던 시대였다. 백성 위에 군림한다는 자세가 만연했다. 또한, 3월 1일 행사 후에 군중들이 경찰서를 습격하려 했다는 미확인 정보를 사실처럼 흘렸다. 사태는 진정되지 않고 오히려 커져만 가서 3월 10일 저녁부터 제주도 전역에 통행금지령을 선포했다.

정부는 사태를 수습하기 위해 수백 명의 응원 경찰을 육지에서 파견했다. 그중에는 서북청년단이 끼어있었다. 그들은 이북의 서북쪽 평양 지역의 부유한 지주 출신으로 토지를 몰수당하고 남쪽으로 내려온 청년들의 단체. 피해 의식에 젖은 그들은 공산당에 대한 복수심으로 가득했다. 이들은 정부에서 준 정식 직함이 없어서 활동비를 현지에서 조달했다. 경찰과 서북청년단이 3월 1일의 시위와 관련하여 수천 명을 검거하여 경찰서에 끌어가자 제주도민의 분노가 폭발했다.

"이대로는 안 되겠음메. 모두 힘을 함쳉서 우리 뜻을 전달함세!"

1947년 4월 3일, 제주도민들은 한마음이 되어 다시 거리로 나와 시위를 시작했다.

"미군은 즉시 철수하라!"

"나라를 둘로 쪼개는 단독 선거 결사반대!"

대규모의 시위대가 경찰서로 몰려들었다. 그들은 반미구호를 외쳤고, 이듬해 새 정부를 구성하기 위한 총선에도 반대했다. 시위군중 속에 정치 집단의 영향이 미치고 있다는 의미였다. 시위군중이 몰아닥치자 경찰은 경찰서를 버리고 도망쳤다. 경찰이 무너진 것은 법질서가 없는 것이나 마찬가지다. 반면에 군중은 어디로 튈지 알 수 없다. 제주시는 무법천지가 될 소지가 많아졌다. 그렇다고 방화나 약탈을 걱정하는 것은 아니었다. 그런 일이 여태 없었기 때문이다. 하지만 공산주의나 자본주의로 나뉘는 사상이 서로 반목하고 대립하는 점은 염려가 되었다. 두 집단은 반목을 넘어서 증오하며 살의를 보였다.

"우리가 경찰을 이겼다!"

시위군중의 함성이 울려 퍼졌다. 경찰이 법질서를 유지할 수 없을 때, 대신 나서야 하는 조직은 군대이다. 군인이 시위를 막기 위해서 제주도민들

대표와 협상을 벌였지만 실패했다. 군은 협상에 익숙하지 않은 집단이다.

"제주도 빨갱이들이 선거를 방해하기 위해서 폭동을 일으켰다. 모조리 쓸어 버려라!"

정부의 태도는 강경해졌다. 군대는 방어하기보다 공격을 선호했다. 군인들은 명령에 따라 무장한 시위대를 향해 총을 쏘기 시작했다. 무기가 없는 사람들은 한라산으로 들어가 피신했다. 군인들은 한라산까지 진입해 마을을 불태우고 무장대원뿐만 아니라 무기가 없는 민간인들에게도 무차별 총을 쏘았다. 군인들의 한라산 토벌 작전은 다음 해 3월까지 계속되었다. 토벌대에 희생된 자 중에는 기동력이 떨어지고 방어 수단이 없는 노약자와 여성들이 많았다.

제주도에서 우익 테러 행위는 증가했으나, 유해진 지사는 이에 대한 아무런 조치도 취하지 않았다. 제주도를 감찰하던 미국 군정 넬슨 중령은 도지사가 독재적인 방법으로 정치 이념을 통제하려고 시도해 왔다고 평했다. 경찰이 수없이 테러를 자행했다며 유 지사가 문제 인물이라는 결론을 내렸다. 그러나 군정의 우려에도 불구하고 사태는 오히려 악화하고 있었다. 본토에서 파견된 서북청년단원들은 주민들의 재산을 강탈하고 여러 가지 만행을 저질렀다. 그들은 4.3 사건과 5.10 총선거에 소극적이었다는 이유로 우익 청년단체인 조선민족청년단 단원들을 '빨갱이'로 몰아 집단으로 사살했다. 주민들도 당할 수만 없다고 무기를 들고 토벌대와 맞서 싸우게 되었다.

주민을 '빨갱이'라 지목한 것은 순전히 탄압 주체의 자의적 판단이었다. 사법기관의 개입이 없이 살인을 저지른 것이었다. 실제로 1948년 1월 미국 정보국의 보고서에 따르면, 제주도의 지식인층과 대중들은 어느 한쪽으로 치우지 않고 좌익 인사들도 별문제를 일으키지 않았다. 좌익 인사로 불리는 이들의 대부분은 공산주의자가 아니었다. 이러한 상황에서 우익을 위시한 이들의 '빨갱이'에 대한 공포와 선동이 테러의 주요 요인이 되었다. 애초에 제주도 좌익의 최우선 관심사는 선대로부터 내려온 가난의 해결이었다. 제주도의 하늘은 두려움과 슬픔으로 무겁게 내려앉았다. 수많은 이들의 삶은 총부리 앞에 송두리째 뒤흔들렸다.

제주도에서 4.3 사태가 일어난 얼마 후에 오사카에서 집에 돌아온 창식의 삼촌 강신구는 큰 충격을 받았다. 성산포에는 토벌대 군인들의 전위대 역할을 하던 서북청년단이 주둔해 있었다. 일본군 부대가 사용하다가 철수한 시설이었다. 그들이 성산면 주민들을 소집하여 군인과 경찰의 직계 가족을 제외한 나머지 주민을 공산당으로 몰아 210여 명을 학살했다니. 순수한 영혼이 광복의 기쁨도 누리지 못한 채 억울하게 죽어갔다. 일제도 저지르지 않은 제주도민 학살이 해방된 조국에서 벌어졌다.

창식의 숙모 역시 이 학살에 휘말려 목숨을 잃었다. 직계 가족 중에 경찰이나 군인이 없었기 때문이었다. 그것이 죽을죄인 줄을 누가 알았겠는가? 바다에 나가 전복을 따고 성게를 잡고 물질을 하는 여자가 공산주의와 무슨 상관이 있단 말인가? 군인이나 경찰에게 시비를 건 적도 없고 원수가 된 적도 없었다. 희생자 가운데는 노인과 어린아이와 부녀자도 많았다. 그들의 머릿속이 공산당으로 붉게 물든 것을 어떻게 알아볼 수 있었을까. 더욱 불행한 일은 희생자들의 집도 모두 불탔다는 것이다.

그런 일이 일어난 후, 제주도는 두 진영으로 나뉘어 서로 보복하는 일이 반복되었다. 경찰과 군인들은 제주도민을 해변으로 이주시키고 대대적인 공산당 토벌 작전을 수행했다. 우익으로 분류되지 않은 주민은 모두 산으로 올라가 피신하기에 급급했다. 그들은 천연동굴에 들어가서 굶주려서 죽거나, 먹거리를 찾아 나오다가 군경이 쏜 총에 맞아 죽어갔다. 때마침 부는 봄바람에 만발한 유채꽃의 흔들림처럼 제주도민은 슬픔과 공포에 흔들거렸다. 좌익으로 쏠리면 우익의 총을 맞고 우익 쪽으로 흔들리면 좌익의 총을 피할 수 없었다. 그들에게는 중립인 완충지대는 없었다.

제주도 4.3 사태가 진정되지 않자 미군정은 여수에 주둔하던 14연대를 제주도로 파견했다. 여수 14연대는 1948년 5월 4일에 창설된 신설 부대로, 현지에서 상당한 인원을 보충했는데 남로당원들이 군대에 침투할 좋은 기회로 삼았다. 군대와 경찰 사이에는 오랜 갈등의 골이 깊었다. 군대는 경찰을 친일파라 비난하고, 경찰은 군대를 오합지졸이라고 무시했다. 그들의 갈등은 무력충돌로 이어졌고, 전남 영암에서 두 세력 간에 총격전까지 있었다. 이런 와중에 UN 감독하에서 가능한 남쪽 지역에서만 국회의원을 뽑는 선거를 실시했다. 그해 8월 15일에 국회가 열렸고 그 국회는 이승만을 대통령으로 선출하여 초대 이승만 정부가 출범했다. 총선거 때 제주의 3개 선거구 중에서 두 곳이 투표자 수가 부족하여 무효로 처리되었다.

이승만 정부는 1948년 10월 15일에 추가로 1개 대대를 제주도로 파견할 것을 결정했다. 10월 19일에 1개 대대를 더 파견하라는 명령서가 전보로 여수 우체국에 도착했다. 이 전보를 본 남로당원이던 직원이 14연대장이 보기 전에 남로당에 미리 알렸다. 14연대의 공산 세력은 국민의 군대가 동족을 살상할 수 없다고 파견을 거부했다. 군대는 상부가 명령하면 하부 조직은 복종해야만 한다. 명령에 반대하면 명령 불복종에 해당한다. 불복종은 곧 상부에 대한 반란이었다.

여수의 14연대 내의 김지회 중대장과 남로당 침투 세력은 반란을 결정했다. 김지회(남파 간첩)와 홍순석(만주군 중사)을 반란 책임자로 임명했다. 그들은 육사 출신 장교들을 사살하고 부대를 장악했다. 지창수는 자신이 해방군 총사령관이 되어 임만평을 부사령관에 임명하고 새로 대대장과 중대장을 임명했다. 그들은 부대 앞에 모여 있던 좌익 세력들과 합세하여 무장하고 함께 군 트럭을 타고 여수시로 진격했다. 여수 관공서를 장악하고 군경을 학살했다. 당시 가을하늘 아래 황금 들판은 오곡이 무르익어 가고 있는 때였다. 반란으로 인한 붉은 피로 풍요로운 들녘은 얼룩졌다. 여수시 전체를 해방지구로 선포하고 일부 병력은 순천으로 가서 광양과 벌교 일대를 점령했다. 순천에서 좌익세력들은 반란군과 합세하여 우익 세력에 대해 공격을 감행했다. 친일파들이 주류를 이루던 경찰은 좌익들의 표적이었다. 지주나 기독교인도 적대 세력으로 간주하고 공격했다.

10월 21일, 반란군이 순천시와 주변의 거리를 점령하자 사람들은 공포에 휩싸였다. 이미 여러 명의 목숨을 빼앗아간 살기 등등한 청년들이 또래의 청년들을 잡아 끌어가고 있었다. 끌려가는 학생 한 명은 순천사범학교 기독교 학생회장 손동인이었다. 손동인이 출석하는 교회는 순천재림장로교회로 정순호와 강창식이 순천에서 철도학원에 다닐 때 출석했던 교회였다. 일제강점기 때부터 학생회 활동이 활발했고 청년 학생 수가 많았다. 종교집회를 가장한 반일감정을 가진 학생들의 독서 모임이 자주 있었다. 손동인을 잡아채 끌고 가는 사람은 좌익 학생 안재선이었다. 반란 전, 순천에서 그들 둘은 시내 좌우익 갈등에서 여러 번 부딪친 바 있었다. 이때 군중 사이에 있던 한 학생이 불쑥 뛰어나와 외쳤다.

"잠깐, 우리 형은 안 돼! 형을 죽이려면 나도 함께 죽여라! 나도 예수쟁이니까."

안재선에게 달려든 그는 동인의 동생인 동신이었다. 평소 기독교인이라고 시비를 걸던 안재선이 형을 죽이려 한다고 직감했다. 자기가 대신 죽더라도 형을 살리고 싶었다. 형을 구하려 용감하게 끼어들었지만 잠시 후 둘은 모두 시체가 되어 다른 여러 시신과 섞여 볏짚 가마니로 덮여 있었다. 비명에 간 형제는 여수시에 있는 '애양원'이라는 나환자촌을 위해 봉사하던 손양원 목사의 두 아들이었다.

손 목사는 한센병 환자를 위한 요양소인 애양원교회에서 구호 활동과 기독교 신앙을 전도하며 헌신적인 삶을 살았다. 일제하에서 그는 1940년에 신사참배를 거부하여 6년의 옥고를 치르다가 8.15해방으로 석방되었다. 다시 애양원으로 돌아와 아내와 동인, 동신의 두 형제 그리고 딸 동희와 함께 1,200명의 나환자를 돌보고 있었다.

여수·순천 사태가 진압된 후에 안재선은 살인죄로 처형을 앞두고 있었다. 사랑하는 두 아들을 잃은 손 목사는 가슴이 미어졌다. 자랑스러운 큰아들은 공부도 잘해서 곧 미국 유학을 떠날 장래가 촉망되는 인재였다. 두 아들을 억울한 죽음으로 먼저 보낸 아버지의 쓰라린 맘을 누가 알아준단 말인가? 한편으로는 안재선에 대한 증오심으로 괴로웠다. 하지만 그는 기도하거나 설교를 할 때면 성경의 한 구절을 떠올렸다.

하나님이 세상을 이처럼 사랑하사 독생자를 주셨으니….
- 요3:16

죄를 범한 피조물인 인간을 구원하기 위해 절대자 하나님은 외아들을 십자가에 못 박히도록 재물로 내주었다. 그는 하나님의 아픔을 조금은 이해할 것 같았다. 그리고 사형을 당할 안재선을 죽게 해서는 안 되겠다 싶었다. 안재선을 용서할 뿐만 아니라, 사형수 신분을 풀어서 석방하고 양아들로 삼았다. 원수를 사랑한 것이었다. 그리스도의 사랑을 몸소 실천했다. 참다운 기독교 신앙이 없이는 도저히 실천할 수 없는 행위였다. 그에게는 '사랑의 원자탄'이라는 별명이 붙었다.

1950년 6.25 한국전쟁이 발발하여 낙동강 유역의 경상도 지역을 제외한 전국이 공산군 수중에 들어갔다. 주위에서는 그에게 안전한 부산으로 피난을 권유했다. 공산주의자들은 기독교를 탄압했기 때문이었다. 하지만 그는 목자가 어찌 1,200이 넘는 양 무리를 버리고 자기만 살려고 도망갈 수 있냐며 피난을 거부했다. 그는 공산군 치하에서 애양원에 남아 목회를 계속하다가 1950년 9월 28일에 공산군에게 순교를 당했다. 일본제국주의도 죽이지 않았던 사랑의 원자탄 손양원 목사를 공산군은 즉결심판으로 총살하고 말았다.

공산주의는 왜 기독교를 적대시하는 것인가? 공산주의자들에게는 자기희생이 필요 없다는 말인가? 사랑이 아무리 숭고한 사상이라도 공산주의

보다 더 유명하면 안 된다는 것인가? 다른 사람을 사랑하면 안 되는 사회라면, 그것은 인간사회라 할 수 없다. 손 목사가 처형되자 애양원의 나환자들은 모두 뿔뿔이 흩어지고 말았다. 누가 그들을 먹이고 돌보고 치료하는지 아무도 모른다. 손 목사 대신에 누가 그들의 통통 부은 몸에서 고름을 빨아내고 감각이 없는 손과 발을 마사지해주는지 아무도 알지 못한다. 손양원 목사는 사랑과 용서의 진정한 의미가 무엇인지를 목숨을 바쳐 설교했던 것이었다.

이승만 정부는 공산당을 색출할 수 있는 국가보안법을 신속하게 제정했다. 전 육군을 숙청하여 5,000명을 적발하고 사안의 경중에 따라 제대시키거나 감옥에 가두었다. 이때 제거된 군인이 육군의 5%에 해당하는 인원이었다. 정부는 남로당원인 군인을 색출하여 반란자로 규정하고 군법으로 처벌했다. 당시 박정희 소령도 숙청되어 투옥되었다가 군 내부의 남로당원들을 고발하고 전향했기에 목숨을 건졌다. 그는 1949년 1월 강제 예편되었다가 육군 정보국 문관으로 근무했다.

정부는 광주에 전투사령부를 설치하고 대전 이남에 있는 모든 부대를 파견하여 반란군 토벌에 나섰다. 1948년 10월 25일까지 진압 작전을 완료했다. 14연대는 여수·순천 일대에서 공산당이나 부역자로 지명받은 자는 즉석에서 총살했다. 공산당이나 빨갱이라 지목되는 것은 곧 죽음을 의미했다. 죽이고 싶은 자를 빨갱이로 몰아가기도 했다. 군과 경찰에 의해 희생된 자는 1만 1,000명에 이르렀다. 누가 그들을 죽였는지 왜 죽여야 했는지 모른 채 여수·순천 일대에서 일어난 비극은 역사 속에 파묻히고 말았다. 14연대의 공산당 잔당은 지리산으로 가서 빨치산에 합류했다. 김지회는 빨치산 두목 중의 하나가 되어 활약했다. 남한 땅에는 평화를 갈망하는 사람들로 가득했지만, 역사의 소용돌이는 그것을 허락하지 않았다.

이승만 정부는 친일파를 어떻게 처리했는가? 미군정은 일제강점기의 통치 구조를 부활시키고 친일파를 대거 등용했다. 이어 등장한 이승만 정권 역시 미군정의 통치 구조를 그대로 이어받았다. 친일파는 이승만의 정권장악과 유지에 핵심적 역할을 했다. 하지만 1948년 당시 제헌 국회는 친일파 처벌법 제정을 서둘러 '반민족행위자 처벌법, 기초특별위원회(약칭: 반민특위)' 법안을 절대다수로 통과시켰다. 국민 여론을 반영한 결과였다.

반민특위는 그 산하에 배치된 특별경찰대를 활용하여 일제강점기의 친일기업가들을 검거하여 재판장에 세웠다. 그러나 해방 후 친일파를 대거 기용한 이승만 정부의 비협조로 활동이 지지부진했다. 1949년 6월 6일 특별경찰대가 강제 해산당하면서 사실상 기능을 상실했다. 곧 국회 중도파가 특위의 활동 기간을 단축하고 동년 10월에 완전히 해체했다. 제주 4.3 사태와 여수·순천 사건으로 국내 정세가 어수선하고 다음 해에 일어난 6.25 전쟁이 3년간이나 계속되면서 친일파 척결은 무산되고 말았다. 친일파는 자숙하기는커녕 공세를 취했다. 그들의 재력과 권력을 동원해 자신을 보호하고 반대파를 제거했다. 그들의 무기는 빨갱이라는 허울을 뒤집어씌우는 것이었다.

"이런 억울한 죽음이 어디 있단 말이냐?"

"삼촌, 참말이라요? 아무 죄도 없는 숙모가 죽다니요."

"우리 집도 온 동네도 불에 타서 폐허가 되었더라고."

1949년 여름, 강신구는 제주도에서 조카 창식을 남원으로 찾아왔다. 창식의 결혼식에 참석하지 못한 삼촌은 제주도에서 일어난 4.3 사태 때 숙모가 억울하게 희생된 사실을 전하며 울부짖었다. 동네가 몽땅 불에 타서 돌벽들만 들쑥날쑥 서 있었다고 했다. 타다 남은 대나무밭이 없었더라면 자기 집터인 줄 몰랐을 것이었다. 창식 역시 어머니 같은 숙모를 잃은 서러움으로 함께 울었다. 너무나 억울했다. 일제강점기에는 한반도 안에서 전쟁을 하지 않았다. 압제하는 일본인을 함께 미워하지 않았던가? 이제 해방되어 일본인이 물러가고 없는 새 세상에서 잘살아 보자고 희망에 부풀었었다. 그런데 같은 민족끼리 사상이 다르다고 편을 갈라서 죽이다니 이런 원통한 일이 어찌 있다는 말인가! 공산당이라 지목당하면 그 사람은 한마디 해명할 기회도 얻지 못하고 총살을 당했다. 공산당에 협조하거나 부역했다면 마찬가지로 총살을 면치 못했다. 공산당의 씨를 말린다는 작전에 무고한 이들이 희생되기도 했다.

삼촌은 억울하지만 하소연할 길이 없어서 전국을 떠돌면서 마음을 추슬러야 하겠다며 집을 나섰다. 창식은 붙잡지도 못하고 모아둔 돈을 모두 삼촌에게 여비로 건네주고 그를 보냈다. 삼촌은 전국 여행하는 대신 곧바로 지리산으로 들어가 빨치산에 합류했다. 아내의 원수를 갚고 싶어서였다. 남편의 의무라고 생각했다. 창식은 빨치산과 내통하고 자금을 지원한 혐의로 경찰에 붙잡혀 고문을 당하고 1년 징역형을 선고받았다.

6.25 전쟁이 터져서 호남지방이 공산군의 수중에 들어가자 광주교도소에서 복역 중이던 창식은 무혐의로 풀려났다. 그러나 수감 중에 감염된 폐병으로 집에 돌아온 지 2년 만에 속절없이 짧은 생을 마감했다.

6.25 한국전쟁

1950년 6월 25일 일요일 새벽, 이북 공산군 5만 명은 소련제 탱크 94대를 몰고 남침했다. 프로펠러 비행기 Yak 130대도 소련의 스탈린이 김일성에게 제공했다. 북한군은 3일 만에 쓰나미처럼 서울을 덮치고 점령했다. 이승만 대통령 일행은 서울을 사수한다는 방송을 내보내면서 한강을 건너고 나서 유일한 다리인 한강 인도교를 폭파해 버렸다. 북한군이 한강을 건너지 못하게 하기 위해서였다. 6월 28일 새벽 2시 30분, 한강이 폭파될 때 다리 위에는 군, 경, 피란민의 대열이 자동차들과 뒤섞여 건너는 중이었다. 다리가 폭파되어 500명 이상의 사상자가 발생하고 말았다. 한강 인도교의 폭파로 북한군의 남진을 며칠간 멈추게 하는 효과는 있었다. 북한군은 7월 3일에 한강을 건너 남침을 계속했다. 정부는 임시로 대구로 옮겼다가 8

월 5일에는 다시 부산으로 이전했다.

6월 25일에 UN은 안전보장이사회의 특별회의를 개최하여 한반도에서 전투 중지와 북한군의 38선 이북으로 철수할 것을 결의했다(결의안 제82호는 제473차 회의에서 찬성 9표와 기권 1표로 가결됨). 1950년 6월 29일에 안전보장이사회는 한국에 대한 군사 지원 결의안을 채택했다.

1. 즉각적인 교전 중지와 북한 군대의 즉각적인 38도선으로 철수할 것.
2. 모든 회원국은 이 결의안의 이행에 모든 지원을 다 하고 북한에 대한 지원을 삼갈 것.

6월 27일, 미국은 6.25 전쟁을 공산 세력이 한국을 공산화하기 위한 불법 남침으로 규정하고 일본에 있던 맥아더 원수를 총사령관에 임명했다. 자유의 불씨를 지키기 위해 신속한 결단을 내렸다.

북한 공산군은 UN의 결의를 무시하고, 한강 다리를 가설한 후에 계속해서 남쪽으로 밀고 내려갔다. 일본에서 급파된 미군이 대전에서 방어선을 치고 저지했으나 상대가 되지 못했다. 피난민과 국군이 서로 엉키면서 후퇴를 거듭하다가 김천과 대구 사이의 낙동강을 건넌 후에 다시 방어선을 구축했다. 한국군 1사단, 6사단 8사단과 수도사단과 3사단이 낙동강 남측에서 북한군을 저지하기 위한 방어선을 쳤다.

한때 북한군은 국군의 방어선을 돌파하고 영천을 점령했다. 그 북한군은 대구로 가서 한국군과 미군 연합군의 후방을 공격할지, 신라의 천년고도 경주로 갈지 망설였다. 한국군은 북한군이 상대적으로 병력이 더 적은 경주로 진격하리라 예상했다. 경주로 가는 길목인 신녕지구 협곡에 병력을 매복시켰다. 국군의 예상대로 북한군이 경주로 진격하다가 기습공격을 당해 섬멸되었다. 이 전투에서 북한군 3,799명이 사살되고 309명이 포로로 잡혔으며 국군의 피해는 전사 29명과 부상 14명, 실종 48명의 손실로 비교적 가벼웠다. 국군은 이 전투의 승리로 영천을 탈환하고 무너진 방어선을 복구할 수 있었다.

　1950년 7월, 북한군 6사단은 전라남도 전 지역을 점령했다. 평야가 많은 충남과 호남지역은 방어가 쉽지 않아 국군은 전부 낙동강 전투에 투입되었다. 북한군 4사단은 거창을 진압하고 합천으로 진격했다. 지리산에 있던 빨치산들도 북한군과 삼랑진에서 합류했다. 이에 맞서 미군 2사단, 제1기병단, 24사단, 25사단이 낙동강 동쪽에서 방어했다. 불과 5년 전에 막강한 일본군을 무찌른 미군이 참전했다는 소식만으로도 북한군은 두려워서 후퇴하리라는 예상은 빗나갔다. 그들은 오히려 남해 푸른 바다를 바라보며 전쟁의 승리를 확신하고 사기가 하늘을 찌르듯 했다. 그러나 공산군의 진격은 강 앞에서 멈출 수밖에 없었다. 강폭은 넓고 건너려면 배가 필요했다. 낮에는 미군 헬기가 순회했고 밤에도 강 건너 언덕에서 서치라이트를 쏘아 배가 발견되면 집중포화를 퍼부었다. 강가 모래밭에는 지뢰가 깔려있어 진격이 불가능했다.

강신구의 낙동강 도강

　빨치산은 병력 숫자가 적고 화력이 약한 악조건 속에서도 지리산의 험한 산세를 이용해 작전을 수행했다. 그렇게 수많은 전투를 경험했기에 전투의 난관을 뚫는 작전에는 빨치산이 정규군 못지않다. 이번에는 남다른 수영 실력이 있는 제주도 출신 강신구가 나섰다. 제주도의 남자들은 어려서부터 바닷가에서 자라기 때문에 수영을 잘한다. 신구는 수영대회에서 몇 번의 우승 경력도 있었다. 그가 부대 앞에 나서서 외쳤다.

　"동지 여러분! 저기 남쪽에 남해가 보이지 않습니까? 강만 건너면 부산까지는 일사천리로 진격할 수 있습니다. 조국 통일이 눈앞에 어른거립니다. 그런데 이 넓은 낙동강에 막혀 꼼짝을 못하고 있습니다. 동쪽 강둑 너머에 있는 미군 화력은 너무 강합니다. 지도부와 상의했지만, 병력도 화력도 약한 우리가 할 수 있는 공격 수단이 별로 없습니다. 저는 우선 미군의 장벽을 무너뜨리기 위해 작은 구멍이라도 내야 한다고 생각합니다. 그것은 야밤 어둠을 이용하여 수영으로 강을 건너가서 수류탄으로 공격하고 다시 헤엄쳐서 철수하는 작전입니다. 남의 나라 통일을 막는 미국놈들을 박살내야 하지 않겠습니까? 동지 여러분! 제가 앞장을 서겠습니다. 저를 따라 오시요!"

신구의 연설에 감화된 빨치산 250명 중에서 80명이 우르르 몰려나왔다. 수영을 잘하는 50명을 선발하여 이끌고, 삼랑진 앞 강을 건너가서 미군 진지를 공격하는 작전을 세웠다. 달이나 별빛이 없는 흐린 날 밤에 수영복 차림으로 강을 건너가서 수류탄을 투척하기로 했다. 목표물은 강가에 저장하는 무기고나 휘발유 저장고였다. 목표물에 수류탄을 투척한 후에 다시 강물에 뛰어들어 잠수하여 미군의 반격을 피했다. 몇 차례의 기습공격으로 상당한 효과를 보고 미군을 괴롭혔다. 그러나 세 번째 기습을 끝내고 맨 뒤에서 물속에 뛰어들던 신구는 미군의 기관총에 등을 맞고 말았다. 피를 흘리면서 강물 따라 떠내려가는 신구의 시신을 옆에서 헤엄치던 두 빨치산이 간신히 끌고 나왔다.

남한에서는 대구와 부산 지역을 제외한 전 지역이 전쟁으로 쑥대밭이 되었다. 미 공군은 높고 멀리 나는 B-29를 비롯한 우수한 폭격기로 제공권을 장악하고 무차별 공산군을 폭격하여, 전장은 소강상태에 빠졌다. 소련의 비행기 Yak는 미군기처럼 높이 날 수도 없고 속도도 빠르지 않아 공중전에서 상대가 되지 못했다. 미군기는 북한의 상공을 자유자재로 날아다니면서 산업시설과 군사시설을 폭격하여 북한군의 전력에 막대한 손실을 입혔다.

9월 2일, 맥아더 사령부는 6만의 병력으로 인천상륙작전을 감행하여 성공시켰다. 9월 15일에 서울을 다시 탈환함으로써 전세를 반전시켰다. 서울은 불과 4개월 만에 주인이 두 번이나 바뀌었다. 서울 주위를 통과하는 모든 도로는 국군에 의해 차단되어 남쪽에 있던 북한군은 보급선이 끊겼다. 북한군은 강원도 산악지대를 통해 이북으로 철수하거나 지리산으로 들어가 빨치산 활동을 해야 했다.

국군과 미군을 비롯한 UN군은 38선을 넘어 북진하여 북한군을 추격하여 압록강까지 올라갔다. 남한군은 압록강에서 기념으로 수통에 강물을 담았다. 승리를 눈앞에 둔 순간이었다. 그러나 10월 19일부터 11월 초순까지 중공군 30만 명이 압록강을 건너 참전하여, 인해전술로 남쪽으로 계속 밀고 내려왔다. 참전한 중공군 사병의 대부분은 장제스가 대만으로 패퇴한 후에 본토에 남았다가 공산군에 항복했던 군인들이 대부분이었다. 마오쩌둥의 붉은 군대가 아니었다.

맥아더는 중공군이 압록강을 건너려고 만주에 집결했을 때, 원자탄을 쓰자고 정부에 건의했다. 전쟁은 유효한 수단을 총동원해 신속히 끝내야 한다는 주장이었다. 중국과의 전면전이 일어날까 두려워한 트루먼 정부의 반대로 뜻을 이루지 못했다. 그는 열정적인 사람이었다. 혼을 바쳐 성취할 목표가 사라졌다. 그의 평소 지론은 '열정을 저버리는 것은 영혼을 주름지게 한다'였다. 그는 '노병은 죽지 않는다, 다만 사라질 뿐이다'라는 말을 남기고 사령관직을 사임했다.

중공군의 참전 후에 전황이 급변하여 또 서울을 잠시 적에게 내어주어야 했다. 38선 부근에서 다시 지루한 공방전을 벌이다가 1953년 7월 27일, 마침내 휴전에 합의했다.

북한 또한 함경북도 일부를 제외하고 나머지 전 지역이 전쟁으로 폐허가 되었다. 수백만 명의 인명 살상은 물론이고, 지상에 있는 동식물도 희생이 불가피했다. 수천 년에 걸쳐 내려온 문화유산도 피해를 면치 못했다. 한반도에서 200만의 사망자가 발생했다. 이는 전 인구의 10%에 해당하는 숫자였다. 오랜 전통과 사회적인 위계질서도 무너지고, 도덕이나 윤리 개념도 상처를 입었다. 이로 인해 모두가 새로운 질서 아래 같은 선상에서 다시 시작하게 되었고, 그런 경험은 평등주의적 사고가 사회에 더욱 팽배해지는 계기가 되었다.

다른 국가 또는 민족 간의 전쟁도 무섭지만, 동족끼리 서로를 죽이는 전쟁은 더 잔혹한 것이었다. 그들이 싸우는 이유는 단순히 이념이 달라서였다. 이념의 갈등은 이웃사랑도 동족애로도 극복할 수 없었다. 남북한 사이를 갈라놓은 자유민주주의나 공산주의는 모두 잘살자는 목표는 같으나 방법에서 차이가 있었을 뿐이었다. 독재자의 손에 권력이 쥐어지면 군대를 동원한 폭력을 저지르기 쉬우며 그것이 곧 전쟁으로 이어진다.

전쟁이 나면 젊은이들은 총을 들고 싸우다가 죽으면 그만이다. 죽은 자는 말이 없고 의식도 없다. 흙 속에 묻혀 썩어갈 뿐이다. 하지만 그 뒤에 남은 노인, 어린이, 여자들은 살아남아서 모든 고통을 감당해야 한다. 그들은 사랑하는 가족을 잃은 서러움에만 빠져 있을 수 없다. 주린 배를 채워야 하고, 민족의 명맥을 이어나가야 한다. 새 생명을 생산하고 키워나가야 한다. 전쟁은 모든 것을 죽이는 재앙이다. 이 땅에 다시는 전쟁이 다시는 일어나지 않기를 모두가 간절히 바랐다.

군가

박두진 작사, 김동진 작곡

아아 잊으랴 어찌 우리 이날을
조국의 원수들이 짓밟아 오던 날을
맨주먹 붉은 피로 원수를 막아내어
발을 굴러 땅을 치며 의분에 떤 날을
이제야 갚으리 그날의 원수를

(이하 생략)

이런 군가는 전쟁이 일어나자 대유행했다. 군인들만 부르지 않았다. 전 국민의 애창곡이었다. 국민의 의식을 단순화했다. 적개심을 불러일으켰다. 노래를 부르면서 공산당을 공격하고 공산주의자를 증오했다. 학생들은 운동장에 모여 군가를 부르면서 행군 연습을 했다. 어린이들은 골목에서 줄넘기 놀이를 하면서도 군가를 불렀다. 은연중에 민중을 결속시키는 방법이기도 했다.

전쟁이 발발하면 공격자나 방어자는 서로 먼저 죽이려고 최선을 다한다. 그래야 자신이 살아남을 수 있기 때문이다. 사람만 죽이는 것이 아니라 건물을 비롯한 시설도 파괴하며, 국토를 황폐시킨다. 6.25 전쟁은 한반도에 있는 모든 것을 파괴하고, 한국인의 삶을 송두리째 짓밟아 버렸다.

파괴는 건설의 어머니라는 말을 믿을 수 있을까? 6.25 한국전쟁은 한반도 전체를 쑥대밭으로 만들고 수백만 명의 목숨을 앗아갔다. 문화유산이 파괴되고 사회질서가 무너졌다. 어느 집에나 죽거나 다친 사람이 있었다. 피란으로 인한 이산가족이 1,000만 명가량 발생했다. 전쟁으로 과부가 된 많은 여성은 가장이 되어 자녀들을 키웠다. 그러면서 그들의 사회참여 또한 늘어났다. 이 모든 고통 속에서도 한국인들은 절망할 수만 없었다. 눈물을 닦고 일어나 서로를 위로하며 살아가야 했다. 폐허 속에서 그들은 흩어져 있는 나뭇가지를 모아 불을 피워 음식을 만들어 허기와 갈증을 달래야 했다.

나라는 망가졌지만, 다행히 오랜 나쁜 제도가 없어지고 비합리적인 관행도 사라졌다. 무능한 정부는 효율을 높였고, 사회계급 간의 대결 구조도 무너졌으며, 부자들의 폭리 추구도 금지되었다. 지주와 소작인의 위치가 같아지고 양반과 상놈의 구분도 허물어졌다. 심한 남녀차별이 적어지고 여성의 지위가 향상되었다. 특히 최하층 천민인 백정과 무당이 평민과 동등해졌다. 전쟁 중에 피난하는 과정에서 그들의 신분이 자연스럽게 세탁되었다. 정의로운 사회를 세우고 새로운 질서를 만들 수 있는 길이 열렸다. 모든 사람이 동등한 기회를 가지는 민주주의의 토대가 형성되었다.

    남쪽 사람들은 북쪽에서 온 1,000만 명의 피난민들을 받아들였다. 그들은 적도 아니고 경쟁자도 아니었다. 그들은 국가의 번영을 위해 함께 힘을 합쳐야 할 협력자였다. 그들도 피를 나눈 동족이라는 것을 깨달았다. 황폐해진 땅에서 그들은 새로운 건설의 꿈을 키우기 시작했다. 전쟁의 상처를 딛고 그들은 더 나은 미래를 건설하기 위해 일어섰다.

제2부

나가자, 우물 밖 세상으로!

10

예수병원이여 안녕

　국가는 외부의 침입에 대비하여 되도록 강력한 군대를 유지해야 한다. 무기를 가진 군대는 정부의 명령에 복종해야 하지만, 그 물리적인 힘은 훨씬 더 강력하다. 만약 군대가 무력으로 정권을 침탈하면 정부는 이를 막을 수 없다. 군대가 불법적인 방식으로 정부의 통치권을 뺏는 것이 바로 쿠데타이다. 자기에게 무기를 준 정부에게, 국민에게 무기를 겨누고 권력을 강탈한 것이다. 그 무기를 사기 위해 국민은 허리띠를 졸라맸었다. 국민은 국가를 잘 운영하고 외적을 막아 달라고 지도자를 뽑았다.
　쿠데타는 사전에 치밀한 계획과 전략에 따라 병력을 동원해 주요 요인들을 제압하고, 방송국, 통신 시설, 공항 등 국가의 핵심 기간망을 장악해야 성공할 수 있다. 궁극적으로는 의회와 정부 주요 기관을 통제하고, 반대 세력을 무력으로 제압해야 한다. 정권을 탈취한 후에 국가를 운영할 능력이 있느냐도 문제이다. 국민은 군대처럼 상명하달의 조직이 아니다. 정치는 고도의 통합 능력이 필요하다. 물리적인 힘으로 해결할 수 없는 일이 많다. 쿠데타는 후진국에서 종종 일어나는 군대의 정치 개입이다. 칼을 쓰는 자는 칼로 망하고, 총 쓰는 자는 총으로 망한다는 말이 있듯이 쿠데타가 좋은 결말을 가져오기는 쉽지 않다.

5.16 군부 무혈 쿠데타 성공

1961년 5월 16일, 이날은 한국 현대사에서 군사 쿠데타가 일어난 날로 영원히 기록될 것이다. 그날 새벽, 박정희 육군 소장은 병력을 이끌고 쿠데타를 일으켜 피를 흘리지 않고 성공했다. 서울의 한강 다리와 광화문 거리에 탱크를 배치하여 위협적인 군사작전 분위기를 조성했다. 신속히 병력을 이동하여 정부 기관과 언론을 장악하려 했으나, 헬리콥터를 동원할 부대의 협조를 얻기 어려웠고 서울 상공은 비행금지 구역이었다. 하지만 통행금지가 실행되는 시간이라 정부의 주요 기관과 언론기관으로 차량을 이용한 병력 이동에는 많은 시간이 걸리지는 않았다. 이로써 1960년의 4.19 학생 시위로 이승만 독재정권이 쫓겨난 후, 선거로 선출된 장면 민주 정부로부터 강제로 정권을 빼앗았다.

5.16 쿠데타군인들은 수백 명의 4.19 시위학생들이 흘린 피로 이룬 민주주의 열매를 군홧발로 짓밟았다. 우리나라 최초의 민주주의 정부를 전복시킨 데 대한 부담을 안고 박정희 정권은 출범했다. 국민은 전 정권에서보다 더 많은 자유를 기대하며 생활이 더 풍요롭기를 바랄 터였다. 하지만 박정희 군사정권은 태생적으로 더 많은 자유를 보장하기는 어렵기에 경제발전을 추진하여 경제적인 풍요로 국민을 달래야만 했다.

군사정부는 국외로는 공산주의를 배척하고, 미국을 위시한 자유 우방국과는 유대를 더욱 강화하겠다고 선언했다. 행여 군사정부가 이북의 공산주의 세력과 결탁하는 것이 아닐까 걱정하는 미국을 안심시키기 위해서였다. 국내로는 부정부패와 구악을 척결하고, 사회 혼란을 바로잡으며 청신한 기풍을 진작시키고, 기아선상의 민생고를 해결하고 조국통일을 위해 총력을 다하겠다고 다짐했다. 또한 2년 후에는 권력을 민간 정부에 이양

할 것을 굳게 약속한다는 혁명 공약을 발표했다.

박정희는 약속한 2년의 군사통치를 마치고 전역한 후, 1963년 대통령 선거에 민간인 신분으로 출마했다. 그가 시작한 조국근대화사업을 완수하겠다고 국민의 지지를 호소했다. 결국, 야당 후보인 윤보선을 누르고 당선되어 제3공화국의 통치권자가 되었다. 그러나 헌정질서를 파괴한 쿠데타의 원죄를 덮기 위해 경제개발을 추진하려는 데 필요한 자본이 없었다. 미국은 한국의 군사정권을 인정하면 아시아 여러 나라에 도미노 현상이 일어날까 봐 지원하던 원조마저 줄였다. 박정희는 경제개발자금을 마련하기 위해 한·일국교정상화를 추진하여 청구권자금과 상업 차관을 확보하려고 노력했다. 한편으로 서독에 광부와 간호사를 파견하여 외화를 벌고, 서독으로부터 차관 도입을 추진했다. 당시 서독은 한국보다 국민소득이 10배나 높아, 한국 근로자가 받을 수 있는 돈은 한국에서는 기대할 수 없는 큰 금액이었다.

1966년 1월 하순 금요일 아침, 숙희는 예수병원을 사직하고 떠났다. 아침 일찍부터 그녀는 기숙사 방을 정리하고 개인 물품을 여행용 가방에 챙겨 넣었다. 기숙사를 나서자, 해맑고 푸른 하늘 아래 아직 뺨을 스치는 겨울바람은 차가웠다. 예수병원 기숙사 건물 뒤편 응달에는 잔설이 군데군데 힘겹게 버티고 있었다. 지난 3년간 간호학교 학생으로, 그 후 4년간은 간호사로 근무했었다. 시골 남원 출신인 그녀의 생애 첫 직장이고 직장을 다녔기에 모처럼 안정된 생활을 할 수 있었다. 그녀 인생 출발은 성공한 것인가? 다른 이들은 시골에서는 큰 도시로 나가더니 성공했다고 부러워했다.

숙희는 예수병원 부설 간호학교를 우수한 성적으로 졸업했기에 특별히 본 병원에 취업할 수 있었다. 그렇지 않았다면 다른 지방이나 시내의 작은 병원으로 직장을 찾아 떠났어야 했을 터였다. 상당수의 졸업생은 육군 간호장교에 지원하여 소위 계급장을 달았다. 간호학교가 많지 않고 미국 의사들이 운영하는 예수병원 간호학교를 졸업한 간호사들은 실력이 좋다는 평판을 받아 취직에 어려움은 없었다. 병원 시설이 좋은 예수병원에 남아 미국 의사들과 함께 일하는 것은 졸업생들에게 최고의 영예였다.

숙희는 입학식에서 들었던 예수병원 설립역사가 새삼 떠올랐다. 미국의 선교 단체나 국가 지원으로 설립된 병원이 아니었다. 한 젊은 여의사가 목숨을 걸고 한국에서 새로운 형태의 병원을 설립했다는 이야기에 깊은 감명을 받았다. 1898년 미국 볼티모어 여자의과대학 수석 졸업자 마티 잉골드(Dr. Mattie B. Ingold)가 의료선교사로 전주에 와서 예수병원을 설립했다. 이는 1884년 9월 미국공사관의 의사로 알렌이 조선에 오고 24년 뒤였다. 의대를 졸업한 그녀는 30세 미혼으로, 5년 동안 선교의 꿈을 품고 있었다. 선교가 목사들만의 영역으로 여겨지던 시절, 의료선교를 시작한 그녀의 도전은 조선에 새로운 희망을 불어넣었다. 그때 조선은 의료 분야가 매우 낙후되어 있어서 의사이기에 선교에 편리한 점도 많았다. 여자 의사이기에 남녀차별로 소외된 여성 환자들에게 특별히 환영받기도 했다.

당시 조선에는 많은 사람이 굶주림에 허덕이고 영양 상태가 좋지 않아 각종 질병에 시달렸다. 빈곤의 상징인 이, 빈대, 벼룩과 같은 해충도 창궐했다. 생전에 서양 약을 써본 적이 없어서인지 아스피린이나 소독약 같은 상비약도 만병통치약처럼 효험이 좋았다.

1902년 하위럼(W. B. Harrison) 선교사가 예수병원의 원장으로 부임하여 처음으로 서양식 병원건물을 신축했다. 이어 1904년에는 병든 자, 노약자, 행려자, 한센병 환자들에게 정성을 기울인 보위럼(Dr. Wiley H. Forsythe) 원장의 헌신적인 노력으로 예수병원은 유명해졌다. 일제강점기 초기인 1912년에는 3대 단의열(Dr. Thomas H. Daniel) 원장이 시내가 한눈에 내려다보이는 다가동 야산 기슭에 30병상의 병원을 지어 미국 선진 의료의 불빛을 밝혔다. 예수병원은 전북지역에서 질병을 잘 퇴치하는 병원으로 널리 알려졌다.

미국 선교사들은 쇄국정책의 장벽으로 외부 세계와 단절된 조선인들이 외부 세계를 내다 볼 수 있는 창이었다. 백성이 주인이고 왕이 없는 나라에서 온 그들은 나라 운영의 책임자인 대통령을 4년마다 국민이 선거로 뽑는다고 했다. 왕이 없는 나라도 번영을 누리며 강대국으로 잘 살 수 있다는 것을 의미했다. 미국 선교사의 존재 자체가 조선인들에게 민주주의 정신을 알려주었다. 미국 장로교 선교사들은 전주에 예수병원 외에도 각급 학교들을 세워서 지적 능력을 높이도록 힘썼으며 전북지방의 선교 중심지로 삼았다. 남자학교인 신흥중학교와 여학교인 기전여자중학교가 대표적인 학교였다. 남녀차별이 심하고 많은 여자가 이름조차 없었는데 여성의 중등교육을 시작한 것이었다.

1910년 일본이 조선을 식민지로 삼자 외국 선교사들은 일본의 수탈로 절망에 빠진 전북도민을 격려하는 희망의 등불이 되었다. 병든 자를 치료하며 외부 세계에 대해 깊이 잠든 젊은이들의 의식을 일깨워주기도 했다. 그들은 기독교 신앙을 전도하여 정신적 자유를 찾아주고 동시에 빼앗긴 나라를 찾기 위한 투쟁의 불씨를 지펴주었다. 일본인에게 압박을 받고 수탈당하여 서러운 조선인에게 미국 선교사들의 도움은 매우 고마운 일이었다. 그에 따라 기독교도 쉽게 받아들이게 되었다.

숙희는 기숙사를 떠나기 전, 본관 2층에 있는 구바울(Dr. Paul S. Crane) 원장에게 작별인사를 드리러 갔다. 문을 두드리자, 구 원장이 가운 대신 평상복을 입고 따뜻한 미소로 그녀를 맞이했다.

"안녕하세요, 원장님. 오늘은 수술이 없으신지 한가하시네요?"

"어서 와요, 강숙희 간호사. 오후 늦게 작은 수술 한 건이 있어요."

구 원장은 소파 옆에 놓인 1인용 의자에 앉으면서 그녀에게 소파에 앉으라고 권했다.

"나에게 특별한 용건이 있어 보이는데 맞지요?"

"예, 그동안 잘 보살펴 주셔서 대단히 감사합니다."

"아니, 무슨 인사가 그래요? 앞으로는 안 볼 사람처럼."

원장을 만날 때, 숙희는 언제나 하얀 간호복에 머리에는 까만 줄이 그어진 하얀 간호사 캡을 썼는데 오늘은 외출복 차림이었다. 당연히 특별한 용무가 있으리라 짐작할 수 있었다.

"맞아요. 오늘 사표를 냈어요. 정든 병원을 떠납니다."

"뭐요? 사표라니. 서운하게 그럴 수가 있어요? 나는 강 간호사와 함께 일하려고 태평양을 건너왔는데, 그러면 안 되지요? 혹시 강 간호사가 주례를 부탁하러 왔나 기대했는데."

"신랑감도 없는데 결혼을 어떻게 합니까? 먼저 중매를 서 주셔야죠."

"몇 달 전에 내가 정강이 골절 수술해 준 전북대 학생 있잖아요? 강 간호사가 간호를 전담했었지요? 월남전에 참가했다는 그 용감한 제대군인 말이요. 호감이 가는 건실한 청년이었는데."

"아! 이진호 씨 말이군요. 내 고향 남원에서 멀지 않은 전남 곡성 출신이더라고요. 찬란한 꿈을 가진 청년으로 제가 감히 넘보지 못할 상대던데요. 전 아직 결혼 준비도 안 되었고요."

진호가 완쾌된 후에 그해 겨울방학이 시작되자 구 원장을 찾아가 감사 인사를 하고 강 간호사도 찾아왔었다. 숙희는 고향도 가깝고 비슷한 나이여서 그에게 관심이 많았다. 그가 휠체어를 밀어 달래서 동산으로 나갔는데 베트남전에 참전했던 경험을 들려주었다. 매우 인상 깊어 아직도 생생하게 기억하고 있었다. 그는 여자의 마음을 끄는 매력이 있는 남자로 만남이 더할수록 점점 빨려 들어가는 것 같았다. 하지만 그녀는 당장 연애를 꿈꿀 형편이 아닌 것 같아 애써 멀리하려고 노력했다. 어물거리다가 그에게 붙잡히면 무슨 큰 사건이라도 터질 것 같은 예감이 들던 참이었다.

"누가 월급을 더 많이 준다는 거요? 우리도 곧 임금조정을 하는데 특별히 고려할 테니 사표를 철회할래요?"

"원장님, 돈 때문만은 아닙니다. 다른 병원이긴 한데 외국 병원이에요. 저 서독 파견 간호사를 지원했어요. 다음 주에 출국합니다. 돈도 벌고 외국도 가보고 싶고 국가에서 외화가 필요하다니까요. 애국하는 데 작은 힘이나마 보태려고요."

"와, 좋은 뜻이군요. 그럼 이미 늦었네요. 매우 섭섭한데요. 서독에 가면 외롭고 고통스러울 때가 많을 텐데 주님이 항상 함께 계시기를 기도할게요. 독일어 공부를 잘해서 그들과 독일어로 소통하면 일이 더 잘 풀릴 겁니다. 나도 한국말을 좀 하니까 소통에 도움이 많이 돼요."

구 원장은 아쉬운 표정으로 고개를 끄덕이며 말했다.

"감사합니다. 그동안 돌봐주신 은혜를 잊지 않겠습니다."

숙희는 사회생활의 첫 무대였던 예수병원과의 인연을 마무리해야 한다고 생각하니 가슴 한쪽이 먹먹해졌다. 원장실을 나와 행정동에 있는 서무과로 향했다. 이달 봉급과 퇴직금을 정산받기 위해서였다. 봉투에 일금 2만 6,385원이 들어있었다. 퇴직금의 내용을 보니 작년에 외삼촌이 빌라를 살 때 퇴직금을 찾아 보냈는데 그때 새로 취업한 것으로 처리된 것이었다. 뼈 빠지도록 일해도 예금 잔액은 제자리걸음이었다. 좋은 옷을 사 입은 것도 아니고 고급음식점에서 식사를 즐기지도 못했다. 화장품이라야 로션을 바르는 게 전부였다. 새로 생긴 수출용 봉제공장이나 전자제품 조립공장의 여공들에 비하면 대우도 더 좋고 고급 직장이긴 했다. 하지만 앞으로도 은행예금이 더 늘어날 기미가 별로 없었다. 벌이보다 더 많이 지출하는 삶, 그것이 그녀의 현실이었다.

중풍을 앓는 외할머니는 돌아가시고 외갓집을 돕지 않으면 더 나아질까? 결혼하면 둘이서 열심히 벌어서 전셋집을 구하고 작은 주택이라도 살 수 있을까? 그것도 아이들이 생기면 그런 꿈도 물거품이 될지 모른다. 물론 아이를 키우는 기쁨이 예금잔고를 늘리는 것보다 훨씬 큰 행복감을 줄 수도 있을 것이다. 하지만 애들에게 가난을 물려주면 또 다른 삶의 고통을 낳는 것은 아닐까? 다른 사람들도 마찬가지로 그렁저렁 사는 것 같았다. 이러한 고민은 앞으로 그녀가 살아갈 인생이 별 볼일이 없기 때문이었다.

그러나 숙희가 추구하는 인생은 그런 갇힌 삶이 아니었다. 그녀가 바라는 것은 전주지방에만 머물러 고달프게 살아가는 것이 아니라 더 넓은 세상으로 뛰쳐나가 행복한 삶을 살기 원했다. 자신이 진정으로 원하는 삶을 찾아보고 싶었다. 병원 건물 밖에 서서, 그녀는 한참 동안 지난날을 되돌아보고 있었다.

숙희는 지난 4년 내내 이 병원에서 구 원장과 함께 근무했었다. 그는 미국 사람이고 피부색이 다르다고 거리감을 느낀 적이 별로 없었다. 구 원장은 백인으로서, 잘 사는 나라에서 교육을 많이 받았기에 인종차별이나 권위 의식을 풍길까 봐 무척이나 조심했다. 오히려 그는 한국 사람보다 더 친밀하게 지내려고 노력했다. 그와 한국말로 대화하는 데 전혀 문제가 없었고, 가끔 짧은 인사말은 영어로 주고받기도 했다. 그는 존경받을 만한 사람이었다. 환자를 정성껏 치료해 주는 의사였고 병원 운영을 책임지는 원장이었다. 미국에서 의대를 나올 정도면 부잣집 아들이었을 것이고 학업성적도 우수했을 터였다. 미국에서도 잘살 수 있었는데 가난한 한국에 의료선교사로 와서 갖은 고생을 하는 모습을 보면 때론 이해할 수가 없었다.

'그는 이렇게 외국인을 위해 헌신하며 사는 삶에서 어떤 기쁨을 느끼는 걸까?' 숙희는 의문이 들었다. 한국은 가난하다. 끼니를 걱정하지 않고 자신의 업무에 보람을 느낄 수 있다면 그것이 행복이 아닐까? 선교사의 삶은 자신을 희생해서 남을 돕는 데서 오는 보람으로 가득 차 있는 듯했다. 선교사처럼 자기를 희생하고 남을 돕는 일을 할 수 있는 조건이 무엇일까? 그녀가 신앙인으로 바라는 참다운 삶은 어떤 것인가가 의문이었다. 우선 숙희 자신은 선교사 인생을 꿈을 꿀 수 있는 처지가 아니었다. 도저히 불가능한 일이었다. 그녀는 선교사들처럼 가진 것이 없었다. 첨단 기술이 없고 지식도 없고 돈도 없고 미국 시민권도 없었다. 그녀 자신의 삶을 꾸려 나가기도 버거웠다. 그녀를 둘러싸고 있는 칙칙한 환경에 짓눌리는 답답함을 느꼈다.

미국은 부유하고 강한 나라로 국제사회에서 갈수록 그 위상이 높아졌다. 그들은 세계 여러 나라에 선교사를 파견하고 원조도 제공하고 있다. 반면, 한국은 미국의 원조가 없으면 나라를 운영하기 어려운 처지다. 6.25 전쟁 이후, 한국에는 미국의 도움을 받아도 끼니를 해결하지 못하고 굶는 자가 많았다. 아시아에서 한국은 필리핀이나 태국보다 더 못사는 나라이고 아프리카의 케냐와 비슷한 수준이다. 거리는 각종 범죄로 혼란스럽기 짝이 없다. 반만년의 찬란한 역사가 부끄럽다. 일본의 식민지로 수탈당하고 압박을 받았던 고통이 창피스럽기도 하다. 게다가 자력으로 일본을 쫓아내지 못한 점이 더 아쉽다.

5.16 군사 쿠데타는 나라를 지키라고 준 총칼로 군인들이 합법적인 정부를 몰아내고 정권을 탈취한 사건이다. 이 민주주의는 수백 명의 젊은 학생들이 피를 흘려 독재자를 쫓아내고 피운 새싹이었다. 우리 5,000년의 역사 중에서 처음으로 세운 민주정치 형태였다. 그러나 군사 쿠데타는 민주주의와 거리가 먼 정치이다. 이러한 정치의 후진성은 쉽게 끝나지 않을 것 같다. 목숨을 걸고 뺏은 정권을, 목숨을 걸고 지키려 할 것이기 때문이다. 한국은 언제쯤에나 가난에서 벗어나 남을 도와줄 수 있을까? 과연 그런 날이 오기는 할까? 미국 선교사인 원장이나 의사들이 없었다면 실생활에서 비교할 대상이 없어 자신의 처지가 얼마나 비참한 줄 몰랐을 터였다. 다른 나라 사람들도 비슷하게 사는 줄 알았을지 몰랐다.

미국 선교사들은 훌륭하고 아름다운 삶을 사는데 자기 삶은 너무나 초라하게 느껴졌다. 젊은 삶을 불태울 희망의 불꽃이 없었다. 숙희는 미국에 대해 더 많은 것을 알고 싶었다. 6.25 전쟁 때 도우러 왔던 여러 나라에 대해서도 궁금한 점이 많았다. 그들이 얼마나 잘 살기에 우리를 도울 수 있었을까? 우리는 그들처럼 잘사는 길이 영영 없는 것인가?

미국을 세운 사람들은 원래 영국을 비롯한 유럽 사람들이었다. 그들이 산업혁명을 일으키고 과학기술을 발전시킬 때 우리 조상들을 무엇을 했는가? 양반이랍시고 과거시험에 합격하면 관리가 되어 백성을 수탈하고 권력을 잡으려고 당파싸움에만 열심이지 않았는가? 농업이 유일한 산업인데 대부분의 경작지는 소수의 지주나 양반들이 차지하고 농민 대부분은 종이나 다름없었다. 굶주린 국민은 교육을 받을 기회가 없었다. 자녀들에게 교육의 기회를 줄 수 있는 제도도 없었다. 지식이 없으니 창의력을 발휘하여 더 나은 미래를 개척할 능력이 없었다. 과거시험이라는 게 고작 글짓기 시험인데 그런 시험을 잘 봤다고 관리가 되어 농민을 수탈하는 권리를 얻다니? 그런 지식마저도 양반들이 독점하고 일반 백성을 소외시켰다. 교육에서 제외된 백성은 능력을 키울 방법도 없고 나라의 발전에 기여할 기회도 차단된 셈이었다. 계급사회는 될지 몰라도 평등 개념이 없었다. 그게 과연 나라다운 나라인가! 그런 나라가 발전할 수 있는가?

숙희는 인생의 스펙트럼을 더 넓히고 싶었다. 빛을 모두 흡수하면 검은색이 되고 반대로 모두 반사하면 무색이 된다. 하지만 같은 무색의 빛이라도 프리즘을 통과하면 빨주노초파남보 찬란한 무지개 색깔로 갈라진다. 무지개가 아름다운 것은 여러 가지 색깔이 있어서이기도 하고 서로 어우러져 있기 때문인 것 같았다. 고향 남원에서 비가 그치면 지리산 자락에 반원의 찬란한 무지개가 떴었다. 구름 속의 물방울이 프리즘 역할을 한 것이었다. 그녀의 인생은 보잘것없는 흑백이었다. 흑백인 사회는 아름다움과 거리가 멀었다. 그래서 그녀는 자신만의 프리즘을 만들어서 삶을 다채로운 색깔로 물들이고 싶었다. 찬란한 색채의 무늬는 곧 인생의 열매이고 그녀는 그런 열매가 있는 인생을 꿈꾸었다. 그녀는 자신만의 프리즘을 만들기 위해 예수병원에 사표를 던지고 서독에 가는 것이었다.

1950년 구바울 병원장과 변마지(Magaret Fritchard) 간호사는 간호사 양성을 위해 예수병원 부속 간호학교를 설립했다. 한국전쟁이 일어나자 군병원으로 지정되어 전쟁고아를 돌보며 전상자 치료를 위해 헌신적으로 봉사했다. 예수병원은 이와 같은 격동의 시기에도 그리스도 신앙을 전도

하고 이웃사랑을 실천하기 위해 수많은 선교사가 몸과 마음을 바쳤다. 그들 중 일부는 풍토병으로 혹은 과로로 쓰러져서 지금도 예수병원 선교 동산에 묻혀 있다. 1958년에 장이 폐쇄된 9살 아이를 수술했는데, 그의 소장에서 1,063마리의 회충이 나왔다. 안타깝게도 아이는 너무 허약해 회복하지 못했다. 이를 계기로 구바울 병원장은 전국적으로 기생충 박멸 운동을 펼쳤다. 한국인의 기생충 감염률을 크게 낮추는 성과를 거두었다.

병원 언덕에 서서 숙희는 전주시를 물끄러미 내려다보았다. 왜 이런 어려운 나라에서 태어났는지 자문했다. 그녀에게는 가정적인 불우한 운명의 그림자가 잔뜩 드리워져 있었다. 일제강점기에 외할아버지와 큰외삼촌이 일본에 징용되어 아직도 소식이 없다. 외할머니는 중풍으로 쓰러졌다가 언어장애를 얻고 몸 한쪽에 마비가 왔다. 아버지는 빨치산과 관련되어 복역하다가 폐병을 얻어 돌아가셨다. 불행이 사슬처럼 엉키고 대물림이 되었다. 그렇다고 좌절하고 말 것인가? 그럴 수는 없었다. 출생은 자기 마음대로 결정할 수 없는 일이다. 그러나 자기의 인생을 가꾸는 일에는 자신만이 할 수 있는 몫이 있다고 믿었다.

지난 5년 동안의 경험으로 앞으로도 나라 형편이 크게 더 나아지기가 어려울 것 같았다. 5.16 군사 쿠데타 세력도 그 점을 잘 알고 있는 터였다. 그래서 베트남 파병으로 수출을 늘리고 우리 기업들이 국제무대에 나가도록 주선하는 것이다. 경제개발을 위한 자본을 축적하려는 의도 중의 하나였다. 서독에 광부와 간호사를 파견하는 것도 외화획득이고 인력의 국제화를 위한 조치였다. 군사정권이기에 무모하리만큼 도전하는 것일까? 그녀는 매일 병자들과 생활하며 인생의 고통, 생로병사에 대해 너무나 많은 일을 체험했다. 그녀의 직장은 젊은 꿈을 키우거나 인생의 밝은 면만 바라보고 일할 수 있는 곳이 아니었다. 그러나 그녀는 병원에서 얻은 경험을 발판삼아 새로운 길로 나아가기를 원했다.

지난 7년의 병원 생활이 주마등처럼 눈앞을 스쳐 지나갔다. 정든 사람들과 익숙했던 의료기구들을 떠나는 마음은 시렸다. 그녀 자신도 모르는 사이에 눈물이 주르르 흘러내렸다. 저 건물 안에서 함께 공부하고 생활했던 사람들도 많이 떠나고 또 새로 온 사람들로 채워졌다. 이제 자신도 그들처럼 병원을 떠나면서 빈자리를 남기고 가는 것이었다.

　삶은 주위 사람들과 관계를 맺는 일인데 여태까지의 관계는 모두 끊어버리고 머나먼 타국, 말도 다르고 풍습도 다른 서독으로 떠난다. 새로 관계를 맺으며 살아가야 할 사람들은 너무나 생소한 독일인이다. 미국 선교사들처럼 그들을 돕기 위해 가는 것이 아니라 그들을 위해 일을 해 주고 돈을 벌기 위해서 간다. 그들이 싫어하는 일을 대신 맡아 처리해야 한다. 해외로 기분 전환을 위해 나가는 관광과는 너무나 다르다. 그들의 눈에 들어야 하고 비위를 맞춰야 한다. 마음이 설레기는커녕 쪼그라든다. 그런 만큼 이 병원에서 가졌던 추억들이 소중하게 느껴졌다.

　장기간 병실 안에 갇혀있다가 휠체어를 타고 밖에 나가기를 좋아하던 몇몇 환자들이 기억에 남는다. 따스한 가을 햇볕을 받으면서 언덕 위에서 전주 시내를 내려다보던 환자의 처연한 모습에 연민을 느꼈었다. 사고를 당하거나 심장마비로 촌각을 다투어 응급실에 실려 온 환자를 정신없이 처치하던 일도 생각난다. 그중에서도 구 원장이 언급한 전북대생 이진호 환자가 머리에 떠올랐다. 원장이 이진호와 그녀가 잘 어울릴 거라고 예상한 이유가 무엇이었는지 궁금했다. 단순히 비슷한 나이의 젊은 미혼 남녀이기 때문일까? 다른 이유가 있을지도 모른다. 숙희는 남녀관계란 미국 사람이나 한국인이나 별 차이가 없는 것 같다고 느꼈다. 하긴 인생이 피부색과 무슨 상관이 있을까?

11

베트남 파병

대학 생활에서 잊지 못할 추억 중 하나는 축제 경험이다. 젊은 시절의 추억은 가슴속 깊이 새겨지기 마련이다. 대학 축제는 젊음이라는 뜨거운 열정을 맘껏 발산할 절호의 기회이기도 하다. 누군가에게는 생애 처음으로 맛보는 즐거운 경험이 되기도 한다. 그 기간만큼은 밀려오는 시험의 부담을 잊어도 된다. 청춘의 고민도 보류한다. 봄과 가을, 맑고 따스한 날씨 아래 야외에서 펼쳐진 축제는 일상을 벗어나 자유를 만끽할 수 있게 해준다.

1965년 10월 하순, 전북대학 종합운동장은 가을 축제의 열기로 가득했다. 학과 간의 자존심을 건 학과대항 축구 결승전이 한창 진행되고 있었다. 한쪽에는 화학과 학생들이, 반대쪽에는 화공과 학생들이 모여 '이겨라!'라고 소리를 치면서 자기 팀을 응원했다. 남학생들만 모여 있는 게 아니다. 여학생들도 있다. 승부욕이 아니라 남학생들의 투지 넘치는 액션을 눈요기하기 위해서였다. 이 경기 중에 상대 팀의 거친 태클로 화학과 팀 주장 이진호의 정강이가 부러지는 큰 사고가 일어났다. 그는 팀의 중심으로, 군대를 제대한 후 복학해 이제 3학년인 시점이었다. 공대 화공과와의 경기는 치열했고 후반전 중간쯤 화학과는 1:0으로 뒤지고 있었다. 화학과 선수들은 어떻게든지 동점을 만들고 나서 다시 경기를 뒤집으려고 사력을 다해 뛰었다. 그러다가 이런 사고가 벌어진 것이었다.

진호는 축구를 좋아했다. 축구에서는 손을 쓰면 안 된다는 규칙만 빼면 불만이 없었다. 군복무 중에 베트남 파병에 지원하여 전쟁을 경험하기도 했다. 투지가 강한 지도자 기질을 갖추어 경기에 나가면 기어코 이겨야 직성이 풀렸다. 상대 골문 근처에서 공을 가지고 다투다가 겨우 뺏어서 골을 향해 공을 힘껏 찼다. 동점이 되는 순간이었다. 그때 마침 공을 뺏긴 상대 수비수가 거친 태클을 걸었다. 그로 인해 정강이가 부러져 덜렁거렸다. 뼈가 부러져 통증이 심했다. 전북대에도 병원이 있고 외과 의사도 있었으나 중상을 수술할 만한 경력이 있는 의사가 없었다. 다행히 예수병원 원장 구바울 박사가 외과의사로 수술 경험이 많다고 알려져 있었다. 급히 택시를 타고 예수병원으로 이송했고 부러진 뼛조각을 위아래로 철심을 박아 고정하고 다시 봉합하는 수술을 했다. 그후 경과가 좋아 회복이 잘 되고 있었다.

수술 후 진호는 깁스를 한 채 3일 동안 침대에 누워있어야 했다. 마치 세상과 단절된 듯하여 답답했다. 그는 담당 간호사 강숙희에게 휠체어를 밀고 밖으로 나가 달라고 부탁했다. 강숙희는 간호사로서 그를 돌볼 의무도 있었지만 마치 데이트 신청을 받은 양 가슴이 설레었다. 그의 휠체어를 병원 밖으로 밀고 나와 전망 좋은 언덕으로 올라갔다. 맑고 푸른 가을 하늘에서 따사로운 햇볕이 쏟아지고 있었다. 다가동 언덕 아래로 전주천이 구부러져 흐르고 그 건너편으로 검은 기와지붕의 한옥이 즐비한 시내가 한눈에 들어왔다. 역사가 깊은 도시임을 금방 알 수 있었다.

"따가운 늦가을 햇볕이 참 좋네요."

진호는 답답했던 가슴이 확 트이는 기분이 들었다.

"네, 공기도 신선하지요?"

"간호사님, 난 전주가 아주 좋습니다."

"누구나 다 자기 고향을 좋아하지 않나요?"

"제 고향은 전남 곡성입니다."

진호는 전남 곡성 빈농의 둘째 아들이라고 했다. 시골 마을에서 대학생은 보기 드문 존재였다. 한 마을에서 겨우 한 명이나 있을까 말까 하게 희귀했다.

"전남 곡성이면 더 큰 도시인 광주로 가지 않고 전주로 오셨네요."

"그건 교통이 더 편리해서요. 여수에서 순천을 거쳐 전주로 오는 전라선은 곡성과 남원을 지나거든요. 전라선을 타고 전주에 있는 학교에 다니기가 버스를 타고 광주로 다니기보다 훨씬 수월해요."

광주는 전남 도청이 있는 도시로 전주보다 더 크지만, 곡성에서 광주로 통하는 철도가 없고 도로는 좁다. 버스 통학 시간은 길고 교통사고 날 위험성이 높다. 비용도 더 많이 든다. 한 달간 정기 철도통학권 가격도 버스비에 비하면 저렴하여 집에서 매일 기차로 통학했다. 그는 전주의 명문인 전주고등학교에 진학할 정도로 지방에서는 보기 드문 수재였다. 고교 졸업 후 그의 몇몇 친구들은 서울대학으로 진학하는데도 그는 1년간 장학금을 주는 전북대학을 선택했다. 가정형편이 어려워서 서울로 유학할 수 없었다. 꿈을 키우고 도전하는 데는 돈이 뒷받침되어야 한다는 것을 처음 알았다. 대신 그는 전북대 문리대 화학과에 진학하여 1년간 공부한 후, 입대하여 1964년에 베트남에 파견되는 맹호부대에 지원했다.

해외여행이 극히 어려웠던 시절이어서 베트남에 나갈 기회에 가보고 싶었고, 전투 수당이 나오면 가난한 집안 살림에 보탬이 될 것 같았다. 무엇보다 우물 안 개구리 같은 형편에서 벗어나고 싶었다. 그는 몇 달 전에 전주의 경기전을 방문했던 기억을 떠올렸다.

"전주 경기전에서 태조 이성계의 어진을 보고 감명을 받았어요. 화가가 임금의 얼굴을 직접 보지도 않고 그린다고 하대요. 신분이 낮은 화가가 임금의 얼굴을 직접 볼 수 없었던 거죠. 경기전을 둘러보고 역사의 무게를 느겼죠. 1388년에 명나라를 치라는 고려 우왕의 명령을 받고 압록강을 건너 위화도까지 갔다가 회군했지요. 왕의 명령이 잘못된 것을 알았거든요. 작은 나라가 큰 나라를 친다는 게 옳지 않고, 여름철이라 농사를 망칠 것이며, 그 틈에 왜구가 쳐들어올 것이고, 무더운 우기라 병사들에게 전염병이 번질 염려가 있다는 것이지요. 위화도 회군으로 개성에 돌아와 반대파들을 숙청하고 정권을 잡았죠. 475년간 이어 온 낡은 고려왕조를 5년 동안 개혁하다가 지쳤지요. 결국, 1392년에 조선왕조를 열고 자신은 태조가 되었잖아요. 나는 전주 이씨는 아닌데도 그가 새로운 국가를 꿈꾼 이상을 높이 평가해요. 도읍을 개성에서 서울로 옮겨 나라를 새롭게 만든 점도 그렇고요."

"난 오히려 충신 정몽주를 죽인 그의 아들 이방원이 밉던데요. 정몽주의 단심가에 가슴이 뭉클했어요."

이 몸이 죽고 죽어 백번이나 다시 죽어,
백골이 흙과 먼지가 되어 넋이야 있건 없건,
임금님에게 바치는 충성심이야 변할 리가 있으랴!

"그래요. 그런 충신을 선죽교 밑에서 죽인 이방원이 잔인하다고 생각할 수 있지요. 하지만 나라를 새로 만드는 큰일을 위해 장애물을 그대로 놔둘 순 없지 않았겠어요?"

"난 정치를 모르고 단지 상식적인 선에서 이방원은 정의가 아니지요."

"하지만 그가 아버지를 도와 과감하게 조선왕조를 세웠기에 자기 아들인 제4대 세종대왕은 한글 창제와 같은 위대한 업적을 남겼지요. 한글이 없이 지금도 한문을 쓴다면, 문맹률은 높고 중국의 소수민족 중의 하나로 남았을지 모르죠. 중국의 그늘을 벗어나 자주독립 국가를 세우고 일반 백성을 위해 한글을 제정한 세종대왕의 민주적인 발상이 대단하잖아요? 박정희 정권도 불법 쿠데타로 정권을 잡긴 했지만 잘하면 나라를 부강하게 하는 역사적인 성과를 낼 수 있으리라 기대합니다. 그래서 군대에서 목숨을 걸고 베트남에 갔고요."

박정희와 이성계를 비교하는 것이 타당한가? 군인이라는 점에는 같겠다. 쿠데타를 일으켜 기존의 정권을 뒤집은 점도 비슷하다. 과감한 개혁정책을 추진한 점도 비교된다. 박정희 정권은 청구권 협상으로 일본으로부터 무상 3억 달러, 유상 2억 달러, 상업 차관 3억 달러를 10년에 걸쳐 받기로 했다. 또 서독으로 광부와 간호사를 송출하고 있다. 국내 높은 실업률을 완화하고 벌어온 외화 자본으로 경제개발을 서두르고 있다. 다른 후진국에서처럼 독재자나 측근이 국가재정을 착복하는 것처럼 보이지 않았다. 베트남 파병도 한미동맹을 강화하고, 이웃 나라가 공산화되는 것을 막고, 군수물자를 수출하여 외화를 버는 것이다.

진호는 박정희가 초심을 잃지 않고 조선 초기처럼 획기적인 조국 근대화사업에서 큰 성과를 내기 바랐다. 그래서 나라가 부강해지면 가난을 떨쳐 버릴 수 있지 않겠는가! 최소한 굶주림을 해결할 수 있으리라는 희망을 품었다. 하지만 500여 년 전의 왕정시대와 민주정치를 표방하는 현대를 비교한다는 것이 무리일 수 있었다.

진호는 친일파들이 미국 군정에 협조하여 승진하고 이승만 정권에서도 출세하는 상황에 분노했다. 민족을 배신한 친일파들이 정권이 바뀌어도 계속해서 출세하는 것은 사회정의가 없다는 상징이었다. 진호만이 아니라 많은 젊은이가 친일파의 득세에 실망했다. 해방된 나라에서도 그들에게 짓눌려 살아야 한다니 억울했다. 그들은 여전히 부유하고 돈이 돈을 버는 자본주의 사회에서 더 큰 부를 쌓아 가고 있었다. 더구나 정권과 결탁하여 정경유착이라는 새로운 사회악을 만들어 내고 있었다. 진호는 그런 자들을 과감하게 응징하는, 좀 더 정의로운 사회가 되었으면 싶었다.

"전장에서 죽을지도 모르는데 두렵지 않았어요?"

"두렵지요. 하지만 군인은 전쟁 때 쓰려고 양성하는 존재지요. 국가를 위해 죽음을 각오해야 하고요."

"그래도 국내에만 있으면 그런 위험은 훨씬 덜 하지 않나요?"

"그렇겠지요. 하지만 보리밥에 콩나물국만 주는 군대 급식에 질렸어요. 미군이 먹는 스테이크에 빵을 맛보고 싶었지요. 돈도 더 많이 준다니 목숨을 걸어 볼 가치가 있다고 생각했어요. 전사 보상금은 유족을 가난에서 구할 정도라고 했고요. 가난은 우리의 적이지 않아요? 군대에 먼저 들어왔다고 후배들을 구타하고 개인적인 심부름을 시키는 일제의 잔재도 싫었어요. 전장에서는 그러지 못하리라 믿었지요. 나를 억누르고 있는 낡은 장막을 벗어던지고, 베트남이라는 새로운 세상을 경험하러 갔지요."

"대단한 용기네요."

1965년 10월 12일, 진호가 속한 맹호부대 1진은 서울 여의도 비행장에서 성대한 환송식을 거행했다. 박정희 대통령이 직접 참석한 자리였다. 우리 군대가 외국 전쟁에 파견된 것이 근대사에 처음 있는 일이었다. 파송 군인 가족은 물론, 각급 학생 대표들과 수많은 시민이 운집하여 넓은 광장을 꽉 메웠다. 군악대의 주악을 선두로 군중은 맹호부대 군가인 '맹호들은 간다'를 힘껏 불렀다. 우렁찬 합창은 어떤 장애물도 거뜬히 돌파할 수 있을 것 같은 기세였다. 장병들의 가슴은 베트남에 대한 호기심과 조국 발전에 대한 꿈으로 가득했다.

<u>맹호들은 간다</u>

자유통일 위해서 조국을 지키시다
조국의 이름으로 님들은 뽑혔으니
그 이름 맹호부대, 맹호부대 용사들아
가시는 곳 베트남 땅, 하늘은 멀더라도
한결같은 겨레 마음, 님의 뒤를 따르리다.

(이하 생략)

뚜우!

진호의 부대를 실은 미군 함정은 낮고 웅장한 고동 소리를 내며 인천항을 출발했다. 배가 점점 더 속도를 높이자 배 뒤로 갈라지는 물길도 힘차게 뻗어나갔다. 가도 가도 끝없이 펼쳐지는 파도가 넘실거리는 짙푸른 바다의 연속이었다. 함정이 커서 그런지 멀미를 별로 하지 않았다. 진호는 태어나서 처음 경험하는 멋진 항해에 가슴이 설레었다. 제주도를 왼쪽에 끼고 남서쪽으로 항해를 계속했다. 남서풍이 몰고 온 거센 파도가 갑판을 거칠게 때렸다.

다음 날 아침, 배의 왼쪽에 제주도보다 더 큰 섬이 보였다. 그 섬은 대만이라고 했다. 해안의 평지에 크고 작은 빌딩으로 어수선한 도시 너머에는 높은 산이 뾰쪽뾰쪽 솟아 있었다. 어떤 꼭대기는 구름 속에 가려져 있을 정도로 높았다. 남한 면적의 절반이 채 안 되는 작은 섬에 해발 3,000미터가 넘은 산이 200여 개가 있고, 제일 높은 위산은 3,997미터가 된다니 우리 백두산 위에 한라산을 올려놓은 높이가 된다. 대만의 높은 산들 때문에 필리핀 동남쪽 해상에서 발생한 태풍이 올라오다가 대만을 지나면서 중국이나 일본 쪽으로 방향을 튼다고 한다. 가끔 대만을 지나 우리나라에 올라와 피해를 주기도 하지만 그 높은 산들을 지나면서 비를 많이 뿌리고 세력이 약해진다니 고마운 일이다.

높은 산이 많으면 경작지가 작지 않을까? 대만의 인구밀도는 한국보다 높고 국민소득은 앞선다고 했다. 대만의 산업화 진전이 한국보다 빠르기 때문이다. 전 세계에 흩어진 많은 중국 교포들이 자본을 지원하고 상품을 사 주어 돕는다는 것이었다. 동남아의 상권은 중국인이 차지하고 세계 도처에 나가 있는 화교만큼 중국음식점이 많이 있다. 대만은 중소기업을 육성하는 산업정책으로 소비재를 생산하여 세계시장으로 수출하고 있다고 한다. 멀리 자그맣게 바다 쪽에 상품을 실은 컨테이너 배가 들고나느라 붐비는 모습이 보였다.

함정이 대만을 지나면서부터 날씨는 갑자기 한여름으로 바뀌었다. 무더위가 군함 내의 온도를 끌어올렸다. 장병들은 날마다 갑판 위에 모여서 간단한 훈련을 했다. 군인은 그냥 놀려 두면 안 되는 존재다. 중대별로 집합시켰다가 인원을 점검하고, 장기나 노래자랑을 하기도 했다. 대중가요를 가수 못지않게 잘 부르는 이는 우레와 같은 박수갈채를 받았다. 하지만 부대 전체가 모여서 군가를 부르면 단합심이 생기고 용기가 솟는다. 진호가 특히 좋아하는 군가는 '진짜 사나이'다.

> 진짜 사나이
> 사나이로 태어나서 할 일도 많다만
> 너와 나 나라 지키는 영광에 살았다.
> 전투와 전투 속에 맺어진 전우야
> 산봉우리에 해 뜨고 해가 질 적에
> 부모형제 나를 믿고 단잠을 이룬다.
> (이하 생략)

군가를 부르고 장기자랑을 하는 시간은 단조로운 항해 속에 맛보는 작은 즐거움이었다. 휴식 시간에는 그늘을 찾아 쉬고 얼음물로 열기를 식혀야 했다. 에어컨이 없어서 선풍기가 24시간 돌아가는데도 물기 머금은 더운 바람을 돌리는 실내는 찜통이었다. 차라리 열을 푹푹 뿜어내는 기관실이 기계 소리로 시끄러워도 수면 아래에 잠겨있기 때문에 더 시원했다. 고작 이틀의 항해로 환경이 이렇게까지 달라지는 것은 새로운 경험이었다. 진호는 베트남 파병에 지원하기 잘했다고 생각했다. 세상은 넓고 다양한 경험을 할 수 있을 것 같았다. 그것은 바로 인생을 풍부하게 하고 자신을 더 쓸모 있는 사람으로 만들어 주리라 믿었다.

함정은 계속해서 망망대해를 헤쳐 가다가 필리핀을 지나는지 섬들이 자주 보이고 사람이 살지 않는 섬들과 암초들도 많이 지나갔다. 10일간의 항해 끝에 남베트남 동북부의 다낭에 도착했다. 한국이 6.25 전쟁 중일 때 군수물자를 조달하여 경제발전을 했다는 일본이 머리에 스쳤다. 베트남전쟁 물자를 조달하고 있는 태국과 필리핀도 경제발전에 도움이 된다니 한국도 한몫을 낄 수 있다고 생각했다. 다행히 남쪽 바다에는 비를 장대같이 퍼붓는 스콜이 있었다. 스콜이 쏟아지면 장병들은 옷을 벗고 자연 샤워를 했다. 그렇게 열대 기후에 조금씩 적응해 갔다.

진호는 처음 외국에 나간 기분으로 들뜨게 되었다. 끝없이 펼쳐진 푸른 바다를 보니 가슴이 확 트였다. 베트남에서의 생활은 모든 것이 새로울 터였다. 기대되기도 하고 전쟁터이기에 한편으로는 두렵기도 했다. 맹호부대를 실은 함정이 도착한 다낭 항구는 별로 크지는 않아도 숲이 무성한 아름다운 항구로, 긴 백사장을 지녔다. 큰 군함이 직접 부두까지 들어갈 수 없어 상륙정인 LST(Landing Ship Tank)를 타고 몇 번에 걸쳐 나누어서 상륙했다. 이런 불편을 덜기 위해서인지 항구를 확장하는 공사가 한창이었다. 백사장이 끝나는 지점에 '한진주식회사'라고 큰 한글 간판이 걸려 있었다. 우리 업체가 외국에 나와서 공사를 하는 것이 틀림없었다.

베트남 사람들은 한국인보다 체구가 약간 작았다. 피부색은 더 검게 그을렸다. 더운 날씨 탓이었다. 그들의 삶과 문화를 엿보는 일도 흥미로울 것 같았다. 이렇게 진호는 새로운 땅에 발을 내디뎠고, 그의 눈앞에는 전혀 다른 외국 세계가 펼쳐졌다. 베트남의 풍경과 사람들, 그리고 그곳에서의 삶은 그에게 많은 것을 가르쳐 줄 것 같았다. 전쟁이라는 가혹한 현실 속에서도, 그는 인생의 소중한 교훈을 배우길 원했다. 자신의 한계를 시험할 기회가 되리라 믿었다.

베트남의 아열대 기후는 진호에게 새로운 체험이었다. 한국의 여름 기후보다 훨씬 더 무덥고 뜨거웠다. 마치 여름에 바닷가 피서지에서 며칠 지 낸 것처럼 벌써 피부가 검게 그을렸다. 한국은 4계절이 뚜렷하지만, 이곳 은 연중 산이나 들에는 푸르른 각종 초목이 무성했다. 그렇다고 잎이 나면 전혀 떨어지지 않은 것은 아니다. 단풍이 들진 않지만 푸른 잎도 노쇠하면 떨어지고 새잎이 나오는 것이다. 바람이 세게 부는 날에는 떨어지는 잎이 많았다. 4계절이 뚜렷한 한국 기후에 비하면 다양성이 없어 지루하지 않을 까. 런던에 안개가 자주 끼어 우울증 환자가 많다던데 기후가 국민성에 미 치는 영향도 적지 않을 것 같았다.

벼농사도 남쪽에서는 1년에 3모작을 하고 북쪽에서는 2모작을 한다고 했다. 베트남인이 먹는 쌀은 우리 쌀에 비하면 찰기가 더 적었다. 밥을 지 어도 부슬부슬하여 입으로 불면 흩어질 듯했다. 베트남의 농토는 우리 땅 보다 생산성이 두세 배 높다니 기후가 자원이 된다는 것이다. 하지만 반드 시 좋은 점만 있지는 않을 것이다. 우리나라에서는 추운 겨울에 병해충이 얼어 죽는데 베트남에는 그런 장점이 없을 것 같았다. 모기는 일 년 내내 극성이라고 했나.

베트남은 사람이 살지 않는 곳은 어디든지 정글처럼 크고 작은 나무가 빽빽하게 우거져 있었다. 베트남도 시체를 매장하는 관습이 있는데 묘를 산에 쓰면 곧 나무가 우거져 길을 찾기 어려워서 그런지 논 가운데 묘지가 많았다. 우리나라에서처럼 봉분이 있는 묘가 아니라 돌이나 시멘트로 평 평하게 묻고 묘 앞에 큰 비석을 세웠다. 비석에 사진이 새겨져 있는 것이 특이했다. 장례절차는 유교 영향으로 한국과 비슷한 점이 많다고 했다. 대 부분 가족묘지를 가지고 있지만 가난한 사람은 공동묘지에 묻는 것도 비 슷했다.

베트남에서는 울긋불긋하게 단풍이 들고, 낙엽이 지면 추위에 떨고 있 는 헐벗은 나무들은 볼 수 없었다. 누구나 그런 장면을 보면 서러움을 느끼 게 되지 않은가? 그들이 놓치는 점일 것이다. 겨울에는 앙상한 나뭇가지에 하얀 눈꽃이 두툼하게 피는 모습도 볼 수 없을 테다. 혹독하게 추운 겨울을 이긴 메마른 나뭇가지의 강인함을, 봄에는 말라빠진 나뭇가지에서 새움이 나오는 진통을, 형형색색의 꽃이 피는 찬란한 모습을 상상이나 할 수 있을까? 더우면 더운 대로 추우면 추운 대로 장점이 있는 것 같았다. 그런 의미에서 인간의 행복도 생각하기 나름이라고 깨달았다.

한국에서는 고무나무를 집안에서 관상용으로 많이 기른다. 손바닥만큼 큰 빤질빤질한 잎을 가진 고무나무가 보기 좋기 때문이다. 베트남에서는 고무나무 숲이 여기저기에 많이 있는 것도 특이하다. 고무나무 가운데 기둥을 사선으로 빙글 둘러서 골을 파놓으면 걸쭉하고 하얀 액체의 고무액이 흘러내려 모인다. 고무나무 숲에 고무액을 받는 양철통이 나무 밑마다 놓여 있다. 이것이 중요한 산업 원료가 된다니 놀라웠다. 한국에는 없는 자원이다. 잘못 쓴 연필 글씨를 지우는 지우개를 고무나무 진액으로 만든다는 것이었다. 나중에는 자전거 타이어로 개발되었고 자동차 타이어를 만드는 데도 합성고무에 넣는 혼합제로 쓰인다고 했다. 자연산 고무는 합성고무만큼 강도가 높지 않기 때문에 부재료로만 쓰인다고 했다. 정글에는 코브라 독사가 많아 물리면 죽는 수가 있고 모기에 물리면 말라리아 고열에 시달리니 주의하라고 했다. 말라리아는 역사상 가장 많은 사망자를 낸 질병이라는 것도 처음 알았다.

베트남의 지형은 동쪽은 바다, 서쪽은 높은 산맥으로 둘러싸여 있다. 위로는 라오스와 아래로는 캄보디아와 국경을 접해 있다. 남중국해 해안을 따라 길게 뻗은 지형으로 그 길이가 1,650킬로미터나 된다. 한반도보다 50%나 더 긴 셈이다. 북쪽도 해발 3,000미터가 넘는 높은 산으로 중국과의 국경을 나누고 있다. 중국 국경에 있는 산꼭대기는 구름 속에 가려 있는 날이 많다고 했다. 여름에도 시원하여 베트남의 유명한 '사파'라는 피서지가 있다고 했다. 아령처럼 남북으로 길쭉한데 중간이 홀쭉하고 북쪽의 넓은 부분은 북베트남이 차지하고 하노이가 수도이다. 남쪽의 넓은 부분은 남베트남으로 사이공이 수도이다. 남북의 베트남은 북위 17도 선으로 갈라졌는데 직접 전투하는 게 아니라 베트남 사회 안에 숨어 있는 베트콩이라는 게릴라와의 싸움이 대부분이었다.

하노이에서부터 사이공까지 해안을 따라 달리는 1번 도로는 낡고 좁은 1차선 도로로 군데군데 비포장이었다. 해안선이 길어서 어업에 종사하는 인구가 많고 남부를 통과하는 메콩강에는 민물고기를 잡는 어부도 많다고 했다. 라오스와 중국과의 접한 국경 지역이 높은 산악지대지만 다른 지역에는 높은 산이 별로 없었다. 우리나라 산처럼 바위와 돌이 많지 않고 흙이 많았다. 건축물은 콘크리트를 사용하기보다 벽돌을 많이 사용했다. 큰 마을이면 대개 벽돌공장이 하나쯤 있는 것으로 보였다. 비가 많이 내려서 군데군데 크고 작은 호수들이 많았다.

라오스 산악지대는 호찌민루트로 북베트남에서 남쪽으로 군수물자를 보내고 병력이 이동하는 중요한 통로였다. 미군은 이 루트를 차단하기 위해 엄청난 폭탄을 퍼부었다. 그러나 산악은 험준하고 밀림지대여서 폭격이 별로 효과가 없었다. 북베트남은 각종 군수물자를 호찌민루트를 통해 베트콩에게 지원했다. 무거운 차량이나 대포도 분해하여 남쪽으로 옮긴 후에 다시 조립하는 식이었다. 심지어 북베트남은 정규군을 호찌민루트를 통해 남파하여 베트콩과 연합하여 미군을 공격하기도 했다. 미군은 이런 경우의 공격에 대비하여 한국군 맹호부대의 지원을 원했다. 베트콩과 북베트남군의 연합작전으로 1번 국도가 차단되어 미군과 남베트남군의 군수 물자보급에 막대한 지장을 초래했다. 국도 옆에 있는 마을들은 베트콩의 은신처가 되기도 하고 그들에게 보급품이나 식량을 공급하는 보급기지 역할을 했다. 그래서 베트콩 소탕 작전이 어려워졌다.

"베트남에 도착 후, 처음 한두 달은 부대가 주둔할 장소를 정비하고 시설물을 설치했죠. 큰 나무들은 베어 내고 몇 동의 천막 막사를 세웠어요. 적의 공격에 대비하여 부대 주위에 참호를 파고 기관총을 설치하는데 시간이 빨리 가더라고요. 부대를 두 겹으로 철조망을 치고 부비트랩을 설치해 누구도 넘어오지 못하게 만들었지요. 우리는 그 안에서 훨씬 더 안정감을 느꼈어요. 그런데 우리 총은 태평양전쟁에 쓰던 M1으로 크고 무겁고, 연발로 8발까지밖에 못 쏘는데 베트콩들은 신형 M16으로 무장했다고 해요. M16은 더 가볍고 20발까지 연발로 나가는 미군이 사용하는 총이지요. 그들은 남베트남군이나 미군들로부터 빼앗았거나 부패한 남베트남 보급계 군인들로부터 대량으로 사들인다고 들었어요. 적보다 더 열등한 총으로 싸우면 안 되지요. 채명신 사령관이 미군에게 강력하게 요구해 미군으로부터 M16 총과 최신 무전기를 지급받았어요."

"그렇게 해서 우리가 국군 장비 현대화가 시작된 거군요."

"맞아요. 우리 장비가 너무 낡은 것을 알았지요. 그때까지는 전쟁터에 왔다는 기분이 안 들었어요. 근처에는 미군 비행장이 있고 미군 포병대가 주둔해 비행장을 경비했는데 보병인 맹호부대가 합세한 것이지요. 미군은 동맹군이지만 베트남 사람 중에서 누가 베트콩이고 남베트남 주민인지 전혀 구별할 수 없더라고요. 적이 보이지 않으니 누구와 전쟁하는지도 모르겠고요."

"그럼 적을 모르는데 어떻게 싸우지요?"

숙희의 질문에 진호는 신들린 것처럼 첫 전투 경험을 들려주었다. 그날은 일과를 마치고 샤워를 한 후 저녁을 잘 먹고 휴식에 들어갔다. 야간 경계 근무자들은 각 초소에 나가 경비를 섰다. 그날따라 뭔 사건이 일어날 것 같은 묘한 느낌이 들었다. 큰 사건이 일어나기 전에 분위기가 달라지는지 모른다. 적들은 밝은 낮에는 절대 공격하지 않는다고 했다. 미군은 폭격기나 헬리콥터가 우수하고 많은 대포도 정확하게 목표물에 맞추므로 당할 수가 없기 때문이었다. 적들은 야밤 어둠을 틈타 기습공격을 하고 퇴각하는 게릴라 전법을 사용하고 있었다.

"사건이 일어날 때까지 우리는 전혀 몰랐어요. 그날 베트콩과 월맹군 정규군이 연합하여 우리를 습격했어요. 남의 전쟁에 끼어들었다고 본때로 우리를 몰살시킨다는 작전이었다고 해요. 우리 부대는 100명이 약간 넘었는데 그들은 북베트남군 1개 대대와 베트콩이 100여 명이니 최소한 7배의 병력으로 공격해 왔지요. 우리 6.25 전쟁 때, 중공군의 인해전술과 같은 것이지요. 모두가 긴장했어요. 총을 쏘는 것은 적을 죽인다는 것과 동시에 나도 죽을 수 있다는 걸 느끼죠. 우리는 조명탄을 몽땅 다 쓰고 미군 포대의 지원으로 불을 밝혔습니다만 조명탄이 꺼져버리면 캄캄해서 더 안 보여요. 참호 속에서 방어하는 우리가 더 유리했지만, 적의 숫자가 워낙 많고 낮은 포복으로 새까맣게 기어 왔어요. 기관총으로 갈기고 소총으로 조준사격해도 계속해서 밀고 들어왔어요. 이중으로 설치했던 철조망에 수류탄을 던져 부수고 마구 기어들어 오더라고요. '따따다따다따' 하는 소총 소리는 요란하게 울리고 가끔 지축을 흔드는 대포가 작렬하는데 정신이 없더라고요. 결국 몇 명은 내 참호에서 몇 미터 떨어진 곳까지 쳐들어와서 백병전을 벌이기 직전이었지요. 난 죽는 줄 알았어요. 생지옥이었지요. 완전히 생사의 갈림길이었다고요. 이렇게 사람이 죽는가보다 싶더라고요."

"나는 환자들이 회복하지 못하고 죽는 걸 더러 보았어요. 죽음을 앞둔 그들이 과연 어떤 생각을 할까 궁금했어요. 생사의 갈림길에서 무슨 생각이 들던가요?"

"역시 사랑하는 부모 형제와 친구들이 눈앞에 어른거렸어요. 타국에서 전사하면 안 되겠더라고요. 살고 싶었어요. 가족을 다시 보고 싶었어요. 그래서 눈을 부릅뜨고 적들을 조준해서 총을 끊임없이 갈겨댔지요. 힘이 솟아났어요. 정신을 집중하여 사격하니 성과도 더 좋아서 그런지 내 앞으로 몰려드는 적이 별로 없더라고요. 미군 포대의 계속되는 지원 포격에 적 후미의 대열이 흩어지고 날이 밝아지니 미군 헬리콥터들이 '뚜우뚜우뚜우' 하고 날아와 서치라이트로 강한 불빛을 쏴대니 그들은 앞을 다투어 퇴각했어요. 우리 중대장은 도망치는 적을 쫓아가 공격하라고 고함을 질러댔어요. 적을 뒤에서 공격하기가 방어보다 훨씬 더 쉽던데요. 도망가는 놈들은 우리를 쏘지 못하니까요. 가끔 돌아서서 총질하는 놈이 있긴 하지만 우리 총알에 쓰러지고 말았지요. 우리는 10명의 전우를 잃었는데 놈들은 58명의 전사자를 두고 도망갔어요. 우리가 승리한 거지요. 전투 중에는 내가 살려면 적을 죽여야 한다는 생각밖에 없었어요. 옆에서 전우가 죽어 가니 적개심이 불타더라고요."

"와, 듣기만 해도 무서워요. 그런 데서 용케 살아남았네요. 대단하십니다."

"전우가 죽는 것을 보니 허망했어요. 인생이 슬프더라고요. 타국에서 적에게 총 맞아 죽는 것이 분하고요. 내가 살기 위해 적을 죽여야 하는 거지요. 전쟁은 결단코 일어나지 말아야 한다고 절실하게 느꼈습니다. 나도 죽는다고 생각하니 무서웠지요. 아, 지금도 어깨에 힘이 들어가고 오른손 검지가 까딱거리네요."

"함께 싸우던 전우가 죽는 걸 봤으니 험한 경험을 했네요, 평범한 삶도 힘든데."

"그래요. 귀중한 체험이었지요. 베트남을 우리와 비교해서 많이 생각했어요. 베트콩은 우리 6.25 전후에 있었던 빨치산 같은 존재였어요. 정식 군대가 아닌데 적과 싸우지 않았습니까? 자기 신념을 위해 또 조국을 위해 기꺼이 생명을 바치는 게릴라지요. 빨치산들도 지리산을 중심으로 활동했잖아요? 지리산은 전라도 쪽에 섬진강을 따라 형성된 큰 고을이 많지요. 맨 남쪽에 광양과 하동이 강을 건너 마주 보고 있고 위로 올라가면서 구례, 그다음이 곡성이지요. 게릴라도 먹어야 싸우니까 민가가 필요하죠. 1948년에 여수·순천 사건을 일으킨 14연대 잔여 병력이 정부군에 쫓겨 지리산으로 가서 빨치산과 합류했잖아요?"

"베트남도 우리처럼 식민지에서 벗어나 나라를 새로 세우는 데 크나큰 진통을 겪어야 했군요. 더구나 민주주의냐 공산주의냐 하는 이념 때문에 동족을 서로 죽이는 전쟁을 한 건가요?"

"맞아요. 곡성에서도 해방 후부터 빨치산 활동이 활발했어요. 그들이 밤에 마을에 내려와서 곡식을 이북 돈으로 사 갔지요. 사실상 뺏어간 거나 마찬가지지요. 잘사는 나라를 만들려고 고생한다고 동정하면 공산당으로 몰려 경찰에게 갖은 고문을 당했지요. 빨치산이 있는 가정일 경우 자수시키라고 갖은 협박과 고초를 당해 견디지 못하고 빨치산이 되기도 했고요. 그런 가족이나 협력자들의 한을 풀어준다고 빨치산도 경찰이나 군인 가족들을 공격했지요. 한 마을에서 형제처럼 정답게 살던 사람들이 서로 반목하고 원수가 되었고요. 해방 후의 혼란이 가져온 비극이었지요. 남원은 전북에 속해서 빨치산의 토벌 작전도 심하지 않았을 거예요."

"우리 동네도 비슷했어요. 이념이 달라서 이웃이 원수가 되는 비극을 피할 수 없었고요. 우리 아버지는 남원역에 근무하시다가 당신을 길러 준 삼촌이 제주도에서 올라와 용돈을 드렸는데, 그분이 빨치산에 합류하셨어요. 그래서 아버지는 경찰에 잡혀가 심한 고문을 당하고 감옥살이를 했는데 감방에서 폐병을 옮았어요. 6.25 전쟁이 터져서 풀려났으나, 결국 2년 후에 젊은 나이에 돌아가셨지요. 슬픈 일이지요. 그것은 국가의 비극이고, 우리 집안의 아픈 상처가 되었지요."

"베트콩은 밀림 속에 숨어있다가 남베트남군이나 미군을 공격했어요. 빨치산도 마찬가지로 지리산 속에 숨어있다가 밤에 몰래 내려와, 경찰서나 군부대를 습격하지 않았어요? 베트콩도 마을에서 생필품을 조달하는 거지요. 생존 방법은 서로 비슷했어요."

밀림 속에서 귀신처럼 출몰하는 베트콩이지만 낮에는 헬기나 수색대에 발각되기 쉬웠다. 그래서 그들은 두더지처럼 땅굴을 파고 들어가 숨었다. 그들의 땅굴은 나무뿌리가 서로 얽히고설킨 아래쪽에 만들어서 폭격에도 견딜 수 있다고 했다. 땅굴은 여러 층으로 되어 있고, 입구도 여럿이어서 여러 명이 일시에 숨고 또 빠져나온다고 했다. 마치 땅속의 개미굴처럼 복잡하게 얽혀 있다고 했다. 입구는 나뭇가지나 나뭇잎으로 위장되어 찾기가 어려웠다. 베트콩은 체구가 작아서 땅굴을 쉽게 드나들었지만, 덩치가 큰 미군은 굴에 들어가 수색할 수 없었다. 대신 그들은 수류탄을 입구에 투척해 폭발시키곤 했다. 하지만 대개 땅굴 전체를 망가뜨리지 못하고 입구만 손상을 입혔다. 비가 많이 와도 땅굴 내부는 석회 성분이 많아 물을 흡수해 결정화되면서 무너지기는커녕 오히려 더 단단해졌다.

"손들고 나와!(Gio tay len! 찌오 타이 렌!)"

"손들어!(Gio tay nao! 찌오 타이 나오!)"

"우리가 수색을 나가면, 땅굴 입구에 연막탄을 투입하고 모포로 덮어 두지요. 연기가 굴속을 타고 퍼져 나가다가 다른 입구로 빠져나와요. 그렇게 찾은 입구에 확성기로 '손들고 나와! 손들어!'를 외칩니다. 나오면 포로로 잡지요. 오래 기다려도 아무도 안 나오면, 입구마다 수류탄을 두 개씩 던져 넣어 완전히 폭파하지요."

완전히 폭파했다는 말은 틀린 말일 수 있었다. 굴이 단층이 아니라 몇 층으로 되어 있다고 들었다. 위층과 아래층으로 통하는 통로를 막으면 연막탄의 연기도 차단할 수 있을 터였다. 아래층이 멀리 떨어진 지상의 출구와 연결되었다면 안전할 수 있었다.

베트남이나 한국은 남북으로 분단된 것이 비슷했다. 북쪽은 공산주의 체제이고 남쪽은 자유민주주의를 표방한 점도 같았다. 물론 완전한 민주국가가 아니라 독재자가 있는 현실이 유감이었다. 북베트남에는 호찌민이 있고, 이북에는 독재자 김일성이 있다. 호찌민은 "나는 사람이 아닌 국가와 결혼했다"라 하고 권력을 세습하지 않는 정치를 한다. 반면에 이북의 김일성은 아들 김정일에게 권력을 세습하는 공산당 독재정치를 한다. 계급이 없이 누구나 평등한 공산주의라는 주장은 거짓말임이 탄로가 났다. 김정일은 태어나면서부터 남들을 지배할 권력을 가졌다면 공산주의의 이론에 맞지 않는 것이다. 권력의 세습은 왕조시대의 특징이다. 남을 지배할 권력을 가진 사람이 다른 사람과 평등하다는 말은 맞지 않는다. 그는 쉽게 거만해질 것이다. 이북은 자기 이론에 맞지 않는 정치를 하는 자기모순에 빠졌다. 김일성 정권의 장래가 밝다고 할 수 없는 이유이다.

우리는 단일민족이지만 베트남은 주류인 베트족 외에 40여 개의 소수민족이 있다. 베트남이 62년간 프랑스 식민지를 경험했는데 우리는 일제 35년을 겪었다. 베트남도 태평양전쟁 중에는 2년 동안 일본군에게 점령을 당하기도 했다. 당시 일본은 얼마나 많은 곡식을 공출했는지 쌀이 남아돌던 베트남에서 200만 명이 굶어 죽었다고 했다. 굶주린 배를 채울 열대과일이 지천으로 깔려있는데도 굶어 죽다니 일본은 식량을 싹 쓸어간 것이었다. 야생 열매로 주린 배를 채우고 살아남는 극기훈련을 하지 않은 것이 문제였을지도 모른다. 베트남은 프랑스군을 자력으로 쫓아냈는데 우리는 일본군을 몰아내지 못하고 미국에 의해 해방되었다. 그들이 우리보다 더 애국심이 높기 때문이었을까? 일본군이 프랑스군보다 더 강한 것 때문인가 의문이었다. 프랑스는 지리적으로 베트남에서 멀리 떨어져 있고 일본과 한국은 가까운 점이 작용했을지 모른다.

"베트남에서는 마치 전 국민이 베트콩의 연락원이고 통신원처럼 보였어요. 주민의 지지를 받지 못하는 외국 침략자가 전쟁에 승리할 수 있을까? 의문이 들었지요. 미군이 아무리 강해도 승리하기 어려울 것 같았어요. 우리의 베트남전 개입은 명분이 좀 약했지요."

맹호부대는 베트콩과 싸우는 남베트남 부대와는 달랐다. 미군과 연합하여 1번 국도를 차단하려는 베트콩의 지원을 받는 북베트남군과의 정규전에 투입되었다. 북베트남군도 베트콩과 마찬가지로 땅굴을 이용한 작전으로 신출귀몰하는 부대처럼 보였다. 베트남은 이미 제국주의자 프랑스를 쫓아낸 경험이 있었다. 우리는 일본을 상대로 독립투사들과 독립군이 싸웠어도 그들을 몰아내지 못한 게 한스러울 뿐이었다. 국민 과반이 일제의 식민정부를 인정했기 때문이 아니었을까? 조선 정부가 백성의 신임을 얻지 못했고, 일본 앞잡이 노릇으로 축재에 열을 올렸던 친일파가 많았기 때문이기도 했다. 해방 후, 친일파를 척결하지 못하고 그들에게 치안을 맡기고 국방을 맡겼다. 그것은 미국 군정과 이승만 정권의 큰 실책이었다.

친일파들이 다음 정권에서도 득세하여서 일반 백성은 해방의 기쁨이 반감되었다. 이북에서는 공산당이 토지를 무상몰수하여 농민에게 무상으로 나눠 주었다. 공산당이야말로 노동자와 농민을 위하고 평등한 사회를 건설할 것 같이 보였다. 공산당의 매력적인 정책으로 해방 후 초기에는 빨치산에 동조하고 참여하는 자들이 많이 나왔다. 친일파의 감언이설에 속아 징용으로 가서 혹사를 당하다가 해방 후 그들에 대한 보복을 시도했지만, 그들은 더 큰 권력자가 되어 있었다. 보복은커녕 또다시 그들의 눈치를 봐야 하는 현실에 많은 국민은 절망했다.

베트남은 역사적으로 우리나라처럼 중국의 영향을 많이 받았다. 프랑스 식민 시절 이전에는 한자를 사용했고 역사적인 건물이나 자료는 한자로 기록되었다. 붉은색으로 쓴 한자 표기를 읽으면 그 건물이 어떤 건물인지를 알 수 있었다. 식민지 시절 프랑스 신부가 베트남어를 로마자 알파벳으로 표기하여 거리에는 영어 간판이 널려 있는 것처럼 보였다.

베트남 북부 응우옌 왕조는 AD939년에 남부 참파 왕국까지 병합하여 통일 베트남 국가를 세웠다. 그전에는 북쪽의 높은 산맥을 넘어온 중국 세력에 의해 끊임없는 침략에 시달렸다고 했다. 천년이나 외부의 침략을 받지 않고 이어 온 응우옌 왕조 내부의 혼란을 틈타 프랑스는 1883년에 적은 군대를 보내 조약을 맺고 캄보디아와 라오스에 걸친 프랑스 식민지에 편입시켰다. 하지만 베트남인들의 끊임없는 저항과 제2차 세계대전 중에 일본군의 침략으로 프랑스는 식민지 경영의 힘을 잃었다. 1945년 8월 일본이 패전하자 프랑스가 다시 지배했으나 소련과 중국의 지원을 받는 베트남군에게 디엔비엔푸 전투에서 대패하고 1954년에 철수했다. 하지만 세계열강의 이권 다툼과 이념 대결로 북위 17도선 북쪽에는 하노이를 수도로 호찌민이 이끄는 베트남 공산당 정권이 들어섰고, 남쪽에는 사이공을 수도로 하고 미국의 지원을 받은 고 딘 디엠 정권이 들어섰다.

미국의 베트남 파병은 제1차 인도차이나 전쟁 당시 프랑스의 파병과 비슷했다. 1964년 8월 2일, 베트남 북동쪽 통킹만에서 일어난 북베트남 경비정과 미군 구축함(destroyer) 매독스 호의 해상 전투 사건으로 미국이 베트남전쟁에 개입했다.

"미국이 20년 동안 전쟁하기를 원하면 우리도 20년 동안 전쟁을 하겠다. 미국이 평화를 원한다면 그들을 초대하여 함께 차를 마시며 평화를 이룩할 것이다."

호찌민이 미국의 개입에 대한 경고였다. 북베트남은 전쟁의 목표는 조국 통일과 통일 베트남의 독립과 안전을 확보하는 것이라고 선언했다. 북베트남의 이러한 목표는 당시 동남아시아의 여러 신생 독립국들의 희망과 똑같았다. 그러나 미국은 베트남이 공산화되면 인접한 캄보디아와 라오스에 도미노처럼 번질 것이라고 보았다. 태국, 말레이시아, 싱가포르, 심지어 인도네시아가 다음 공격목표가 될 것이라고 예상했다. 그래서 미국은 베트남에서 공산주의가 남하하는 것을 기어코 막으려고 노력했다. 이것을 미국은 제국주의라고 하지 않았다. 남베트남을 식민지라고도 하지도 않았다. 그럼 사상동맹인가? 이런 미국의 애매한 입장은 미국내에서 반전운동의 빌미가 되는 것이었다.

다낭에서 미 공군비행장이 몇 차례 공격을 받자, 미국은 약체인 남베트남군 대신 직접 자국 군대를 방어한다고 지상 전투 부대를 파병했다. 1965년 초에 3,500명의 미국 해병대가 베트남 다낭에 상륙한 것을 시작으로 그해 말에는 미군이 20만 명으로 늘었다. 애초에 천명한 파병의 목표는 방어 임무였지만, 미군 사령부는 방어보다는 공격적인 전쟁에 익숙한 군대였다.

1964년 12월, 빈지아 전투는 남베트남군에게 큰 시련이었다. 베트콩들은 소수의 병력으로 치고 빠지는 게릴라전으로 강력한 남베트남군에게 수백 명의 사상자를 내고 막대한 타격을 입혔다. 호찌민은 이 전투를 프랑스군을 격퇴했던 전투에 비교해 '작은 디엔비엔푸전투'라고 극찬했다. 빈지아 전투 이후 남베트남군은 연이어 큰 전투에서 패배를 당하고 있었다.

진호는 베트콩의 공격을 물리친 공로로 10명의 다른 중대원들과 함께 1주간의 포상 휴가를 받았다. 휴가는 사치가 아니고 꼭 필요했다. 그날 전투의 여파는 맹호부대원들에게 악몽으로 이어졌다. 밤마다 적을 죽이거나 자신이 총을 맞고 피를 흘리며 죽어 가는 악몽에 시달렸다. 그의 총에 맞고 죽은 베트콩의 혼이 꿈에 나타나기도 했다. 그 혼은 군인의 모습이 아니었다. 머리를 풀어 헤친 귀신같은 모습이었다. 자기들은 한국군의 적이 아니라고 했다. 적이 아닌 자들끼리 전투하면 안 된다고도 했다. 이국땅에서 처음으로 겪은 전투가 준 정신적 충격이었다. 미군이나 한국군은 휴가병을 본국 대신 사이공 남쪽 바닷가 붕따우에 있는 휴양지로 보냈다. 미군들은 휴가 기간 내내 스테이크를 먹고 술을 마시고 노래하고 춤추면서 부대에 있는 총과 명령과 복종을 잊었다. 그들은 풍요로운 휴가를 즐겼다.

반면에 한국군은 콜라 한두 병이나 싼 열대과일로 때우는 절약한 모습이었다. 한국군은 모래찜질이나 해수욕으로 더위를 식히고 대부분 시간을 바닷물 속에서 보냈다. 그들은 왜 싸워야 하는지 누구를 죽여야 하는지 복잡한 머릿속을 바닷물로 식히려고 노력했다. 한국군은 열대 과일 중에서 바나나를 제일 좋아했다. 아직 한국은 열대과일이 싸지만 수입해서 먹을 정도의 경제적인 여유가 없었다. 베트남에서는 바나나가 비싼 과일도 아니었다. 돼지 사료로 먹일 정도로 흔한 과일이고 보관하기 어려워서 오래 두면 썩었다. 한국군들도 미군의 1/3수준의 봉급을 받고 PX에서 서명만 하면 봉급에서 공제되지만 한 푼이라도 아껴서 본국에 달러를 송금했다. 목숨을 잃은 전우 10명의 희생으로 얻은 휴가라 생각하면 한 푼도 헛되이 쓸 수가 없었다. 목숨 걸고 싸우는 젊은이들이 송금한 달러는 조국의 발전에 큰 보탬이 될 터였다.

당시 베트남에 진출했던 현대건설, 한진상사, 대림산업 등의 건설회사는 기술을 연마하고 자본축적의 기회를 잡았다. 현대건설은 베트남 항만 공사에 참여하여 큰 부를 축적하여서 한국 건설업계 1위로 도약했다. 베트남에서 축적한 기술을 바탕으로 중동에 진출할 발판을 마련했다. 국제적인 공사입찰을 준비하고 해외 공사를 어떻게 수행해야 하는지에 대한 요령을 터득한 것이었다. 한진상사는 1966년 이후 베트남의 미군 군수물자의 하역 및 수송을 독점하여 연간 2,500만 달러의 이익을 냈다. 한진은 베트남 진출을 계기로 대한항공을 인수하여 국내 최대의 수송회사로 성장했다.

한국의 수출도 베트남 파병을 기점으로 급증했다. 1965년 수출증가율은 전년도 대비 47.0%였으며, 특히 대미 수출증가율은 73.5%를 기록했다. 이는 미국이 베트남 파병 요구에 응한 한국에게 부여한 우호적인 수출조건의 결과였다. 대미수출은 1964년 약 3,600만 달러에서 1972년 7억 6,000만 달러로 21배 증가했다. 급격한 대미수출 증가는 산업기반을 다지고 경제 발전에 크게 공헌했다. 한국의 전체 수출은 1965년 1억 7,500만 달러에서 1972년 16억 2,400만 달러로 연평균 37.5%의 성장률을 보였다. 이러한 경제도약의 발판은 적탄이 쏟아지는 전쟁터에서 한국 젊은이늘이 흘린 피와 땀으로 일궈 낸 것이라고 볼 수 있다.

진호는 신이 나서 시간 가는 줄 모르고 베트남 전투 경험을 들려주었다. 전쟁을 직접 체험한 그는 현장을 생생하게 묘사해주어 숙희도 몰입하고 들었다. 자신이 살기 위해서는 적을 먼저 쏴야 하는 전쟁이 끔찍하게 잔인하면서도 왜 흥미가 드는 것인가? 한국군은 베트남의 적군인가 미국의 용병인가? 진호가 들려준 베트남 전쟁 이야기가 숙희의 머릿속에서 계속 맴돌았다.

12
서독 가는 간호사

숙희는 병원 앞 버스 정류장에서 5번 시내버스를 타고, 중부 노송동에 있는 외갓집 빌라 앞에서 내렸다. 매주 한 번씩 가는 길이지만 오늘은 왠지 기분이 달랐다. 가슴 한쪽에서 무겁고 착잡한 감정이 밀려왔다. 어쩌면 마지막 방문이 될지도 모르기 때문이었다.

빌라에 도착해 2층으로 올라가 현관 초인종을 누르니 외숙모가 놀란 얼굴로 문을 열어주었다. 숙희가 오는 날이 아니었기에 외숙모가 당황한 기색이었다.

"안녕하셨어요? 외숙모."

"오매, 어서 들어와. 춥제? 내일 올 날 아니다냐?"

"예, 사정이 있어서요. 차츰 말씀드릴게요."

"외삼촌은?"

"출근했제. 애들은 어린이집에 갔고. 오늘 금요일이제?"

"예, 할머닌 계시제라?"

숙희는 외숙모가 대답하기도 전에 말없이 가방을 끌고 할머니 방으로 향했다. 할머니는 언제나처럼 밤색 담요를 접어 만든 방석 위에 가부좌를

틀고 앉아 계셨다. 할머니는 숙희를 보자 반가워서 왼손을 들고 어서 오라고 손짓을 했다.

"할무니, 어디 아픈 데 없제? 아프지 마, 응."

숙희가 할머니를 만날 때마다 하는 일종의 인사이고, 할머니가 아프지 않기를 바란다는 기도이기도 했다.

"곳소, 고오소."

할머니는 '아이고 내 새끼야'라는 의미였다. 숙희는 넙죽 엎드리면서 외할머니의 무릎 아래 따뜻한 담요 속으로 두 손을 뻗었다. 담요 밑의 온기는 난방이 잘 되고 있다는 증거였다. 할머니는 10년 전, 숙희 집에 농사를 돕기 위해 남원에 찾아오셨다. 고추밭에서 빨갛게 익은 고추를 따서 말리는 일을 하다가, 무더위 속에서 그만 과로로 쓰러졌다. 충분한 물을 마시고 휴식을 취하면서 일해야 하는데 농사일을 하다 보면 그러지 못하고 과로하기 쉬웠다. 택시로 급히 예수병원으로 옮겨 치료했으나 뇌경색으로 오른쪽에 마비가 와서 혼자서는 일어서지도 못하고 언어장애도 생겼다. 숙희 엄마는 자신을 도와주려 왔다가 병이 든 친정엄마에게 미안하고 엄마를 모시는 남동생 순철 부부에게도 면목이 없었다. 시골에서 병든 엄마를 모시고 살기는 너무 힘든 일이었다. 농사일에 바쁘고 환자를 돌볼 사람도 없고, 화장실이 별채에 있는 주택 구조도 환자에게는 불편했다.

남동생 순철은 형 순호를 따라 전주로 나가 중학교를 졸업한 후, 교회의 린턴 담임목사의 추천으로 신흥학원의 서무과에 취직했다. 결혼한 지 얼마 되지 않는데 애들을 연년생으로 세 명이나 두었다. 도시에서 적은 월급으로 살림을 꾸려 가기에 벅찼는데, 어머니가 병들어 경제적인 부담이 더욱 커졌다. 그는 아침에 출근하면서 어머니께 다녀오겠다는 인사하면서 생명의 불이 점점 꺼져 가는 어머니를 보는 것이 안타까웠다. 어머니에게도 한때는 젊은 날이 있었다. 청상과부로 세 명의 자녀들을 키우느라 억척같이 농사일을 했었다. 마을에서는 여장부라는 명성까지 얻었었다.

순철은 경제적인 뒷받침이 있었다면 의사가 되는 것이 꿈이었다. 의대 진학 후 예과와 본과를 거쳐 의사고시를 치르려면 6년이나 걸린다. 그동안 학비는 물론, 가정을 꾸려 나가는 일에 대한 걱정이 그의 어깨를 짓눌렀다. 형이 일본으로 떠난 후, 그는 형 대신에 무거운 가장의 책임을 물려받았다. 의대에 진학이 안 되면 학구열을 잠재울 수 없어 신학교에 진학할까도 생각했다. 교회 어른들은 그의 신앙심을 높이 평가해 신학교 진학을 추천했다. 유능한 신학생은 학비는 물론이고 미국 유학까지도 지원할 후원자가 나설 수 있다는 것이었다. 하지만 목사는 자기가 원한다고 선택하는 직업이 아니다. 하나님의 부르심이 필요한 사명이다. 순철은 그 소명에 대한 확신이 서지 않았다.

그는 곧 아내의 입장도 헤아려 봤다. 교회에서 청년회 봉사를 함께 했었다. 그녀의 신앙도 남달리 열정적이었다. 둘이서 밤낮으로 어울려 교회를 섬기면서 정이 들었다. 그들은 당회장인 린턴 목사의 주례로 결혼했다. 결혼하자 곧 자녀들이 연년생으로 세 명이나 태어났다. 어린 자녀들을 키우랴, 병든 시어머니를 돌보랴, 아내가 너무 많은 집안일에 시달리게 하여 미안하기 짝이 없었다. 그러면서도 고생시켜서 미안하다, 또 병든 어머니를 잘 돌봐 줘서 고맙다는 살가운 표현을 잘하지 못하는 자신이 한심하기도 했다.

경희는 마음 놓고 시장을 다녀오기도 어렵다. 시어머니가 아이들을 돌볼 수만 있다면 얼마나 좋을까 생각했다. 그녀의 여학교 동창 중에 대학에 진학해서 전공 공부를 하는 친구들은 아직 결혼하지 않은 상태이다. 결혼한 친구들도 아기자기하게 신혼생활을 즐기는 것 같았다. 하지만 장기 환자인 어머니를 모시고 있는 그들은 하루를 우울하게 보내기 쉬웠다. 그리고 하루 종일 마음이 무거웠다.

외할머니가 남원에서 병이 났을 때 숙희는 초등학교 6학년으로 몇 달 뒤에 중학교 진학을 앞두고 있었다. 큰 도시인 전주의 외갓집에서 중학교에 다니면서 외숙모를 돕고 외할머니를 보살피는 것이 더 좋을 것 같았다. 하숙비 대신에 시골에서 양식을 보내면 외갓집의 살림에도 보탬이 될 터여서 숙희 엄마와 외삼촌이 쉽게 합의했었다. 그렇게 숙희는 전주 생활을 시작했고, 벌써 10년이 훌쩍 지났다. 화살같이 빠르게 흘러간 세월이었다. 기전여중을 다닌 3년과 간호학교 3년을 외갓집에서 살았다. 간호사로 4년은 병원의 기숙사에서 생활했다.

외할머니는 자유롭게 움직이지 못해 방 안에만 지내야 했고, 운동이 부족한 탓에 매년 체중은 줄고 주름은 깊어만 갔다. 일제강점기에 못 먹고 못 입고 남원에서 고된 농사일에 시달리다가 남편은 일본 탄광에 징용으로 끌려가서 영영 돌아오지 못했다. 어떻게 죽었는지 누구도 알려 주지를 않았다. 큰아들이 장성하여 아버지를 찾겠다고 일본으로 건너갔다. 부모에 대한 효심이 지극한 아들이었다. 일본에서 오사카대학에 합격했다더니 그마저 소식이 끊기고 말았다. 그런 중에 해방이 되었는데도 두 부자는 돌아오지 않았다. 그 5년 후에 6.25 전쟁의 혼란스러운 세상사에 묻히고 말았다. 고통스러운 일생을 살아온 할머니가 노년에 중풍으로 고생하는 것이 너무나 가슴 아팠다. 숙희는 그저 할머니가 건강하게 오래 살아 주길 간절히 바랐다.

"고오소! 고오소!"

할머니는 반가운 기색으로 왼손을 들어 두어 번 그녀의 목덜미를 어색하게 어루만져주었다. 오른팔은 굽고 움직이지 않아 옆구리에 붙어있고 손바닥도 약간 오므라진 상태였다. 손가락들도 서로 붙어서 떨어지지 않았다. 혼자 일어설 수 없는 할머니는 방구석 여기저기를 다니려면 왼손으로 방바닥을 밀며 엉덩이를 들고 옮겨갔다. 왼손으로 숟가락을 잡고 음식을 먹어야 하므로 음식물이 자주 입가를 벗어나 흘렸다. '고오소'는 할머니가 할 수 있는 유일한 말이었다. 반갑다는 의미이기도 하고 어떨 때는 정반대로 부정적인 표현일 때도 있었다. 다만 긍정일 때와 부정일 때 말의 높낮

이가 다르고 몸짓이 약간 달랐다. 그래서 가족이 아니면 할머니와 의사소통하기가 거의 불가능했다.

할머니는 매주 찾아오는 숙희가 기다려지고 오면 반가워했다. 할머니의 굳은 오른손과 팔을 부드럽게 마사지해 주면 피가 활발히 도는 걸 느꼈다. 손녀가 병원에서 어떻게 지냈는가 하는 이야기를 듣고 바깥세상이 어떻게 돌아가는지 짐작할 수도 있었다. 손녀의 손길이 닿는 목욕은 그 어떤 것보다도 할머니에게 위안과 즐거움을 주었다. 가끔 소화불량으로 설사를 하여 몸을 씻어야 할 때는 며느리가 목욕을 시켜주긴 해도 손녀만큼 시원하지 않았다. 남편 수발에 어린 세 자녀를 키우는 며느리에게 부담을 주고 싶지 않은 할머니는 늘 미안해했다. 그러고는 곧 자신의 무력함에 표정이 침울해지곤 했다.

그날도 숙희는 할머니를 부축하여 세우고 화장실로 천천히 이동했다. 할머니의 체중이 지난번 때보다 더 가벼워지는 게 아닌가 싶어 걱정스러웠다. 운동량이 적으니 점점 근육이 줄어들고 오른팔이 왼쪽 팔보다 더 야위어졌다. 피부가 뼈에 맞붙은 것 같았다. 시력도 점점 약해지고 청각도 무디어지고 있었다. 말을 자유자재로 하지 못하니 답답하고 밥맛도 별로 없다고 몸짓으로 표현했다. 뼈마디 마디가 쑤시고 근육은 걸핏하면 꼬이고 저린다 했다. 숙희는 늙는다는 것이 곧 인생을 괴롭히는 최고의 질병이라고 생각했다. 복음서에서 예수님은 팔이 마른 자를 고쳐주지 않았던가? 앉은뱅이를 일으켜 세우고 중풍 병자를 고친 장면을 읽었던 기억이 났다. 만일 예수님이 전주에 온다면 할머니를 업고 달려가고 싶었다. 틀림없이 할머니를 고쳐주실 테니까. 아니면 그녀가 열심히 기도하면 그런 기적이 일어나지 않을까 하는 생각을 떨칠 수가 없었다.

외삼촌이 작년에 전세로 살던 한옥을 나와 신식 빌라로 이사한 것은 할머니를 위한 탁월한 선택이었다. 신흥학교 서무실에 근무하는 그는 퇴직금 일부를 당겨쓰고 여기저기에서 돈을 빌려 빌라를 샀다. 숙희도 그동안 저축했던 적금을 찾아서 보탰다. 인플레가 높아서 물가가 오르고 집값도 오르고 봉급도 따라서 올랐다. 몇 년 후에는 은행 빚을 갚는 부담이 훨씬 가벼웠다. 연탄보일러가 있어 따뜻한 물이 나와 할머니의 목욕이 한결 수월했다. 이전 한옥에서는 부엌에서 큰 플라스틱 통에 더운물을 끓여서 붓고 목욕을 시켰는데 여간 힘든 일이 아니었다. 목욕통의 물 온도를 맞추기가 어렵고 씻은 후에 할머니를 꺼내기도 어려웠다. 겨울에는 외풍이 세서 추위에 감기 걸릴까 봐 걱정이었다.

오늘도 할머니의 아래 뱃살이 줄고 흰 머리카락의 숱이 얼마 남지 않아 보였다. 머리를 감길 때 머리카락이 빠지지 않도록 조심스럽게 비누칠하고 물로 헹구는 데도 길고 짧은 머리카락이 몇 가닥이 묻어나왔다. 허벅지와 엉덩이 근육도 많이 줄어들어서 쭈글쭈글했다. 팔과 다리 피부도 탄력을 잃은 지 오래되었다. 할머니도 한때는 아들도 낳고 딸도 낳아 키우면서 없어서는 안 될 중요한 존재였다. 중풍에 걸리기 전까지 농사일이나 집안일을 거들어서 경제적으로 보탬이 되었다. 그러나 지금은 다른 가족의 돌봄을 받아야만 한다. 할머니는 더는 필요 없는 존재란 말인가? 앞으로 날이 갈수록 할머니의 존재가치는 떨어질 것이다. 그러면 할머니의 삶은 무슨 의미가 있는가?

숙희는 병든 할머니의 돌아가실 때까지 서독 파견을 미룰까 여러 번 고민했다. 할머니 곁에서 더 많은 시간을 함께하고 싶었다. 할머니가 엄마를 낳았기에 그녀가 세상에 존재하게 된 것이다. 늙고 병든 할머니라도 살아 계시는 것이 그녀에게 위안이 되었다. 하지만 언제 돌아가실지도 모르는 일이었다. 더구나 파독 간호사의 경쟁률이 점점 높아진다고 해서 불안했다. 이번에도 선발되지 못하고 대기 1번으로 있다가 기적적으로 잡게 된 기회였다. 선발된 간호사의 남편이 아내의 여권을 찢고 절대 반대해서 생긴 결원 덕분이었다. 돈도 좋지만 3년 동안 부부가 떨어져 사는 것은 정상적인 결혼생활이 아니라는 말이었다. 3년간 벌어온 돈으로 떨어졌던 부부

사이가 메꿔질 수 있는 것일까? 아내라는 위치가 돈을 버는 것으로 책임이 끝나지 않을 것이다. 애들이 있다면 엄마가 없는 동안 훌쩍 커 있을 터이고 돈을 벌어온 엄마를 아줌마라고 부를지 모른다. 그래도 남편과 애들을 떼어두고 서독에 가는 엄마 간호사가 없진 않았다.

요즈음 할머니의 흰 머리카락의 숱이 부쩍 적어진 것을 숙희는 알아챘다. 한때 할머니의 머리카락도 자신만큼 검지는 않았어도 윤이 났었다고 기억했다. 그만큼 할머니의 생명이 시들어가고 있었다. 누군들 식민지에서 가난한 집의 딸로 태어나고 싶었을까? 그래도 부모가 정해준 남편을 만나 딸 하나 아들 둘을 낳고 이런 것이 행복인가 싶었는데 남편이 일본 탄광으로 징용되어 버렸다. 그는 해방이 되었는데도 돌아오지 않았다. 소문처럼 사고를 당했거나 굶어 죽었으리라 짐작했다. 먹는 게 부실한데 막장 일이 고되니 저항력이 떨어져서 탄광에 유행하는 폐병에 걸렸을 수도 있었다.

할머니는 과부의 몸으로 일제강점기와 6.25 전쟁을 겪으면서 험난한 삶을 살았다. 겨우 애들을 키워 딸을 시집보내고 아들도 장가를 갔다. 그 험난한 고생을 이겨낸 할머니에게 누구도 범접하지 못할 당당함이 있었다. 할머니가 중풍으로 쓰러지기 전까지는 자신감도 있어 보였다. 그러나 늙고 병이 들자 할머니는 갑자기 허물어지고 있었다. 숙희는 할머니가 노년을 건강하고 경제적으로 여유롭게 살지 못하는 것이 안타깝기만 했다. 이런 불행은 일본 제국주의자들 때문에 시작되었다. 일본은 식민지 가정의 파괴자요, 무보수로 강제노역을 시킨 악덕 업주요, 폭력배이며 수탈자였다, 결국은 생명까지 앗아간 살인자였다. 그들은 양심이라는 걸 갖기는 한 인간들인가?

저녁 식사 후, 숙희는 외삼촌과 외숙모를 할머니 방으로 모셨다. 상의할 중대한 문제가 있다고 했다. 그녀의 서독 파견 문제였다. 현재 근무하고 있는 예수병원을 사직하고 서독으로 출국하는 문제를 알리기 위해서였다. 상의하는 게 아니라 그녀가 이미 결정한 일이어서 통보하는 자리였다.

"외삼촌, 외숙모. 지가 오늘 예수병원을 그만뒀당께요."

숙희의 갑작스러운 선언에 모두가 깜짝 놀라 어안이 벙벙했다. 이미 사직했다니 더 좋은 병원을 옮기는가 싶었다.

"다른 데로 간다냐?"

외삼촌이 의아한 표정으로 물었다.

"이야, 서독으로 가요. 국가에서 서독 파견 간호사를 모집한당께요. 얼마 전부터 광부를 보내듯이 말이지라. 경쟁률이 높아서 처음에는 선발이 못 됐서라. 근데 갑자기 결원이 생겼다고 대기자인 저에게 연락이 왔어라우. 미리 상의하지 못해서 죄송해요우."

"은제 가고? 얼마나 있다가 온다냐?"

외숙모가 난감한 표정으로 물었다. 숙희가 매주 집에 와서 할머니를 돌봐 주어서 도움이 되었는데 고스란히 자신의 몫이 될 게 부담스러웠다. 간호사여서 그런지 애들을 다루는 솜씨가 탁월하고 초등학교에 다니는 첫째의 숙제도 도와주었다. 애들도 언니를 잘 따랐다. 빌라를 살 때 은행에서 빌린 대출금을 갚으라고 월급의 상당 부분을 헌찰로 주고 있는데 그 돈을 어떻게 될 것인지 걱정이었다.

숙희는 병원에서 받은 퇴직금 봉투를 외숙모에게 내밀었다.

"쩌번에 집 사실 때 퇴직금을 깼는데 그때 새로 취업한 것으로 되어서 금액이 적대요."

숙희는 계면쩍은 표정으로 봉투를 내밀었다.

"이걸 어떻게 받는다냐? 출국 전에 사갈 물건도 많을 틴디."

"내의와 화장품은 충분허고 입던 외출복은 세탁했더니 새것 같아요."

"그래도, 비상금으로 가지고 가지."

"거기는 서독 돈만 써요. 비상금이 필요하면 월급을 가불한대요."

"그럼 네 출국 기념 잔치를 할끄나?"

"그게 좋겠네. 할머니 좋아하는 오리 백숙은 어쩔랑가요?"

"그럴꺼나."
"연봉이 여기보다 높으니까 현찰로 드리던 건 계속해서 보낼겝디요. 비행기 삯을 공제하고 생활비도 더 많이 든다니까 정확히는 알 수 없지만. 계약 기간은 누구나 3년이라고 해요. 기간을 채우지 못하면 위약금을 물어야 한대요. 3년간 살면 일이나 언어가 익숙해질 테니까 더 있을라고요."
"너도 결혼해야 할틴디 저축도 해야 안컸냐?"
외삼촌이 어린 조카의 도움을 받는 게 계면쩍었는지 얼버무렸다.
서독은 산업이 발전하여 일자리가 늘자 여성들이 직업전선에 대거 뛰어들었다. 따라서 출산율이 낮아지고 노동력이 부족하여 외국인 노동자를 유치해야만 했다. 소득이 올라가니 위험하고 더럽고 어려운 업종에서 일하기를 싫어하는 현상도 일어났다. 그들은 특근 수당을 많이 받기보다는 풍족한 생활의 여유를 즐기겠다는 풍조가 유행했다. 특히 야간에 근무할 간호사가 부족했다. 낮에 남이 일할 때는 자고 남이 잘 때는 일하기 때문이었다. 그것은 생활이라기보다 생존에 급급한 삶이었다. 환자를 돌보는 것은 수월하지 않고 고약한 일이 대부분이다. 대소변을 가리지 못하고 음식도 혼자서 먹지 못하는 환자를 돌봐야 했다. 호스피스병동이 그런 곳이고 몇 주 혹은 몇 달 만에 생명이 끝나는 환자들이 입원한 곳이었다. 간호사는 항상 사람의 생명과 연관된 긴급한 업무여서 긴장을 늦출 수가 없다고 들었다.
"엄마와 상의했다냐?"
외숙모의 질문에 할머니는 왼팔로 숙희 목을 쓰다듬기를 한참 동안 계속했다.
"고오소! 고오소!"
할머니가 묻고 싶었던 말을 외숙모가 대신해 준 것이었다. 곧 할머니의 눈에서는 벌써 눈물이 주르르 흘러내리기 시작했다. 모든 어머니의 마음이 그렇지 않을까? 아직 어린 딸이 먼 타국으로 떠나 3년이나 얼굴조차 볼 수 없다는데 아무 상의도 없이 가 버리면 얼마나 서운할까? 할머니는 딸과 손녀 사이가 예전 같지 않다는 것을 모르지는 않았다. 몇 년 전, 숙희의 엄마가 재혼하면서부터였다. 엄마의 재혼이 갑작스럽게 일어났던 만큼 어린 숙희가 이해하기가 어려웠다.

"못했당께요. 반대할 게 뻔해서. 대신, 편지를 썼어라우. 떠나면서 부칠라고요."

숙희는 출국 전에 엄마를 만나보고 싶었다. 고향 산천도 직접 찾아가 밟아 보고 싶었다. 하지만 엄마가 출국을 반대할 게 뻔했다. 그래서 편지로 대신하고 서울에서 출국 바로 전에 발송할 작정이었다. 그녀의 편지가 미리 도착하면 서울 김포공항까지 쫓아와서 울고불고하면서 매달릴까 염려해서였다. 그런 상황은 바람직하지도 않고 서로에게 도움이 되지 않을 거라 판단했다.

숙희의 편지

엄마, 건강하시죠? 오랜만에 남원에 내려가서 엄마를 뵙고 싶었어요. 한참을 망설이다가 이렇게 편지로 대신하기로 했어요. 죄송해요. 제가 고심 끝에 결정한 일인데, 엄마가 반대할 게 뻔해서요. 엄마가 울면서 붙잡으시면 제 맘이 흔들릴 테니까요. 그리고 POW(Prisoner Of War) 아저씨, 그러니까 새아버지를 뵙는 것도, 아직은 어색하고 불편해서요.

엄마, 저 서독 파견 간호사로 출국해요. 고향과 고국, 그리고 엄마를 떠나 먼 곳으로 가려니 마음이 참 무겁고 착잡해요. 하지만 슬프다고 말하진 않을게요. 제 선택이니까요. 무엇보다도 하나밖에 없는 자식을 떠나보내야 할 엄마의 마음이 얼마나 아프실지 생각하면 가슴이 아려요. 하지만 엄마, 저는 예수병원에서 미국 선교사와 함께 근무하면서 늘 궁금했어요. 그들은 어떻게 해서 잘 살며 우리를 도울 수 있을까? 왜 우리는 다른 나라를 돕지 못하고 도움을 받는 형편인가 의문이었고요. 해외의 형편에 대해서 우리가 알고 있는 것이 너무 적지 않아요? 해외에 나다니는 사람도 아주 드물고요.

정부는 많은 젊은이를 해외로 나가 외화도 벌고, 선진문화를 배우기를 권하고 있어요. 간호사들이 해외로 나가면 넘쳐나는 국내 여성 실업 문제도 완화되리라 하고요. 저 역시 해외에 나가서 새로운 경험을 쌓고 싶어요. 그리고 무엇보다 불우했던 제 과거를 말끔히 씻어내고 싶기도 해요. 서독에 나가서 새로운 환경에서 살다 보면 내 인생을 바꿀 힘도 생기리라 믿어요. 제 결정이 세상에서 가장 사랑하는 엄마를 슬프게 할까 봐 무척 망설였어요. 제가 힘들게 내린 결정이니 엄마가 이해해 주시기를 진심으로 바라요.

엄마, 서독에서는 빵과 소시지를 먹고 산다는데 한식을 못 먹을 게 걱정이어요. 엄마가 끓여주는 고소한 청국장이나 돼지고기를 송송 썰어 넣고 보글보글 끓인 김치찌개가 벌써 그리워져요. 엄마, 내가 어디를 가든지 잘살 테니 너무 걱정하지 마세요. 엄마 눈에는 항상 어린애로 보이고 잘못될까 봐 불안하시겠지만, 저도 이제는 다 큰 성인이지 않아요? 어딜 가나 건강하게 잘 살게요. 엄마 사랑해요. 기도할게요. 딸 숙희 올림

숙희는 엄마에게 보내는 편지를 쓰다 말고, 엄마가 슬퍼할 모습을 생각하니 눈물이 앞을 가려 더는 써 내려가지 못했다. 멀고 먼 타국으로 떠나며, 엄마뿐만 아니라 보고 싶은 이들이 떠올랐다. 언제 다시 만날 수 있을지 알 수 없는 여행이었다. 어렸을 때 수없이 참고 견뎠던 배고픔과 고통의 기억들이 머릿속을 떠나지 않았다.

봄볕이 따사로운 언덕에서 새로 돋아나는 쑥을 캐어 된장을 풀어 끓인 쑥국이 그렇게나 맛있었다. 마을 앞에 양지바른 논둑에 쭈그리고 앉아 건너편의 낮은 산등성이들을 하염없이 쳐다보면서 외로움을 달래던 자신의 모습이 스쳤다. 병든 아빠가 기침을 심하게 하면서 괴로워하던 모습도 잊을 수가 없다. 결핵에 좋다는 약을 구할 수 없고 입원시킬 돈도 없었다. 엄마는 결핵 환자는 영양보충을 잘해야 한다고 봄에 열댓 마리의 병아리를 부화시켰다. 온몸에 털이 보송한 병아리들이 얼마나 귀여웠던가! 몇 달 동안 자라면 한 마리씩 잡아 닭백숙을 끓여 주던 엄마의 처연한 모습은 더욱 잊을 수 없다.

그는 숙희에게 더없이 자랑스러운 아빠였다. 구질구질한 옷차림의 농사꾼 사이에 역무원 제복을 입은 모습이 단연 돋보였다. 달마다 두툼한 월급 봉투를 집에 가져오는 아빠를 동네 사람들은 재벌이라도 되는 것처럼 부러워했다. 반면에 감옥에서 풀려난 아빠의 모습은 너무나 달랐다. 얼굴은 핏기가 없고 볼은 푹 파이고 뼈와 살갗이 맞닿은 것같이 비쩍 말랐었다. 고문 때문이라고 수전증이 있어 오른팔을 떨었다. 그녀를 품에 꼭 안을 때 힘껏 당겨 주던 팔이었다. 숨이 막히면서도 아빠의 사랑이 전해지는 걸 느꼈었다. 이제 막대기 같이 마른 팔은 그녀 자신을 안아 줄 힘이 없을 것 같았다. 병든 아빠가 숨을 거둘 때 방구석에서 엎드려 아빠를 살려 달라고 눈물을 흘리면서 간절히 기도했던 일도 기억났다. 아빠를 살려 준다면 자신은 다른 병자들을 위해 열심히 도우면서 살겠다고 마음속으로 서원했었.

예수님은 많은 병자를 고치고 죽은 자를 살리는 기적도 베풀지 않았던가? 예수님 자신도 죽은 지 3일 만에 부활하지 않았던가? 하지만 그녀에게는 아빠가 살아나는 기적은 일어나지 않았다. 나중에 간호학교를 지원한 것도 아픈 사람을 보면 너무 마음이 짠해서 돕고 싶었던 마음이 있어서였다. '전능하신 하나님, 주님의 강한 오른팔에 불쌍한 우리 엄마를 맡깁니다. 제발 건강히 보살펴 주옵소서. 오, 하나님!' 그녀는 두 손을 모았다.

13
전쟁포로 김요한

　인류의 역사는 곧 전쟁의 역사라고 한다. 그만큼 인간사에서는 갈등이 끊이지 않고 전쟁은 시대가 계속될수록 끊임없이 반복된다는 말이다. 전쟁은 국가나 집단 사이에 무기를 가지고 서로 뺏거나 혹은 죽이려고 다투는 것이다. 전쟁의 목표는 승리뿐이다. 적을 되도록 신속히 죽이거나 제압해야 한다. 그러기 위해 성능이 좋은 강력한 무기를 새로 개발한다. 전쟁은 살인과 방화와 파괴가 일상처럼 행해진다. 전쟁을 겪지 않은 사람은 행복한 사람이다. 전쟁이 끝나면 전쟁에 쓰인 기술이 산업에 활용되면서 새로운 발전을 가져오기도 한다. 하지만 전쟁이 남긴 참혹함과 부도덕으로 인한 상처는 쉽게 지울 수 없는 비극으로 남는다. 전쟁으로 한 개인이나 민족의 운명이 송두리째 바뀌기도 한다.
　숙희의 삶도 전쟁의 소용돌이 속에서 깊은 상처를 피하지 못했다. 그녀가 POW 아저씨라고 부르는 김요한은 엄마가 7년 전에 재혼한 새아버지이다. 그는 6.25 전쟁 당시 이북 공산군으로 참전했다가 충북 제천에서 남한군에게 포로로 잡혔다.
　1953년 여름, 전주에서 아들과 함께 살던 숙희의 외할머니는 딸의 가을

농사를 돕기 위해 남원에 왔었다. 숙희네의 농장은 원래 할머니가 경영해 오다가 딸에게 물려준 것이었다. 그때 숙희의 아버지는 감옥에서 감염된 결핵으로 세상을 떠난 지 2년이 지난 후였다. 남원에서 엄마와 함께 살던 숙희는 초등학교 6학년 졸업반이었다.

외할머니의 도움으로 숙희 모녀는 농사일을 조금 더 수월하게 해낼 수 있었다. 그러던 어느 날, 밭에서 빨갛게 익은 고추를 따서 말리던 할머니가 과로였는지 갑작스럽게 쓰러지고 말았다. 전주 예수병원에서 치료를 받았으나 중풍 판정을 받고 거동이 불편해졌다. 숙희는 외삼촌댁에 보내져서 외할머니도 돌보고 중학교를 전주에서 다니게 되었다. 남원 집에서는 엄마 혼자 농사를 지어야 했다. 그녀가 전주 기전여중 3학년이었을 때였다. 엄마가 갑작스럽게 반공포로 출신인 김요한 새아버지와 재혼한 것이었다. 엄마를 빼앗긴 듯한 허탈감과 외로움, 슬픔이 한꺼번에 숙희를 덮쳤다. 아빠를 배신한 것 같은 죄책감도 들었다. 결핵을 앓다가 앙상하게 마른 채 세상을 떠난 아빠의 얼굴이 눈앞에 어른거려 대성통곡을 했었다. 새 아빠에 대한 반감이 가슴 깊은 곳에서 솟아올랐다. 그 후, 숙희는 자주 다니던 집에 발걸음을 뚝 끊고 말았다. 마음 한편으로 엄마가 새로운 행복을 찾길 바라지만 세상에서 홀로 남겨진 듯한 외로움을 극복할 수 없었다.

"반공포로를 즉시 석방하라!"

1953년 6월 18일, 이승만 대통령은 휴전 협상이 마무리되기 직전, 반공포로 6만 명을 전격적으로 석방했다. 한국 정부는 미국이 추진하는 휴전에 반대하며 그들의 뜻을 거스르는 결정이었다. 김요한은 광주 포로수용소가 열리자마자 고향이 있는 북쪽을 향해 죽을힘을 다해 뛰었다. 지루했던 2년여의 감옥생활에서 벗어난 기분은 하늘을 나는 듯했다. 광주시를 벗어나 담양에 도착해서야 한숨을 돌렸다. 제일 먼저 앞에 보이는 마을에 들어가 POW라는 도장이 찍힌 튼튼한 겉옷을 주민의 허름한 옷과 바꿔 입었다. 석방된 포로를 미국의 압력으로 재수감시킨다는 소문이 돌았기 때문이었다. 그는 계속해서 녹음이 우거진 좁은 산길을 따라 곡성을 지나 남원에 도착했다. 남원에 와서야 POW를 다시 잡아들인다는 뉴스는 헛소문이라는 걸 확인했다.

남원에서 요한은 시원한 개울물에 발을 담근 채 한참 동안 쉬었다. 가쁜 숨을 돌리고 기운을 차린 후에 주위를 살폈다. 지리산 자락 아래 계단식 논에서는 벼가 자리를 잡고 푸릇푸릇 잘 자라고 있었다. 높은 공중에서 잠자리라도 발견했는지 날렵한 제비 한 마리가 급강하로 비행하는 모습도 보였다. 개울물이 졸졸졸 흐르는 소리가 났다. 나뭇가지가 바람이 흔들리는 소리도 들렸다. 개울 건너편 들에서 뜸북새가 뜸북뜸북 노래하는 소리가 들려왔다.

'맴~엠, 찌르르 찌르르으' 고음의 매미 소리도 요란했다. 무더운 여름을 알리는 소리이다. 17년 동안 땅속에서 애벌레로 있다가 허물을 벗고 나방이가 되어 1~3주 안에 죽는다는 짧은 일생이다. 매미 소리는 허물을 벗고 새로운 세상을 만난 환희일 수도 있고 짧은 생을 마감해야 하는 한탄일 수도 있었다. 하지만 더 중요한 사명을 완수하기 위한 울부짖음이라고 학교에서 배웠다. 죽기 전에 암컷을 불러 교미를 하여 종족을 보존하려는 마지막 몸부림이라는 것이다. 수컷은 날개를 진동시켜 내는 소리를 공명실에서 증폭시키면 120데시벨의 높은 소리가 나온다고 한다.

구치소를 떠난 후 아무것도 먹지 못한 것을 그제야 깨닫고 배가 고파 왔다. 남원 변두리에 있는 동산 위에 자그마한 교회 십자가가 보였다. 매우 반가웠다. 교회에 얽힌 옛 추억들이 떠올랐다. 이북 황해도 연백군 고향 마을에 있는 연백장로교회와 비슷한 규모였다. 그는 연백장로교회에서 학습과 세례를 받고 정식 교인이 되었다. 교회 청년회의 주도적인 역할을 했었다. 교회 주위에는 몇몇 마을이 옹기종기 모여 있었다. 가까이에 전라선 기차역이 있고 강가에 작은 들이 아담하게 자리하고 있었다. 그 너머로 지리산 밑자락의 작은 야산의 능선들이 겹쳐 보이는 평화로운 시골이었다. 그는 고향에 돌아온 것 같은 착각을 일으킬 정도로 마음이 평안했다. 이곳에 임시로 정착하기로 맘을 먹고 교회를 찾아가 도움을 요청하기 위해 일어섰다.

1949년 겨울, 요한은 고향에서 인민군에 입대했다. 결혼한 지 1년이 채 되지 않았고 아내는 임신 중이었다. 입대 후 그는 가족과 전혀 연락을 주고받을 수가 없었다. 일요일인 1950년 6월 25일 새벽에 소련제 탱크를 앞세운 북한군이 38선을 넘어 남침했었다. 한국군은 속수무책으로 이북 공산군에게 3일 만에 서울을 내어주고 수도를 대전으로 옮겼다. 전세가 불리하여 밀리자 다시 대구로 옮기고, 또다시 부산으로 옮겨야 했다. 공산군은 끊긴 한강 다리 대신에 부교를 설치하느라고 3일간 남침을 중지했다. 부교 설치를 완성한 후에 남침을 계속하고 별 저항을 받지 않았다.

수원에서 하루 전날에 일본에서 날아온 미군 스미스부대를 격파한 북한군은 대전을 지나 김천까지 밀고 내려갔다. 낙동강을 경계로 북한군은 UN 연합군과 지루한 공방을 벌이다가 몇 주를 보냈다. 그러나 9월 15일, 맥아더 장군이 지휘한 미군과 한국군은 과감한 인천상륙작전을 성공시켜 9월 28일에는 서울을 다시 탈환했다. 공군력이 우세한 유엔군은 북진을 계속하여 압록강까지 밀고 올라갔다. 미처 이북으로 철수하지 못하고 남쪽에 남아있던 이북 공산군은 보급이 끊겨 고립되고 말았다.

요한이 속한 부대는 제일 앞에서 진격한 탓에 대구까지 가다가 후퇴해야 했다. 보급을 받지 못한 채 후퇴하다가 제천에서 국군에게 포위되었다. 많은 공산군이 전사하고 그를 포함한 나머지 38명이 포로로 붙잡혔다. 요한은 광주 수용소에서 수감생활을 하는 동안 내내 임신한 아내가 국군이 북진할 때 피난을 했는지 걱정했다. 전쟁이 끝나고 고향에 돌아가 가족을 만날 수 있을지 막연하기만 했다. 뜻하지 않게 1951년 1월에 중공군의 개입으로 연합군은 다시 38선까지 후퇴했다.

많은 이북 주민들이 남하하는 국군을 따라 피난했다고 들었다. 전쟁통에 그의 아내는 출산은 잘했는지? 산모가 먹을 것은 있었는지? 혹독하게 추운 겨울은 어떻게 견뎌냈는지 걱정하며 잠 못 이루곤 했다. 그 후 전쟁은 지루한 소모전으로 3년간이나 계속되었다. 특히 그의 고향 연백은 서부전선의 중심 지역으로 양측 군대가 밀고 밀리기를 반복했던 격전지였다.

    1953년 7월 27일, 판문점에서 2년간 이어진 휴전 협상이 마침내 마무리되었다. 수백만 명의 피를 흘리고 한반도를 낙동강에서부터 압록강까지 온통 갈가리 찢던 광란의 6.25 전쟁이 3년 만에 총성을 멈췄다. 끝난 것이 아니라 잠시 전투를 쉬는 정전이었다. 유엔군 대표로 미군이 나서고 북한군과 중공군이 휴전협정에 서명하니 휴전은 찾아왔다. 휴전에 소극적이던 소련의 늙은 스탈린이 1953년 3월에 죽은 후 휴전 협상은 급히 진전되었다. 남한은 통일을 이루지 못한 휴전을 반대하여 서명에 참여하지 않았다. 이승만 대통령은 미국이 한미방위조약을 수락하여 한국의 안전을 보장해야만 휴전을 인정하겠다는 주장을 굽히지 않았다.

    휴전 직전, 거제도를 비롯한 몇몇 도시에 분산하여 수용된 POW 중에서 6만 명의 반공포로를 6월 18일 새벽에 전격 석방해 버렸다. 이승만 대통령의 결단이었다. 체결된 포로송환협정에 따라 귀향을 희망하는 포로들을 휴전 성립 후 60일 안에 송환하기로 되어있었다. 한미방위조약 체결을 촉진하기 위해 미국의 반대에도 불구하고 반공포로를 북한으로 보낼 수 없다고 풀어주었다. 거제수용소에서 3만 명 그리고 영천, 대구, 광주 상무대, 논산, 마산, 부산, 부평 등 7개 수용소에 있던 2만 7,000명의 반공포로를 21일까지 석방을 마무리했다. 광주 상무대 수용소에 있던 요한 역시 이 과정에서 석방되어 자유를 얻었다.

    "목사님, 저는 반공포로입니다. 여기서 정착할 수 있도록 도와주십시오."
    요한은 남원은혜교회로 홍수길 담임목사를 찾아갔다. 자신은 이북에서 교회를 다닌 신자였다고 정착을 도와달라고 간청했다. 아무리 이북에서 교회를 다녔다고 하지만 기독교를 탄압한 공산군 출신을 믿어도 되는가?

그를 보증할 만한 사람이 아무도 없지 않은가. 홍 목사는 잠시 갈등했다. 하지만 잠깐의 대화에도 그의 신앙심을 확인할 수 있었다. 마침 교회를 관리하던 사찰 집사가 군에 입대하여 후임자가 필요했다. 홍 목사는 요한에게 공석인 사찰 집사를 맡기기로 했다. 교회 건물의 뒤편에 딸린 방에 기거하면서 교회 예배당 내외를 청소도 하고 보수도 하며 관리했다. 평일에는 주변 마을의 농사일을 도왔다. 입대하기 전에 농사를 지었던 그에게는 전혀 어려운 일이 아니었다. 감옥살이에 비하면 천국이나 다름없는 생활이었다.

그는 이북 공산당 정부가 기독교인을 박해했기에 포로교환 때에 이북으로 돌아가지 않고 반공포로를 자원했었다. 그만큼 기독교에 대한 믿음이 돈독했다. 이북으로 돌아가더라도 제대하고 고향에 돌아간다는 보장이 없었다. 벌써 10여 년이나 헤어진 아내를 만날 수 있을지도 알 수가 없었다. 남원은혜교회에는 100여 명의 신자들이 모이는 교회로 숙희 모녀가 다니던 교회였다. 마침 숙희가 3년 전에 전주의 기전여중학교에 진학하면서 어머니만 교회에 출석하고 있었다.

요한은 교회 건물을 관리하는 사찰업무에 충실했다. 그는 교인들과 적극적으로 교제하여 알아나갔다. 특히 각종 집회 시간에 맞춰 종탑에 올라가 종을 치는 일을 좋아했다. 종탑에 걸린 종은 두꺼운 산소통을 절반으로 잘라서 밑바닥에 고리를 용접해 붙여서 거꾸로 걸었던 임시 종이었다. 참나무로 만든 망치로 종을 때리면 제법 듣기 좋은 맑은 종소리가 났다.

땡~앵, 땡~앵, 땡~앵.

작은 에밀레종처럼 은은한 종소리는 십 리쯤 떨어진 마을에서 들릴 정도로 멀리 퍼졌다. 시계가 귀하던 당시에 사람들은 교회 종소리를 듣고 시간을 짐작하기도 했다. 일요일 낮에 종이 울리면 오전 11시이고 밤에는 7시 30분을 알리는 신호였다.

요한은 농번기에는 교인들의 농사를 도우면서 품삯을 받아 생활에 보탰다. 일을 꼼꼼하게 잘 처리하여 교인들 사이에서 인기가 많았다. 김치나 부식을 가져다주는 여신도들도 적지 않았다. 특히 전쟁 과부들은 은근히 그를 흠모하기도 했다. 여자는 많고 남자가 적어 돈 많은 늙은 남자는 젊은 여자를 첩으로 들이기도 했다. 이런 상황을 눈치챈 홍수길 목사는 그의 결혼을 중매하려 했다. 요한은 이북에서 이미 결혼했기에 그럴 수는 없다고 펄쩍 뛰었다. 그러나 주위에서 젊은 남자가 혼자 사는 것을 딱하게 생각하는 사람도 적지 않았다. 가까운 시일 안에 통일이 될 것 같지 않은데 그가 아내와 다시 만날 가능성은 거의 없었다. 요한은 틈이 날 때마다 교회 주변 마을에 사는 교인들의 일손을 거들어 주었다. 하루 품삯을 받기는 하지만 농번기에 교인들에게 큰 도움이 되었다. 자연스레, 혼자 농사를 짓는 순애를 돕는 일이 많아졌다.

요한과 순애가 들판에서 함께 일하거나 집에서 겸상하여 식사하는 모습은 마치 다정한 부부처럼 보였다. 그들을 잘 모르는 동네 사람들이나 이웃 마을 사람들은 그들을 재혼한 사이로 오해하기도 했다. 그래서 순애가 재혼했다는 헛소문이 돌았다. 당시 시골에서는 재혼하더라도 잔치를 하거나 널리 알리는 일은 거의 없었다. 요한은 그런 오해를 개의치 않았다. 어쩌면 순애에 대한 마음을 드러내는 일종의 묵인일 수도 있었다. 반면에 순애는 그것은 가짜 소문이라고 적극적으로 해명하느라 진땀을 뺐다. 농사일에 요한의 도움을 받는 것조차 조심하거나 다른 일꾼을 쓰려고 노력했다. 그럴 때면 자신이 처한 현실에 더욱 마음이 무거웠다. 멀리 전주에서 학교에 다니는 딸 숙희가 보고 싶고 옆에 있었으면 싶었다. 외갓집에서 딸이 돌보는 어머니의 중풍은 차도가 있는지 궁금했다. '어머니가 중풍으로 쓰러지지만 않았더라면 숙희가 집에서 학교에 다니게 했을 텐데' 하고 후회했다.

다행히 숙희는 전주 기전여중학교를 졸업하고 예수병원 부설 간호학교 입학시험에 합격했다. 다음 봄학기부터 간호학교 3년을 다니면 정식 간호사가 될 예정이었다. 그해 겨울에는 유난히 춥고 눈이 많이 내렸다. 겨울은 농한기로 별로 할 일이 없었기에 숙희는 계속 전주에서 외숙모를 돕고 외할머니의 수발을 들었다. 도시에 머물면서 간호학교 과정에 대한 준비와 미국 선교사들과의 소통을 위해 영어학원도 다니기로 했다.

순애는 외지에 있는 딸이 건강하고 장차 훌륭한 간호사가 되기를 간절히 기도했다. 매일 새벽에 새벽기도회를 알리는 종소리가 들리면 방한복 위에 두꺼운 외투를 입고 교회로 기도회에 나갔다. 마침 이웃에 사는 나이가 몇 살 위인 교인 언니와 함께 다니기 때문에 무섭지 않았다. 새벽 일찍이 딸과 가족들을 위해, 일본에 가서 행방을 알 수 없는 아버지와 순호 오빠가 살아있기를 간절히 기도했다. 교회에는 제재소에서 나오는 톱밥을 연료로 때는 난로가 설치되어 있어서 춥지 않고 훈훈했.

그날도 새벽 종소리가 울리자, 순애는 옆집 언니와 함께 며칠 전 내린 눈길을 헤치며 새벽기도회에 갔다. 도란도란 이야기를 나누면서 걷는 새벽길은 즐겁기만 했다. 아직 해가 뜨지 않아 어둡긴 하지만 눈이 쌓인 길은 매일 다니기에 익숙했다. 온 세상이 잠들어 있는 새벽에 맑은 정신으로 드리는 기도는 하나님이 더 잘 들어줄 것 같았다. 기도회를 마치고 나오니 아침 6시 반으로 하늘은 곧 눈이 내릴 듯이 구름이 잔뜩 끼어 아직도 어두웠다. 두 여인은 찬송가를 흥얼거리며 언덕길을 내려와 평지 논둑 길로 접어들었다. 그런데 그 순간, 순애가 발을 헛딛어 미끄러져서 1미터는 족히 되는 눈 덮인 논으로 굴러떨어졌다. 높지 않은 언덕길인데도 다시 올라오려는데 왼쪽 다리에 힘이 들어가지 않았다. 다행히 심한 통증이 없는 것으로 미루어 보아 골절은 아닌 듯했지만, 움직일 수는 없었다.

"옴매 김 집사님, 빨리요 빨리. 큰일 나부렀당께요. 정순애 집사님이 눈길에 넘어졌는디 꼼짝을 못한당께라우."

함께 걷던 언니가 다급히 교회로 달려가 요한 집사를 불러왔다. 급히 달려온 요한은 순애를 등에 업고 그녀의 집으로 향했다. 이웃 언니는 식구들의 아침 식사를 준비해야 한다며 돌아갔다.

　요한은 순애를 안방 아랫목에 요를 깔고 눕히고 왼쪽 다리를 살폈다. 우선 골절이 아닌 것을 확인하고 다음으로 무릎관절이 어긋났을 가능성을 검토했다. 군인들이 산에서 작전하다가 가끔 미끄러지면 일어나는 무릎관절이 어긋난 상태와 비슷했다. 이런 경우에는 삐져나온 다리뼈를 당겼다가 다시 제자리에 맞춰 넣으면 되는 일이었다. 그러나 순애가 외간 남자와 단둘이 있는 상황에서 다리를 내보이는 것이 부끄러워 거절했다. 혹시나 몸을 허락한다고 오해받을까 두렵기도 했다. 이런 때는 숙희라도 옆에 있었으면 좋을 걸 하고 생각했다. 요한은 비교적 쉬운 작업이니 자기를 믿고 다리를 맡기라고 하는데 듣지 않았다. 그대로 두면 관절이 붓고 외과병원에 가서 수술해야 한다고 설득했다. 결국, 순애는 두 눈을 꼭 감은 채 조심스럽게 다리를 뻗었다. 요한은 한 손으로 허벅지를, 다른 손으로는 발목을 힘껏 잡아당겼다가 관절을 제자리에 맞췄다. 이후 무릎을 몇 분간이나 마사지해 주었더니 왼쪽 다리에 힘이 돌아왔다.

　"김 집사님, 의사시요? 다리에 힘이 생겼는디요. 아푸지도 않고."

　"천만 다행이요 그랴."

　순애는 고맙다면서 아침을 차려올 테니 잠깐 기다리라고 했다.

　"아니요. 교회 가 봐야지라우. 교인들이 가고 없을 틴디 난로를 끄고 정리해야 한당께요."

　요한의 말에 순애가 붙잡거니 뿌리치거니 하다가 엉키고 말았다. 아무도 없는 방에서 30대 후반의 남녀가 다리를 주무르고 마사지를 하면서부터 이미 묘한 감정이 격렬하게 흐르고 있던 차였다. 요한은 끝내 참지 못하고 그녀를 덮쳤다.

　"아이고 집사님, 안 됀당께요. 참아라요. 으시~!"

　순애는 안간힘을 다해 그를 밀쳐냈지만, 이미 물불을 가리지 않고 덤비는 젊은 남정네를 떼어내기는 역부족이었다. 그는 이미 그녀의 내복을 벗기고 속옷을 거의 다 내리고 있었다. 위에서 내리누르는 그의 몸무게에 숨이 막히고 그의 손길이 훑고 지나는 구석마다 뜨겁게 달구어졌다. 그만 그의 허리를 끌어안고 말았다. 순식간에 일어난 사건이었다. 그들 둘은 모두가 십여 년 만에 다시 맛보는 사랑의 행위였다. 환희의 순간이 스치고 지나는 것을 느꼈다. 까맣게 잊고 있었던 짜릿한 감정이 되살아난 것이었다. 두 사람 중의 누구도 후회하지 않았다. 하지만 이미 엎질러진 일을 어떻게 수습해야 하는가는 그들이 풀어야 할 숙제로 남았다.

요한과의 정사 후, 며칠 동안 순애는 잠시도 마음을 놓지 못하고 불안에 떨었다. 혹시 누군가 그들의 엉킨 모습을 보지는 않았을까? 옆집 언니는 이미 짐작하고 있을 것 같았다. 교회와 마을에 이미 소문이 퍼졌을지도 몰랐다. 그날 밤도 함박눈이 펑펑 내렸다. 교회 홍수길 목사를 찾아가 상담을 할까 하다가 용기를 내지 못했다. 너무 부끄러워 망설여졌다. 교회 예배에 참석하면 요한을 보게 될 텐데 어떻게 처신해야 할지 걱정이었다. 물론 평소 그가 그녀에게 호감이 있다는 것을 모르지는 않았다. 그렇다고 그녀가 먼저 불쑥 결혼하자고 나설 수도 없는 일이었다. 만일 요한이 청혼한다면 자신은 그를 남편으로 받아들인 정도로 좋아하고 있는가도 의문이었다. 그와 재혼한다면 전주 남동생 부부는 어떻게 생각할지 또 사춘기인 딸 숙희를 어떻게 설득해야 할지 난감했다. 바로 그때 문밖에서 가느다란 소리가 들려왔다. 요한이었다.

"숙희 엄마, 나요."

요한이 문밖에 와 있는 것이었다. 그녀의 가슴은 쿵쾅쿵쾅 뛰기를 그치지 않았다.

"누구랑가요?"

"나 요한인디요. 문 좀 열어 주랑께요."

그녀는 반가웠다. 빨리 문을 열고 싶었다. 그러나 너무 쉬운 여자로 생각하면 어쩌나 걱정이었다.

"안 돼요. 밤이 늦었응께. 돌아가요. 주일에 교회에서 봐요."

"여기서 밤새우게 할꺼요? 얼어 죽겄는디."

요한은 그냥 돌아갈 기미가 없었다. 한편으로는 그가 그냥 되돌아가 버리면 어쩌나 걱정되기도 했다. 한참 후, 부엌으로 들어오면 방으로 통하는 문을 열어 주겠다고 했다. 마루에 남자 신발이 놓여 있으면 과붓집에 남자가 출입한다는 소문이 날까 두려웠다.

"우리 결혼합시다! 주일 날 홍 목사님을 찾아가 상의할랑께요. 결혼하기로 했다고 알릴게라. 함께 가면 좋겠는디, 교회에서 반대한다면 어색해질까 염려된당께요. 같이 갈랑가요?"

요한은 방에 들어오자마자 그녀의 손을 맞잡고 간절한 목소리로 말했다. 지난번의 사건이 한 번의 불장난이 아니었다는 의미였다. 그녀는 차마 그를 똑바로 바라볼 수 없었다. 지난번에 가졌던 정사 장면이 떠올랐기 때문이었다.

"지 혼자 결정할 일이 아니지라. 친정에 가서 상의해야 한당께요."

두 사람 모두 재혼에 대해서 고민을 했다는 것을 확인한 셈이었다. 그냥 없던 일로 덮을 수는 없었다. 그렇게 되면 소문이 좋게 날 수가 없었다. 요한도 이곳에 정착할 수 없게 될 터였다. 이미 이북에서 결혼한 기혼자인데도 나라의 분단과 전쟁 때문에 10년이 넘게 함께 살지도 못하고 다시 만날 기약도 없었다. 이혼한 것이나 다름이 없으니 허물이 되지 않을 것도 같았다. 그렇다고 남몰래 찾아와 정사만을 즐기기만 할 수도 없었다. 그녀가 응할지도 모르고 머지않아 곧 들통이 날 수밖에 없는 일이었다. 마을 사람들은 이웃집의 숟가락이 몇 개인지 서로 알고 지내기 때문이었다. 그날 밤에는 지난번처럼 엉겁결에 치른 게 아니라 서로 그리워할 때 찾아온 기회였다. 그들의 사랑을 나누는 행위는 뜨겁게 달아올라 밤새도록 식을 줄 몰랐다. 두 사람은 다시는 떨어질 수 없는 사이가 되었다.

두 사람의 재혼은 숙희 엄마의 친정 식구들이 나가는 전주교회에서 홍 목사의 주례로 이루어졌다. 남원의 본 교회에서는 주보의 광고란에 실어서 알렸다. 재혼한 날부터 요한은 그녀의 집에 들어와 함께 살았다. 남한의 정순애와 북한의 김요한이 갑작스럽게 재혼한 것이다. 누구도 예상하지 못한 결합이 갑자기 이루어졌다. 남한 여성과 북한 남자가 뜻밖의 방식으로 하나가 된 것처럼, 남한과 북한도 언젠가 갑자기 통일될 수 있지 않을까? 그러기 위해서는 양측이 서로 사랑하고 함께 살기를 열망해야 하는데.

14
간호사의 서독 출국

누구나 여행을 좋아한다. 여행을 앞두고 있으면 마음이 설레기 마련이다. 익숙한 일상을 떠나 새로운 경험을 할 수 있다는 긴장감이 있어서다. 특히 해외여행은 그 설렘이 더할 것이다. 생전 보지 못한 풍경을 보고, 낯선 음식을 맛보며, 다른 나라 사람들의 생활을 엿볼 기회이기 때문이다. 하물며 한 번도 해외에 나가 본 적이 없는 사람이라면 그 감정이 얼마나 강렬하겠는가? 그러나 설렘 뒤에는 자신이 익숙한 세상과 너무 달라 두려운 마음도 있을 것이다. 만약 단순한 관광이 아니라 가난을 극복하기 위해 타국으로 돈을 벌기 위해 떠나는 길이라면 그 마음은 더 복잡할 것이다. 숙희가 바로 그런 심정이었다.

1966년 1월 29일, 서독 파견 간호사 63명이 출국하는 날이었다. 그 시절, 특별한 사람이 아니면 외국행 비행기를 타볼 엄두를 못 내던 때였다. 대부분 국민이 먹고사는 일에 급급했기 때문이다. 거대한 비행기가 공중으로 날아가는 모습 자체가 신기하게 보였다. 육중한 비행기를 타고 하늘을 오르는 기분은 경험하지 않고는 아무도 모른다. 숙희 일행은 지구의 반대편의 먼 유럽 서독으로 비행기를 타고 날아갈 것이었다. 국내에서는 도저히 꿈꿀 수 없는 큰돈을 벌기 위해서 가는 길이었다. 하지만 말도 다르고, 피부색도 다르고, 문화도 다른 사람들을 위해 일하러 가는 것이다. 낯선 환경에서 가난을 벗어나기 위해 몸부림쳐야 할 곳이었다.

이른 아침, 숙희는 숙소를 나와 출국하기 위해 김포공항행 버스에 올랐다. 서울은 고향 전주와는 비교도 되지 않을 만큼 큰 도시였다. 6.25 전쟁이 휴전된 지 13년 만에 파괴된 거리와 건물들은 많이 복구되었다. 더 크고 화려한 건물들이 대신 들어서기도 했다. 공항에 도착하니 출국장에는 출국하는 간호사들과 배웅하러 나온 가족과 친지들로 북새통이었다. 모두가 최상의 옷차림에 묵직한 가방을 가지고 있었다. 따뜻한 털코트 안으로 한복 치마와 저고리를 입었다. 한복은 그들이 한국을 대표하는 사람임을 상징하는 옷차림이었다. 어떤 이는 심각한 표정을 짓기도 하고 덤덤한 인상을 하고 있기도 했다. 숙희는 출국 절차를 밟는 것도 이런 군중 속에 휩쓸리는 것도 처음이었다.

탑승할 시간이 다가오자 옹기종기 모여 웅성거리던 사람들이 잘 가거라 잘 있으라는 인사를 주고받았다. 감정은 점점 고조되었고, 이내 모두가 뒤엉켜 한바탕 울음을 터트렸다.

"돈 많이 벌어 올게, 건강히 잘 계세요"

"도착하면 꼭 편지해라. 몸조심하고."

영영 못 돌아올 것처럼 서로를 놓지 못하는 모습이었다. 보는 이도 눈물을 흘리지 않고는 도저히 볼 수 없게 만들었다.

반면에 숙희는 혼자였다. 그 많은 사람 중에 아는 사람은 아무도 없었다. 그녀를 배웅하는 사람이 없었다. 이런 외로움을 자주 겪었던 그녀였기에 별거 아니라고 치부했다. 전주에서 서울까지 올라올 여유 있는 가족 친지가 없었다. 아무하고도 인사하지 못하는 그녀는 한없이 외로움에 젖었다. 그녀는 울고 싶었다. 만약 엄마가 미리 알았다면, 김포공항에까지 쫓아와서 그녀를 붙잡고 통곡하리라 상상했다. 차라리 엄마를 부둥켜안고 펑

펑 울었으면 엄마와의 서먹서먹한 감정을 털어 버릴 수 있지 않았을까? 많은 사람이 울고 있는 처지에서 그들 모녀가 붙들고 운다고 해서 흠이 될 것이 없었다. 그녀는 한 번도 정상적인 가정의 분위를 경험하지 못하고 자랐음을 확인하고 가슴속 깊은 곳이 아려왔다. 진정 행복한 가정은 어떤 모습일까? 엄마가 POW 아저씨와 행복한 가정을 꾸려가기를 기도했다. 그녀는 병든 외할머니에 대한 걱정도 지울 수가 없었다. 건강이 더 나빠지지 않고 오래 사시기를 바란다. 늙고 병든 할머니를 생각하니 안타까움이라는 또 다른 파도가 밀려왔다.

숙희는 앞으로 서독에서 닥칠 미래가 어떤 모습일지 몰라서 불안했다. 앞날이 고통일지, 평안일지, 악일지 선일지, 불행일지 행복일지, 한 치 앞도 알 수는 없었다. 그러나 미래는 알 수 없기에 현재에 충실할 수 있다는 말이 떠올랐다. 미래를 알 수 없기에 삶은 흥미롭고, 그 불확실성이 때로는 사람을 움직이게 한다. 미래를 모른다고 해서 불안하고 초조한 인상을 쓰고 살아갈 수는 없는 노릇이다. 그런 사람과 어울리기 좋아할 사람이 없어 외톨이가 되기 쉽다. 외톨이가 되지 않으려면 애써 그렇지 않은 척 가면을 쓰고 살아가야 할 것이다. 하지만 숙희는 그런 가식적인 삶을 용납할 수 있는 기질이 아니다. 그녀는 내면에서 부글거리는 의문과 불확실성을 깨뜨리고 투명한 삶을 추구하는 편이다. 이번 서독행은 그런 여정의 일환이었다. 단순한 현실도피가 아니라고 몇 번이나 되새기며 다짐했다.

숙희는 예수병원에서 함께 근무했던 미국 선교사들의 출국을 떠올려봤다. 그들도 한국으로 떠나올 때 비슷한 장면을 겪지 않았을까? 그들은 한국으로 돈을 벌러 오지 않았으니 그녀의 상황과는 달랐을 터였다. 그들은 숭고한 기독교 신앙을 실천하러 가는 길이었다. 무지하고 미신에 찌든 자를 깨우고 가르치며 병든 자를 치료하려고 떠났지 않은가! 그 점에서 인생을 빛나게 하는 것은 결코 돈만이 아니라는 생각이 들었다. 물론 끼니를 걱정하는 절대빈곤을 벗어나지 못한 경우라면 돈은 중요하다. 그녀는 서독에서 돈을 벌기만 하는 것이 아니었다. 그녀의 삶을 빛내기 위해 무엇을 해야 할지 결정하는 계기가 되기를 바랐다.

숙희는 자신이 고향과 친척을 떠나는 모습이 구약성경 창세기에 나오는 아브라함과 겹쳐보았다. 하나님은 아브라함에게 명령했다.

"본토 친척 아비 집을 떠나 팔레스타인으로 가라. 그 땅에서 복의 근원이 되고 큰 민족을 이루게 축복해주겠다."

아브라함에게 주어진 명령은 이미 익숙한 환경을 떠나 낯선 곳으로 가라는 것이었다. 낯선 환경에서 불확실한 미래가 아닌가. 명령에 순종하면 축복이 주어지리라고 약속했다. 이는 기존 삶의 질서를 깨어버리지 않고는 새로운 길을 열 수 없다는 말인가? 낯선 땅에서 그가 갑자기 큰 부자가 되고 창대한 삶을 누릴 수 있을까? 이미 그곳에서 터를 잡고 사는 사람들과 어떻게 충돌을 피할 수 있을지 궁금했다. 아브라함이 사는 고향 땅에서는 그런 축복을 받을 수 없었는지 의문이었다. 그의 생업인 목축에 적합한 초지가 있는지 기후는 목축에 적합한지에 관한 정보가 전혀 없었다. 그는 이미 75세의 늙은이로 자식이 하나도 없는데 큰 민족을 이루리라는 축복을 믿어도 되는가? 조카인 롯의 가족을 함께 이끌고 가나안에 도착하니 마침 가뭄이 들어 정착할 수 없었다. 이집트까지 내려가야 했다. 이집트에서 바로왕에게 마누라까지 빼앗길 뻔한 위기와 생명의 위협도 겪었다. 축복은 금방 오지 않았다.

하지만 하나님의 약속은 끝내 헛되지 않았다. 갖은 역경과 고난을 겪은 후에 극적인 반전이 이루어졌다. 이처럼 축복의 인생을 살기 위해서는 역경과 고난을 반드시 겪어야 한다는 말이었다. 고통스럽지 않으면 인생이 아니다, 하지만 고통은 짧고, 축복은 길다. 숙희는 서독에서 어떤 고난이 닥치더라도 결국 그녀의 삶을 빛내는 축복이 되기를 기도했다.

가족과 고국을 떠나는 마음은 슬펐다. 처음으로 가족을 떠나고 고국을 떠나는 길이었다. 최소한 3년간은 다시 만날 수 없는 이별이었다. 슬프지 않으면 이별이 아니다. 한편, 처음으로 바깥세상을 맛보는 흥분도 없지는 않았다. 유럽까지 직행으로 날아가는 여객기를 가진 항공사가 없기에 그들은 프로펠러 전세기를 탔다. 우중충한 겨울 날씨인데 육중한 몸집의 비행기가 굉음을 내면서 한참 솟아오르니 태양이 빛나는 새로운 세상이 펼쳐졌다. 경이로운 과학기술 발전의 결과였다. 날아가는 비행기 아래로 솜털같이 깔린 구름층이 내려다보였다. 숙희는 이 장면이 마치 아름다운 미래로 가는 꽃길이 아닐까 상상해 봤다. 하늘에서 지상을 내려다보니 가끔 산도 지나고 들도 지나고 바다도 지났다. 새로운 세상이 열리는 것 같았다. 숙희 자신도 새로운 존재가 되는가 싶었다. 뒤에 남겨둔 고향과 가족 고국까지도 사라져버렸다. 그녀의 과거가 함께 지워졌으면 싶었다. '아, 새날이여 어서 오라!' 외치고 싶었다. 새로운 사람으로 다시 태어나고 싶었다.

　비행기는 8시간 정도 날아가더니 급유를 받으려는지 휴식이 필요했는지 인도 뉴델리공항에 착륙했다. 인도는 아시아에서 중국 다음으로 큰 나라이다. 영토로 보나 인구로 보나 문화적으로 보나 중국에 견줄 만하다. 근세에 90여 년에 걸쳐 영국 식민지로 지내다가 우리나라와 비슷한 시기에 독립했다. 인도에서도 독립을 위해 수많은 독립운동가가 목숨을 걸고 싸웠다. 그중에서도 비폭력 저항으로 독립운동을 이끌었던 작은 체구에 둥그런 큰 안경을 낀 마하트마 간디가 떠올랐다. 작은 체구에 거의 웃통을 벗고 긴 천으로 몸을 휘감은 그의 인상은 의외로 연약한 모습이었다. 영국 옥스퍼드대학에서 유학한 변호사로 비폭력, 불복종, 비협력이라는 방법으로 대영제국을 굴복시킨 강인한 인물이기도 했다. 독립하면서 힌두교와 이슬람교의 종교적인 갈등으로 인도와 파키스탄으로 분리 독립하여 나라가 두 조각이 난 것이었다.

　간디는 조국의 독립을 보지 못하고 암살을 당하고 말았다. 비슷한 일이 우리나라에서도 일어났으니 바로 김구 선생 사건이다. 그는 상하이 대한민국 임시정부를 이끌었고 남북한으로 쪼개지지 않고 독립하기 위해 죽는 날까지 부단히 노력했다.

　인도는 오랜 역사와 풍부한 문화를 가진 나라다. 다양한 종교의 발상지로, 많은 사원에는 각종 조각이 많아 마치 신들의 낙원 같은 인상을 풍기는 나라로 알려졌다. 인도에서 불교가 탄생했고 힌두교와 이슬람교 같은 여러 현대 종교들이 번성했다. 종교는 사후 세계에 대한 설명과 인생이 무엇인가 혹은 어떻게 살아야 하는가에 대한 교리가 있다. 인도인은 다른 어느 나라보다 철학적이고 고차원의 사색을 즐기는 사람들 같았다. 고려 왕조가 국교로 삼았던 불교의 발생지이기 때문에 한국인에게 인도는 곧 불교의 나라이다. 한국뿐만 아니라 중국, 일본, 동남아 여러 나라가 불교의 영향을 받았고 각국에 적지 않은 유적들이 남아있다. 그러나 인도에서는 불교를 거의 믿지 않고 있다고 한다. 등잔 밑이 어둡고 자기가 가지고 있는 가진 것의 귀중함을 알지 못하기 때문인지도 모른다.

　공항 대기실에서 내다본 주위의 거리엔 신발을 벗은 채 걸어 다니는 어린이들이 눈에 들어왔다. 피부가 까무잡잡한 인도 아줌마들이 배를 까고 허리를 드러낸 상태로 기다란 천을 휘둘러 걸친 모습도 보였다. 여인들의 이마 한 중앙에 찍힌 붉은 점이 특이했다. 결혼한 부인의 표시라고 했다. 결혼한 여자인지 처녀인지를 밝혀야 할 이유가 무엇이지 궁금했다. 임자가 있는 몸이니 넘보지 말라는 뜻일까? 통계로 보면 국민소득이 우리나라와 비슷하여 잘사는 나라가 아닌데 제법 살이 찐 사람들이 많이 보였다.

　인도의 북부 히말라야산맥 쪽은 지대가 높아 춥고, 중남부의 대부분 지역은 무더운 날씨라고 했다. 자연환경은 인간이 살기 어려우리만큼 더럽혀졌고 소를 신성시하는 특이한 나라라고 했다. 그래서 소고기를 먹지 않고 도로에 소 떼가 나타나면 다 지나갈 때까지 차량도 멈춰 서서 기다린다고 했다. 뿌리 깊은 카스트제도로 태어나면서부터 4등급으로 나누는 신분이 정해진다는 것이었다. 신분이 다른 사람들끼리는 혼인해서도 안 되고, 함께 음식을 먹어서도 안 된다고 한다. 신분 차별은 평등사상을 부족하게 만들어 국가발전을 더디게 한다고 했다. 생과 사에 대한 개념이 우리와 다른지 갠지스강 하구에는 기도하다가 죽어가는 사람이 많다고 하지 않던가? 그런 사람들은 자신이 죽으면 화장시킬 장작더미를 준비해 둔다고 들었다. 과거의 번영으로 찬란한 문화유산이 많다는데 그들의 문화는 퇴보한 것인가 진보한 것인가 의문이었다.

숙희는 신문에서 인도 기차의 지붕 위나 달리는 자동차 문에 매달려 가는 사람들의 사진을 본 기억이 났다. 그 열차 객실에는 안전하게 타고 간 사람들이 있었을 것이다. 지붕 위에 목숨을 걸고 위험하게 타고 가는 사람들은 어떤 사람들이었을까? 객차 안의 사람들은 지붕 위의 사람들을 의식하지 않을 수 없었을 것이다. 그들보다 더 안전하고 안락하게 기차여행을 즐길 수 있다는 우월감을 가졌을까? 그들에게 미안했을까? 인도에서는 철도 사고가 자주 일어나고 그때마다 많은 사상자가 생긴다고 했다. 단순히 가난해서 열차표를 살 수 없어서였을까? 그렇다면 돈이 인간을 약육강식의 동물 차원으로 만드는 것 같았다. 마치 6.25 전쟁 때 피난민을 잔뜩 실은 기차를 연상시켰다. 인도의 현실이 우리 6.25 전쟁 때의 비상시와 같다는 말인가? 돈이 있거나 권력이 있는 사람은 어디서나 안전한 것인가? 돈과 권력에 의해 사람들을 차별했던 그때 우리나라도 야만성이 팽배했었다. 그 후에 우리 사회는 얼마나 개선되었을까?

"본 비행기는 잠시 후에 이륙하겠습니다. 자리에 앉아 의자를 곧바로 세우고 안전벨트를 착용하시기 바랍니다."

급유를 마친 비행기는 승무원들이 인원을 확인한 후 기내방송으로 출발을 알렸다. 독일어와 영어로 하고 나중에 한국어로 방송했다. 간호사들이 하나같이 배가 고프다고 쑥덕거리는데 기내에서 음식을 제공할 기미가 없었다. 비행기도 급유를 받았듯이 당연히 승객에게도 에너지를 보충해줘야 했다. 해외여행의 경험이 없는 간호사 중에는 누구도 항의할 엄두를 내지 못했다. 사리 판단이 되지 않아서였다. 상대를 알지 못하고 자기 권익을 정확하게 주장할 수 없기 때문이었다. 대신 각자 가방을 뒤져서 간식으로 가져온 과자나 떡 쪼가리를 나누어 먹으며 허기를 달랬다. 어떤 이는 반찬으로 가져온 김을 매운 고추장에 찍어 먹기도 했다. 서독에서 맛보려고 고이 싸 온 고국의 맛을 아깝게 비행기 안에서 먹어 버린 것이었다.

"승객 여러분! 기장입니다. 우리 비행기는 방금 뒤셀도르프(Düsseldorf) 공항에 무사히 도착했습니다. 오랜 시간 동안의 비행에 수고 많으셨습니다. 잊으신 물건이 없이 안녕히 가십시오. 감사합니다."

서독 도착

목적지인 서독 뒤셀도르프공항에 도착했다. 도착해서야 도중에 밥을 안 준 이유를 알았다. 프로펠러 비행기라 워낙 요동이 심해서 집단으로 멀미를 할까 봐 음식을 주지 않았다고 했다.

입국 절차를 마친 뒤 혼잡한 공항 입국장 밖으로 나왔다. 날씨는 흐리고 정오가 가까워지고 있었다. 뒤셀도르프 공항은 김포공항에 비하면 거대한 공항이었다. 공간도 넓고 이착륙하는 비행기도 많았다. 김포공항에서 쉽게 볼 수 있는 크고 작은 산들을 여기서는 볼 수 없었다. 사방으로 확 트인 드넓은 평야 지대였다. 비행장을 들고나는 사람도 많고 건물들도 훨씬 크고 높았다. 모든 것이 낯설었다. 익숙한 고국의 모든 것이 사라졌다는 것을 실감했다. 한국 간호사 63명은 주위 몇몇 병원으로 배정되어 흩어졌.

위압감을 줄 정도로 체구가 큰 중년 여자가 손에 명단이 적힌 종이를 보면서 수키캉(강숙희) 이름을 불렀다. 숙희는 미국 선교사들과 함께 근무하면서 서양사람들은 성과 이름의 순서를 바꿔서 부른다는 것을 알고 있었다. 숙희를 포함한 10명이 뒤셀도르프 시립병원의 내과 병동에 배정되어 있었다.

"여러분, 반갑습니다. 뒤셀도르프에 오신 것을 환영합니다. 저는 뒤셀도르프 시립병원의 내과 병동에서 근무하는 간호 부장 마리아 베버입니다. 여러분을 마중 나왔습니다."

베버는 독일어로 인사하더니 혹시 못 알아들을까 싶어 영어로 반복했다. 유창한 영어였다. 한국말을 할 수 없어서 미안하다고 하는 여유를 부렸다. 일행은 그녀를 따라 병원으로 가는 버스에 올랐다. 마중 나온 서독 관계자들은 생김새도 다르고 체구도 컸다. 서독이라는 나라의 첫인상은 모든 것이 다 크게 보였다. 숙희는 예수병원에서 체구가 큰 미국 선교사들과 함께 일했었는데 그들은 한국인에 비해 적은 숫자였다. 여기서는 반대로 한국인들이 적은 숫자여서 그런지 남의 나라에 들어와서 그런지 잔뜩 위축된 기분이 들었다.

놀랍게도 인솔자 베버가 버스를 직접 운전했다. 30명을 태우는 중형버스를 여유롭게 운전하는 모습이 인상적이었다. 여기서는 자동차 운전은 남녀 누구나 하는 기본기술인 것 같았다. 한국에서는 직업 운전자는 남자뿐이다. 자동차를 운전해 본 경험이 있는 여자는 거의 없었다. 작은 승용차도 아닌 버스를 운전하는 독일 여성은 위대하게 보였다. 그것도 병원의 간호 부장 직책이 있는 여자가 업무를 위해 버스를 운전한다는 것은 1인 2역을 하는 것이다. 그만큼 그녀는 생산성이 높고 소득도 많은 것 같았다.

서독 사람들은 외모에서부터 한국인과 큰 차이를 보였다. 남녀가 모두 코가 덜렁하고 머리 색깔이 제각기 달랐다. 파랑이나 녹색 눈동자가 많아 특이하여 눈에 잘 띄었다. 파란 색안경을 쓴 것처럼 모든 세상이 파랗게 보이는 것이 아닐까 하는 의심이 잠깐 들었다. 아니야, 우리 눈에 모든 것이 갈색으로 보이지 않는다는 것을 알고 생각을 고쳤다. 머리칼은 옥수수염 같은 연한 갈색이고 어떤 여자는 빨간색이었다. 서양 노래에서 미인을 대변하는 금발의 여인은 그리 많지 않아 보였다. 한국 여자들은 짧은 파마나 숏커트를 했는데 독일 여자들은 머리가 길고 짧고 또 뒤로 질끈 묶은 사람도 있어 여러 가지였다. 그만큼 다양한 개성을 가진 사람들처럼 보였다.

이곳에서는 여자의 사회진출이 많은 데도 외국 노동자를 수입해야 한다니 산업이 발전한 나라임이 틀림없었다. 숙희는 인간이 어느 나라에서 태어나느냐에 따라 운명의 상당 부분이 달라진다고 생각했다. 우리나라는 여성의 사회 진출이 적은데도 실업자가 많으니 앞으로 일자리를 더 늘려야 되리라고 생각되었다. 그렇게 하기 위해서는 여러 가지 산업을 발전시켜야 하고 그러면 서독처럼 잘살 날이 오지 않겠는가!

독일은 일본과 이탈리아와 동맹을 맺고 1939년부터 1945년까지 제2차 세계대전을 일으켰다가 패전했다. 전승국인 미국, 영국, 프랑스, 소련, 중국을 중심으로 1945년 10월 24일 국제연합이 창설되었다. 다시는 세계전쟁이 일어나지 않도록 국제연합을 통해 사전에 분쟁을 해결하자는 의도였다. 전후 독일 노동자들은 세계적 수준의 직업교육 제도를 시행하여 산업사회에 필요한 값싸고 숙련된 노동력을 제공했다. 이런 노동력은 지구상의 모든 기업가가 꿈꾸는 투자 조건에 적합한 것이었다. 동독과 동유럽, 해외에서 유입된 피난민들 역시 서독에 풍부한 노동력을 뒷받침했다. 이에 힘입어 서독의 경제는 1950년대에 매년 8%에 육박하는 놀라운 경제 성장률을 달성했다. 따라서 서독인들의 생활도 개선되었다. 서독인의 소비 생활에서 큰 변화가 생겼다. 튼튼한 경제력을 바탕으로 복지제도를 확대하여 많은 환자가 병원을 쉽게 찾을 수 있는 혜택을 누렸다. 간호사에 대한 수요도 자연스레 증가한 것이다.

서독의 산업이 크게 발달하여 '라인강의 기적'이라 할 만큼 잘살게 되자 근로자들은 힘든 일을 피했다. 비숙련, 저임금 일자리는 동유럽 국가 이민자들과 난민들에 의해 채워지고 있었다. 그런 노동력의 공급은 꾸준하지 못해 안정적인 인력을 조달하려고 한국 간호사와 광부들을 초청하기에 이르게 된 것이었다. 마침 한국은 일자리 부족으로 높은 실업률을 해소할 좋은 기회였다. 한국 간호사들이 일할 뒤셀도르프는 강가의 마을이라는 이름처럼 라인강 변에 있는 도시로 노르트라인-베스트팔렌주의 수도였다.

라인강은 한강에 비하면 폭이 절반밖에 안 되는데도 양변으로 도로와 철도가 시원하게 뚫려있었다. 강의 수량이 풍부하고 수심도 깊은지 화물을 실은 배들이 끊임없이 오르내리고 있었다. 라인강은 한강과 달리 물류의 상당한 부분을 감당하고 있는 것 같았다. 가끔 유람선도 보였다. 산업 발달에 라인강이 중요한 역할을 하고 있었다.

학교에 다니면서 독일민요라고 들었던 '로렐라이 언덕'이 머리에 스쳤다. 라인강의 어느 지점인지 몰라도 언젠가 그 언덕을 찾아가 볼 기회가 있기 바랐다.

로렐라이 언덕(Die Lorelei)

작사 Heine, 작곡 F. Silcher

옛날부터 전해 오는 쓸쓸한 이 말이
가슴 속에 그립게도 끝없이 떠오른다.
구름 걷힌 하늘 아래 고요한 라인강
저녁 빛이 찬란하다, 로렐라이 언덕…
(이하 생략)

뒤셀도르프 시내의 거리에는 넓은 도로 양쪽으로 5층 정도의 고풍스러운 벽돌과 콘크리트 건물들이 줄지어 서 있었다. 제1, 2차 세계대전에서 폐망한 나라라고는 믿기지 않을 만큼 말끔히 정비된 모습이었다. 전후 불과 20여 년 만에 폐허를 복구한 회복력이 놀라웠다. 전쟁 배상금을 갚고도 이렇게 빠르게 부흥할 수 있었던 비결이 무엇인지 궁금했다. 한편 전쟁과는 상관없이 유대인을 600만 명이나 가스실에서 학살했다니 게르만 민족의 잔학성에 치가 떨렸다. 그런 민족에게서 근대 철학의 아버지라는 칸트와 헤겔이 나올 수 있었다니 더욱 이해할 수 없었다. 베토벤이라는 걸출한 작곡가와 괴테라는 위대한 작가를 배출한 민족이다. 진실과 정의에 바탕으로 하지 않고도 훌륭한 예술이 나올 수 있다는 말인지 궁금했다. 그런 토양에서 히틀러라는 괴물이 선거를 통해 정권을 잡았다니 더욱 이해할 수가 없었다.

화려한 발전 이면에는 독일의 잔혹한 역사가 남아있었다. 히틀러의 아우슈비츠 수용소를 생각할 때마다 일제강점기에 우리 조상이 겪었던 고난이 떠올랐다. 일본 순사에게 끌려가 갖은 고문을 당하고 장애인이 된 사람이 부지기수이고 이유도 모른 채 논밭을 빼앗기고 만주로 도망쳐야 했던 자는 얼마였던가? 한 푼도 주지 않고 탄광에서 일을 시키고, 위안부로 잡아가고, 전장에 총알받이로 죽어간 자는 몇 명이었던가. 이름과 언어마저 빼앗고 우리 민족을 말살하려는 정책을 썼다. 일본인은 한민족보다 더 우수하고 일본말과 글은 한국말과 글보다 더 낫다고 믿었단 말인가?

독일은 총리가 아우슈비츠 수용소 앞에서 사죄하고 충분히 배상했다는데 일본은 제대로 사죄를 하지도 않았다. 오히려 식민지 시절에 우리나라 발전에 도움을 주었다고 비아냥거리고 있다. 철도를 깔고 발전소를 지어 전기를 쓰게 해준 것을 말했다. 그것은 조선의 물산을 빼앗아가기 위해서였다. 청산하지 않은 제국주의와 군국주의에 물든 일본인들이다. 우리는 분통이 터질 노릇이다. 문화적으로나 산업적으로 일본을 능가하는 나라를 만들어서 복수할 날을 앞당겨야 한다고 생각했다. 숙희는 일본의 뻔뻔함을 떠올릴 때마다 솟구치는 분노를 잠재우기가 힘들었다.

도심으로 들어갈수록 크고 웅장한 성당이나 공공건물이 보였다. 그 앞에는 어김없이 넓은 광장이 펼쳐져 있었다. 높은 건물 위의 커다란 시계탑은 멀리서도 눈에 잘 보였다. 시계 시침과 분침이 사람 키보다 더 클 것 같았다. 숙희 일행이 탄 버스는 마침내 뒤셀도르프 시립병원의 내과 병동에 도착했다. 그들은 한국 간호사 일행을 구내식당에 데려가 우유에 안남미 같은 쌀을 풀어서 끓인 죽을 늦은 점심으로 제공했다. 꿀꿀이죽 같은 음식으로 배는 고픈데도 먹을 수가 없는 수준이었다. 음식은 단순히 배를 채우는 것이 아니라 맛이 중요하다는 사실을 깨달았다. 음식은 그 나라의 문화유산이다. 맛을 표현하는 말이 얼마나 발달했는가를 보면 그 나라의 음식문화 수준을 알 수 있다. 음식에는 그리움이 곁들여 있고 추억이 있어야 한다. 우리말에 음식의 맛을 표현하는 말이 잘 발달한 것은 그만큼 우리 음식문화의 발달이 특출함을 증명해주는 것이다.

숙희 일행은 2층 콘크리트 건물의 간호사 기숙사에서 일인용 방을 배정받았다. 방은 예수병원 기숙사 방보다 더 큰데 혼자 사용한다. 침대가 있고 화장대 겸 책상이 있으며 옷장이 있었다. 모두가 칙칙한 밤색의 구닥다리 가구였으나 튼튼했다. 서독에서의 모든 것이 별로 불만이 없는 것 같았다. 그러나 서독에서 감내해야 할 혹독한 시련이 아직 시작하지도 않았다는 것을 그때까지는 몰랐다.

이튿날 아침에 기숙사 카페테리아에서 고기 몇 점이 든 스튜와 샐러드 그리고 빵과 우유로 때웠다. 한국에서 일할 때처럼 하얀 원피스 간호복, 캡, 하얀 구두를 가지고 갔었다. 그 병동에만 간호사가 모두 25명인가 있었는데 한국 간호사가 10명이었다. 종합병원이기 때문에 전체 간호사는 훨씬 많고 한국 간호사도 마찬가지일 터였다.

이틀에 걸친 비행기 여독과 시차도 극복하지 못한 채 병원 업무를 시작해야 했다. 간밤에는 몸은 피곤한데 잠을 제대로 자지 못했다. 아침이 되어서야 잠이 쏟아졌다. 시차 때문이었다. 눈꺼풀은 무겁고 정신은 흐릿한데 샤워를 하고 간단한 화장을 했다. 내과 병동으로 출근하기 위해 걸어갔다.

"구텐 모르겐(Guten Morgen)!"

숙희는 눈치껏 굿모닝에 해당한다고 보고 그대로 따라서 인사를 했다. 서독 사람들은 얼굴에 웃는 모습을 보이기를 좋아한 것 같았다. 잘살게 되어서 그런지 억지로 남에게 좋게 보이려고 그런지 몰랐다. 반면에 한국 사람들은 항상 심각한 표정이었다.

오전 업무가 시작하자마자 수간호사가 병원 시설을 소개하며 업무를 지시했다. 병원 건물은 5층 콘크리트 건물로 1층은 응급실과 부대시설로 되어 있다. 2층 중앙에 간호사실이 있고 왼쪽에는 환자 입원실들이 오른쪽에는 의사들의 연구실이 자리하고 있었다. 예수병원과 비슷한 구조였다. 간호사실로 돌아온 후 그녀로부터 당장 처리해야 할 업무지시를 받았는데 독일어 실력이 모자라 정확하게 알아듣기 어려웠다. 그렇다고 해도 계속 질문만 할 수도 없고 닥치면 할 수 있으리라 생각했다.

숙희가 서독에서 일하는 데 가장 큰 어려움은 언어장벽이었다. 독일어를 잘 알아듣지 못하니 당연히 업무지시가 제대로 전달될 수가 없었다. 가끔 필담으로 소통하기 위해 주머니에 독한사전을 넣고 가서 찾아보았다. 예수병원에서도 미국 의사들과 소통할 때 영한사전을 펼쳐 보던 생각이 났기 때문이었다.

한국에서 독일어는 제2외국어로 일반고등학교나 간호학교에서 독일어를 배우기는 했다. 해외개발공사에 서독 파견 서류를 접수하고 기다리는 동안에 몇 개월 정도 학원에 다니면서 독일어를 공부했다. 독일어를 배운다고 해도 대부분 정관사나 부정관사의 변화를 외우는 문법 공부였다. 실생활 독일어를 배우지는 못했다. 관사의 변화는 한국어에는 없는 어법이기에 매우 생소했다. 글자가 영어처럼 인쇄체 소문자가 있고 대문자가 있다, 필기체에도 마찬가지다. 명사에는 남성이나 여성으로 구별되고 맨 첫 자는 대문자를 쓴다.

독일어에 비하면 우리 한글은 매우 간단하고 배우고 쓰기 쉽다는 것을 알았다. 한글은 인쇄체 소문자와 대문자 그리고 필기체 소문자와 대문자가 따로 4벌이나 있지 않다. 한 벌로만 충분하다. 한글보다 독일어 알파벳을 익히는데 최소한 4배의 노력이 든다. 한글은 타자와 같은 기기로 문서화할 때에도 영어나 독일어보다 훨씬 간단하고 속도가 빠르리라고 생각되었다. 자음과 모음을 조합하는데 단순하고 체계적이며 최소한의 규칙으로 최대한의 표현이 가능한 것이 한글이었다. 어떤 글자가 어느 문장에 쓰이거나 발음이 같고 달라지지 않는 것을 알았다. 우리말의 발음 체계가 독일어와 별로 다르지 않았다. 실생활에서 독일어를 사용하니 빨리 느는 것 같았다. 병원에 배치를 받고 처음 6개월간은 아침 일만 시키고 오후에는 한국 간호사들에게 독일어 수업을 제공했다. 글자를 읽는 데는 도움이 되었다. 하지만 몇 달간은 말을 하지 못해 벙어리처럼 망신당하고 속상한 적이 많았다.

한국에서 간호사는 결코 낮은 학력이 아니고 여성들이 가질 수 있는 좋은 직업이다. 서독에서 간호사는 밑바닥 계층에 속한다는 것을 알기까지는 오랜 시간이 걸리지 않았다. 가난한 후진국에서 온 외국 노동자를 존중할 독일인은 그리 많지 않았다. 한국에서는 전문직 여성으로서 미래에 대한 찬란한 희망이 있었다. 그들은 단순히 가족을 가난으로부터 구출하거나 동생들을 공부시키겠다고 서독에 온 것이 아니었다. 자유로운 외국 생활을 경험하고 자기계발의 기회를 찾겠다는 꿈이 있었다. 독일에서 그들에게 맡기는 역할이 한국에서와 너무 달랐다. 존중받는 기분이 들지 않았다.

서독에서 간호사는 육체적으로 고된 직업으로 여겨졌다. 정식 간호사는 간호보조원에 비하면 전문성을 인정받아 주사를 놓는 등의 전문적인 의료행위를 수행할 권한이 있었다. 하지만, 현장에서는 그런 분업이 엄격히 적용되기 어려웠다. 현장에 있는 의료진 인원으로만 그곳에서 일어나는 모든 업무를 처리했다. 환자의 가족은 한국에서와는 달리 면회 시간이 아니면 병실에 출입할 수 없었다. 정식 간호사라도 업무 자체는 간호보조원과 크게 다르지 않았다. 낯선 독일 땅의 생소한 병원에서 간호 업무와 간병 업무를 함께 처리하는 데 한국 간호사들은 당황했다. 간호사의 전문적인 일인 검사 보조, 수치 관리, 주사 놓기, 의사를 따라 회진하기만 하는 것이 아니었다. 병실 청소, 침대보 갈기, 창문 닦기까지 간호에 필요한 잔업 전부를 간호사가 해야 했다.

후진국 한국 간호사들에게 정식 간호사 업무를 맡길 수 없다는 것 같았다. 정당한 대우가 아니어서 기분이 별로 좋지 않았다. 때로는 시체를 알코올로 닦고 수의를 입히는 일도 시켰다. 독일인은 대부분 한국인에 비하면 체구가 크고 무겁다. 한국 간호사가 시체를 이리저리 움직이면서 닦기란 땀을 흠뻑 흘릴 만큼 고되었다. 어떤 때는 임종이 가까운 환자들을 돌보도록 호스피스 병동에서 근무해야 했다. 의사소통이 어렵고 독일 간호사 업무를 이해하지 못한 외국인이라 차별한다고 생각했다. 한국에서는 병실 청소나 환자 수발은 환자의 가족이 한다. 간호 업무가 약물 투여, 환자 음식 준비하고 먹이기, 침상 곁에서 환자 씻기기, 옷 갈아입히기, 병동 청소하기 등으로 한국에서는 간호사의 업무가 아닌 일도 해야 했다. 숙희는 전문직 간호사를 데려와서 허드렛일을 시킨다고 항의하기도 했으나 해결 방법이 없었다. 대우를 받으려고 독일에 온 것이 아니라 돈을 벌려고 오지 않았는가 생각하고 참았다. 서독 병원에서의 생활은 그렇게 힘겨웠다.

간호사 업무를 구분하면 침상 정리, 침대 청소, 대소변 치우기, 환자 목욕, 식사 보조, 산책과 같은 일은 기초간호업무로 분류했다. 의사의 처방받기, 간호기록, 투약, 혈액채취, 기계를 다루고 치료 관찰 및 병동 관리 업무는 상위간호업무에 속했다. 투석실, 수술실, 마취는 특수 전문 간호로 구분되어 있었다. 한국에서는 기초간호업무를 주로 보호자와 간병인이나 조무사가 담당했고 간호사는 상위간호업무와 특수간호업무를 수행했다. 하지만 독일에서는 간호사가 이 모든 업무를 수행하는 것이었다. 두 나라의 간호업무 차이를 받아들이는 데는 많은 시간이 필요했다.

서독에서 간호사는 거의 전문적인 교육을 받지 않아도 되는 직종에 속했다. 서독 내에서는 간호 교육이나 간호 전문성의 학문적인 배경이 없는 직업이었다. 다른 전문직으로부터 존경받지 못하고 전문직 간호사로서의 정체성이 부족했다. 간호 교육은 1년의 예비교육과 임상훈련을 중심으로 1년 반의 간호학 필수 정규 교육과정을 이수한다. 그 뒤 주정부에서 관리하는 시험을 통과하고 1년간의 실습 과정을 거치면 정식으로 간호면허증을 받을 수 있다. 한국 간호사들은 점차 독일 사회에 적응하면서 간호를 한국에서와 달리 의료 업무가 의사 중심으로 수행된다는 것을 알았다. 간호업무도 간호사라는 자격에 의해서가 아니라 돌봄 인력에 지나지 않는 것도 알았다. 숙희는 서독에서 간호사의 지위가 낮게 평가되는 이유를 점차 이해하게 되었고, 그 과정에서 의료 제도의 구조와 간호사의 역할을 배우게 되었다.

시간이 지나면서 숙희는 의사나 간호사나 보조원 구분하지 않고 환자를 돕는 필요한 일을 모두 수행하는 문화에 적응해 갔다. 점차 침상 곁의 기초 간호 업무를 수용하면서 환자에게 진정한 도움을 주는 간호의 실천이 기초 간호에 있다고 생각했다. 한국에서 배운 간호 업무인 의사 지시의 확인, 주사 주기, 처치하기 같은 상위 간호 업무는 의사를 보조하는 간호 업무이고, 기초 간호란 신체적 부담감을 주는 힘든 일일 뿐이라고 생각한 것은 잘못이었다고 깨닫게 되었다. 한국의 간호 교육은 전문성 교육 훈련인데 독일의 간호 교육은 실무 중심적이라 점을 받아들여야 했다.

서독의 간호는 환자의 삶 전반을 책임지는 간호 활동으로 기초간호, 상위간호, 그리고 특수 전문 간호를 모두 포함하는 전인 간호를 지향했다. 숙희는 한국에서 배운 상위 간호 업무만이 간호의 본질이라고 여겼던 과거 생각이 잘못되었음을 인정했다. 식사 보조, 침상 목욕을 포함한 목욕 보조, 대소변 가리기, 이동 돕기 같은 기초 간호와 의사 지시를 수행하고 투약, 검체 채취, 심전도기기 다루기, 간호기록을 통해서 환자가 스스로 할 수 없는 모든 것들을 돕는 것이었다. 전인 간호가 진정한 간호라는 자긍심을 갖게 되면서 서독에서의 간호 경험을 통해서 간호의 본질을 새롭게 이해했다. 간호사라는 직업인으로서의 자긍심을 다시 세우는 계기가 되었다.

"한국 간호사는 주사를 아프지 않게 잘 놓는다."
"이 사람들은 간호사가 아니라 천사다."

우연히 독일 간호사가 없을 때 한국 간호사가 주사를 놓고 환자를 다루는 것을 보고 한국 간호사에 대한 인식이 달라지기 시작했다. 그들은 독일 간호사들에 비해 전혀 아프지 않게 주사를 놓아주는 실력이 있다. 위급한 사고를 당한 환자가 피를 흘리면서 병원에 들어오면 한국 간호사들은 몸을 사리지 않고 환자의 피를 흠뻑 맞으면서도 처치했다. 피가 모자라 환자가 위급한 경우 한국 간호사들은 직접 수혈을 자원하여 환자를 살리려고 노력했다. '한국 간호사들은 전문가이지 단순 노동자가 아니다'라는 인식이 커지기 시작했다. 환자를 대하는 공손한 태도와 해박한 의학지식으로 한국 간호사의 위상이 나날이 높아졌다. 그들의 헌신적 모습이 서독의 신문과 텔레비전에 보도되면서 서독뿐 아니라 유럽 전체에서 찬사를 받았다.

숙희는 병원에서 종일 긴장 속에서 고된 업무를 마치고 기숙사로 오면 몸이 녹초가 되었다. 그녀의 현실에 대해 불평을 들어줄 사람이 아무도 없었다. 그럴 때마다 그녀는 가족과 고향 생각이 간절해졌다. 엄마는 그녀가 보낸 편지를 읽고 얼마나 놀랐을까? 틈만 나면 꺼내서 읽고 눈물을 흘렸을지 모른다. 엄마에게 좀 더 잘할 걸 후회하기도 했다. 엄마에게 잘못했던 일만 기억에 남아 자책했다. 시간이 나면 엄마에게 애틋한 사랑을 담은 편지를 써야겠다고 작정했다. 고국을 떠나 외국 사람들 틈에서 생활하면 가장 그립고, 보고 싶은 것은 가족이었다. 할머니는 건강이 어떠신지 궁금했다. 그녀의 고통은 병원에서만 있는 것이 아니었다. 먹는 문제도 어렵기는 마찬가지였다. 배가 고프니 빵과 소시지를 먹지만, 20여 년 동안 즐겨 먹던 우리 음식에 대한 갈증은 더 깊어만 갔다.

기숙사에서 한국 동료들끼리 모여 양배추를 사다가 김치를 비슷하게 담가 먹기 시작했다. 양배추를 소금에 절이고 빨간 고춧가루 대신 후춧가루를 사다가 썼다. 김치를 담글 때 들어가는 마늘이 문제였다. 이곳에서 통마늘도 있고 마늘 가루도 살 수 있었다. 통마늘은 냄새가 나리라 생각하고 대신 마늘 가루를 썼다. 김치다운 맛이 나지는 않았으나 심리적으로 김치를 먹었다는 위안이 되었다. 김치를 먹으면 이를 닦고 조심스럽게 출근했다.

"이게 무슨 냄새야? 마늘 냄새 아니야?"

독일 동료들이 마늘 냄새가 난다고 불평했다. 냄새가 심하지 않아도 트집을 잡아 비난거리로 삼는지도 몰랐다. 독일 음식에도 마늘이 전혀 안 들어가지는 않을 터였다. 마트에서 마늘을 파는 것은 수요가 있다는 증거가 아닌가? 이탈리아 음식에도 마늘이 많이 들어가는 것으로 알고 있었다. 마늘이 많이 들어가는 피자와 파스타를 맛있게 먹었던 기억도 있었다. 하지만 독일 동료들이 불평하니 출근할 때 김치와 마늘을 자제해야 했다.

독일 간호사들은 야간 근무를 피하지만, 한국 간호사들은 추가 수당이 붙는 야간 근무를 자청했다. 휴무 시간에 따로 할 일도 없는데 초과근무를 하거나 별도 아르바이트를 해서 돈을 더 벌기를 바랐다. 그렇게 열심히 일해서 모은 돈을 고국의 가족에게 보내는 그들을 서독인들은 잘 이해하지 못했다. 자기가 번 돈은 우선 자기가 쓰는 것이 당연하다고 보았다. 한국인과 서독인 사이에 가족이라는 개념이 달랐다. 가족은 자신을 희생해야 할 대상이라기보다 개별적 존재이거나 혈연으로 공동체를 이루고 사는 관계인 것이었다.

숙희는 일요일마다 늘 고국의 교회를 떠올리며 위로를 찾았다. 특히 마음이 울적할 때나 외로울 때면 더 심했다. 누구나 익숙한 것에는 맘이 편안해지고 위로와 쉼을 얻는다. 예배는 일이 아니라 하나님 안에서 영적인 쉼과 평안을 누리는 안식의 시간이다. 그녀는 기숙사에서 걸어갈 수 있는 거리에 있는 독일교회를 찾아다녔다. 가끔 아주 오래된 성당이 있기는 하지만 예배당 같지 않고 관광 명소 같은 기분이 들었다. 십자가를 내걸어 둔 건물을 찾았으나 보지 못했다. 독일교회들은 건물의 안과 밖에 십자가를 걸지 않았다. 일주일 내내 생소한 문화 속에서 긴장 가운데 일했던 그녀는 편안한 맘으로 예배를 드릴 교회가 필요했다.

"한국인에게는 한국교회가 필요해."

숙희는 중얼거렸다. 한국어로 기도를 드리고, 한국어로 설교를 듣고, 예배 후에는 친교도 하는 교회가 있었으면 싶었다. 예배 후에는 한국 음식을 나눠 먹었으면 좋겠다고 생각했다. 한국인에게는 한국교회가 필요했다. 그녀는 기독교 신자나 관심이 있는 자들을 모아 성경을 같이 읽고 기도하는 모임을 추진했다. 처음에 인원이 많지 않아서 그녀의 기숙사 방에서 모이기 시작했다. 우선 잠언을 매 주일에 돌아가면서 한 절씩 읽고 한 장이 끝나면 가장 감명 깊은 구절을 자기 나름대로 해석하는 형식을 취했다.

숙희는 점점 모임이 커지자, 근처의 독일교회나 다른 공공장소의 회의실을 빌려 옮기려고 노력했다. 간호사뿐만 아니라 광부들과 한국 유학생, 그리고 한국 기업 주재원들에게도 참여하도록 한다면 한국인교회가 되리라 꿈꾸었다. 그러다가 서독에서 공부하고 있는 한국인 신학생이나 목사님을 찾아 설교를 부탁하여 정식 예배를 드리고 싶었다. 서독에 파견된 한국 광부와 간호사는 언어와 문화가 전혀 다른 외국에서 힘든 육체노동을 하는 젊은이들이다. 그들은 함께 모여 서로를 격려하고 어울릴 수 있는 공동체가 필요했다. 그것이 바로 현지 한국인교회였다. 숙희는 이러한 활동을 통해 고국을 떠난 그들의 삶에 위로가 되고 신앙의 성장에도 도움이 되리라 믿었다.

15
대학졸업자 광부

일제강점기에는 정책적으로 식민지 대학생을 아주 적게 뽑았다. 지식인은 다루기가 어렵다는 인식에서 그랬다. 해방 이후, 일본인 대학생이 사라지자 한국인 대학생은 전 국민의 0.1%에도 되지 않은 희귀한 존재가 되었다. 시골에서 그들은 특히 주위의 부러움을 샀다. 부모는 아들을 대학에 보내기 위해 소를 팔고 전답을 팔아서 학비를 댔다. 그래서 대학은 우골탑이라는 별명이 붙었다. 큰 재산인 소를 팔아야 대학을 보낼 수 있다는 의미였다. 시골에서 여간한 부자가 아니고는 자녀를 대학에 보낼 수가 없었다. 그 시절 대학 졸업장은 지도자의 면허증이자 큰일을 할 인재의 상징처럼 기대를 모았다.

1967년 7월 한여름, 지난 2월에 전북대학교 화학과를 졸업한 이진호는 여의도 해외개발공사 사무실을 찾아갔다. 서독 파견 광원 모집을 위한 서류를 접수하기 위해서였다. 그날은 접수 마지막 날이기도 했다. 사무실은 두툼한 서류뭉치를 든 지원자들로 붐볐다. 선풍기 몇 대가 습기를 잔뜩 머금은 무더운 바람만 불어댔다. 아무리 바람을 쏘여도 시원한 기분이 들지 않았다. 습기가 높아서인지 숨이 턱 막혔다. 그곳에는 진호처럼 대학을 졸업하고도 직장을 구하지 못한 이들도 있었다. 응모자 2,895명 가운데 2할 정도는 탄광 노동과는 어울리지 않은 대학졸업자였다. 이 중 194명이 최종 선발되어 무려 15:1의 높은 경쟁률을 보였다. 선발자는 마치 복권에 당첨된 것처럼 기뻐서 펄떡펄떡 뛰었다. 해방 후, 인구는 급증했으나 일자리는 늘지 않아 취업난이 심각했었다.

그 당시 국민소득이 빈곤을 벗어나지 못하고 직장을 얻어도 생계를 꾸리기 벅찼다. 국내 직장의 몇 배나 되는 연봉을 받는 서독에 파견하는 광원 지원자가 많을 수밖에 없었다. 무직자는 물론이고 직장이 있는 회사원도, 공무원까지 광부 모집에 뛰어들었다. 선발된 광부는 마치 사법고시에라도 합격한 것처럼 각 신문이 명단을 게재할 정도로 뉴스거리였다. 서독 광부로 가면 가난을 탈출하고 자기 집을 마련할 수 있다고 기대했다. 파독 광부 경쟁이 치열하다 보니 좋은 학력을 가진 지원자도 있었다. 고학력 출신 광부들도 채탄작업은 서툴러도 근력이 뒷받침하면 감당할 수 있는 일이었다. 실제 광부 출신들보다 그들이 서독 생활에 더 잘 적응한 것으로 알려졌다. 광부 일의 계약이 끝난 뒤에 현지에서 타 직업으로 전직하거나 더 좋은 삶을 꿈꾸며 제3국으로 이주하기도 했다.

서독 파견 한국 광부 고용계획

1963년 12월 7일, 한국과 서독은 한국인 광부의 고용에 대한 협정을 맺었다. 1960년대에 서독은 경제가 활발하여 에너지 수요가 많은데 광산 인력은 부족했다. 터키, 유고, 아프리카의 광원을 유치했으나 그들의 생산성이 낮아서 폐광을 고려하고 있었다. 이를 타개하고자 한국 광부를 초청했다. 독일이 유럽권 밖의 국가와 체결한 최초의 고용협정이었다. 당시 외환자금이 필요했던 한국에게는 인력을 해외에 수출한 첫 사례가 되었다. 독일로 파견된 인원이 송금하는 외화는 자본 형성에 도움이 되고, 당시 30%

에 이르는 실업률을 낮추는 효과도 있었다. 해외여행이 어려웠던 시기에 서독 파견 광부는 해외로 나갈 수 있는 간편한 방법이기도 했다.

이진호가 서독 파견 광부에 관심을 가진 동기는 1966년 겨울 전북대 졸업을 앞두고 있던 때였다. 졸업식에 강숙희 간호사를 초청하려고 예수병원을 찾았다가 서독으로 떠나고 없다는 사실을 알았다. 졸업과 취직을 앞두고 바쁘고 장래가 불확실한 신분으로 숙희에게 사귀자고 나설 형편이 아니었다. 다리가 부러져서 입원했을 때 신세를 진 것을 빌미로 졸업식에 초대하려고 했다. 시골에서 올라올 가족들에게 애인인 것처럼 소개하려는 숨은 의도도 있었다. 그는 졸업 후에 두 직장 중의 하나를 골라잡을 수 있었다. 그것은 전북대 화학과 수석 졸업생이기에 가능한 기회였다. 다른 친구들은 직장을 구해 이리 뛰고 저리 뛰고 난리인데도 취업률은 50%에도 못 미쳤다.

'우물 안의 개구리가 되지 말자'는 진호가 마음에 품고 살았던 생활신조였다. 좀 더 넓은 세계에 나가 자신의 역량을 키우겠다는 각오였다. 입대 후에 베트남에 파병을 지원한 이유이기도 했다. 졸업과 동시에 그가 확보한 직장 중의 하나는 전주 시내에 있는 성냥 공장이었다. 성냥은 나뭇조각 끝에 발화제인 염소산칼륨이라는 화학물질을 바르고 성냥갑의 외부표면에는 적린과 유리가루와 규조토를 혼합한 마찰제를 바른다. 발화제를 바른 나뭇조각을 마찰제를 바른 표면에 그으면 마찰열이 불을 일으킨다. 성냥은 친지나 지인이 이사할 때에 집들이 선물로 빠지지 않은 품목이었다. 성냥불처럼 행운이 피어나기 바란다는 의미였다. 이사하는 사람들과 회사들이 많아 성냥은 이사 선물용으로 잘 팔리는 상품이었다.

많은 농촌 사람들이 직업을 찾아 도시로 이주했기 때문에 도시에는 주택난이 심각했다. 셋집은 입주 때에 돈을 맡기고 퇴거하면서 원금을 찾아가는 전세제도를 채택했다. 인플레율이 높아 전세 기간을 짧게 잡기 때문에 계약 기간이 6개월이나 1년이었다. 집이 없는 사람들은 자주 이사를 할 수밖에 없는 제도였다.

성냥공장은 진호가 전공을 살린 직장이라기에는 어울리지 않은 가내수공업의 형태를 벗어나지 못한 공장이었다. 공장 자동화를 하기 위해 더 투자할 예정이라고 하지만 제품을 고급화하든지 다양화할 필요가 별로 없어 보였다. 화학 지식이 많이 필요하지도 않고 앞으로 전문 화학지식이 더 필요할 것 같지도 않았다. 라이터나 다른 불이 개발되어 성냥의 명성은 줄어들고 있어서 그의 미래를 걸기에는 너무나 부족해 보였다. 누구에게도 명함을 떳떳하게 내보일 수 있는 직장이 아니었다.

다른 직장으로는 전주에서 멀지 않은 익산의 어느 중학교의 과학 교사 자리였다. 교사는 젊어서는 할 만했고 봉급도 다른 직장에 비하면 적은 편은 아니었다. 그러나 평생 거의 반복적인 일상과 뻔한 미래가 걸림돌이었다. 초등학교 졸업생이 고등학교로 가기 위해 거쳐 가는 곳이지 별로 특별한 의미를 갖는 직장이 아닌 것 같았다. 고등학교 교사라면 학생들이 졸업하고 사회에 진출하거나 대학에 진학하는 제자들의 성장을 지켜보는 재미가 있었다. 대학교수라면 제자를 키우고 함께 학문을 깨쳐 간다는 의미가 있는 자리였다. 그러나 중학교 교사는 교육직 중에서도 어정쩡한 위치라고 생각되었다.

3년 전, 진호는 1년간 베트남전쟁에 참여했었다. 전쟁터이기에 죽을 고비도 몇 번을 넘겼고 돈도 적지 않게 벌었다. 그러나 한국과 비슷한 후진국 베트남에서 배울 게 별로 많지 않았다. 군인 신분으로 활동 범위에 제약이 많아 견문의 폭이 넓지도 못했다. 그들도 한국처럼 프랑스 식민지 역사를 겪었다. 그들은 목숨을 걸고 프랑스 제국주의자들을 쫓아내다가 많은 사람이 죽었다. 결국, 누군가는 살아남아서 독립 국가를 세운 경험이 있는 사실을 알았다.

그런 진호에게 서독으로의 광부 파견은 완전히 다른 기회로 다가왔다. 한국보다 국민소득은 10배가 넘는 진정한 선진국이었다. 과학기술과 철학 그리고 예술 분야에서 세계적인 인물들을 배출한 나라, 화학이라는 분야가 태동한 곳이다. 두 번의 세계대전을 일으킨 잘못으로 혹독한 대가를 치르기도 했다. 광부로 파견되면 돈도 벌고 전공인 화학 분야에서 지식을 심화시킬 수 있으리라 기대했다. 더구나 사귀고 싶었던 강숙희가 있는 곳이지 않은가? '애인 찾아 삼만리'를 실천하는 길인가 하고 혼자 실소하면서도 마음 한구석은 설레었다.

마침 광부 모집에 상당한 수의 대학졸업자가 지원한다니 별로 체면을 구길 일은 아니었다. 다만 제출서류 중의 광부 경력증명서는 대졸자의 대부분이 가짜 증명서를 사서 첨부한다고 들었다. 그것은 떳떳하지 못한 일이어서 불편했다. 상당히 많은 돈을 줘야 경력증명서를 살 수가 있는 것도 문제였다. 하지만 그것 때문에 서독에 가는 걸 포기하고 싶지는 않았다. 다른 방법이 있는 것도 아니어서 대세를 따라 가짜 광부 경력증명서를 사서 첨부했다.

1967년 8월 뜨거운 태양 아래, 김포공항 광장에는 서독 파견 광부의 결단식이 열리고 있었다. 앞에 나온 광부대표가 손바닥을 편 오른손을 관중을 향해 쳐들고 큰소리로 선서했다.

"선서, 우리는 서독 광산에서 열심히 일해 국위를 선양하고 우수한 기술을 배워오겠습니다."

이들은 단순히 개인 소득을 늘리기 위해 서독으로 떠나는 것만은 아니었다. 가족을 가난에서 구하고, 선진국에서 많은 것을 배워 조국의 발전에 이바지하려는 애국심이 밑바탕에 깔려 있었다. 진호는 군함을 타고 바다를 건너 베트남에 갔었다. 이번에는 독일 루프트한자 전세기에 몸을 싣고 하늘을 날아갈 것이다. 그것만으로도 신나는 일이었다. 육중한 비행기 몸체가 구름을 뚫고 올라가자 지상의 모든 것이 작아졌다. 푸른 하늘에는 비행기가 날아가고, 밑으로는 가끔 푸른 바다가 보이다가 육지가 보이기도 했다. 서울에서 서독 프랑크푸르트 공항까지 가는데 중간에 몇 군데 들려서 연료를 보충하리라고 했다. 홍콩-뉴델리(인도)-카라치(파키스탄)-카이로(이집트)-로마(이탈리아) 공항을 거치는 경로였다. 이 항로는 지난 1964년 말, 박정희 대통령이 서독에 국빈방문할 때 이용했던 길이었다. 박 대통령의 서독방문은 그에게 깊은 인상을 남겼었다.

1964년 12월 6일, 박 대통령은 서독 쾰른 공항에 도착하자 뤼브케 대통령과 에르하르트 총리가 영접했다. 미국으로부터 외면당하고 한일 청구권 협정이 아직 타결되지 않아 외자도입이 불확실한 상황이었다. 그만큼 박 대통령은 서독과의 협력이 절실했다. 서독과 한국은 같은 분단국가지만 서독은 사회주의에 대한 자본주의의 우위를 보여주는 선진국이었다. 미국 케네디 대통령은 박정희를 공산주의자로 의심하여 그를 지원하면 다른 아세아 국가들의 쿠데타를 부추기게 될까 염려했다. 심지어 노스웨스트항공사에 박 대통령의 서독방문을 위한 전세 계약을 취소하도록 압력을 가했다. 서독은 미국과는 달리 박정희에 대해 긍정적인 평가를 하고 있었다. 뤼브케 대통령은 홍콩에서 프랑크푸르트 공항으로 가는 루프트한자 항공 정기노선의 1등과 2등 좌석을 박 대통령의 일행에게 내주도록 주선했다. 박 대통령은 출국 인사를 하면서 국민에게 약속했다.

"나는 종전 후에 공산주의 세력과 대치하면서도 놀라운 경제번영을 이룩한 서독의 부흥상을 샅샅이 보고 오겠습니다."

박 대통령이 라인강의 기적이라는 서독의 경제 발전을 보고 배우고자 했다. 물론 그대로 따라 한다고 한국의 경제가 서독처럼 발전할 수 있는 것은 아닐 터였다. 서독과 한국은 여건이 다르기 때문이다. 하지만 국가 정책을 그런 식으로 계속 추진한다면 성과가 없으리라 누가 단언할 수 있겠는가! 총리로 재임하여 12년간에 라인강의 기적을 일구었던 에르하르트도 박 대통령에게 진정한 반공이란 공산주의를 경제적으로 압도하는 것이라고 강조했다.

진호는 조선일보에 보도된 박 대통령의 서독방문 기사를 읽고 크게 감명을 받았었다. 공식방문 일정을 마치고 뤼브케 대통령과 함께 현지 광산촌을 방문하여 우리 광부와 간호사들 앞에서 목이 메어 연설을 제대로 하지 못했다는 기사였다.

박정희 대통령과 육영수 여사가 단상에 올라가자 함보른 탄광 광부들로 구성된 브라스 밴드가 애국가를 연주하기 시작했다. 대통령 내외와 광부 300여 명과 50여 명의 간호사는 연주에 따라 애국가를 불렀다. '동해물과 백두산이 마르고 닳도록…' 차츰 높아지던 애국가 소리는 '무궁화 삼천리 화려 강산…' 대목부터 목이 멘 소리로 변해 갔다. '대한 사람 대한으로 길이 보전하세…'에 이르러서 애국가 가사는 울음소리에 완전히 묻혀버렸다.

한국인 참가자 모두는 고개를 숙이고 어깨를 들썩였다. 그들의 가슴에 쌓인 고국에 대한 그리움과 타국에서의 애환이 한꺼번에 폭발한 것이었다. 애국가의 가사 내용이 국가 민족이 영원히 발전하라는 내용이 아닌가! 고국에 있는 부모 형제 생각이 난 것이었다. 고된 일을 마치고 숙소 돌아오면 반기거나 위로해 주는 사람이 아무도 없었다. 너무나 외로워서 눈물을 흘리던 적이 얼마나 많았던가? 밴드의 애국가 연주가 끝나자 박정희 대통령은 손수건으로 눈물을 훔치고 연설을 시작했다.

"여러분! 만리타향에서 이렇게 만나 보게 되니 감개가 무량합니다…."

대통령의 연설은 여기서 더 나아가지 못했다. 여기저기서 흐느낌이 통곡으로 변해 갔기 때문이었다. 그러자 박 대통령은 원고를 옆으로 밀쳐 버렸다. 광부와 간호사들이 초과근무를 자청해 몸이 부서지도록 일해서 고향에 송금하고 있다고 들었던 터였다. 대통령은 그들의 가족사랑과 조국사랑이 눈물이 나도록 고마웠다. 그들의 서러움을 외면할 수 없어서 그들과 함께 눈물을 흘렸던 것이었다.

"광원 여러분! 간호사 여러분! 가족과 고향 생각에 외롭고 서러움이 많을 줄 압니다. 우리 생전에는 못하더라도 후손을 위해 번영의 터전만이라도 닦아 놓읍시다. 우리 후배들은 돈 벌려고 외국에 나오지 않도록 해야 하지 않겠습니까? 여러분!"

박 대통령은 연설을 마무리 짓지 못했다. 나라가 가난하여 머나먼 타국의 광산에 와서 위험을 무릅쓰고 피땀을 흘리고 있다. 광부 자신들도 서러웠고 박 대통령도 책임감과 안타까움에 눈물이 난 것이었다. 울음소리가 점점 더 커지고 대통령 본인도 눈물이 흐르는 것을 어쩔 수 없었다. 감정의 전이로 말미암아 육영수 여사도, 수행원도, 심지어 단상 옆에 서 있던 뤼브케 서독 대통령까지도 눈물을 훔쳤다.

"울지 마십시오. 잘사는 나라를 만드십시오. 우리가 돕겠습니다. 분단된 두 나라가 합심해서 경제부흥을 이룩합시다. 공산주의를 이기는 길은 경제 건설뿐입니다."

뤼브케 대통령은 박 대통령을 위로하며 말했다.

진호는 서독 파견 광부를 지원하면서 그 기사를 몇 번이나 읽고 또 읽었다. 눈물 없이는 읽을 수 없는 기사였다. 그들이 왜 울었을까? 서독에서의 삶이 평탄하고 행복했으면 울지 않았으리라. 돈도 많이 번다는데 울 일이 아니었다. 말도 다르고 문화가 다른 낯선 타국에서 광부와 간호사 일은 힘들었을 터였다. 가난한 후진국에서 돈을 벌려고 온 노동자들이라고 무시당한 것이 서러웠을 수도 있었다. 힘든 타국생활에서 가족 친지와 고국이 눈물겹도록 그립지 않았을까? 그러던 차에 고국에서 박 대통령 부부가 찾아왔으니 고국과 가족을 그리는 감정이 폭발하고 말았던 것이었다. 진호 역시 이 장면을 통해, 삶이란 단지 생계를 위한 몸부림만이 아니라는 것을 깨달았다. 삶의 무게를 견디게 하는 것은 꿈과 희망, 그리고 가족과 조국이라는 공동체 사랑이 중요했다. 아무리 험난한 길이라도 그것이 더 나은 미래를 향한 길이라면 결단코 헛되지 않을 것이라고 그는 확신했다.

독일은 두 번의 세계대전을 일으켜 수천만의 인명을 살상하게 만든 나라였다. 아우슈비츠 수용소 가스실에서 유대인을 600만 명이나 집단 학살한 잘못도 저질렀다. 그들은 유대인을 짐승들보다 더 못되게 취급해, 그들을 가스실에 넣기 전에 옷을 벗기고 장신구를 뺏기까지 했었다. 여성들을 나체로 줄을 세우고 늙고 볼품없는 여자는 가스실로 직행하고 멋진 여자들을 성적으로 학대했다지 않던가? 전쟁을 일으키고 다른 민족을 학살한 나라가 잘 산다면 될 일인가? 정의롭지 못한 그들이 전쟁에서 패배한 것은 당연했다. 패전에 대한 배상금도 갚아야 했을 것이다. 그들이 전쟁을 일으킨 잘못에 대해 참회하며, 경제를 재건하고 민주주의로 나아간 것은 그나마 다행한 일이었다.

나치주의는 우등한 자가 열등한 자를 다스린다는 우월주의였다. 우등한 독일인은 열등한 유대인을 다스리고 심지어 학살할 수 있다는 주장이었다. 약육강식의 정글 법칙과 다르지 않았다. 종전 후, 이것을 시정하려고 서독은 교육정책을 바꿨다. 학교에서 우열 등급을 매길 수 없게 금지했다. 대학 입시경쟁도 없앴다. 학비를 국가가 부담했다. 대신에 학습능력이 없는 자를 대학에서 과감하게 골라내어 퇴출했다. 대학에 들어가기는 쉬우나 졸업이 매우 어렵게 되었다. 대학에서는 창의성을 기르는 교육에 충실했다.

반면에 일본은 어쨌는가? 일본 역시 전쟁을 일으켰다가 원자탄을 맞고 패전했다. 하지만 일본은 전쟁을 일으킨 책임은 외면하고 자기 피해만 강조하고 있다. 패전에 대한 청산을 제대로 하지 않은데 대해 피해 당사자인 한국민은 울분을 참지 못하고 있다. 일제강점기 35년간 우리 민족이 당한 고통이 얼마였던가? 심지어 그들은 8월 15일을 패전의 날이라 하지 않고 종전의 날이라고 기념하는데 진호는 분노를 느낀다. 그러나 한국은 아직 그들을 응징할 힘이 없다. 세계적인 여론도 한국에게 그다지 호의적이지 않다. 오히려 일본의 돈에 군침을 흘리는 이들이 많은 실정이다. 가난한 후진국들은 일본의 원조자금을 한 푼이라도 더 받으려고 추파를 던진다. 선진국의 학자들은 연구비를 지원받으려고 일본을 미화하기에 혈안이 되어 있다. 그러나 진실은 언젠가는 돌아온다는 말을 진호는 믿는다.

진호가 일하게 될 광산은 독일 루르지역이었다. 이곳은 주도 뒤셀도르프를 비롯해 도르트문트, 에센, 뒤스부르크와 같은 독일의 대표적인 공업도시들이 있는 곳이다. 탄광이라면 우리나라에서는 강원도 태백 산골을 떠올리지만 루르탄광은 드넓은 평야인 것이 특이했다. 이곳은 라인강이 관통하고 엠셔강과 모젤강의 지류가 있어 강을 이용한 물류 운송으로 독일 산업화의 상징인 '라인강의 기적'을 이끌었던 지역이다. 루르 공업지대는 중공업의 발달로 유럽에서 가장 중요한 공업지대로 알려졌다.

제2차 세계대전 종전 후, 서독은 눈부신 경제성장으로 노동력이 부족해졌다. 노동력 부족은 산업생산에 필요한 에너지 공급에 차질을 빚게 했다. 초기에는 동독 탈출자와 동유럽에서 추방된 독일인들로 부족한 노동력을 충당했다. 그들의 유입은 계속될 수 없는 일이고 1961년 베를린장벽 설치와 함께 중단되었다. 당시 서독은 노동력 부족으로 인한 경제성장의 둔화를 막으려고 외국 노동자를 수입하는 정책을 세웠다. 반면에 한국은 높은 실업률과 빈곤이 사회문제가 되고 있었다. 인력송출을 통해 경제개발에 필요한 외화를 획득하려는 한국과 서독의 이해관계가 맞아떨어져서 한국 근로자의 서독 파견이 성사되었다. 이때 한국 노동자들이 유럽에 대거 진출했고 그들이 유럽의 여러 나라를 구경하고 많은 것을 배워왔다.

박 대통령은 서독방문 중, 1920년대에 히틀러가 만든 세계 최초의 고속도로인 아우토반을 달리면서 깊은 감명을 받았다. 시속 160킬로미터로 달리는 번듯하게 깔린 고속도로를 달리던 도중에 그는 몇 번이고 차에서 내려 도로 상태를 둘러보았다. 엎드린 상태로 바닥에 뺨을 맞대고 모난 곳 없이 평평한 도로의 포장상태를 살펴보았다. 제1, 2차 세계대전과 대공황을 거치며 '재기불능'상태에 빠졌던 독일이 아우토반을 건설하고 라인강의 기적을 이뤄낸 것이 한국이 본받을 점이라고 생각했다. 그는 '국산 자동차로 번듯한 우리 고속도로'를 달리는 장면을 머릿속에 그리면서 경부고속도로의 건설을 추진했다는 것이었다.

　서독은 한국 근로자들을 비교적 잘 대우했다. 외국인 노동자들에 대한 취급을 소홀하기 쉬운데 독일에서 한국 광부나 간호사들은 은근한 차별 외엔 큰 핍박을 많이 받지 않았다. 더구나 한국인들은 범죄나 부정에 연루되는 일이 별로 없어서 현지인들에게 크게 배척받지 않았다. 국가주의, 전체주의, 집단주의적 사상이 강한 때여서 그들은 한국 전체의 대표라는 생각으로 처신을 잘했다. 휴일 외출할 때도 다른 나라 노동자들은 평소 입던 대로 후줄근한 차림으로 외출을 해도 한국 노동자들은 깔끔한 정장을 입고 나갔다. 그들이 현지에서 잘못 행동하면 전체 한국민에게 욕을 먹인다는 생각이었다.

　진호는 서독에서 경험할 새로운 세상이 궁금했다. 그곳에서 배우고 익힌 것들을 한국으로 가져와, 가난을 극복하고 더 나은 미래를 열어가겠다는 결심으로 가슴이 뜨거워졌다.

16
루르광산에서의 다짐

 이진호를 포함한 한국 광부 193명을 태운 비행기는 이틀간의 긴 비행 끝에 점심때쯤 뒤셀도르프 국제공항에 착륙했다. 모두가 곧바로 루르 지방의 오버하우젠, 캄프린트포르드, 뒤스부르크의 여러 광산으로 흩어졌고, 진호는 뒤스부르크 광산으로 배치되었다. 습하고 더운 한국의 여름 날씨와는 달리 무덥지 않아 견딜 만했다. 그를 포함한 50명의 광부가 입주한 뒤스부르크 광산의 기숙사는 군대 막사 같은 임시 건물처럼 보이는 단층 건물이었다. 방에는 키 작은 선풍기가 한 대 있었다. 주위에는 숲이 우거진 공원이 자리하고 있었다. 그 멋진 공원은 돌로 만든 비석을 세운 평면 매장의 공동묘지라는 걸 나중에야 알았다. 무덤의 봉분만 널려있는 우리 공동묘지와는 분위기가 너무나 달랐다. 봉분을 보고 그 밑에는 먼저 이 세상을 살았던 누군가 묻혀있다는 사실에 숙연했던 진호의 인식에 변화를 일으켰다. 공동묘지도 무섭지 않은 공원이 될 수 있었다.
 "이희 콤메 아우스 수드 코레아(저는 남쪽 한국에서 왔습니다)."
 "당크 쉐엔(고맙습니다)."
 진호는 필수 독일어 인사말을 머릿속으로 되뇌어 봤다. 언젠가 써먹을 기회가 올 것이라 믿으며 외웠던 말들이었다.

　기숙사에 도착한 후, 두 명이 한방을 쓰는 방을 배정받았다. 진호가 배정받은 124호실에 들어가니 싱글침대가 양쪽 벽에 놓여 있고 입구 쪽 끝에 책상이 하나씩 있었다. 입구의 맞은편에는 좁은 옷장이 하나씩 놓인 단출한 공간이었다. 같은 방을 쓰게 된 이는 권수종이라는 청년으로 충남 서산 출신이라고 했다. 군대를 제대하고 몇 달 후에 곧 서독에 왔다고 했다. 나이가 진호보다 4년이나 적어 자연스레 그를 형이라 불렀다. 진호는 아침 7시부터 오후 3시까지 일하는 아침반에, 수종은 오후 3시부터 밤 11시까지 일하는 오후반에 편성되었다. 서로 만나는 시간은 수종이 일을 마치고 돌아오고 진호가 출근하기 전까지 불과 몇 시간뿐이었다.

　작업을 나가기 전, 제일 먼저 간단한 신체검사를 받았다. 대소변 검사와 피검사 그리고 흉부 X선 촬영이 포함되었다. 일부 동료의 검진 결과에서 회충이 발견되자 노동 당국은 한바탕 소동을 벌였다. 후진국에서 온 젊은 이들에 대한 편견 때문이었다. 한국에서는 전통적으로 채소를 키우면서 인분을 비료로 사용하기 때문에 회충을 박멸하기 어려웠다. 회충은 습하고 더운 공간에서 급속도로 퍼져나간다고 잘못 알았던 당국은 이들을 격리하고 급히 영국에서 공수한 회충약을 복용시켰다. 그 사이에 진호를 비롯한 광부들은 독일어를 배우고 작업장에서 쓰는 장비 사용법을 훈련받았다.

　"글뤽 아우프(Glueck Auf)!"

　진호가 서독에서 배운 첫 독일어는 바로 이 말이었다. 그 뜻은 '죽지 말고 살아서 올라오라!'였다. 원래 글뤽(Glueck)은 '행운', 아우프(Auf)는 '위(上)로'라는 뜻이라고 했다. 막장에서 일할 때 사고가 나지 않고 무사히 작업을 마치고 위에서 다시 만나자는 인사였다. 거꾸로 그만큼 사고로 죽을 확률이 높다는 의미이기도 했다. 계약 기간 3년 내내 매일 '글뤽 아우프'를 입에 달고 살았다. 탄광 입구에도 '글뤽 아우프(Glueck Auf)'라는 문구가 새겨져 있었고 탄광 사람들이 갱도로 들어가며 서로에게 건네는 인사말이

기도 했다.

 작업 첫날은 진호에게 악몽 같은 하루였다. 탈의장에서 자신의 코드 번호를 찾아 누르면 작업복과 안전구두와 전등이 달린 안전모, 가죽장갑, 무릎 및 엉덩이 보호대가 천정에서 내려왔다. 안전복과 안전 장구를 착용하고 물통과 빵이 든 식사 주머니를 챙긴 후 내려가는 엘리베이터에 올라탔다.

 "글뤽 아우프"

 엘리베이터 스위치를 누르자 안팎의 광부들이 합창하듯이 인사를 했다. 새로운 각오를 다지고 힘을 받게 하는 인사였다.

 철거덩! 엘리베이터가 순식간에 1,100미터 아래로 푹 꺼지듯이 가라앉았다. 너무나 빠른 속도라 아찔하여 누군가는 항문이 간지러웠고 오줌을 찔끔 지렸다고 했다. 높은 산에 등산할 때처럼 기압 차이 때문에 고막이 멍멍했다. 엘리베이터가 도착하자, 다시 3~4킬로미터를 달리는 평지 사륜궤도차를 타고 막장에 도착했다. 석탄층은 수평으로 대를 이루고 있었다. 터널 같은 통로는 캄캄한 암흑인데 군데군데 백열등 몇 개가 희미하게 졸고 있었다. 감독관은 흰색 안전모를 쓰고 광부는 노란색 안전모를 써서 구분했다. 막장 안은 석탄 분쇄기가 뿜어내는 탄가루 탓에 앞은 더 깜깜했다. 온도와 습도가 높아서 가만히 서 있어도 땀이 나고 숨이 막혔다. 빛이라고는 안전모의 앞쪽에 붙어 있는 헤드랜턴에서 나오는 작은 불빛뿐이었다. 불빛이라기보다 탄가루가 난무하는 어둠을 뚫고 가는 불기둥처럼 보였다. 8시간 작업이 끝나기 전에는 위로 올라갈 수 없었다. 광부들은 깜깜한 지하에서 석탄을 파고 들어가는 두더지 인생을 사는 것이었다.

 막장 안은 외부의 기온과는 상관없이 항상 체온과 비슷해 후덥지근했다. 기압이 높아서 그런지 숨이 가빠졌다. 혈압이 높아진 것 같았다. 바람한 점 불지 않았다. 공기 중 산소의 함량이 낮은 탓일 수도 있었다. 가연성 기체가 포함되기 때문에 산소는 20%가 되지 못할지도 몰랐다. 광부들이 쓴 마스크로는 탄가루를 전부 거를 수가 없고 일부는 마실 수밖에 없었다.

한국에서처럼 곡괭이로 탄을 캐는 것이 아니었다. 호벨이라는 큰 전동 드릴이 석탄층을 파고들게 조정하면서 탄을 부숴 냈다. 사정없이 흔들거리는 호벨을 붙잡기도 힘든데 석탄층을 파고들도록 힘을 주기는 더 어려웠다. 호벨의 진동이 고스란히 작업자의 몸에 전달되어 몸과 기계가 함께 떨었다. 탄가루는 사방으로 날릴 수밖에 없고, 작업을 시작하자마자 온몸이 땀으로 젖었다. 호벨이 지난 자리에는 바로 스템벨이라는 철제 받침을 세워서 천정에서 탄이나 바위가 무너지지 않도록 막아야 했다. 그 무게가 사람 무게만큼 무거워서 혼자 세우고 나면 다리가 후들거렸다.

광부 네 명이 호벨 옆에 바짝 붙어서 거친 숨을 몰아쉬면서 삽으로 탄 조각들을 컨베이어벨트에 퍼 올렸다. 잠시 후에 보면 하얗던 얼굴들이 새까맣게 변했다. 깜박이는 눈만 여전히 희게 보였다. 올빼미 같기도 하고 저승사자가 아닌가 싶기도 하여 무서웠다. 당일 작업량이 곧 돈으로 환산되니 석탄이 곧 돈이기에 죽기살기식으로 실적을 올렸다. 초기에는 일이 손에 익지 않은 터라 작업장에서 실수를 많이 할 수밖에 없었다. 작업을 끝내고 기숙사로 돌아오면 온몸이 뻣뻣하게 굳어서 움직일 수 없을 정도였다.

탄광 생활에 익숙해지면서 '글뤽 아우프'는 그냥 '아우프'로 바뀌었다. 그러나 깜깜한 지하 막장에서 저 위의 밝은 세상을 바라는 희망은 바뀌지 않았다. 돈도, 천국도, 행운도, 불행도 모두 집어치우고 싶은 생각이 드는 순간이 한두 번이 아니었다. 그저 위로, 밝은 지상으로 올라만 가고 싶을 뿐이었다. 마스크를 벗어 버리고 속이 시원하도록 숨을 쉬고 싶었다. 찬란한 빛과 안전이 보장된 지상에서 사는 것이 얼마나 감사하고 행복한 일인지 전에는 알지 못했다. 지옥 같은 막장에 비하면 지상은 천국이나 다름이 없는 곳이었다. 김포공항에서 출국할 때까지만 해도 이런 작업장일 줄은 상상하지 못했다. 많은 돈을 손에 쥘 수 있다는 생각만 한 것이었다. 돈에 걸맞은 대가를 치러야 한다는 생각은 하지 못했다.

서독이 '라인강의 기적'이라는 눈부신 경제 성장 과정에서 루르 공업지대에는 많은 외국 근로자들이 일하고 있었다. 이탈리아, 스페인, 포르투갈, 터키에서 온 이들로 모두 골격이 크고 뚜렷해서 독일인과 비슷했지만, 한국 광부는 작아서 확연히 구별되었다. 서독광산협회는 독일 광부의 대우를 높이는 데 지장을 주는 외국 근로자들을 더는 받고 싶지 않았다. 한국 광부를 막장에만 투입하는 조건으로 협정을 받아들였고 한국 해외개발공사는 협정을 위반하면서까지 광부가 아닌 고학력자도 파견했다.

광산 경험이 없는 파독 광부에게 막장 노동은 육체적으로 감당하기 힘든 일이었다. 막장의 뜨거운 지열과 먼지는 이들에게 생소한 작업장이었다. 모든 작업기구는 독일인의 체구에 맞게 만들어져서 삽은 너무 크고 옮겨야 하는 쇠기둥은 너무 무거웠다. 키가 작고 힘이 약한 한국인은 서양인들의 작업장에 어울리지 않게 보였다. 독일인 동료들은 한국인을 작고 왜소한 체격이라고 무시했지만, 작은 고추가 더 맵다고 그들은 특유의 빠른 눈치와 위기 대처 능력이 있었다. 점점 독일 광부들도 인정하기 시작했다.

탄광에서의 작업은 채탄, 보갱, 운반, 선탄의 몇 단계로 되어 있다. 모든 과정이 위험하고 탄가루를 마시게 되지만 특히 막장에서의 채탄작업이 가장 힘들고 어렵다. 그래도 한국 광부들은 급여가 성과제이므로 작업의 난이도를 가리지 않고 급료와 수당이 많은 일을 하려고 했다. 국내 직장에 비하면 급료가 몇 배나 높고 막장 채탄은 능률과 성과에 따라 또 급료가 많았다. 그들은 돈을 많이 버는 일을 선호했다. 더 많은 돈을 한국에 있는 가족들에게 보낼 수 있기 때문이었다. 하지만 그런 일일수록 위험도가 높았다. 얼마 지나지 않아서 한국 광부들의 성과급이 가장 높아졌다. 오로지 몸을 아끼지 않고 더 많은 돈을 벌어 가족들을 가난에서 구출하겠다고 악착같이 일을 한 결과였다.

삐릭, 삐리릭. 점심시간을 알리는 신호가 울리자 모두 연장을 옆에 놓고 땅바닥에 주저앉았다. 지하 1,000미터의 막장에서 점심 식사는 먼저 수통을 열고 물을 꿀꺽꿀꺽 몇 번을 마셨다. 그들이 8시간 동안 마시는 물의 양은 약 8리터 정도였다. 다음은 탄가루 속에서 빵과 감자 그리고 과일을 먹는 것으로 때웠다. 입 언저리에 시커먼 탄가루가 묻어 있는 모습을 서로 쳐다보고 웃으면서 먹었다. 식사라고 하기에는 너무 초라해서 배고픈 허기를 달래는 정도였다.

작업 중에는 마스크를 쓰면 코가 막혀 불편하고 마스크를 벗으면 코와 입으로 탄가루가 흡입된다. 안전 장구를 착용해도 막장 인생은 탄가루에 흠뻑 젖었다. 마스크를 통과한 탄가루는 호흡기관의 점막을 타고 내려가 폐에 이르러 굳어지면 진폐증을 유발한다. 탄가루가 폐에 내려가기 전에 밖으로 배출하는 유일한 방법은 재채기이다. 재채기할 때 호흡기관의 점막에 붙어 있는 이물질이 밖으로 쏟아져나온다. 자연스럽게 재채기가 나오지 않을 때는 담뱃가루를 코에 넣으면 니코틴이 코를 자극하여 재채기를 유발한다. 이런 코담배를 열심히 해야 진폐증을 예방할 수 있다. 광부의 작업환경은 좋지 않지만 3년만 열심히 돈을 모으면 한밑천을 마련할 수 있었다. 한국에서는 도저히 이룰 수 없는 꿈이기에 피곤을 달래며 일했다.

8시간의 고된 노동을 마치고 지상으로 올라오면 밝은 빛이 그렇게 반가웠다. 숨이 쉽게 쉬어지고 몸이 가벼워진 것 같았다. 눈과 입을 빼고 나면 전신이 새까맣게 변해있었다. 누가 누군지 알아볼 수 없었다. 키와 몸집을 보고 대강 짐작했다. 우선 탈의장 의자에 앉아 참았던 담배 한 모금을 빨면 꿀맛이라고들 행복해했다. 작업복을 벗고 샤워하고 나면 본래의 사람 모습을 되찾았다. 탈의장을 나오면서 각종 장비와 개인용 사물이 걸린 자신의 코드 번호판을 쳐다보면 검은 색깔만 다르지 정육점에 걸린 고깃덩어리 같은 모습이었다. 검은 색깔은 죽음을 의미하고 붉은색은 생명을 뜻하는 것을 깨달았다.

겨울에 서독의 해는 일찍 넘어가고 저녁이 일찍 찾아왔다. 반대로 여름에는 늦게 지고 밤도 늦게 왔다. 한국보다 더 위도가 높기 때문이었다. 광부들의 숙소는 임시 건물처럼 단출해도 북적이는 다국적 광부들이 사는 모양은 다양했다. 저녁 식사 시간이 되면 한국요리 냄새에서부터 터키, 이태리, 그리스 요리 냄새가 뒤섞였다. 한국 광부 누군가 냄비 솥에 독일 햄과 소시지를 잘라 넣고 양배추를 썰어 넣고 펄펄 끓여 곰탕을 만들었다. 서너 명이 숟가락 하나씩 들고 빙 둘러앉아 먹고 있었다. 고향의 맛을 내기에는 한참 부족한데도 맛있게 먹는 모습이 짠했다. 나중에는 햄과 소시지를 대신해 돼지 족발을 삶기도 하고 소꼬리를 넣어 꼬리곰탕을 끓이기도 했다. 한국 광부들에게 제일 인기가 있는 요리는 곰탕에 한국 김치를 넣은 족발탕이었다.

밤이 되면 향수를 달래려는 노랫소리도 제각각이었다. 한국 광부 기숙사 방에서는 흘러간 옛 노래가 자주 울려 퍼졌다. 아리랑, 동백 아가씨, 고향의 봄, 쨍하고 해 뜰 날 돌아온단다 등의 노래였다. 그들에겐 우리말 노래는 고향을 상기시켜주고 어머니를 떠올리게 했다. 누군들 어머니나 고향을 잊을 수 있단 말인가? 외로울 때 안아주고, 슬플 때 위로해 주고, 낙심할 때 용기를 북돋아 주는 곳이 고향이고 어머니가 아닌가. 막장 일을 끝낸 후 밤에 기숙사에서 하는 놀이는 일하는 조에 따라 달랐다. 자기 근무시간에 맞춰 다음 날의 작업을 위해 모든 행사를 중단하고 달콤한 꿈을 꾸기 위해 침대 속으로 들어가야 했다.

진호는 동백 아가씨의 가사 중에서 다음 소절에 가슴 뭉클하게 감동했다.

**그리움에 지쳐서 울다 지쳐서
꽃잎은 빨갛게 멍이 들었소.**

동백은 비교적 따뜻한 지방인 남해안과 제주도에 많이 자란다. 꽃은 색깔이 다양하나 빨간색이 가장 많다. 다른 꽃이 피지 않은 겨울이나 이른 봄에 피는 꽃이라 특이하다. 진호가 고향 생각과 외로움에 지쳐서 수많은 밤을 아픔에 겨워 울었기에 노랫말에 크게 공감한 것이었다. 동백 꽃잎이 빨갛듯이 그의 가슴이 빨갛게 멍이 들었을 것 같았다. 머나먼 타국에 와서 날마다 지하 1킬로미터 막장에서 두더지 생활하는 그의 서러움을 잘 표현해 주는 노래가 바로 이미자의 동백 아가씨였다.

한국을 떠날 때는 돈도 많이 벌고 새로운 경험도 많이 하리라고 기분 좋게 떠나 왔었다. 와서 보니 목숨 걸고 지하 막장에서의 두더지 생활은 고되고 힘들었다. 게다가 가족이 못 견디게 그리웠다. 광부들은 하루하루가 고달프고 외롭기 짝이 없었다. 이런 생활을 하면서 독일의 문화를, 철학을, 과학기술을 배운다는 것은 비현실적인 일이었다. 고향이 그리워서 울컥하면 걷잡을 수 없이 눈물이 흘러내렸다. 흐르는 눈물이 그칠 줄 몰랐다. 군대에서 베트남에 갔을 때는 전쟁터라 긴장해서 그랬을까? 그렇게까지 외롭지 않았었다. 아니 항상 죽음을 의식하니 외로움이 덜했는지 모른다. 비싼 국제전화료 때문에 가족과의 통화는 거의 하지 못했다. 고향 집에 전화가 없는 집도 많았다. 국제통화를 하더라도 인사말 한마디를 교환하면서 울기 시작하여 통화 시간이 모두 소진되어 전화가 끊기기 일쑤였다. 가족과 오랜 기간 떨어져 있으니 향수병이 날마다 깊어만 갔다.

한국 광부들은 다른 국가에서 온 '외국인 노동자'들에 비해 높은 수준의 교육을 받은 이들이라는 사실이 문제가 되기도 했다. 한국인들은 독일 동료들보다 많은 교육을 받았다는 자부심으로, 독일 광부의 과도한 지시를 마뜩잖아했다. 독일 광부나 다른 외국 출신 광부 중에는 대학졸업자가 없었기 때문에 그랬다. 독일 감독관들은 한국 광부들을 다루기가 어렵다고 불평하곤 했다. 한국 광부의 마음속에는 매달 고국에 송금해 가족의 생활을 돕고 나라의 경제 발전을 지원하는 산업 전사의 자부심으로 가득했다.

독일에서 광부 생활에 익숙해지면서 진호와 그의 동료들은 월급과 수당 체계에 눈을 떴다. 미혼자보다 기혼자의 월급이 많고 자녀가 있으면 또 얼마큼 더 받았다. 똑같은 일을 하는데도 부양가족 수가 많을수록 봉급을 많이 받는 가족수당이라는 복지제도를 이용한 것이었다. 같은 일을 하더라도 고국에 아내와 자녀가 있는 광부들의 수입은 더 늘어났다.

진호는 3교대 8시간 근무를 끝낸 후에도 결원이 생기면 언제나 그 자리를 대신 메꿨다. 연속 근무로 16시간 일을 하면 몸은 힘들어도 돈으로 계산하면 포기하기 어려웠다. 과외로 일을 할 수만 있다면 뭐든 불편하고 위험하더라도 무조건 지원했다. 그런 일일수록 수당이 높기 때문이었다. 연속 근무를 하고 나면 나중에는 넘어지면 일어날 힘도 없을 때도 있었다. 막장 온도가 체온보다 더 높지만, 석탄 조각이 몸에 박힐까 봐 작업복은 벗을 수도 없었다. 피부에 석탄 가루가 박히면 문신이 되어 흉터처럼 보이기 때문이다. 물은 마시는 족족 땀으로 증발해 오줌도 나오지 않았다. 1미터라도 더 갱도를 뚫어서 성과급을 받겠다고 드릴을 박는 사람은 대개 한국 광부들이었다. 쌀밥 힘으로 사는 한국 광부들은 김치와 밥만 있으면 힘이 솟아 작업에 임했다. 받을 돈을 생각하면 그런 고생은 고생도 아니었다. 3년만 고생하면 한국에서 10년 치의 돈을 벌 수 있다는 희망이 그들을 버티게 했다. 하지만 그런 혹독한 노동 속에서 결국 과로로 건강을 해치는 광부가 생기도 했다.

1964년, 서독에 파견된 한 광부의 한 달 실수령액은 약 6만 6,360원(789.62마르크)이었다. 파독 근로자가 연봉의 절반만 송금해도 서울 변두리에 주택 한 채를 살 수 있었다. 서독에 간 광부들은 실업과 가난에서 탈출하겠다는 젊은이들이 대부분이었다. 광부들의 국내 송금은 1964년 235명이 44만 8,000마르크(미화 11만 2,000달러)를 송금했고, 65년 273만 4,000달러, 67년 579만 달러로 매년 더 증가했다. 인력파견은 원료비도 없고 생산비도 없는 거의 전액이 순수한 가득액이었다.

서독 파견기술자의 송금과 외국으로부터 받은 운임 보험료가 늘면서 한국의 무역외수지도 급증하여 1969년도에 약 2억 달러를 기록했다. 더구나 외국의 무상원조와 기부금 및 구호물자가 계속 유입되어 이전거래도 안정적으로 흑자를 기록했다. 무역외수지와 이전거래의 증가는 당시 경상

수지 적자를 줄이고 외환보유고를 늘리는 데 보탬이 되었다. 1967년 당시 서독 파견 근로자들이 보내온 송금액을 한국 상품수출액의 35.9%, 무역외 수입의 30.6%를 차지했다. 이들의 송금이야말로 한국인들이 보릿고개를 넘길 수 있게 만든 일등 공신이었다. 계약 기간이 끝난 이후에는 간호사의 대부분은 계약을 연장하고 독일에서 살았다. 광부들 가운데 1/3은 미국에 이민 갔다. 1/3도 독일에 남아 광부 아닌 다른 직업에 종사하여 유럽 한인 사회의 주축 역할을 했다. 1960년대는 합법적인 이민이 시작하면서 독일이나 다른 국가로 이민하는 인구가 늘어 한국민의 국제화가 시작되었다.

1968년 4월 9일, 루르 지방은 비가 내리는 우중충한 날이었다. 유난히 눈이 많이 내리고 겨울의 끝자리가 길던 그해 지구촌 북반부의 날씨는 서유럽 루르 지방도 예외가 아니었다. 그날 진호는 일을 마치고 기숙사 방에서 휴식을 취하고 있었고, 룸메이트 권수종은 작업 중이었다.

작업장에서 권수종이 평소에 하던 대로 잠깐 장비를 가지러 입구까지 갔다가 돌아와 보니 천장이 무너져 있고 바위 더미 사이로 동료의 장화가 보였다. 그럴 때면 비상 전화로 달려가 고함을 질러야 했다.

"Tod(죽음)! Tod(죽음)! Tod(죽음)!"

룸메이트인 수종이 사고를 당했지만 다른 동료에 비해 큰 부상은 아니었다. 왼손가락 두 개가 다쳤는데 약지의 손톱이 빠져 버렸다. 왼팔에 골절은 없는지 여러 가지 검사를 하기 위해 부득이 뒤셀도르프 시립병원 외과 병동에 입원했다.

"수종아, 어떻게 된 거냐? 많이 다쳤어?"

"형, 어서 와. 돈 좀 벌려다가, 나 장가도 못 가고 죽는 줄 알았어."

"팀 동료는 많이 다쳤다며?"

"응, 스템벨을 세우는 도중에 천정이 무너졌어. 내가 그 친구를 끌고 가는데 큰 돌멩이가 개 오른 다리를 치고 작은 돌멩이는 내 왼손을 쳤어. 개 다리는 부러지고 내 왼손가락 두 개가 다쳤어."

"그 정도이게 불행 중 다행이네."

"한 2주 휴가를 받은 거지."

"그래, 그동안 고생 많이 했어, 휴가도 갈 만하지."

"형, 근데 여기 한국 간호사가 있다. 겁나게 이뻐. 좀 있으면 약 가지고 올 거야."

"그래, 잘해봐라. 장가도 못 가고 죽는 줄 알았다더니, 장가가는 거 아냐?"

마침 한국 간호사가 약봉지를 가지고 들어왔다. 그렇게 뛰어난 미인은 아니었는데 흰 간호복을 입은 젊은 그녀는 매력이 있어 보였다. 서독에서 오랜만에 한국 여자를 보았으니 예쁘게 볼 수밖에 없었다. 군대 훈련소에서 남자들만 있는 세계에 살다가 여자를 보면 치마만 둘러도 예쁘게 보인다는 말이 기억났다.

"수종 씨, 이 약봉지에 항생제와 소염제가 들어 있으니 매 식후 한 봉씩 드세요. 잊지 말고요."

"예, 잘 알았습니다. 감사합니다."

병실을 나가려는 간호사를 진호가 불러 세웠다.

"간호사님, 잠깐만요."

"예, 뭔데요?"

"전 이진호라고 합니다. 수종이와 기숙사 방을 같이 쓰고 있어요. 잘 간호해 주셔서 감사합니다."

"예, 별말씀을요. 제 할 일을 했을 뿐인데요. 다행히 큰 부상이 아니어서 한 2주 정도면 회복될 겁니다."

"혹시, 제가 아는 간호사가 여기 왔는데 나는 온 지 얼마 안 되어서 아직 찾아 보지 못했어요. 한국 떠난 지 2년쯤 된다고 들었는데 아시는지 모르겠습니다. 강숙희 간호사라고요."

"아! 그래요? 동명이인이 아니라면 우리 병원 내과에 근무하고 있는 언닌데요. 기숙사에서 최고 고참 중의 한 명이세요. 크리스찬 모임을 주도하고 있고요. 등잔 밑이 어둡다더니 바로 옆에 있는데 모르셨네요."

"그래요. 감사합니다. 이름이 같고 크리스찬이라니 더 확실해지는데요. 그런데 어떻게 연락을 하지요?"

"여기 내과 간호사실로 전화하면 돼요. 번호는 병원 디렉토리에 나와 있어요."

"잘 알았습니다. 감사합니다."

"천만에요. 잘되시기 바랍니다."

진호는 설레는 마음으로 당장 전화를 걸려고 했지만, 독일어로 어떻게 말해야 할지도 몰랐다. 또 저쪽에서 틀림없이 빠르게 말하면 알아듣지 못할까 두려웠다. 직접 대화할 때는 상대의 표정이나 몸짓을 보며 짐작할 수 있는데 전화는 그럴 수가 없었다. 국경을 넘으니 대학을 졸업한 그도 바보가 된 기분이 들었다.

"Darf ich mit der Krankenschwester Kang Suk-hee sprechen?"

독일인 친지에게 '강숙희 간호사와 통화할 수 있을까요?'라는 말을 독일어로 번역해 달라고 부탁했다. 몇 번이고 외워서 익힌 다음에 공중전화에서 동전 두 개를 넣고 번호를 돌렸다. 두세 번 전화벨이 울린 뒤에 찰칵하고 동전이 들어가면서 통화가 되자마자 진호는 떨리는 목소리로 준비한 문장을 또박또박 말했다. 저쪽에서도 곧 몇 마디를 빠르게 쏟아냈다. 그중 '나인(nein)과 니흐트(nicht)'라는 단어가 귀에 들어왔다. 분명히 통화할 수 있는 여건이 아니라는 뜻으로 짐작되어 고맙다고 말하고 전화를 끊었다.

"당케 쉔."

전화를 끊고 난 뒤, 진호는 숙희를 만나자고 약속하리라 잔뜩 기대했는데 허망했다. 숙희가 근처에 있는데 그가 독일에 왔다는 말도 전하지 못해서 너무나 서운했다. 좀 더 독일어 공부를 열심히 해야겠다고 각오를 단단히 했다.

17
재회

전화를 건 며칠 후, 진호는 다시 전화를 걸어도 의사소통이 잘 안 되리라 생각하고 퇴근하는 숙희를 병원 앞에서 기다리다가 직접 만나기로 작정했다. 이번에도 혹시 만나지 못하면 간호사 사무실에 남길 편지도 미리 써서 가져갔다.

<u>그대</u>
머나먼 타국으로 떠나버린 그대
우리를 가른 공간이 너무도 원망스러웠지
그대는 모를 거야,
내가 그대를 얼마나 쫓아가고 싶었는지.
먼 타국 문화 장벽 속에서
고향과 가족이 그리워
홀로 눈물 흘리는 그대 모습,
그 모든 순간을 얼마나 함께하고 싶었는지.
이제 내가 그대 눈물을 닦아 줄게.

제발, 나를 만나 줘.

진호는 편지를 주머니에 넣고 내과병원 정문으로 향했다. 출국 때 입었던 짙은 남색 정장을 꺼내 입었다. 숙희가 퇴근하고 나오기를 기다렸다. 불과 3분을 기다렸는데 한 시간은 된 것 같았다. 오후 6시가 조금 넘자 한국 여자가 한 명이 정문으로 나왔다. 푸른색 블라우스에 흰색 미니스커트를 입었다. 상의와 하의의 색상이 뚜렷이 차이가 나서 눈에 확 들어왔다. 힘찬 발걸음으로 한 발자국을 뗄 때마다 그녀의 스커트 자락이 반 뼘쯤 무릎 위로 올라갔다가 다시 내려왔다. 무릎 위 매끈하고 하얀 허벅지가 보일 듯 말 듯했다. 아담한 키, 단정한 모습, 3년 전의 숙희의 모습과 똑같았다. 그는 심장이 뛰는 것을 느끼며 빠른 걸음으로 다가가 그녀 앞을 막아섰다.

"안녕하십니까? 여기 이진호가 왔습니다."

"어머, 깜짝이야. 웬일이래요?"

"숙희 씰 찾아왔지요."

"내가 여기 온 걸 어떻게 알았어요?"

"뜻이 있는 곳에 다 길이 있지요."

그렇게 진호와 숙희는 서독 뒤셀도르프에서 다시 만났다. 외국 땅에서 둘만이 만났다. 전주 예수병원에서 입원 환자와 담당 간호사로 만난 후 3년 만의 재회였다. 다시 만난 두 사람은 반가움과 설렘을 감추지 못했다. 낯선 땅에서 외롭게 지내던 차에 고국의 인연을 다시 찾았다. 두 젊은이는 오랜 친구처럼 친근함을 느꼈다. 누구의 눈치도 볼 필요가 없었다. 특히 외국에서 아는 사람이 별로 없어서 그런지 서로에 대한 호감도 훨씬 짙게 물든 듯했다. 진호는 그녀와 이대로 헤어질 수 없었다. 그동안 숙희가 어떻게 지냈는지 더 자세히 알고 싶었다. 그녀 또한 진호의 이야기를 듣기를 원했다.

숙희는 몇 달 후, 귀국할 것인지 재계약하여 다시 3년을 서독에서 머물지를 결정해야 했다. 진호는 광부로 온 지 거의 1년이 되어 가고 앞으로 2년은 더 일해야 한다. 마침 저녁 식사 시간이 되어가고 있었다. 둘이서 병원 밖의 번화가로 나가 함께 저녁을 먹기로 했다.

"중국 음식 아니면 이탈리아 음식으로 할까요?"

"중국 음식은 한국에서 많이 먹었고 고급음식은 아니잖아요? 이탈리아 음식이 더 좋지 않을까?"

"숙희 씨가 나보다 더 여기서 오래 살았으니까 주문을 해 줘요, 내가 밥값은 낼 테니까."

"여긴 독일이니 더치페이로. 자기 밥값은 자기가 내는 방법도 있어요."

"에이, 우리 식으로 남자가 내야지. 걱정 마요, 나도 돈 버니까."

진호의 배려심 있는 말에 숙희는 살짝 웃었다. 두 사람의 대화는 소소하지만 따스했다. 낯선 땅에서도 두 사람의 연결고리는 더욱 단단히 이어지고 있었다. 그들은 라인강이 내려다보이는 작은 이탈리아 식당에 들어가 마주 앉아 파스타를 주문했다. 진호는 서독에 온 지 거의 1년이 되어 가지만 일에 적응하느라 정신이 없었고 독일어를 몰라 찾지 못했다고 변명했다. 숙희는 간호사 일에 숙달되었고 독일 간호사 자격증도 받고, 현지에서 한인교회 모임을 추진하느라 바쁘다고 했다. 동독에서 주민들이 계속 서독으로 넘어오는데 성직자도 따라와서 서독에서는 성직자가 넘쳐난다고 했다. 개신교 목사 프랑크 루돌프가 강변에 교회를 개척했는데 교회당은 크지 않지만 몇몇 한인들이 방 하나를 빌려 예배를 드린다고 했다. 독일인들의 예배 시간과 중복되지 않도록 오후에 모인다는 것이었다.

"루돌프가 자기 교회의 작은 방을 내주어 예배를 드리는데 광부들이 함께 참석하면 좋겠는데요."

"그렇지 않아도 한국 간호사를 만나기 원하는 광부들이 많은데 잘됐네."

"와, 진호 씨를 만나니 일이 갑자기 잘 풀리네. 교세가 2배로 늘겠다."

"그게 바로 배가운동이라는 거군요. 연락할 일이 많겠는데 전화번호 좀 줘요."

"한국 간호사와 광부들이 모이고 상사 주재원, 교포들까지 합류하면 진짜 한인교회가 되겠네요. 한국 유학생까지 나오면 더 좋고요. 그때 한국 목사를 초빙하거나 독일에서 연수중인 목사를 초청하여 한국말로 설교를 들을 수도 있고."

"그러다가 숙희 씨는 신학교 가는 거 아냐?"

"그것도 한두 번쯤 생각해 봤죠. 근데 난 소명 받지 못했어요, 하나님으로부터. 모든 걸 포기하고 그 일에만 전념해야 하잖아요. 아니면 목사 사모가 되던지."

"어쨌든 이 일이 몇 달 안에 끝날 일이 아닌데, 숙희 씨도 다시 3년 계약 연장해야겠네."

"신중히 고민 중이에요. 여하튼 난 귀국을 서두르진 않겠어요."

"그래 잘됐네, 내가 계약을 끝낼 때까지 숙희 씨를 볼 수 있을 테니까."

진호는 숙희가 빨리 한국으로 돌아가지 않았으면 좋겠다고 은근히 표현했다. 두 사람은 이야기를 나누며 자연스럽게 3년 전 전주 예수병원에서의 추억으로 돌아갔다. 진호가 병상에 누워 있을 때, 숙희가 곁에서 보살펴 주던 기억은 둘에게 깊은 여운으로 남아있었다. 이야기꽃이 피면서 시간 가는 줄 몰랐다. 하지만 어느새 밤이 깊어 있었다. 더 이야기를 나누고 싶었지만, 그들은 내일 일터로 돌아가기 위해 기숙사로 발걸음을 옮길 수밖에 없었다.

"안녕히 주무세요."

그 인사에는 아쉬움과 설렘이 담겨 있었다. 그날 밤, 두 사람은 서로를 향한 따뜻한 마음을 가슴에 품고 각자의 숙소로 돌아갔다.

18
대학원 진학

　1968년 1월 21일, 찬바람이 매섭게 불던 겨울 날씨였다. 김신조와 30명의 북한 무장간첩단이 서울 청와대 뒤쪽 평창동 골짜기에 불쑥 나타났다. 그들은 대통령 관저 청와대를 습격해 박정희 대통령을 암살하라는 지령을 받고 침투했다. 이북에서 청와대 모형을 만들어 놓고 철저히 훈련받은 북한특공대는 대담하게 청와대 뒤편 평창동을 지나갔다. 남한 군복을 입고 M1 총으로 무장했다. 그들의 행동을 수상히 여긴 평창동 파출소의 불심검문으로 그들의 정체가 발각되었다. 그렇게 암살 계획은 무산되었다. 출동한 수도경비사령부 병력에 의해 김신조만 생포되고, 다른 한 명은 북으로 도망가고 나머지 요원들은 모두 사살되었다.
　그해 10월 말, 또 다른 대단한 간첩 사건이 발생했다. 120명이나 되는 많은 무장간첩이 잠수정을 타고 동해안을 따라 남하해 삼척과 울진에 침투한 것이었다. 이 삼척·울진 간첩 사건은 태백산맥의 험준한 산악지대에서 두 달 동안 벌어진 남한군과 북한 간첩 간의 치열한 비정규전이 전개되었다. 눈 덮인 산속에서 펼쳐진 섬멸 작전 끝에 일부 간첩은 생포되었지만, 나머지는 모두 사살되었다. 그 여파로 남한의 육군, 해군, 공군은 휴가와 제대가 중단되고, 5,000만 국민은 또다시 남북한 간에 전면전으로 번질지 몰라 두려움 속에 떨면서 소탕 작전을 바라보아야 했다. 북한이 도발하는 것은 남한보다 군사력이나 경제력이 더 우위에 있기에 가능했던 것으로 보였다.

이 사건들은 북한 독재자 김일성의 무모한 전쟁 노름이었다. 6.25 한국전쟁을 일으킨 장본인인 그는 통일된 조국을 원한다는 명분으로 전쟁을 변명했다. 그 전쟁은 3년 동안 지속하였고 한반도 전체를 폐허로 만들었다. 조국 통일이 무력을 사용하여 상대를 굴복시키는 방법밖에 없다는 말인가. 그는 수백만 명의 자국민과 유엔군의 유혈사태로 만족하지 못했던가? 북한 주민 2,000만의 생명을 인질로 잡고 전쟁놀이를 한 것일까? 이번 간첩 사건도 조국을 통일하기 위한 것이라고 변명하지는 못할 것이다. 역사 앞에 또 민족사에 큰 죄를 범하고도 뉘우칠 줄 모르는 인간이 아직도 권좌에 앉아있다. 이런 독재자의 등장은 남북한 모두에게 불행이다. 한국 사람들이 그를 악마라고 부르는 것도 무리가 아니다.

휴전협정을 체결한 후에도 북한군의 도발로 언제 다시 전쟁이 발발할지 몰라서 한반도에는 긴장감이 높았다. 북한과 남한은 모두 이러한 긴장 상태를 내부의 결속을 도모하고 반대 세력을 억압하며 독재정권을 강화하는 데 이용하고 있었다. 이것은 양측의 독재정권이 쉽게 종식되지 않으리라는 것을 시사했다.

만일 한국에서 다시 전쟁이 발발하면, 광부와 간호사들의 서독 파견은 중단해야 할 것이다. 그곳에 파견된 사람들도 본국으로 되돌아가야 할 터였다. 서독에 파견된 광부와 간호사들이 국내 간첩 사건에 비상한 관심을 가질 수밖에 없었다. 반면에 서독과 동독은 자유 진영과 공산 진영으로 나뉘었어도 그들은 서로 전쟁을 하지 않은 사이로 평화가 유지되고 경제적인 풍요를 누리는 것은 부러운 점이었다. 분단국이 통일된다면 독일이 한국보다 더 먼저 되지 않을까 예상되었다. 다행히 그해가 넘어가기 전에 무장

간첩들은 일망타진되었다.

1969년 2월, 진호는 서독 파견 3년 계약의 만기를 몇 달 앞두고 있었다. 계약이 끝나면 귀국해야 할 처지였다. 숙희는 진호에게 귀국할 것이지 귀국하면 어떤 일을 할 것인지 물었다.

"계약 기간이 끝나면 귀국할 거예요? 어떤 계획이 있어요? 설마 귀국해서 다시 강원도 탄광으로 가진 않겠죠? 한국에는 광부가 모자란 것도 아닌데 선진 채광기술을 도입할 수도 없고."

진호는 군 복무 중 베트남전쟁에 참여했고, 대학을 졸업하고는 서독에 광부로 왔다. 지하 1킬로미터의 땅속에서 두더지 생활을 3년이나 경험했다. 그런 입지의 사나이가 다음으로 무엇을 꿈꾸고 있는지 숙희는 자못 궁금했다.

"귀국했다가 다시 독일로 유학 올까?"

광부로서 보낸 3년은 진호가 자신의 한계를 시험한 기간이었다. 광부 생활에 지쳤는지 서독 생활에 지쳤는지 쉼이 필요했다. 귀국해서 잠시 쉬며 새로운 목표를 찾고 싶었다. 서울대학에서 석사를 마친 후에 서독으로 유학을 와서 박사학위를 받으면 어떨까 생각했다. 그러려면 몇 년의 세월이 금방 지날 것이다. 서울에서 대학원을 다니려면 학비도 필요하고 생활비도 많이 들 것이다. 서독으로 오는 여비도 적지 않은 돈이다. 그 사이에 숙희와의 교제가 계속되리라는 보장도 없다. 먼 외국에 떨어져 보이지 않는데 마음도 멀어지지 않을까 걱정이었다.

"그럴 바에는 바로 여기서 대학원에 진학하지 그래요."

숙희가 제안했다. 서로 멀리 떨어지지 말자는 말인 것 같았다. 서독에서는 각급 학교의 학비가 무료이다. 국가가 대신 부담해 준다. 나라에 필요한 인재를 위한 교육은 국가가 책임을 진다는 논리이다. 그러니 독일에서는 돈이 없어서 학교에 가지 못하는 사람은 없다. 배울 능력이 있으면 누구나 학교에 갈 수 있다. 이 정책은 외국인에게도 예외 없이 적용된다. 얼마나 좋은 혜택이고 기회인가. 숙희는 그가 서독 유학을 해낼 수 있다고 생각했다. 그녀가 옆에서 격려하면 그는 더욱 힘을 낼 것이라 믿었다.

진호가 능력을 계발해 박사가 된다면 개인적으로 영광이다. 광부의 경력을 지우고 박사의 경력을 덮어쓰는 것이다. 한국의 화학 수준을 높이고, 산업발전에도 도움이 될 것이 틀림없었다. 그것은 또 다른 형태의 애국이기도 했다. 숙희는 그가 서독에 남아 대학원에 진학하여 박사 학위를 받도록 설득하고 싶었다. 전공 분야인 화학에서 박사 학위를 받는 것이 그의 다음 목표로 적합하다고 그녀는 예상했다.

"그게 가능할까요?"

진호는 독일어 장벽이 가장 큰 걱정이었다. 독일어로 책을 읽고 글을 쓸 수 있어야 한다. 그러나 숙희는 자신이 독일 간호사자격을 받기 위해 공부했던 경험을 떠올렸다. 독일 간호사 자격을 받으려고 필요한 수업을 수강했다. 물론 수강료는 무료였다. 날마다 독일어 성경을 몇 장씩 읽었다. 처음에는 모르는 단어가 많아 진도가 별로 나가지 못했으나 이미 성경 내용을 잘 알고 있기에 점점 더 쉬워졌다. 진호에게도 같은 방법을 추천하고 싶었다. 성경을 읽으면 차츰 신앙심도 깊어지리라 기대했다. 진호에게 조언했다.

"독일어 성경을 읽어보세요. 언어도 배울 수 있고 신앙심도 깊어질 거예요."

숙희는 진호가 독일어라는 새로운 도전을 두려워하지 않길 바랐다. 그것은 단순히 언어의 장벽을 넘는 일이 아니라, 그의 꿈을 향한 또 다른 도전이었다. 진호는 서독에서의 경험이 그를 강하게 만들었다. 광부 생활보다 더 힘든 일이 없을 것이었다. 숙희는 그가 어떤 선택을 하든 곁에서 응원할 준비가 되어있었다. 새로운 시작은 언제나 두렵지만, 그 두려움을 넘어설 때 비로소 진정한 성장이 이루어지는 것이다.

"여기는 대학에 들어가기는 쉽지만, 졸업하기가 어렵다던데요. 자신이 공부하고 싶은 분야의 교수를 찾아가서 상의하면 된다고 해요. 그리고 여기 대학 교수의 힘은 대단하대요. 교수가 대학원 학생으로 받아준다면 비자 문제도 쉽게 해결된대요."

"그래요? 할 수만 있다면 그 방법이 더 좋겠는데요."

"베트남 전쟁터에도 나가고, 여기서 지하 1킬로미터에서 석탄도 캤는데 그걸 못 하겠어요. 지난 1963년인가 독일에서 지글러(Ziegler) 교수가 노벨화학상을 받았다고 떠들썩했대요."

지글러 교수는 마그델부르크주에 있는 막스 프랑크연구소의 유기화학자인데 이태리의 나타(Giulio Natta) 교수와 공동으로 노벨상을 받았다. 올레핀을 중합하는 촉매의 혁신으로 고품질의 올레핀 중합체를 만들었다. 그가 개발한 촉매는 알루미늄과 타이타늄으로 된 화합물인데 제품의 분자량이 크고 좁게 분포되어 합성 물질의 성질을 좋게 하는 장점이 있었다.

"설마 나한테 노벨상에 도전하라는 말은 아니지요?"

"왜? 겁나요? 진호 씨는 꿈이 크고 도전정신도 강한 줄 알았는데? 아닌가요?"

"그래도 모든 일에는 순서가 있고 단계가 있지요. 개천에서 용이 나긴 어렵지 않아요? 물론 퀀텀 점프라는 것도 있긴 합니다만."

"어려우니까 도전할 가치가 있는 거죠. 성공하면 더할 나위 없고, 실패하더라도 누군가가 뒤를 이어 또 도전할 테니까요. 언젠가는 성공하는 사람이 나오는 거 아닌가요? 꿈 없는 사람의 삶은 달라지지 않는다던데. 힘을 내세요. 두려워하지 말고."

"그러네요. 하여튼 숙희라는 사람은 남을 격려하는데 탁월한 재능이 있는 것 같아요."

"막스 프랑크연구소에서 공부하면 그 연구실이 개발해온 역사를 빨리 습득할 수 있으니 도전하면 어때요? 지글러 교수한테 편지를 쓰든지 한번 찾아가는 것이 더 좋을지 모르겠네요."

광부들은 3년 계약이 끝나면 원칙적으로 비자 연장이 불가능했다. 광부 일을 오래 하면 진폐증에 걸릴 위험이 많기 때문이었다. 독일인은 어떤 일에나 원칙을 고수하는데 투철했다. 상황이 어떻게 변하든지 원칙은 살아남았다. 하지만 대학원에 진학한다면 별문제가 없을 것이라고 짐작되었다. 어떤 유명한 대학교수는 산업체로부터 연구위탁과제를 많이 받아서 일할 학생이 부족하다고 들었다. 그런 교수의 학생들은 교수로부터 생활비를 지원받는다고 했다. 생활비 문제도 해결된다는 의미였다. 서독에서는 대학교수가 자신의 연구실에 외국인 학생이 필요하다고 외교부에 편지를 보내면 즉시 비자를 내준다고 했다.

"편지보다는 찾아가는 것이 더 효과적이지 않을까요?"

"내가 당신이라면, 지글러 교수에게 직접 만나뵐 수 있기를 바란다는 편지를 쓰고 싶네요. 그 교수가 당신을 만나보기를 원한다면, 그의 일정을 검토하고 언제 만날 수 있을지 알려 줄 거요, 그렇죠?"

진호는 독일어 공부를 열심히 하면서 왜 지글러 교수한테 가서 공부하고 싶은지 한글로 먼저 편지를 쓰고 그것을 독일어로 번역한 후에 루돌프 목사에게 교정을 부탁했다.

존경하는 지글러 교수님께

5. August 1969

지글러 교수님, 안녕하십니까? 제가 갑작스럽게 편지를 쓰게 됨을 양해해 주시기를 부탁드립니다. 저는 한국에서 온 이진호입니다. 현재는 뒤셀도르프의 루르광산에서 광부로 일하고 있으며, 취업한 지 2년이 지나고 몇 달 후에는 3년 계약을 마치게 될 예정입니다.

저는 1967년 2월에 전북국립대학교에서 화학을 전공하여 학사 학위를 받았습니다. 화학과 졸업생 40명 중에서 제일 좋은 성적을 얻었습니다. 제 전공이 화학인데 왜 서독의 광산에서 광부로 일하는지 궁금하실 겁니다. 그것은 제가 돈을 벌기 위해서였으며, 더불어서 서독이 성취한 라인강의 기적이라는 경제 발전을 직접 경험하고 싶었기 때문입니다.

교수님께서 1963년에 노벨화학상을 받으셨다는 소식을 들었습니다. 조금 늦었지만 축하드립니다. 집에 돌아가기 전에 박사님을 만날 수 있다면 저에게 큰 영광이 될 것입니다. 가능하다면 선생님의 지도를 받아 대학원 공부를 하고 싶습니다. 그 후에는 모국으로 돌아가 한국의 화학을 한 단계 더 높이는 연구를 하려고 합니다. 제가 바라는 것은 1966년 한국 정부에 의해 신설된 한국과학기술연구원에서 연구하는 것입니다. 교수님의 지도로 화학 박사학위를 취득하면 이 꿈을 이루는 데 한 걸음 더 다가갈 수 있을 것입니다. 시간을 내주시면 언제든지 기꺼이 찾아뵙겠습니다. 교수님의 긍정적인 답변을 기다리겠습니다.

감사합니다.

이진호 올림

진호는 지글러 교수에게 편지를 보내고 답장을 날마다 초조하게 기다렸다. 아무리 기다려도 답장은 오지 않았다. 서독에서 박사학위를 받는다는 희망에 부풀었던 가슴이 점점 쪼그라들었다. 너무나 과도한 꿈을 꾼 것 같았다. 송충이는 솔잎을 먹어야 하는데 갈잎을 먹으려 시도한 것이 아니었을까? 답장을 받는 것을 포기해야 할지도 모르겠다 싶었다. 노벨 수상자가 후진국 한국의 대학을 졸업한 후에 서독 탄광에서 석탄을 캐고 있는 그를 문하생으로 받아들일 가능성이 있을까? 언어가 통할지 또 두 나라 화학 수준의 큰 차이로 인해, 진호를 대학원생으로 받아들이는 것은 위험부담이 너무 크다고 판단할지 몰랐다.

아마도 막스플랑크연구소에 한국 유학생을 받은 적이 없을 것이다. 한국 유학생이 많이 나가지 않은 시절이니까. 서울대학교라는 이름은 들어봤을지 몰라도 전북대학교라는 이름을 들어본 적도 없을 것이다. 그런 상황에서는 구태여 거절하는 답장을 보내기보다 무시하고 답하지 않는 것이 더 낫다고 생각할 수도 있었다. 노벨 수상자인 그에게 세계 각처에서 학생이나 공동연구자로 받아달라는 지원자들이 많지 않을까? 그들 중에는 자기 기관으로부터 연구비를 지원받는 자도 있다고 들었다. 지글러 교수는 전혀 부담이 없는 공동연구자를 받을 수 있는 것이다. 답장이 오지 않아서 실망스러웠지만, 그가 할 수 있는 일은 아무것도 없었다. 유명한 노벨 수상자에게 편지를 썼다가 거절당했다고 체면이 손상을 입을 것도 아니고 기분이 나쁠 일도 아니었다. 진호는 자신이 할 수 있는 일을 다 했다고 자신을 위로했다.

친애하는 이진호 씨,

15. September 1969

먼저 답장이 늦어진 점 깊이 사과드립니다. 최근 6주 동안 미국에서 몇 개의 대학과 연구소에서 초청 강연을 다니느라고 편지를 늦게 확인했습니다. 연구실 업무가 많이 밀렸지만, 무엇보다 이 답장을 쓰는 것이 우선이라 생각했습니다. 한국은 서독처럼 분단된 국가로 공산주의자들과 대치하고 있는 나라입니다. 그러기 때문에 저는 한국에 대해 관심이 많습니다. 특히 귀하는 아주 독특한 이력을 가지고 있고 화학을 공부하고자 하는 열정이 매우 높다는 인상을 받았습니다. 제가 나이가 많아서 제자를 줄

여나가는 형편이지만, 귀하가 제 연구실을 방문해 주신다면 기쁜 마음으로 맞이하겠습니다. 저는 9월 20일 주간에는 사무실에 있을 예정이니 편리한 날짜와 시간에 방문해주십시오.

안부를 전하면서
Karl Ziegler, Direktor,
Max Planck Institut für Kohlenforschung

지글러 교수의 답장을 거의 포기하려던 차에 뜻밖에도 회신이 도착했다. 그것만으로도 기쁜 일이지만, 답장의 내용은 그의 기대를 훨씬 뛰어넘었다. 유명한 노벨화학상 수상자를 직접 대면할 기회가 생겼으며 어쩌면 그의 연구실에서 대학원생으로 공부할 수 있을지 몰랐다. 9월 25일 금요일, 진호는 가슴 가득한 꿈을 안고 아침 기차로 가서 오후 2시에 연구실로 찾아뵙겠다는 편지를 보냈다. 면담을 준비하며 예상 질문과 답변을 한글로 작성한 후 독일어로 번역해 루돌프 목사에게 수정을 부탁했다. 그리고 밤낮없이 독일어 대화를 암기하여 면담 날을 기다렸다.

9월 25일, 진호는 회사에 휴가를 내고 뒤셀도르프에서 빠른 기차를 타고 4시간을 달려 마그데부르크로 갔다. 점심 후, 오후 2시에 지글러 교수의 연구실로 찾아갔더니 그가 기다리고 있었다. 은퇴를 5년을 앞둔 나이에 비해 젊게 보였으며, 의욕과 열정이 넘쳤다.

면담에서 그는 진호에게 한국 대학 시절 좋아했던 과목과 배운 내용을 물었다. 진호는 유기화학을 좋아했지만, 촉매 전공 교수가 없어서 그 분야는 깊이 배우지 못했다고 솔직히 답했다. 교수는 그리냐르 반응(Grignard reaction)에 관해 설명해 보라고 했다. 진호는 자신이 아는 대로 유기 염화물에 금속 마그네슘을 반응시켜 유기 마그네슘 클로라이드를 만드는 과정으로 이를 이용해 유기 골격을 늘리는 방법에 이용할 수 있다고 대답했다.

이 반응에서는 무수 이더(ether)를 용매로 써야 한다고 보충 설명했다. 그러나 실험실도 없고 약품도 없어서 실험은 전혀 하지 못했다고 솔직하게 대답했다. 교수는 웃으며 그를 이해해 주었다. 결국, 지글러 교수는 은퇴 전 마지막 학생으로 받아주겠다고 약속했다. 진호는 기뻐서 그 자리에서 펄쩍 뛰고 싶은 맘을 참느라 애를 먹었다. 뜻이 있는 곳이 길이 있었다. 꿈이 이루어진 것이다. 그의 앞에 새로운 세계가 열리는 것 같아 감격했다.

지글러 박사는 비서에게 진호의 입학에 필요한 모든 서류 목록을 주고 비자를 연장하는데 필요한 서류를 제출하는 데 협조하라고 지시했다. 비서는 나이가 많아 보이고 몸집이 큰 캐더린 슐즈였다. 면접을 보면서 독일어가 엉망이어서 떨어지지 않을까 걱정이었는데 좋게 평가하고 대학원 학생으로 받아준다니 감사했다. 이제 좀 더 열심히 독일어를 공부하겠다고 다짐했다. 연구소에 딸린 박사 학위 과정이라 일반 대학처럼 학생이 많지 않고 대단위 강의가 아닌 교수와 토론식 수업이 많다고 했다. 서독은 산업만 발달한 것이 아니었다. 대학원과 연구소들이 많아 학문적으로도 한국과는 비교할 수 없이 높은 수준이었다. 한국이 첨단산업을 발전시키려면 많은 고급인력이 필요할 것으로 예상되었다. 그는 박사 학위를 받고 귀국할 때 대학이나 연구소에 자리가 없을까 염려하지 않아도 되리라고 확신했다.

그다음 주, 진호는 교회에서 숙희를 만나 면담 결과를 알려 주었다.

"어머, 대단한 경사네요. 축하해요."

"모두가 숙희의 조언 덕택이죠."

"머지않아 한국에서도 노벨화학상 수상자가 나오겠군요."

"날 쳐다보지 말아요. 부담스럽게."

그들은 매주 교회 예배 후 독일어 성경을 읽으며 공부했다. 진호는 화학 용어를 독일어로 익히기 위해 화학 교재를 사서 탐독했다. 둘 사이의 만남이 거듭될수록 사랑도 깊어졌다.

마그데부르크로 떠나기 전날, 진호와 숙희는 로렐라이 언덕을 관광하기로 했다. 라인강을 따라 유람선을 타고 올라갔다가 로렐라이에서 내려 점심을 먹고 다시 뒤셀도르프로 돌아오는 여정이었다. 유람선에는 50여 명의 관광객이 함께 탔다. 유람선은 라인강을 천천히 올라가는 도중에 가끔 느린 바지선을 추월해 가기도 하고, 속도가 빠른 작은 선박들이 유람선을 추월해 갔다.

강변을 따라 양쪽에는 왕복 2차선 도로가 시원하게 뚫렸고 승용차와 트럭들이 오고 가고 하는 모습이 보였다. 또한 한쪽으로는 기찻길 선로가 올라가고 반대편에서는 내려왔다. 화물을 잔뜩 싣고 가는 화물차도 있고 승객을 실은 열차도 지나갔다. 강변에서 비스듬하게 높은 언덕이 있는데 양쪽 모두 포도밭이었다. 종종 아치형 다리 밑을 통과하기도 했다. 언덕 꼭대기에는 어김없이 고풍스러운 작은 성들이 보였다. 옛날에는 그 지역을 다스리는 영주가 살았다고 한다. 지금은 박물관이나 호텔로 개조해서 유지한다고 했다.

유람선이 점심을 위해 어느 모퉁이를 돌고 나니 로렐라이 언덕이 나타났다. 언덕 위에 아름다운 여인 동상이 있었다. 다른 곳과 유별나게 다른 점도 없는 평범한 장소였다. 그래서 실물보다 노래가 더 유명한 로렐라이 언덕이라고 알려졌다는 것을 알았다. 그들은 기념사진을 몇 장 찍고 점심을 즐긴 후, 다시 뒤셀도르프로 돌아왔다.

저녁이 깊어 가던 뒤셀도르프에서, 그들은 강변에 있는 전망이 좋은 피자집에서 피자와 맥주를 즐겼다. 마침 강물 위로 황혼빛이 물들며 특별한 석양의 추억을 만들어 주었다. 식사 후 그들은 손을 맞잡고 그린벨트 공원에서 산책하며 서로의 존재가 얼마나 소중한지 새삼스럽게 깨달았다.

"이제 가면 언제쯤 다시 만날 수 있을까?"

"박사도 따고 노벨상 준비도 하려면 연애할 시간이 있겠어요?"

"박사만 하더라도 죽어라 공부해야 하겠지."

"오늘 밤은 특별한 밤인데 특별한 이벤트를 가집시다."

진호는 숙희를 붙들어 세우고 품에 안았다. 그녀도 거부감 없이 그의 품 안으로 들어갔다. 오랫동안 둘이 아무도 없는 공원에서 서로를 안고 이별의 아쉬움을 달랬다. 언제든지 시간이 허락된다면 다시 만날 수 있겠지만, 대학원 공부가 그리 만만한 일은 아니었다. 거리가 너무 멀어서 기차비도 많이 드는 것도 문제였다. 대학원 공부와 논문 연구는 어쩌면 사랑하는 사람과의 이별보다 더 어려울지도 모른다. 새로운 도전에 대한 준비를 철저히 해서 출발해야 할 일이었다. 진호는 숙희의 얼굴을 양손으로 감싸고 눈을 감고 있는 그녀의 입술을 찾았다. 그녀도 그의 입맞춤에 적극적으로 응했다. 그는 그녀를 더욱 꽉 안으며, 숙희의 따뜻하고 불룩한 가슴을 느꼈다. 마침내 그의 감정은 너무나 강렬하게 부풀어 올랐다. 더는 참을 수 없었다.

"숙희 사랑해. 난 숙희 없이는 못 살 것 같아."

"저도 사랑해요."

"헤어지기 싫어. 우리 호텔로 가요."

진호의 제안에 숙희는 순간적으로 흔들렸다. 마음속 깊은 곳에서 그녀도 진호와 함께 새로운 세계로 발을 들이는 장면을 그려본 적이 있었다. 사랑하는 사람과의 결합은 그녀가 한 번도 경험하지 못한, 그리고 오랫동안 상상해 온 황홀한 세계이다. 남녀가 서로 상대를 받아들이고 결합하는 순간이다. 진호는 그럴 자격이 충분히 있지 않은가? 그녀는 그럴 준비가 되었는가 자신에게 물었다. 하지만 그녀는 곧 마음을 다잡았다.

"죽으러 가는 것도 아닌데 할 일을 먼저 해야 하지 않겠어요? 공부 말이에요."

그녀는 마음속으로 진호에게 호소했다. '욕망에 휘둘리지 말아요. 그것을 이겨내야 해요. 욕망을 억누르는 힘은 더 높은 목표를 이루기 위한 에너지로 바꿀 수 있잖아요? 좋은 스트레스를 함부로 낭비하지 마세요. 성취

없이 욕망을 쉽게 풀어버린다면 그다음은 허탈감이 남을 뿐이래요. 어두움을 불러들이는 쾌락은 잠을 부르고 그 속으로 빠져들게 만든다고 하지 않던가요? 잠을 자면서 목표를 성취할 수는 없지 않겠어요? 하지만 난관을 극복한 후에는 성취감과 행복감이 찾아올 것입니다. 그때 억눌렸던 욕망을 맘껏 충족시키며 새로운 경지를 맛볼 수 있지 않을까요? 지금은 공부에 집중하고 목표를 향해 나아가야 할 때예요.'

숙희는 스스로에게도 다짐했다. '박사 학위를 마친 그날이 오면. 진호의 모든 것을 받아들이리라고. 그날은 분명 황홀하고 찬란한 밤이 될 거야.' 그녀는 잠시 머릿속에 펼쳐진 장면만으로도 온몸에 짜릿한 전율을 느꼈다. 하지만 지금은 그럴 때가 아니라고 생각했다. 그 전율을 떨쳐내고 진호의 요구를 단호히 거절했다. 그리고 선언했다.

"가서 공부 열심히 해요. 목표를 꼭 이루기 바라요."

막스 프랑크연구소는 1913년에 설립된 카이저 빌헬름재단 연구소를 물려받은 연구소로 1948년에 설립되었다. 빌헬름재단 물리학 연구소의 초대 소장에는 당시만 해도 지명도가 그리 높지 않았던 아인슈타인이 임명되었다. 그는 여기서 일반상대성 이론을 완성했다. 1938년 말, 독일 베를린에 있던 한 연구소에서 실험 중에 기존 물리학 이론으로는 설명할 수 없는 이상한 현상을 발견했다. 얼마 뒤 그 현상은 최초의 우라늄 핵분열의 결과였던 것으로 밝혀졌다. 물질과 에너지는 별개로 서로 상관이 없다고 인식하는 기존의 원리와 다른 현상이었다. 물질의 작은 질량이 엄청난 에너지로 바뀔 수 있다는 아인슈타인의 이론이 처음으로 입증된 것이었다. 이 새로운 원리를 이용하여 원자력발전소를 돌릴 수 있다. 이 에너지를 이용하여 원자폭탄을 만들 수 있다는 것도 알았다. 그는 원자폭탄 개발을 제안하고 관련 실험이 이루어졌던 곳이 바로 카이저 빌헬름재단 산하 연구소였다.

화학 분야에서는 물리학 분야에 비하면 업적이 많지 않았으나 지글러 박사를 비롯하여 유명한 몇 명의 화학자들이 있었다. 이곳에서 연구를 시작한 진호는 벅찬 마음으로 연구실에 첫발을 내디뎠다. 각종 실험 장치가 돌아가고 있는 실험실이라는 생소한 장소에서 그는 압도되는 기분이 들었다. 처음에는 이곳에서 어떻게 견디어 낼 수 있을지 난감했다. 다행히 선배들이 실험하면서 꼼꼼히 적어놓은 실험 노트를 읽으면서 어떻게 실험하는지에 대해 알아 나갔다. 노트에는 실험하는 화학방정식, 시험 장치의 그림, 그리고 실험 순서도 자세히 기록되어 있었다.

선배들은 실험 장치를 사용하는 방법을 친절하게 가르쳐 주었다. 실험 기기를 다뤄 본 경험이 없는 그는 잘못 다루다 고장이 나면 어떡하나 겁이 났다. 선배들은 기기는 고장이 나면 고치면 된다고 염려하지 말라고 했다. 어렵게만 생각되었던 실험실에서의 연구도 차츰 익숙해졌다. 다양한 원료 화합물을 가지고 적당한 중합 개시제를 사용하여 중합한 후, 그 생성물의 물성을 측정하며 연구에 몰두했다. 중합 조건에 따라 생성물의 성질에 어떻게 달라지는지, 그 차이를 만들어내는 원인이 무엇인지 추적해가는 과정이 바로 연구였다. 그런 연구를 하면서 바쁘게 1년쯤 지났다. 차츰 자신도 과학자가 되어가는 기분이 들기도 했다. 우주가 돌아가는 원리의 작은 부분을 캐고 있는 자신이 무척 자랑스러웠다.

진호가 연구 초기에, 지글러 박사로부터 수없이 들은 충고는 한 번의 실험으로 끝내지 말라는 것이었다. 그는 실험 결과의 재현성을 강조했다. 어쩌다가 아주 좋은 실험 결과를 얻었는데 다시 같은 실험을 해도 그런 결과를 얻지 못하는 실험은 믿을 수 없다는 것이었다. 그것은 반응할 때 반응 조건들을 자세히 적지 않았을 때 흔히 일어났다. 과학기술 분야의 연구 결과는 재현성이 있어야 하고 제3자가 같은 실험을 해도 똑같은 결과를 얻을 수 있어야 한다. 그래서 자기 실험 결과도 제3자의 입장에서 검토해야 한다는 것이었다. 흔히 자기 실험 결과가 이상하게 나오면 자기는 실험을 틀림없이 잘했는데 결과가 이상하다고 생각하는 것은 잘못이라는 것이었다. 자연은 거짓말을 하지 않는다, 다만 인간이 거짓말을 한다고 했다. 인간은 신이 아니기 때문에 불완전하다, 완전하다고 착각하면 안 된다는 것이다. 그래서 이상한 실험 결과는 자기가 실험을 잘못했기 때문이니 어떤 잘못을 했는가? 찾으라고 지적했다.

실험으로 얻은 결과를 어떻게 처리하느냐도 문제였다. 되도록 간결하면서도 실험 결과를 표현하는 문장을 고른다는 것은 어려웠다. 실험 결과의 경향성을 보이기 위해 도표를 그려야 할 때도 있었다. 실험의 조건이 여러 가지이므로 어떤 조건을 변수로 삼고 x축과 y축으로 선택할 것인지도 쉬운 문제가 아니었다. 이런 문제들과 싸우면서 진호의 실력은 향상을 거듭했다.

어느 날, 지글러 박사는 진호에게 두 편의 논문을 건넸다. 세계적으로 유명한 화학잡지에 실린 영어로 쓴 논문들이었다. 그는 진호에게 요구했다.

"이 논문들이 어떤 점에서 새로운 발견을 이루었는지, 어떤 실험을 통해 결론에 도달했는지 파악하세요. 그리고 일주일 후에 토론합시다."

진호는 논문의 핵심 내용을 이해하는 것은 어렵지 않았다. 두 논문은 특정 반응과 실험 결과를 다루며 새로운 사실을 입증하고 있었다. 하지만 지글러 박사의 진짜 요구는 단순히 이해하는 데 그치지 않았다.

"논문의 미비점이나 오류를 찾아보세요. 발표자들의 실험과 결론을 뛰어넘어 보세요."

이 말은 진호에게 커다란 압박으로 다가왔다. 단순히 논문을 분석하는 것이 아니라, 그것을 넘어서는 성찰과 능력을 요구하는 것 같았다. 그는 자신에게 묻지 않을 수 없었다. '내가 정말 박사학위를 받을 자격이 있을까? 교수님은 나를 시험하며 골탕 먹이려는 걸까?' 그러나 여태까지의 연구는 남을 따라가는 정도였다. 이제는 다른 연구자들의 약점을 파고들어 그들을 뛰어넘는 연구를 해야 한다고 요구하는 것이었다.

일주일 내내 두 논문을 여러 번 읽었으나 미비점이나 오류를 찾을 수는 없었다. 진호의 실력으로 그 논문의 허점을 발견할 수 있었다면 그 논문은 심사를 통과하지도 못하고 출간되지 못했을 것이었다. 지글러 교수와의 토론 시간은 다가오는데 머리는 멍하고 밥맛도 없고 잠을 잘 수가 없었다.

진호는 숙희에게 장거리 전화를 걸었다.

"숙희, 나 정말 모르겠어. 도저히 답이 안 나와."

그의 이야기를 차분히 듣던 숙희가 말했다.

"지글러 박사가 바라는 것은 진호 씨가 스스로 연구 과제를 설정하고 풀어 나가는 능력을 키우려는 의도라고 생각해요. 논문에서 부족한 점을 찾는 건 쉬운 일이 아니지만, 중요한 건 정직한 태도예요. 아는 것은 아는 대로, 모르는 것은 솔직히 모른다고 말하세요. 교수님이 진호 씨를 더 나은 연구자로 만들고 싶어서 이런 훈련을 시키는 것 같아요. 너무 걱정하지 말고 자신감을 가지세요."

숙희의 말은 진호에게 큰 위로가 되었다. 숙희의 생각으로는 지글러 교수가 진호를 박사 학위를 할 수 있는 자격이 있는지 시험하는 것일 수 있었다. 박사 학위 지망자가 거쳐야 하는 과정이고 훈련인지 몰랐다. 그녀의 목소리는 그의 불안한 마음을 다독였고, 외로움 속에서 따뜻한 빛이 되어 주었다.

사실 숙희에게 장거리 전화로 몇십 분을 통화한 것이 이번이 처음이 아니었다. 연구가 막힐 때마다, 외로움에 지칠 때마다 그는 그녀에게 전화를 걸었다. 연구 이야기를 핑계로 그녀의 목소리가 듣고 싶었던 것이었다. 그녀에게 위로받고 싶은 것이었다. 그녀와 전화를 하는 것으로는 만족할 수 없었다. 직접 만나보고 싶었다. 그녀의 입술을 더듬고 싶었다. 그녀를 품에 안고 싶었다. 하지만 연구과제는 끝없이 쌓여 시간을 낼 틈이 나질 않았다. 호주머니 사정도 그를 묶어 놓고 있었다. 박사 학위의 길은 예상보다 험난했고, 그는 가끔 후회했다. 하지만 문제를 하나씩 해결하면서 느끼는 기쁨도 자신감도 적지 않았다.

'내가 박사를 너무 쉽게 생각했나?' 그러나 그는 다시 스스로 자신을 다

독였다. '베트남 전장의 총알 세례에 비하면 이건 아무것도 아니야. 루르광산 1킬로미터 지하에서 석탄을 캐던 날들에 비하면 연구는 오히려 오락이고 축복이지.' 매 순간 어려움을 겪을 때마다, 숙희와의 통화는 그에게 삶의 활력을 불어넣었다. 그녀의 말 한마디는 삭막한 연구실을 아늑한 장소로 느끼게 만들어 주었다.

　진호는 다시 책상 앞에 앉았다. 숙희의 격려가 그를 지탱하는 버팀목이 되었다. 그는 지글러 박사의 기대를 저버리지 않기로 다짐했다. 박사 학위의 길은 고통스럽지만, 그 끝에는 빛나는 미래가 기다리고 있을 것이라는 믿음이 그를 앞으로 나아가게 했다.

19

갈림길에서

진호는 마그데부르크에서 기차를 타고 뒤셀도르프로 향했다. 오랜만에 숙희를 만나기 위해서였다. 외국 땅 같지 않게 익숙한 곳이다. 3년간이나 일했으니까. 땅속 깊이 1킬로미터나 내려가 후덥고 탄가루가 자욱한 어둠 속에서 두더지 같은 생활이었다. 하지만 큰돈을 벌었고 가족을 가난에서 구해냈다. 사랑하는 숙희를 다시 만난 곳이다. 꿈꾸었던 학문의 길로 연결해주었다. 어찌 이곳을 잊을 수 있으랴! 연구과제가 밀려 시간이 없었고 호주머니가 너무 가벼웠다. 벌써 5년이라는 세월이 더 흘렀다. 4시간이 넘는 긴 기차여행 끝에 도착한 날은 마침 일요일이었다. 숙희는 오후에 교회를 다녀온 후, 기숙사에서 휴식을 취하고 있었다.

뒤셀도르프 시립병원 간호사 기숙사 옆, 그린벨트 공원 벤치에서 두 사람은 마주 앉았다. 전화는 여러 번 걸었지만 얼굴을 직접 마주한 건 5년 만이다. 낯선 독일 땅에서 살다가 한국인을 만나는 일은 특별한 감동을 준다. 처음 만나는 사람일지라도 고향의 따스한 정이 배어있어 오래된 친구처럼 느껴진다. 한국말로 오랜만에 대화를 나누는 것은 또 다른 즐거움이었다. 바쁜 시간을 쪼개고 호주머니를 털어서 만나러 오길 잘했다고 생각했다. 그날따라 특히 숙희는 매력이 넘쳐 보였다. 그녀의 그윽한 눈빛은 진호의 마음속 깊은 곳에 잠자고 있던 그녀에 대한 탐구심을 자극했다. 그의 심장이 빨라졌다. 두 사람에게 쏟아지는 늦여름의 맑은 햇살은 따끈하고 포근했다. 콜라 한 병과 과자 몇 조각을 사이에 두고 두 사람은 서로를 바라보며 대화를 나누었다.

"박사학위를 곧 끝낸다면서 어떻게 시간을 냈어요? 바쁠 텐데."

숙희의 말은 오랜만의 반가움을 담으면서도 살짝 서운함이 섞인 듯했다.

"아무리 바빠도 오늘은 숙희 씨를 꼭 만나야겠다고 생각했어요."

"축하해요. 학위 논문 심사를 통과한 것 말이오."

"고마워요. 숙희 씨가 진학하라고 격려했던 게 기억이 나요. 그때만 해도 내가 과연 할 수 있을까? 걱정되고 두려웠어요. 서독의 높은 화학 수준에다가 한국에서 실험을 전혀 하지 못한 나 자신이 과연 가능할지 의문이었거든요. 그런데 숙희 씨의 격려에 큰 용기를 얻었어요."

숙희는 미소 지으며 고개를 끄덕였다.

"게다가 언어의 장벽도 있었을 텐데 정말 대단해요. 이제 졸업 논문만 제출하면 끝난다고 하셨죠? 수고 많았어요. 하지만 진호 씨의 오늘은 본인이 만들어 낸 결과예요. 나의 격려는 칭찬받을 일이 아닙니다."

"그렇다면, 나 자신에게 특별상을 줘도 되겠네요."

"이진호 특별상? 본인이 본인에게 주는 상이라니 재미있네요."

"어려운 고비를 넘겼더니 이제 무슨 일이든 해낼 수 있을 것 같은 자신감이 생겨요."

"자신감은 좋은데, 돈키호테처럼 되는 건 곤란해요."

진호는 잠시 웃고는 말을 꺼냈다.

"내가 대전 화학연구소에 해외유치과학자로 초청받았다고 말했었나요?"

"아뇨, 그럴 가능성이 있다고 했지 확정됐다고는 안 했는데요."

"학위 논문이 통과되었다고 했더니 초청장을 보내왔어요. 아파트도 한 채 제공한다네요. 귀국 비행기표도 보내주겠대요. 귀국하면서부터 빚쟁이가 되지 않아도 되겠어요. 우리 함께 귀국해서 떠돌이 생활을 청산하고 새 출발을 합시다."

진호의 제안은 결혼을 염두에 둔 것이었다. 그 말을 하려고 그녀가 아프리카로 장기 출장을 떠나기 전, 먼 길을 달려온 것이었다. 그들의 관계를 확실히 다짐하고 싶었다. 잘되면 오늘 밤을 함께 보낼 수 있다는 숨은 작전도 있었다. 그녀와 함께 젊음을 불태우는 황홀한 밤을 보낸다면 지난 몇 년간 쌓인 외로움을 몽땅 날려 보내고, 그동안 팽팽했던 긴장감도 확 풀릴 것 같았다. 그러나 숙희의 답변은 뜻밖이었다.

"난 귀국 안 한다고 했는데요."

"예잉, 그게 무슨 말이에요?"

"진호 씨를 사랑한다고 했지만, 결혼까지 생각한 건 아니에요."

"사랑한다면 결혼하는 거 아닌가요? 누가 못하게 막는 것도 아닌데."

"물론 사랑 따로 결혼 따로 있다는 말은 아니어요. 난 한국에 돌아가기 싫다는 거지요."

숙희는 자신의 마음을 천천히 들여다보았다. 진호의 제안은 그리 나쁜 선택은 아니었다. 외국 박사 학위를 가진 남편, 안정적인 직장과 제공되는 아파트, 모든 조건이 흠잡을 데 없었다. 간호사 일을 계속한다면 상당한 저축도 가능할 터이다. 숙희의 마음속에는 복잡한 감정이 교차했다. 귀국하는 것이 그녀가 추구하던 무지개 인생인가? 그녀는 가족사를 떠올렸다.

외조부는 일본 탄광에 강제로 징용되었고, 큰외삼촌은 일본에 유학 갔다가 아버지를 찾는다더니 사할린 탄광으로 끌려갔다. 외할머니는 혼란한 시대에 자녀들을 키우느라 고생하다가 노년에 중풍으로 오른쪽을 쓰지 못하고 언어장애도 생겼다. 그녀의 아버지는 빨치산을 후원했다는 억울한 죄로 감옥살이를 하다가 병을 얻어 세상을 떠났다. 연좌제로 인해 그녀 또한 자유롭지 못할지 모른다는 불안감이 여전히 마음 한구석에 남아 있었다. 그녀의 연좌제 굴레는 남편의 출세에 지장을 줄지도 모른다.

그뿐만이 아니었다. 그녀 아버지의 생부모는 제주도에서 선박 사고로 일찍 죽고, 대신 키워준 숙모는 제주 4.3 사건으로 억울하게 서북청년단에게 총 맞아 죽지 않았던가! 그러나 아직도 제주 4.3 사건은 발설하면 안 되는 금기사항이다. 정부는 진실을 밝히기를 꺼리는 것이다. 이 모든 비극은 국가가 일본 식민지가 되었기 때문이었고 해방 후에 사회 혼란으로 인하여 억울하게 당한 불행이었다. 국가의 비운은 개개인에게도 불행의 씨앗이 되었다. 과거가 여전히 현재에게 멍에가 되는 것이다. 그녀는 그 멍에를 벗어 버린 생활이 얼마나 자유로웠는지 안다. 그 멍에를 매고 산다는 것이 얼마나 고통인지도 잘 안다. 다시는 그런 환경 속으로 빠져들고 싶지 않았다.

아직도 박정희 군사정권은 인권을 무시하고 독재정치를 계속하고 있다. 유신혁명을 선포하고 영구집권을 추진하고 있다. 민주 정부를 짓밟은 쿠데타로 정권을 잡은 박 정권은 태생적으로 민주주의와는 거리가 멀다. 그들이 국민을 위하고 민족을 위한다는 말은 정권의 안보를 위한다는 말과 다르지 않았다. 국민이 준 총으로 국민을 쏘겠다는 군인에게 민주주의를 기대하는 것은 망상이다.

정부에 반대하는 대학생의 시위가 연일 계속되어 대학휴교령이 반복되고 있다. 공부하고 연구할 귀중한 시간을 거리에서 시위하느라 낭비하고 있다. 시위를 막는 전투경찰은 비슷한 또래 청년들이다. 학생들이 던진 돌에 맞아 경찰은 다치고 학생들은 붙잡히면 고문을 당하고 감옥에 간다. 젊은이들이 목숨을 걸고 독재와 싸우고 있다. 박 정권의 독재에 대한 명분은 조국근대화를 완성해야 한다는 것이다. 이제 경제는 나아져서 굶지 않고 살 수 있게 되었다. 내부에서 반란으로 그를 제거하지 않는다면 독재를 끝낼 수 없을 것이다. 만일 갑작스럽게 독재자가 사라진다면 큰 국가적 혼란이 오리라 예상된다.

남북관계는 계속해서 긴장 상태이고, 언제 전쟁이 재발할지 아무도 모르는 상황이다. 같은 동족끼리 3년간이나 전쟁을 하고도 아직도 서로를 죽이는 무장간첩을 보내고 있다. 한심스러운 우리 현실이다. "반만년의 찬란한 문화민족"이라는 말이 부끄러울 정도다. 진호는 숙희의 복잡한 감정을 다 알지는 못하지만, 그녀의 눈빛에서 무언가 깊은 고민이 있음을 느꼈다. 그들의 대화는 쉽게 끝나지 않고 깊어만 갔다.

숙희는 혼란과 억압 속에서 살아가는 삶을 원치 않았다. 억압과 폭력이 지배하는 사회는 군사독재나 일제강점기가 크게 다르지 않았다. 귀국은 단지 고국으로 돌아가는 것이 아니라, 가족의 비극적 역사에 다시 얽히는 일처럼 느꼈다. 독재정권 아래에서 사회는 더욱 경직되었고, 박정희의 통치 7년 동안 그의 횡포는 점점 더 심해지고 있었다. 그는 얼마나 많은 부적절하고 무능한 인물을 뽑아 정부의 직책을 주면서 그에게 맹목적인 충성을 강요했을까?

그녀는 귀국해서 진호와 결혼한다 해도 자신의 삶이 별로 달라지지 않으리라 예상했다. 경제적으로 조금 더 풍족해질지는 몰라도, 대신에 삶의 간절함을 잃고 오히려 슬픈 가족사와 엮여서 삶이 우울해질 것이 걱정이었다. 관혼상제와 같은 사회적 관습은 그녀에게 낯설고 복잡했다. 학연, 지연, 혈연에 따라 출세가 좌우되는 한국 사회에서 그녀는 내세울 장점이 별로 없었다. 이런 점이 남편의 성장에 걸림돌이 될까 봐 두려웠다. 파충류가 허물을 벗어야 하듯이 자신이 떠나야 진호가 귀국 후 더욱 활발하게 활동할 수 있을지도 몰랐다.

"난 이해할 수 없네요. 차라리 마음이 변해서, 이젠 날 사랑하지 않는다면 모르지만."

진호의 목소리에는 실망과 서운함이 배어있었다.

"그럴지도 몰라요. 내가 남편 덕에 한국에서 편히 살겠다면 모를까. 남편이나 국가의 발전에 별로 도움이 될 것 같지 않아요. 우리 후세를 키운다는 것은 보람이 될지도 모르겠지만, 지금으로서는 그런 일을 위해서는 귀국하고 싶지 않은 게 제 진심인데 어쩌지요?"

"사랑하는 사람을 찾아 먼 타국까지 쫓아온 사람도 있는데 사랑하는 사람과 함께 귀국하지 못한다니 말이 돼요?"

진호는 화가 치밀어오는 것을 느꼈다. 숙희가 자신을 진심으로 사랑하는 것인지 아닌지를 따지고 싶었다.

"난 가족이 가난을 극복해 나가는 데 도움을 주었는데, 귀국하면 그들은 실망할 거예요. 그렇다고 언제까지나 그들을 도울 수도 없고, 그래서 귀국은 불행의 멍에를 다시 매는 것만 같아 두렵다니까요."

"우리 둘 다 가난하게 살았으니 다 이해해요. 귀국하면 우린 가난에서 벗어날 것이고, 가난한 가족들도 어느 정도는 도울 수 있을 거요."

"고마운 말이네요. 마치 우리 가족을 돕는 조건으로 귀국하겠다는 말처럼 들렸다면 제 표현이 잘못되었어요."

진호는 한숨을 내쉬었다. '마음이 변한 것도 아니고 돈도 문제가 아니면 뭐가 문제란 말인가? 독재정치가 문제인가? 둘 모두가 정치 활동과는 거리가 먼데.'

"귀국하면 여러 문제가 생기겠죠. 하지만 둘이 힘을 합쳐 헤쳐 나갑시다."

"서독에서 몇 년을 살면서 인권과 자유가 어떤 것인지 배웠는데, 귀국해서 독재체제에서 억눌려 살 수 있겠어요?"

"저도 그 점이 걱정돼요. 하지만 정치가도 아니고 저는 연구 과학자인데 제 일을 하다가 성과가 나면 정치에도 긴장을 낮추는 데 도움이 되겠지요. 난 우리가 굶지 않고 먹는 문제를 해결할 때까지 민주주의를 유보해도 된다고 생각해요. 배가 부르면 다음은 자유를 요구하지 않을까요?"

"역시 박정희에 대한 기대가 크군요. 아직도 그가 태조 이성계에 견줄만한 인물인가요?"

숙희는 진호의 말을 잠시 곱씹었다.

"최근 국내 정세가 좀 실망스럽긴 해요. 유신체제도 그렇고요. 하지만 경제개발정책은 옳은 방향으로 가고 있는 것 같아요. 우리는 독일처럼 산업사회로 진입해야 해요. 한국은 중화학공업에 투자하고 있잖아요? 연구 개발 과학자가 많이 필요해요. 난 우리 독재정치를 핑계로 귀국을 거부하고 국제 미아가 되고 싶지 않아요."

"경제 발전도 중요하고 그걸 뒷받침하는 과학기술 발전도 필요하지요. 하지만 그것이 보편적인 가치인 자유와 민주사상의 위에 세워져야 독재에 이용되지 않기를 바라지요. 사실은 이번에 서독 국경없는의사회와 함께 케냐로 봉사를 나갑니다. 우리나라도 외국 선교사들의 도움을 많이 받았잖아요? 내가 할 수 있는 선에서 사랑의 빚을 갚고 싶은 거지요. 제 나름대로는 한 차원이 높은 애국이고 인류애를 실행한다고 생각해요."

숙희는 조심스럽게 말했다. 그녀는 경제적으로 여유로운 삶보다 보람 있는 삶을 살고 싶다는 의미였다.

1971년 프랑스에서 창설된 국경없는의사회는 국제 인도주의 의료구호 단체이다. 무력 분쟁, 전염병, 자연재해 등으로 생존의 위협에 처한 사람들을 위해 긴급구호 활동을 펼치고 있는 단체이다. 모든 의료 지원 활동은 인종, 종교, 성별, 정치적 성향에 따른 어떠한 차별도 없이 이루어진다. 모든 경비는 후원금으로 충당한다.

숙희는 서독 국경없는의사회의 일원으로 케냐에 가게 된 것은 이번이 두 번째이다. 케냐는 영국의 식민지였다가 1963년 12월 12일에 독립한 국가이다. 영어가 공용어이고 기독교 문화권이다. 수도 나이로비에는 고층빌딩도 있고 넓은 포장도로도 있다. 그러나 수도 밖으로 나가면 다른 세상이 펼쳐진다. 빈부의 격차가 크다는 것을 한눈에 알 수 있다. 마을은 움막을 치고 사는 수준이다. 대부분 화장실이 없고 노상에서 배변하고 위생 관념이 부족하고 학교들의 주변에도 쓰레기가 넘쳐났다. 식수 위생이 좋지 않아 주민들이 수인성 질병을 쉽게 감염되는 환경이었다. 어린이들도 영양 상태가 좋지 않고 질병을 끼고 산다. 숙희가 떠나온 1966년의 한국과 비교해도 케냐의 환경은 훨씬 더 열악했다. 보건위생에 관한 교육과 정부의 투자가 필요하다고 생각했다. 그런 일을 할 수 있는 인력과 재력이 있는 것 같지 않았다.

한 나라가 잘살기 위해서는 주민들의 굶주림을 해결하고, 교육을 통해서 개개인의 능력을 키워야 한다. 그녀는 그들을 위해 할 수 있는 일이 많다고 믿었다. 그녀 자신이 가난과 싸워 보았고 어느 정도는 가난을 극복해 나갈 수 있다는 사실을 알았다. 그녀는 외국 선교사들이 헐벗고 굶주리면서 병마에 시달리던 한국인을 어떻게 돕는가를 보았다. 한국 사람들은 기본적인 보건위생에 관련된 문제들을 개선하는 일을 해 본 경험이 있다. 보건위생에 관한 여건이 좋아야 건강하고 건강해야 환경을 개선해 나갈 힘이 생긴다. 숙희의 이런 경험을 그들에게 전수해 주면 그들이 안고 있는 문제들을 해결하는 데 도움이 될 것이라고 믿었다. 우리가 외국 선교사들에게 진 사랑의 빚을 갚는 방법의 하나이다.

숙희는 고향 전주에서 관찰했던 미국 선교사들의 봉사활동을 되새겨 보았다. 그들은 한국의 낙후된 보건의료 체계를 개선하기 위해 병원을 세우고 무지한 백성을 깨우치려고 학교를 세워 가르쳤다. 교회를 세워 기독교 신앙을 전도하는 일에만 그치지 않았다. 그들은 미국에서 부유한 집안 출신이었고 교육을 많이 받았다. 하지만 한국에서 한국 사람처럼 먹고 입은 것은 물론이고 더 열심히 일했다. 선교사들은 남녀가 따로 없었다. 그 대가로 그들은 영양실조와 풍토병에 시달렸다. 자녀를 잃거나 자신들도 젊은 나이에 쓰러져 한국 땅에 묻혔다. 그녀는 예수병원의 선교 동산에 묻힌 그들의 묘비를 볼 때마다 가슴이 뭉클하고 눈물을 금치 못했다. 그들이 평소에 부귀영화를 가져다줄 성공을 위해 그렇게 노력했던가? 그들은 성공을 바라지 않았다. 자기보다 더 가난하고 불우한 자, 못 배운 자를 섬기고 돕기 위해 희생했었다. 숙희는 그녀가 아프리카에서 무엇을 위해 노력해야 하는가에 대한 답을 찾았다.

"내일 가면 언제 돌아오지요?"

"최소한 몇 달은 걸릴 겁니다. 학위를 잘 마무리하고 귀국해서 연구를 열심히 하세요. 모든 일이 잘 풀릴 거예요."

숙희는 속으로 쓴 미소를 머금었다. 외국 박사가 귀한데 마담뚜가 그냥 놔두지 않을 터였다. 부잣집 딸들은 공부를 많이 하느라 혼기를 놓치고선 나이가 들어가면서 결혼을 해야 하는데 적당한 상대를 찾기 어려운 경우가 많다. 그러한 상황에서 이 박사를 그들이 놓칠 리가 없다. 그들에게는 이상적인 신랑감이 될 수 있다. 공부를 많이 한 남녀의 결합인데 여자는 부잣집 딸이고 남자는 가난한 집 출신으로 의지가 강하고 추진력이 있다. 서로 부족한 부분을 보완해주며 완벽한 조화를 이루는 것이다.

유학 후 귀국하면 이런 결혼이 자주 일어난다고 알려졌다. 물론 그런 결합이 이상적인 결합인지 아닌지는 살아봐야 알 것이고 개인차도 있을 것이다. 결국, 삶은 부딪히는 모든 것과 타협해서 얻은 산물이라는 생각이 들었다. 하지만 그녀는 잠시 가슴속으로 흐느껴 울었다. 그녀와는 인연이 없는 일이기 때문이다.

숙희가 진호의 호텔 프런트에 편지를 남기고 내일 떠날 채비를 하기 위해 서둘러 기숙사를 향해 발걸음을 재촉했다.

<u>안녕</u>

떠날 시간이 다가오네요.

당신과 날 위해 떠날게요.

당신도 나도 깊이 사랑하니까,

당신이 위태로워질까 봐 그런 거예요.

하늘 끝까지 흘러가는 구름처럼,

아무리 멀리 떨어져 있어도,

난 당신을 느낄 거예요.

우리가 서로 다른 세계에 있다 해도,
당신의 본질은 내 안에 머무를 거예요.
이것이 인연인지 운명인지 난 몰라요
하지만 가끔은 두려워요.
애틋한 감정이 사라질까 봐.

그리움일랑 금빛 날개에 태워 보내고
난 쓰러질 때까지 버틸게요.
후회는 하지 않으리다.
그토록 행복했으니까
우리가 함께했던 시간은 너무나 순수했기에,
그 순수함이 슬픔보다 컸기에.
주여, 나를 붙들어 주소서
작별의 무게에 비틀거리지 않도록
내 마음이 흔들리지 않고 보내주도록.

이진호 박사가 귀국한 5년 후였다. 뒤셀도르프 시립병원 내과병원에서 강숙희와 함께 3년을 근무하다가 귀국한 김영자 간호사가 한 통의 편지를 보내왔다. 김 간호사는 숙희보다 5년 후배로 언니와 동생처럼 친하게 지냈다. 특히 그녀의 신앙심이 돈독해 루르 현지 한인교회 일에 숙희를 열심히 도와주어서 교회 참석인원이 100여 명에 이르렀다. 그녀는 귀국하여 충남대병원에 근무하면서 가끔 한국 소식을 전해주었다.

이 박사가 한국화학연구소에 귀국하여 자신의 전공 분야인 고분자화학에서 탁월한 연구 결과를 냈다는 한국일보 기사를 알려 주었다. 그는 이 업적으로 4월 과학의 날 행사에서 국가에서 주는 국민훈장 석류장을 받았다. 그의 수상은 국가발전에 보탬이 되려고 최선을 다하여 연구하고 있음을 말했다. 그가 꿈꿔온 삶을 실현해나가고 있는 증거였다.

 몇 달 후, 이 박사가 충남대병원에 다시 나타나 김 간호사는 깜짝 놀랐다고 했다. 뒤셀도르프 한인교회에서 이 박사를 한두 번 만난 적이 있었지만, 서로 친한 사이가 아니어서 자신을 만나러 오진 않았으리라 생각했었다. 그는 산부인과로 가더니 갓난아기들을 부모들이 바라보는 창으로 가서 환한 얼굴로 창 안쪽을 뚫어지게 쳐다보더라고 했다.

 그녀는 산부인과 간호사실에 가서 이 박사의 아내인 산모의 인적 사항을 봤더니 조숙희였다. 담당 간호사의 말에 의하면 그녀는 유명한 부잣집 딸로, 미국에서 유기화학 박사학위를 받고 충남대학교 화학과에서 교수로 재직 중인 산모였다. 그들의 삶은 경제적으로 여유가 있는 상류사회에 진입한 것이 틀림없었다. 부부가 남다른 전문지식을 가지고 있고 그 지식을 활용하여 남이 할 수 없는 새로운 창조적인 일을 하고 있는 것이다. 그들의 활동을 뒷받침할 수 있는 재력이 있다. 이 박사라면 사회와 국가에 필요한 일을 꾸밀 것이라 기대되었다. 그것이 바로 이진호 박사가 꿈꾸었던 생활이고 그에게 어울리는 삶이었다.

 여기까지 읽은 숙희의 가슴이 잠시 뛰었다. 애를 낳은 산모와 자신을 대치해 보았기 때문이었다. 사랑하는 사람의 자녀를 낳고 그들을 훌륭히 키워 행복한 가정을 이루는 것이 많은 여성의 꿈이 아닐까? 그녀는 그런 꿈을 이룰 좋은 기회를 차 버린 것 같기도 했다. 하지만 그런 상류사회는 그녀와 어울리지 않고, 귀국하지 않길 잘했다고 생각을 고쳤다. 아무래도 몸에 맞지 않은 남의 옷을 걸치고 사는 생활이 아닐까 하는 생각이 들었기 때문이었다.

 그녀가 비추어야 할 빛은 한국이 아니라 케냐에 있었다. 그 빛이 자신을 통과하면서 무지개 색깔로 갈라지는 꿈을 꾸고 있었다. 숙희는 케냐 봉사 5년 연장 계약서에 서명하며 마음을 다잡았다. 그녀의 선택은 분명했고, 이제 다시 한번 사랑의 빚을 갚기 위해 새로운 여정을 떠날 준비를 마쳤다.

감사의 글

무거운 짐을 짊어지고 외나무다리를 막 건넌 기분이 이럴지도 모른다고 생각했습니다. 마침내 쌓인 긴장을 토해낼 수 있어서 후련했습니다. 이것이 제가 『반갑다, 지리산 무지개여!』의 원고를 끝마치고 난 기분이었습니다. 이 책은 제가 처음으로 쓴 소설입니다. 팔십 평생을 화학이라는 학문에 몸담아 온 제게, 이 나이에 첫 소설을 쓴다는 것은 결코 쉽지 않은 도전이었습니다. 객관적 사실을 간결하고 정확하게 표현해야 하는 이공계의 글쓰기와 달리, 독자의 감정에 호소하여 공감을 얻어내야 하는 소설의 작법은 더욱 어렵게 느껴졌습니다.

80년을 넘게 살아오며 근대사의 굴곡을 직접 체험한 저로서는 할 이야기가 많았습니다. 하지만 그것들을 어떻게 구성하고 기승전결을 어떻게 할 줄 몰랐습니다. 그러나 역사적인 사건들을 써가면서 겪었던 추억들이 고구마 줄기를 따라 나오듯이 계속해서 올라왔습니다. 내 나름대로 듣고 보고 생각했던 대로 쓰려고 노력했습니다. 그러나 소설가로써 전문적인 훈련이 부족한 저는 주위의 많은 분들이 도와주지 않았다면 이 소설을 완성하지 못했을 것입니다.

먼저, 어떤 말로도 다 표현할 수 없는 이해와 격려를 보내준 가족들에게 감사의 마음을 전합니다. 전문가다운 비평과 지도를 아끼지 않으신 손혜숙 교수님, 구수한 전라도 사투리로 글의 재미를 더해주신 박행순 교수님께도 감사드립니다. 글이 막힐 때마다 격려해주신 두 분께 감사합니다. 송명기 교장 선생님의 끈기있는 교정도 감사합니다. 어용선 박사님, 한호규 박사님, 박효종 의사 선생님, 이호임 씨의 세밀한 원고 교정과 제안에 대해서도 무한한 감사를 드립니다. 멋진 추천사를 써주신 손혜숙 교수님, 정영근 교수님, 정규현 교수님, 박성광 교수님, 박행순 교수님께 감사를 드립니다. 무엇보다도 제 졸고를 멋진 책으로 엮어주신 페스트북 편집자 여러분의 협조와 노고에 심심한 감사를 드립니다.

작가 인터뷰

이 책을 쓰게 된 계기는 무엇인가요?

제가 겪어온 근현대사의 의미를 정리하면서 제 인생을 돌아보고 싶었어요. 평생 과학기술 분야에 몸담고 살다가 80세가 되어서야 비로소 삶을 되돌아볼 시간을 가질 수 있었어요. 저는 일제강점기 말에 태어나 해방, 6.25 전쟁, 학생 시위와 쿠데타까지, 격동의 시기를 직접 경험했습니다. 어린 시절의 가난으로 고생도 했지만, 어렵게 화학을 공부해 미국에서 박사 학위까지 취득했죠. 이후 연구 논문 발표를 위해 세계 여러 나라를 방문하면서 자연스럽게 '우리는 왜 선진국들처럼 잘 살지 못할까?' 하는 의문을 품게 되었습니다. 이러한 생각과 더불어 개인적인 경험들을 한데 엮어보고자 난생처음으로 소설 집필에 도전했습니다.

이번 소설을 통해 전하고 싶은 메시지는 무엇인가요?

오늘날 대한민국이 이룬 발전이 결코 저절로 얻어진 것이 아님을, 개개인의 수많은 노력과 희생 위에 세워진 것임을 이해하는 데 도움이 되었으면 해요. 또한, 지나온 역사 속에서 미처 깨닫지 못했거나 바로잡아야 할 부분들을 함께 성찰하고, 어떤 마음가짐으로 미래를 향해 나아가야 할지 고민하는 작은 계기가 되었으면 하는 바람입니다.

대한민국 역사에 대해 깊이 있는 통찰이 느껴지는데요. 평생 화학 분야에서 연구 생활을 하셨는데, 어떻게 전혀 다른 분야인 역사 대서사시를 쓰실 수 있었나요?

6년간 미국 유학 생활을 하면서 세계정세와 역사에 대한 많은 정보를 얻을 수 있었어요. 또한, 연구 발표를 위해 세계 여러 나라를 방문할 기회가 많았는데, 그때마다 다른 선진국들과 우리 역사에 대해 많은 생각을 하게 되었습니다. 특히 우리가 일제강점기와 6.25 전쟁 중에 미국을 비롯한 여러 나라의 도움을 받았는데, 그것들이 우리에게 어떤 영향을 끼쳤는지 정리해 볼 기회가 많았어요. 이런 시간이 차곡차곡 쌓여 이 책이 탄생했네요.

일제강점기, 한국전쟁 등 한국 근현대사의 격동기를 배경으로 설정한 이유는 무엇인가요?

그 시기에 정말 많은 변화가 일어났잖아요. 그 변화의 의미를 제 나름대로 정리하고 싶었습니다. 특히 남한이 번영과 민주화를 위해 얼마나 많은 노력과 희생을 감수했는지 이야기하고 싶었죠. 제가 실제로 보고 느낀 바를 바탕으로 우리 역사의 중요한 단면을 독자분들과 함께 되짚어보고자 하는 마음이 컸습니다.

한글 창제, 민족자결주의, 3.1 운동 등을 작품에 녹여내는 과정에서 역사적 고증은 어떻게 진행하셨나요?

다양한 서적과 인터넷 자료를 찾아보면서 체계적으로 조사하고 연구했어요. 특히 한글은 일본어나 한자에 비해 기계화에 큰 장점이 있어요. 세계 여러 나라를 여행하며 그들의 언어와 비교해 보면서 확실히 알 수 있었죠. 그렇기 때문에 일제강점기에 우리말과 한글을 사용하지 못하게 하고, 창씨개명으로 민족 정체성을 말살하려는 압제가 너무 부당했다고 생각해요. 개인적으로 이 부분에 반감이 있어요. 그래서 역사적 사실을 나열하는 것을 넘어 당시 사람들의 삶과 그들의 감정을 작품에 녹여내려고 노력했습니다.

소설에서 가장 애착이 가는 장면은 무엇인가요?

강숙희와 이진호가 서로 사랑하지만 결국 이별하는 마지막 장면이 가장 애착이 가요. 처음에는 두 사람을 맺어주며 행복한 결말로 마무리할까 했어요. 하지만 두 사람의 결합으로 끝나면 너무 이기적이지 않을까 염려되었어요. 역사의 현장에서 앞서가는 사람은 이기심에서 벗어나고 자기를 희생할 줄 알아야 한다고 생각했습니다. 우리 역사가 걸어온 길을 되돌아보니, 세계 각국에 우리가 받은 사랑의 빚을 갚기 위해 봉사해야 한다는 뜻을 담고 싶었죠. 그래서 두 사람의 이별을 통해 각자의 자리에서 더 큰 의미를 찾아 나서는 듯한 여운을 남기기로 했죠.

지리산 민요, 유관순 열사의 노래, 맹호부대 군가 등 인물들에게 위로와 희망을 주는 소재로 노래를 활용하셨어요. 이러한 음악적 요소들을 사용하게 된 계기가 있으신가요?

현장감이 느껴지는 소설을 쓰고 싶어서 대화를 많이 활용했는데, 잘못하면 이야기가 늘어질 수 있겠더라고요. 그래서 노래나 시와 같은 함축적인 형태로 의미와 감정을 함께 전달하면서 독자들에게 더욱 강렬한 인상을 줄 수 있는 방법을 택했습니다. 덕분에 특정 시대의 정서와 시대정신을 효과적으로 드러낼 수 있었다고 생각해요.

지리산, 제주도, 시베리아 등의 자연 묘사가 매우 웅장하고 아름다워요. 이러한 묘사에 공을 들이게 된 배경은 무엇인가요?

어렸을 때 시골에 살면서 자연과 함께 성장했어요. 들판에서 뛰어놀며 계절의 변화를 온몸으로 느끼며 자연의 웅장함과 아름다움에 깊이 매료되었죠. 그때 느꼈던 경외감을 독자들에게 생생하게 전달하고 싶다는 열망이 있었어요. 자연의 압도적인 아름다움을 글로 표현하는 것이 어려워서 무력감을 느끼기도 했지만, 독자분들이 제 묘사를 통해 자연의 일부라도 함께 느끼고 공감할 수 있다면 그것만으로도 큰 보람을 느낄 것 같아요.

긴 흐름의 대서사시를 창작하신 과정을 자세히 듣고 싶습니다. 작가님만의 소설 창작 팁을 나눠주신다면요.

처음에는 제 삶을 돌아보며 자서전을 쓰고 싶었어요. 하지만 과학자의 삶이 대중에게 별로 흥미롭지 않을 것 같더라고요. 개인적인 이야기를 미화하지 않고 그대로 옮길 수 있을까 싶기도 했어요. 그러던 중 소설이라는 형식을 취하면 제가 경험하고 느꼈던 것들을 한 번에 풀어낼 수 있겠다는 생각이 들었어요. 다양한 주인공들을 통해 제가 하고 싶은 이야기들을 자유롭게 담아낼 수 있으니까요. 물론 창작 과정이 쉽지는 않았어요. 이미 알려진 역사적 사실을 다루는 것이 대중의 관심을 끌기 쉽지 않을 수 있고, 또 기존에 발표된 작품들과의 표절 시비에 휘말릴까 봐 걱정되기도 했죠. 하지만 결국 제가 직접 겪고 고민했던 것들을 소설이라는 옷을 입혀 세상에 내보이는 것이 가장 의미 있겠더라고요. 살아온 시간과 고민의 흔적을 담아낸 것이 제 소설의 힘이라고 생각해요.

창작 과정 중 중요하게 생각하는 가치나 원칙이 있으신가요?

저의 직간접적인 경험을 솔직하고 담백하게 쓰는 것이 중요하다고 생각했습니다. 소설에도 진정성이 있어야 독자분들이 이야기에 더 공감하고 빠져들 수 있다고 믿었기 때문이죠. 그래서 사실을 너무 과장하거나 극적으로 각색하지 않으려고 노력했습니다.

마지막으로 독자들에게 전하고 싶은 말씀이 있으시다면.

본업이 소설가가 아니기 때문에 혹여나 전문 소설가분들께 누가 되지는 않을까 조심스러운 마음입니다. 하지만 역설적으로 비전문가이기 때문에 제 책이 독자분들께 조금이나마 색다른 느낌으로 다가갈 수 있다면 더 할 나위 없이 기쁘겠습니다.

작가 홈페이지

반갑다, 지리산 무지개여!
격동기를 살아낸 한민족의 이야기

발행일 2025년 7월 23일

지은이 정일남
펴낸이 마형민
기획 페스트북 편집부
편집 곽하늘 이은주 김현우
디자인 김안석 표진아
펴낸곳 주식회사 페스트북
홈페이지 festbook.co.kr
편집부 경기도 안양시 동안구 관악대로 488

ⓒ 정일남 2025

ISBN 979-11-6929-848-3 03810
값 17,000원

* 이 책은 저작권법에 의해 보호를 받는 저작물이므로 무단 전재와 무단 복제를 금합니다.
* 페스트북은 작가중심주의를 고수합니다. 누구나 인생의 새로운 챕터를 쓰도록 돕습니다.
  creative@festbook.co.kr로 자신만의 목소리를 보내주세요.